摯友

約翰・勒卡雷——著
譯——張定綺

19——勒卡雷作品

目次

1.

命運回頭來找他的那天，泰德．孟迪戴了頂圓頂禮帽，在巴伐利亞的瘋國王路德維希二世名下一座古堡裡，搖搖晃晃地站在一只肥皂箱上。那禮帽不是什麼標準規格，戴起來比較像勞萊與哈台，而非倫敦薩佛街風格。它甚至不是英國貨，雖然他斜紋軟呢的老式西裝左襟口袋上，以真絲繡了一面英國國旗。帽緣內側有垢膩的商標，自稱是維也納史丹馬茲基父子公司的製品。

這不是他自己的帽子——正如他忙著對隨便哪個運氣不好，被他的親切無比捕獲的陌生人解釋——所以並不構成自我懲罰的道具。「這是公務帽，夫人，」他堅持，以宛如排練過千百遍的完美手勢脫下帽子，啾啾不休請她見諒，「一件歷史奇珍，由做過我這份工作的歷任前輩——浪跡人間的飽學之士、詩人、夢想家、教士——委託我暫時保管。我們這夥人都是路德維希先王的忠僕——哈！」最後這聲「哈」，或許是基於他在軍營裡度過的童年，一種不由自主的返祖現象。「唉，我是說，還有其他選擇嗎？您不可能要求一個純種英國佬以日本導遊的德行拿雨傘，對吧？在巴伐利亞這種地方可不成，老天爺，那可不成。總不能在一個距離我們親愛的張伯倫[1]跟魔鬼簽約處相距不過五十哩的地方吧。您說

1 張伯倫（Neville Chamberlain, 1869-1940）擔任英國首相期間，一心想阻止歐洲發生大戰，或至少讓英國置身戰火外，所以對德國和

呢，夫人？」

要是他的聽眾太過貎美，以至於沒聽過張伯倫這號人物（事實也往往如此），或是不解這魔鬼指的是誰，那麼這位寬宏大量的純種英國人，會忙不迭地提供一個簡易版本，說明一九三八年受人唾棄的《慕尼黑協定》簽訂的前因後果。他會毫不留情地指出，姑且不說那班英國貴族與保守黨，就連我們敬愛的王室，為了避免戰爭，竟也容忍希特勒予取予求。

「英國政府怕死布爾什維克了，您是知道的。」他心情昂揚，「哈！」之類的情緒標點通通出動。「美國的當權者也高明不到哪兒去。他們巴不得希特勒出面對付赤禍。」所以，在德國人眼中，張伯倫的雨傘直到今日還是英國人對咱們親愛的「領袖」（他一向這麼稱呼希特勒）姑息養奸的可恥象徵。「坦白說，身為英國人，我在這個國家寧可淋雨也不要打傘。不過，這可不是您來此的目的，對吧？您是要來看瘋國王路德維希二世最心愛的古堡，不是來聽無聊老頭鬼扯什麼張伯倫。什麼？什麼？我的榮幸，夫人。」——他自嘲地摘下那頂諧星式禮帽，一綹花白頭髮就像剛放出來的獵犬正迫不急待從牢籠裡跳出來——「在下泰德．孟迪，路德維希二世的御用小丑，供您差遣。」

他們以為遇到了誰，這群馬不停蹄趕場看熱鬧的——英國旅遊業者口中的「民眾」——如果他們還肯用點腦筋想想？這個在記憶中瞬息而過的泰德．孟迪是什麼玩意兒？有點搞笑，毫無疑問。一個落魄漢——一個頭戴圓頂禮帽、佩有英國旗徽的該死的英國職業小丑。人家以為他無所不能，他知道自己什麼都不是，五十開外，人挺好的，但我可不會把女兒託付給他。眉頭上的垂直紋纖細緻密，像手術刀割出來的，但也有可能來自憤怒，或者惡夢：泰德．孟迪是個導遊。

•

五月末的黃昏，差三分鐘五點，當天最後一場導覽即將開始。風有點冷，紅通通的春陽隱沒在樺樹後面。孟迪像隻大蚱蜢蹲在陽台，膝蓋向天，圓頂禮帽歪向一側，抵擋逐漸黯淡的陽光。他正專心讀著特地為這休息空檔準備、捲著塞在西裝內袋、皺巴巴像狗啃過似的《南德日報》。伊拉克戰爭一個多月前算是正式落幕。反戰不遺餘力的孟迪仔細端詳一個個小標題：布萊爾首相即將出訪科威特，感謝科威特人民配合而戰勝。

「哼，」孟迪大聲道，皺緊眉頭。

布萊爾將在伊拉克短暫停留，此行強調的會是重建，而非慶祝戰勝。

「我他媽的希望真是如此。」孟迪嘟噥道，一臉不悅之色更加濃重。

布萊爾確信很快就會找到伊拉克的大規模毀滅武器。美國國防部長倫斯斐卻猜測，伊拉克人可能在戰爭初期就將之全銷毀了。

「當初怎麼不就打定你們的蠢主意？」孟迪嗤之以鼻。

截至目前，日子都還算遵循著它複雜而難以捉摸的軌跡。早上六點一到，他下了跟年輕的土耳其伴侶薩拉共享的那張床，躡腳穿過走廊，及時喚醒她十一歲的兒子穆斯塔法去洗臉刷牙，晨禱，吃光孟迪

義大利一再讓步。一九三八年九月簽訂的《慕尼黑協定》對希特勒所有要求幾乎全數同意，但仍無法阻止德國在次年三月占領捷克。

為他準備，包括麵包、橄欖、茶、巧克力醬的早餐。這些全都在偷偷摸摸的氣氛中進行。薩拉在慕尼黑火車站附近一家中東烤肉店上夜班，絕對不能吵醒她。自從開始夜間工作後，她都是凌晨三點才由一位住在同一條街上、為人友善的庫德族計程車司機護送到家。她可以照穆斯林慣例趁日出前做個簡單的禱告，接著享受八小時的良好睡眠，這正是她需要的。但穆斯塔法的一天從七點開始，他也需要禱告。孟迪鼓起如簧之舌，再加上穆斯塔法在旁幫腔，總算說服了薩拉放心睡覺，委由孟迪監督她兒子的祈禱功課。穆斯塔法是個像貓一樣安靜的男孩，黑髮濃密，褐色眼睛怯生生的，聲音沙啞又忽高忽低。

走出公寓——一個年久失修、水漬痕跡涕泗縱橫的混凝土四方塊，管線外露——男人和男孩小心翼翼穿過一片不毛之地，走到滿是髒話塗鴉的候車亭。這條街就是新版所謂的國際村：庫德人、葉門人、土耳其人全擠在裡頭。別家孩子已在這兒集合，有的有父親或母親陪同。孟迪若是把穆斯塔法託給他們照顧也無不可，但他寧可陪他坐車到學校，在校門口揮手告別，有時還正式親他兩頰。孟迪出現之前，穆斯塔法正處於人生的晦暗階段，受盡屈辱與恐懼。他需要重建。

從學校回公寓，孟迪邁開大步得走二十分鐘，進門時他半是希望薩拉還在熟睡，又巴不得她剛醒來，那麼，趁他跳上那輛福斯金龜車，擠進南向車流，開七十分鐘到林德霍夫堡前，她還能從睡眼惺忪開始，跟他做一場漸入佳境的愛。

去古堡這趟路很煩人，卻不可免。一年前，這個家的三個人還各自處於絕境當中。如今他們合組成了一股戰鬥力，致力改善共同的生活。每當車況塞得幾乎要發瘋時，孟迪就對自己重述這個奇蹟的故事：

他一貧如洗。

再一次。

他在逃亡。

他的事業合夥人，跟他同在那家苟延殘喘的商業英語學院分擔校長工作的伊貢，捲走了最後一筆資金逃跑。孟迪不得不漏夜溜出海德堡，帶著所有能裝上金龜車的東西，外加保險箱裡伊貢忘了偷走的七百零四歐元零用金。

他在黎明抵達慕尼黑，把掛有海德堡車牌的金龜車擱在一座停車塔的隱密角落，以防債主萬一已申請扣押。然後，他採取了一個每當人生步步進逼時他都會採取的行動：走路。

基於某種得溯回到童年的原因，他這輩子自然而然就偏好種族複雜的環境，兩條腿好像自己知道路，將他帶到一條滿是剛剛甦醒過來的土耳其商店和咖啡館的街道。這天陽光普照，他餓了，於是隨便挑了家咖啡館，小心翼翼將高大的身軀塞進一張拒絕在高低不平的人行道上站穩的塑膠椅，向侍者點了大杯中甜度的土耳其咖啡，兩個罌粟籽麵包配奶油和果醬。他正開始要吃早餐，一個年輕女人跑來坐進他身旁的椅子，手半摀著嘴巴，以土耳其－巴伐利亞口音支支吾吾地問他，願不願意付錢跟她上床。

薩拉已經二十好幾，美得難以置信，令人心疼。她穿著一件薄薄的藍襯衫，黑色胸罩，極短的黑裙露出赤裸的大腿。她瘦得弱不禁風。孟迪誤判她吸毒。後來更讓他羞愧的是，有超過他願意承認的那麼一段時間，他的確有意接受她的提議。他缺少睡眠、沒工作、沒女人，而且幾乎身無分文。

但再仔細端詳這個提議跟他睡覺的年輕女人，他意識到了她目光中的絕望以及眼神裡閃爍的黠慧，她是那麼缺乏自信，使得他立刻恢復了自制，轉而表示願意請她吃早餐。她接受了，但機警地提出條件，要求帶一半回去給患病的母親。孟迪很感激能有機會和另一個淪落的人類打交道，他有個更好的主意：她把早餐吃完，然後他們一起到街上的清真食品店為她母親買食物。

她面無表情聽他說著話。孟迪極力想瞭解她的想法，他猜她在自問，這男人是瘋子還是怪物。他盡量不給她任一者的印象，但顯然很失敗。她以一種令他感動的姿勢，用雙手將食物攬到她那一側的桌面，不給他收回去的機會。

這麼做的時候，她張開嘴巴，四顆門牙都連根拔掉了。她吃東西時，他眺望街頭，找尋皮條客的蹤影。她似乎沒有皮條客。也許她是咖啡館的人。他還不知道，但他已經有了保護她的直覺。他們起身離開時，很明顯看得出薩拉的個頭還不及孟迪的肩膀，她警覺地躲到一旁。他以高個子的方式駝著背，但她保持一段距離。現在她是他在世上唯一的牽掛了。他所有的問題跟她相較起來都無足輕重。在食品店裡，經他再三敦促，她買了一塊羊肉、蘋果茶、小米、水果、蜂蜜、蔬菜、哈爾瓦酥糖，以及一大條特價的 Toblerone 三角巧克力。

「妳有幾個母親，說真的？」他興沖沖地問，但她不覺得這是個笑話。

她在採買時仍然很緊張，嘴唇緊抿，以土耳其語討價還價，然後戳戳水果——不要這個，拿那個。她算錢的速度與技巧令他折服。他會的事情也不少，談判卻非他所長。他試圖拿購物袋——有兩袋，都很沉重——她卻用力從他手中奪走。

「你要跟我睡嗎？」她不耐煩地再次問，這時她已安全掌握了袋子。她的訊息很清楚：你已經付了錢，用完我就別再煩我。

「不要。」他答道。

「你要什麼？」

「送妳安全回家。」

她猛力搖頭：「回家不行，旅館。」

他試著解釋他的目的是友誼而非性慾，但她疲倦到聽不進去，掛著原本那副表情哭了起來。

他挑了另一家咖啡館，他們坐下來。她淚流不停，但她不理會臉上的淚。他鼓勵她談談自己，她說了，對這個話題卻不特別感興趣。她似乎沒什麼保留。她是來自土耳其亞達納平原的鄉下女孩，務農人家的長女，她盯著桌子，以支離破碎的巴伐利亞土腔告訴他。父親把她許配給鄰家農夫的兒子。那男孩號稱是個電腦天才，在德國拿高薪。他回亞達納探親，舉行傳統婚宴，兩家農場正式結為親家；薩拉隨丈夫來到慕尼黑，卻發現他不是什麼電腦天才，而是一個全天候出勤的武裝強盜。他當時二十四歲，她十七歲，即將生下他的孩子。

「他們有個幫派，」她直白地說，「那些男的全是壞蛋。他們都瘋了。偷車、販毒、開夜總會、操縱妓女。壞事做盡。他現在人在牢裡。要不是因為他在坐牢，我弟弟們會殺了他。」

她丈夫九個月前進了監牢，趁吃牢飯前他還有時間把孩子嚇得驚慌失措，而且打傷老婆的臉。刑期七年，尚有罪名未決。幫派裡有個人轉做警方的證人。他們穿過鎮區向前走，她的故事持續單調地流洩而出，有時說德文，有時她想不起德文字，便是斷續的土耳其語。他有時懷疑她是否知道他還在她身旁。他問男孩的名，她答腔穆斯塔法。她沒有問任何關於他的事。她抱著購物袋，他不再試圖替她拿。她戴著藍珠子，他想起很久以前曾聽過，穆斯林相信藍珠子可以阻擋邪眼。她吸著鼻子，但已不再流淚。他猜想，她是要在見到某個她不願意對方知道她哭過的人之前，讓自己振作起來。他們來到慕尼黑西區，此地跟人文薈萃的倫敦西區不能相提並論：悶沉沉灰褐色的戰前老公寓；窗前晾著衣服，孩子們在一塊病懨懨的草坪上玩耍。一個孩子見他們走來，丟下同伴，撿起一塊石頭，氣勢洶洶朝他們走去。薩拉用土耳其話招呼他。

「你要幹什麼？」孩子喊道。

「請給我吃一塊你的巧克力，穆斯塔法。」孟迪道。

孩子瞪著他，再次跟母親說話，然後小心翼翼走過來，右手仍拿著石頭，左手伸進袋裡掏摸。他跟母親一樣瘦，有黑眼圈。也像母親，彷彿沒什麼殘留的情緒。

「還要一杯蘋果茶，」孟迪又道，「跟你還有你所有的朋友一起喝。」

現在輪到穆斯塔法負責捧購物袋，三個體格結實的黑眼睛男孩在旁邊護送，孟迪跟著薩拉走上三層樓骯髒的石階。他們來到一扇包著鐵皮的門前，穆斯塔法將手伸進襯衫，以所有者的神氣掏出繫在鍊上的前門鑰匙。他在朋友環衛下走進屋裡。薩拉隨後進門。孟迪等著被邀請。

「請進，」穆斯塔法以字正腔圓的巴伐利亞口音說，「歡迎你來。但你要是敢碰我母親，我們會殺了你。」

接下來十個星期，孟迪就睡客廳裡穆斯塔法的沙發床，兩條腿掛在床外，穆斯塔法則跟他媽媽一起睡，身邊放著球棒以防孟迪圖謀不軌。穆斯塔法起初不肯去上學，孟迪於是帶他去動物園，陪他在癲痢頭草坪上玩球，薩拉留在家中，逐漸開始康復，這正合孟迪心意。他一點一滴地扮演著穆斯林小孩的俗世父親，和愧對宗教的滄桑女人的柏拉圖式的守護者。原先對這個瘦瘦長長、笑個沒完的英國入侵者充滿狐疑的鄰居開始包容他，孟迪這方面則千方百計將自己跟受人憎恨、以殖民著稱的祖國劃清界限。金錢方面，他們用光了他的七百歐元和薩拉從土耳其家人及德國社會福利拿到的微薄津貼。黃昏時，她喜歡烹飪，孟迪充當助手。最初她反對，後來嘖有煩言地接納了他。一起做飯變成一天的大事。她難得的笑容對他就像是上天的禮物，包括斷裂的牙齒等等。後來他知道，她這輩子的夢想就是取得護士資格。

終於，穆斯塔法某天早上宣布他要去上學。孟迪護送他，被穆斯塔法自豪地向人介紹為他的新爸爸。就在那個星期，三人頭一次一起上清真寺。預期見到鍍金圓頂和叫拜尖塔的孟迪，驚訝地發現自己置身在一棟破舊房屋的二樓，站在鋪著瓷磚的房間裡，四周是賣婚紗、清真熟食、二手電器的店面。從過去的記憶，他想起自己絕對不可將腳尖對著任何人，也不能跟女人握手，只能以右手按著心口，虔誠地低著頭。薩拉去了女眷的房間，由穆斯塔法執住他的手，指點他男人的祈禱詞，教他何時起立，何時屈膝，何時跪下，額頭要貼著代表泥土的一長條燈芯草席。

穆斯塔法對孟迪滿意到無可言喻的程度。此前，他一直只能跟他母親和更小的孩子一起坐樓上。多虧了孟迪，他才能在樓下跟男人們廝混。祈禱完畢，穆斯塔法和孟迪可以跟周遭所有的男人握手，互相祝福彼此的祈禱能在天堂得到接納。

「學習，真主就會賜你智慧，」孟迪離開時，開明的年輕伊瑪目告誡他，「不學習，危險的意識形態會帶來災害。你跟薩拉結婚了吧，我猜？」

孟迪的老臉還紅得起來，嘟噥了幾句，嗯，希望有朝一日會吧。

「儀式不重要，」年輕的伊瑪目安慰他，「責任就是一切。負責任，真主會獎賞你。」

一星期後，薩拉在火車站旁邊那家中東烤肉店找到夜班工作。沒法子跟她上床的經理決定轉而委以重任。她戴上面紗，成了他的明星雇員，獲准管理店內現金，還有個非常高的英國人保護。再過兩個星期，孟迪也在這世上找到一個位置：林德霍夫古堡的英語導遊。隔天，薩拉獨自去拜訪那位開明的年輕伊瑪目和他的妻子。回家後，她跟穆斯塔法閉門獨處了一個小時。當晚，穆斯塔法和孟迪換了床。

孟迪一生有不少奇遇，但他確信，什麼都無法給他如此大的滿足。他對薩拉的愛永無窮盡。他對穆斯塔法的愛也一樣多，尤其愛他那麼愛他母親。

•

說英語的牛欄開了，照例來自不同文化、嘰哩呱啦的觀光客漫步向前。背包上有紅楓葉的加拿大人、穿連帽夾克戴格紋高爾夫呢帽的芬蘭人、身著紗麗的印度女人、有被風吹得乾扁的老婆隨行的澳洲牧羊人、帶著他始終不知因何而來的痛苦表情、目不轉睛看著他的日本老人：孟迪記得滾瓜爛熟，從他們的遊覽車顏色，到貪得無厭、一心只想把人哄進紀念品店好賺取傭金的導遊的名字。今天傍晚這支雜牌軍唯一缺席的是來自美國中西部、牙齒繞著細鐵絲的青少年。美國人正在家鄉慶祝戰勝邪惡呢，真是讓德國觀光業者不開心。

孟迪脫下帽子，舉在頭頂揮舞，他站在他的羊群前面，帶頭向正門入口走去。他另一手拎著以三夾板自製的肥皂箱，是他在公寓地下室汽鍋間親手釘的。其他導遊是用梯子充當臨時演講台。倫敦海德公園演講家出身的泰德．孟迪可不將就。他把箱子朝腳邊一擱，俐落地站上去，比觀眾足足高出十八英寸，禮帽再度歸位。

「說英語的請來這邊，謝謝。應該說是聽英語的。雖然一天到了這時候，真希望是由各位來說。哈哈！不是真的，真的。」——到這階段，他故意放低音量，好讓他們安靜下來聽他說——「我氣還長得很，我向各位保證。攝影機很歡迎，各位女士先生，但不能錄影，拜託——您也一樣，拜託，先生，謝謝——別問我為什麼，我老闆跟我保證，只要被錄走一絲絲的影子，我們就會被告上智慧財產法庭。標準罰則是公開絞死。」沒有笑聲，但他也沒預期會有，這群人過去四個小時都窩在巴士上，又在太陽底下排隊排了一個小時。「請圍到我身邊，各位女士先生，靠近一點，如果您願意。我前面有很多空間，女士們。」——對著一群熱心的瑞典小學女老師——「你們在那兒聽得到我說話嗎？」——對著一群從外地來到這裡，但跟錯團又決定待著聽一堂免費英文課的瘦巴巴青少年——「聽得到，很好。那您在那兒看得到我嗎，那位先生？」——對一個矮個兒的中國人——「聽得見。我個人有個小請求，要是不介意，各位女士先生。我們在德國稱之為Handy，也就是手機，請行行好把它關掉。都關了嗎？還有，最後進來的那位先生，請把門帶上，我要開始了。謝謝您。」

陽光遮斷了，人為的昏暗被鍍金鏡子裡無數的燭形燈泡照亮，孟迪的精華時間——每個工作天有八次——即將開始。

「正如各位當中最富觀察力的人所見，我們正站在林德霍夫堡相對比較簡陋的入口大廳。這兒不叫林德霍夫宮，請注意了，因為「hof」這個字尾的意思是農莊，我們現在立足的這座宮殿正蓋在原來林德農莊的土地上。但為什麼叫林德呢？我們自問。這兒有語言學家嗎？研究文字學的教授？古文專家？」

沒有，沒關係，因為孟迪不合法的即席演講即將登場。不知什麼緣故，他似乎一向就是這麼搞不清楚狀況，喜歡耍點花樣。也許這是他的盲點。有時他故意讓自己大吃一驚，當作一種思想治療，幫助他抗拒諸如伊拉克戰爭，或是今早同時寄達的海德堡銀行催收信與保險公司繳費單等更加揮之不去的思緒。

「好，我們知道德文有Linde這個字，意思是椴樹。但是林德霍夫（Linderhof）還多了一個字母r。這要怎麼解釋？我問自己。」他加快速度。「請注意，也許這片農莊原屬於林德先生所有，這本來就是他的姓氏。但我寧可做不同的解釋，也就是動詞linden，有減輕痛苦、安慰憂慮、鎮定心神等意義。我總覺得，如此解釋對我們可憐的路德維希二世特別有吸引力，即使只在潛意識的層次。林德霍夫是他尋求慰藉的地方。唉，人人都需要一點安慰，可不是嗎，尤其這年頭？請記住，路德維希二世一輩子都活得很辛苦。十九歲就登基為王，受父親專制壓迫、被家庭教師騷擾、被俾斯麥恐嚇、被廷臣欺騙、當了腐敗政客的替罪羔羊，國王的尊嚴被剝奪，而且他幾乎不認識自己的母親。」

孟迪也受過類似的虐待嗎？他聲音中的顫抖令人相信正是如此。

「所以他怎麼辦，這位英俊、高大逾於常人、敏感、備受凌虐，又驕傲，自以為是奉天承運的統治者的年輕人？」他深知高大逾於常人之苦，以同病相憐的權威姿態問。「他與生俱來的權力被人一點一點有系統地剝奪，他怎麼應對？答案是，他為自己建了一連串的夢幻城堡。誰不這麼做呢？」——他對這題目越來越興奮——「派頭十足的宮殿。權力的幻象。他的權力越縮小，他蓋的幻象就越大——就像敝國神勇無敵的布萊爾首相，如果你問我的意見，不過，可千萬別說出我的名字。」——困惑的沉默——「因此，我個人盡可能不說路德維希二世是瘋子國王。我寧可稱他是夢想家之王。如果你喜歡，也可以叫他逃遁藝術家國王。生活在爛糟糟世界裡的寂寞先知。他都在夜間活動，可能你們已經知道。他不喜歡人類，對女性更是毫無興趣。哎呀我的天，真是的。」

笑聲來自一群正拿著酒瓶互相傳遞的俄國人，但孟迪當做沒聽見。他高高站在自製的肥皂箱上，禮帽略前傾，像警衛的戴法，搭在他那糾結不聽話的亂髮上，他已進入一個遠離塵世的空間，一如路德維希二世，只偶爾朝那片仰起的人頭垂顧一眼，或略為停頓，好讓一個小孩哭個痛快，或一群正私下爭執的義大利人解決爭端。

「當路德維希二世處在自己的腦中世界，他就成為宇宙的統治者。沒有人，沒有人對他發號施令。在這兒，在林德霍夫堡，他是太陽王的化身，就是你眼前桌上那尊銅鑄騎馬紳士：法文的路易正等同德文的路德維希。他在距此地幾哩外的基姆湖紳士島上為自己蓋了一座凡爾賽宮。在往北的新天鵝堡，他是齊格飛，也就是他的偶像作曲家華格納用歌劇成就不朽英名的中世紀日爾曼戰士國王。要是您想動動筋骨，他還在崇山峻嶺中建了夏亨狩獵行宮，在那兒自行加冕為摩洛哥王。如果環境許可，他還能成為麥可・傑克遜，幸好他沒聽過這號人物。」

這時現場笑聲不斷，但孟迪再度無視。

「國王陛下有很多小怪癖。他會要求把食物放在黃金桌上，從鑽出的地洞端去給他——這洞非常小，待會兒我指給各位看——這樣就沒人能看到他吃東西。他強迫僕人整晚不能睡，如果他們惹惱了他，他會下令活剝他們的皮。他若不想交際，跟人說話時就躲在屏風後面。各位要記住，這些都發生在十九世紀，可不是在黑暗時代。當時外面的現實世界正忙著興建鐵路、鐵殼船、蒸汽引擎、機關槍、攝影機。所以我們不要自欺，以為這是很久以前的故事。但路德維希除外，當然了。路德維希二世逆轉生活。他在歷史中倒退回溯，看他的錢能將他帶多遠。問題就在這裡，因為那也是巴伐利亞的錢。」

低頭瞥一眼手錶。三分半鐘過去了。現在他該走上樓梯，觀眾尾隨在他身後。他確實在這麼做。透過身旁的牆壁，他聽得見同事的聲音，像他一樣提高音量：大嗓門的布蘭甘女博士，退休教師，最近剛皈依的佛教徒，本地愛書人俱樂部的領袖；蒼白的史泰特勒先生，自行車騎士兼色情狂；來自亞爾薩斯的米歇・德拉吉，一個被解除神職的教士。在他身後沿著樓梯走上來的是一波接一波、所向無敵的日本步兵，由一位踩著碎步，手中揮舞著一把跟張伯倫所持相去甚遠的褐色雨傘的日本選美皇后在帶隊。

還有，不是他生平第一遭，在他身旁不遠處，出現了沙夏的鬼影。

孟迪是在這座樓梯上首次感覺到背上熟悉的刺痛感嗎？或是在王座室？皇家寢室？鏡廳？一種感覺，彷彿多年前的警告，是在哪兒襲上心頭？鑲滿明鏡的大廳是刻意布置來對抗現實的碉堡。真實影像在化身千萬、朝無垠撤退之際，失去了衝擊的力道。面對面時能產生強烈恐懼或完美愉悅的人影，在不計其數的反射中卻只是個前提，一個想像的形影。

不僅如此，出於必須，受過訓練，孟迪向來警覺心極高。在林德霍夫，即使做一個再簡單不過的動作，他都會先檢查前後左右、四面八方，防備過去生活不受歡迎的殘跡，或目前生活中的橫逆，好比藝品竊賊、破壞分子、扒手、債主、海德堡來的書狀遞送員、心臟病突發的高齡觀光客、在價值連城的地毯上嘔吐的幼童、手提袋裡偷藏小狗的淑女，還有最近加入的——在管理部門迫切堅持之下——有意自殺的恐怖分子。這份貴賓名單中，當然也不能剔除即使像孟迪這種已有滿意性伴侶的男人，也很歡迎的慰藉——最好只限不著痕跡欣賞的曲線美女。

為了把警戒做得更好，孟迪暗中布署了幾個制高點和觀察哨；這兒正對樓梯下方有幅設色黝暗的畫，還特別鑲了玻璃予他方便；一只銅甕是觀察兩側所有動靜的廣角鏡頭；還有鏡廳本身，裡頭有成千上萬個複製的沙夏在綿延無數哩的黃金甬道裡徘徊。

也許不是。

是他心裡有沙夏的鬼，或是星期五晚上的海市蜃樓？孟迪立即提醒自己，自從兩人道別以來，這麼些年，有多少次曾乍以為見到了沙夏：全身只剩最後一歐元的沙夏從對街看見他，像隻飢餓又熱切的蜘蛛，蹣跚穿過車陣，過來擁抱他；飛黃騰達又衣著入時的沙夏，大衣領上鑲著毛皮，狡猾地守在門口，突然跳到他面前，或是在公共場所乒乒乓乓衝下樓梯，喊道，泰迪，泰迪，是你的老朋友沙夏啊！然而，只要孟迪停下腳步轉過身，笑容如斯堆滿一臉，那鬼魂便消失無蹤，化為一個全然不同的人，遁入人群之中。

因此，為了掌握十拿九穩的證據，孟迪不斷變換崗哨的位置，為強調語氣而伸出手臂，為了給觀眾指點景觀，在箱子上四方轉動身軀，從皇家寢室看出去這景色多麼美妙而令人嘆為觀止啊——跟著我的手臂看過去，各位女士先生——義大利瀑布正從漢能柯普峰的北坡奔騰而下。

「設想你躺在那兒！」他用可與壯觀的湍流比擬的熱情鼓勵聽眾——「跟一個愛你的人！嗯，這可能不適用於路德維希二世的情況。」——俄國人一陣歇斯底里的狂笑——「總之，還是躺在那兒，圍繞在象徵巴伐利亞王室的一片金色和藍色之間！你在一個陽光普照的早晨醒來，張開眼睛，望向那扇窗外，看著——砰。」

砰字出口就要逮著他：沙夏——老天爺，兄弟，他媽的你這陣子是躲在哪兒？——只不過孟迪一個字也沒說出口，除了眼梢一轉，不露絲毫痕跡，因為在這個充滿華格納精神的地方，沙夏仍戴著那頂過去他們稱做「隱身帽」的巴斯克黑扁帽，低低壓著眉毛，警告他不得輕舉妄動，尤其在戰時。

除此之外——以防孟迪若是忘了他的祕密作風——沙夏若有所思地將彎曲的食指壓在唇上，不是警告，而像無限神往，沉浸在某個陽光明媚、一睜開眼便望見漢能柯普瀑布奔流直下的早晨，表情如癡如醉。這做作是多餘的。最敏銳的監視者，甚至全世界最聰明的監視攝影機，也甭想拍到他們重聚的蛛絲馬跡。

但沙夏還是老樣子：侏儒哨兵沙夏，就算動也不動，依然生氣勃勃，他盡可能跟附近的人保持距離，以避免身高上的比較，手肘在身體兩側略為抬起，好像即將起飛，火燒似的褐色眼睛瞄準你視線的上方——無所謂，就像孟迪，你比他高了一顆半頭——約束、指控、搜索、挑戰，用眼神觸怒你，質問你，令你不安。沙夏，只要我活著你就是這樣。

導覽結束了。規則禁止導遊索討小費，但允許他們站在門口，對離去的參觀者點頭道別，送他們步入陽光下，祝他們一路平安，假期愉快。這方面的收入每天都不一樣，但戰爭使它更微薄。孟迪有時就兩手空空站到底，他順手把禮帽擱在一座胸像的頭上，以免被人誤會是粗陋的乞討工具。有時，一對相親相愛的中年夫婦，或帶領調皮學童的小學老師會羞怯地衝過來，塞給他一張紙鈔，隨後衝回人群。今天是一位和藹的墨爾本建築包商和他的妻子道玲，他們覺得有必要告訴孟迪，他們的女兒崔西前年冬季也參加過一模一樣的行程，由同一家旅行社安排。你能相信嗎？她愛死了這行程的每一分鐘——說不定孟迪還記得她，因為她可千真萬確記得這個頭戴禮帽、又高又壯的英國佬呢！金髮女郎，有雀斑，紮著馬尾，男朋友是伯斯來的醫科學生，在學校裡打橄欖球的？趁著孟迪裝模作樣在記憶中搜索崔西的形影時——男朋友的名字叫凱斯，包商特別告訴他，看會不會有幫助——他感覺到有一隻硬實的小手握住他的手腕，將掌心翻轉向上，塞入一張摺好的紙條，將他手指壓下握緊。就在這時，他用眼角瞥見沙夏的扁帽消失在人群當中。

「下次你來墨爾本吧？」澳洲建築包商喊道，將名片塞進孟迪繡有國旗的外套口袋。「就這麼說定了！」孟迪爽朗地笑著同意，靈巧地把手中的紙條塞進外套側袋。

•

旅行開始前，最好先坐下，而且最好坐在自己的行李上。這是俄羅斯的迷信，但發明這句至理名言的，卻是長期傳授孟迪各種自保訣竅的導師尼克．艾摩利：如果大事即將發生，愛德華，你在當中又有分，那麼看在老天爺分上，一定要克制你與生俱來的衝動個性，在你往下跳之前先暫停一下。

林德霍夫的一天結束了，工作人員與觀光客都快步走向停車場。孟迪就像是殷勤的主人，流連在台階上，用各國語言向離去的同事道別。Auf Wiedersehen，麥爾霍夫太太！還沒找到呢！他指的是渺無蹤影的伊拉克大規模毀滅性武器。弗立茲，Tschüss！向你親愛的老婆致意！前幾天她在靈異象限發表的演講真棒！——那是本地的文化與辯論俱樂部，孟迪偶爾會去那兒發洩他對政治的不滿。還有他的法國與西班牙同事，一對已婚的男同性伴侶——巴布羅，馬賽爾，我們下週一起哀悼，祝你們 Buenas noches 加 Bonsoir！最後一批徘徊者消失在暮色中，他便閃進宮殿西側的陰影中，藏身在樓梯間的黑暗裡。

他開始這份工作不久，就憑運氣找到這個地方。

有天傍晚，他在古堡附近探勘環境——當晚這兒要舉行一場月光音樂會，在徵得穆斯塔法同意之後，他打算留下來欣賞——發現了一道不起眼、通往地下室的樓梯，似乎哪兒也到不了。他步下樓梯，看到一扇生鏽的鐵門，門上插著鑰匙。他敲敲門，無人應聲，便轉動鑰匙，走了進去。除了孟迪，任誰都會認為他發現的不過是個骯髒的園藝工具間，堆著灑水壺、舊水管、病萎植物等垃圾。沒有窗戶，但石牆高處有裝了鐵柵欄的通氣孔。滿室漂散著腐爛風信子的惡臭，隔壁傳來鍋爐的隆隆聲。但在孟迪心目中，這就是當年瘋子路德維希二世建造林德霍夫的原始目的：一個避難所，一個逃避他所有其他避難所的地方。他退回外面，把門鎖好，將鑰匙放進自己的口袋，他等了七個工作天，有條不紊地勘查這個標的物。上午十點，古堡門開啟時，所有對外開放的房間裡的健康植物都已澆過水，生病的植物也都移走了。園藝包商的貨車是輛外面繪有花朵的小巴士，最遲十點半會離開園區，這時，患病的植物不是搬到工具間，就是搬上貨車去就醫治療。鑰匙失蹤沒有引起懷疑。鎖也沒有更換。從此以後，每天早晨十一點起，這個雜物間就成為他的私產。

今晚這裡也歸他所有。

孟迪挺直身軀，站在廉價的天花板日光燈下，從口袋裡掏出筆形手電筒，攤開紙條，直到它恢復成一張長方形的白紙，看見了他預期的東西：沙夏的筆跡，過去未來都一樣，同樣日爾曼稜角分明的字母e和r，同樣堅定向下的筆觸，昭告著寫字者的個性。讀著紙上訊息時，孟迪的臉部表情很難解析。退縮、焦慮與快樂各占一份。最主要是悲欣交集的亢奮。他媽的三十四年，他想道。我們有三十多年的老交情。我們相遇，打過一場仗，我們分離十年。我們重逢，有十年時間我們聯手對別人作戰，對彼此不可或缺。而後我們永遠分散了，然而十年後，你又回來了。

他在西裝口袋裡掏了半天，摸出薩拉工作的烤肉店提供的火柴盒。他從破爛的火柴盒中抽出一根，點火，把紙條湊近火苗，捏著一角，再換一角，直到它變成一縷扭曲的灰燼。他任它落在石板地上，腳跟踏著將之揉入黑色的塵土，這是必要的步驟。他看一眼手錶，心中計算。還要殺掉一小時二十分鐘。還沒必要打給她。她才剛開始工作。老闆看到員工在工作尖峰時間接聽私人電話會發瘋。穆斯塔法會在狄娜家跟卡瑪爾作伴。穆斯塔法和卡瑪爾是刎頸之交，是西城純土耳其人組成的板球隊的靈魂人物，總領隊是愛德華．孟迪。狄娜是薩拉的表姊和好友。他在長了霉點的手機裡搜尋，找到她的電話、撥號。

「狄娜，你好。該死的管理部今晚要開導遊會議。我完全給忘了。要是我太晚回去，穆斯塔法能否在妳家過夜？」

「泰德嗎？」穆斯塔法沙啞的聲音。

「祝你晚安，穆斯塔法！你好嗎？」孟迪一字一句慢慢說。他們說的是孟迪正在教他的英文。

「我－很－好，非－常－好，泰德！」

「唐．布萊曼是什麼人？」

「唐－布－萊－曼－是－全－世－界－最－棒－的－打－擊－手，泰德。」

「你今晚在狄娜家過夜，可以吧？」

「泰德？」

「你聽懂我的話嗎？我今晚要開會。我會晚回家。」

「我－在－狄－娜－家－睡－覺。」

「正確。幹得好。你在狄娜家睡。」

「泰德？」

「什麼事？」

穆斯塔法笑得說不出話來。「你─好─壞，壞─男─人，泰德！」

「為什麼說我壞男人？」

「你─愛─別─的─女─人！我─要─告─訴─薩─拉！」

「你怎麼猜到我的大祕密？」他必須重複一遍。

「我─就─知─道！我─有─大─眼─睛！」

「你想不想知道這個別的女人長什麼樣子？你可以告訴薩拉。」

「聽不懂。」

「我的另一個女人。要不要我告訴你她長什麼樣子？」

「好啊，好啊！你─告─訴─我！壞─男─人！」又一陣哈哈大笑。

「她的腿很漂亮──」

「好啊，好啊！」

「她有四條很漂亮的腿，事實上──腿上毛很多──還有一條金色尾巴──她的名字叫──？」

「阿穆！你愛阿穆！我要告訴薩拉你愛阿穆還多過愛她！」

阿穆是一隻拉布拉多流浪狗，穆斯塔法用自己的名字為牠取名。牠從耶誕節開始就跟他們同住，薩拉一開始真是嚇壞了，她從小就相信碰過狗會讓自己變得汙穢，無法禱告。但在她兩個男人聯手施壓下，她的心終於融化，現在，阿穆做什麼都是對的。

他打回公寓，聽見答錄機裡自己的聲音。薩拉深愛孟迪的聲音。她說，有時白天想念他時，會放答錄帶作伴。我可能會晚回家，親愛的，他對著機器用他們共通的德語提醒她。今晚要開員工會議，我完全忘了。這是以保護對方為出發點的誠摯謊言，具有獨特的誠實本質，他這麼告訴自己，卻不知年輕開明的伊瑪目是否同意。我愛妳跟今天早晨一樣多，他正心誠意說：別胡思亂想。

他朝錶望了一看——還有一小時十分鐘。他走向一張蟲蛀的鍍金椅，將椅子搬到一座破舊的畢德麥雅[2]衣櫃前。他爬上椅子，在櫃子上端的三角形飾板後頭摸索一陣，取出一個積滿灰塵的卡其軍用舊背包。他拍掉灰塵，坐在椅子上，背包放在膝頭，從褪色的扣環上解開繫帶，掀開袋蓋，狐疑地向內窺視，像是不確定該預期裡頭有什麼東西。

他小心翼翼把袋裡的東西攤在一張竹桌上：一張陳舊的團體照，拍的是一個印度的英國家庭和一大群當地僕傭，排排站在殖民式豪宅前的台階上；一個極具攻擊性的鋼筆字跡以大寫字母寫著「檔案」字樣的黃色檔案夾；一扎年代同樣久遠、字跡潦草的信件；一綹深褐色的女人頭髮，纏繞著一枝乾燥的石南花。

他快速翻過這些物品。他真正要找的，很可能故意被他留到最後的，是一個塑膠文件夾，裡頭塞著將近二十封委由海德堡銀行轉交泰德・孟迪先生的信件，用的是跟他方才燒掉的那張紙條同樣的黑墨水和稜角突出的筆跡。信上沒有寄信者的姓名，但也沒有必要。

軟塌塌的藍色航空信。

粗糙的第三世界信封，用膠帶加強封緘，點綴著像熱帶鳥禽一樣鮮豔奪目的郵票，來自大馬士革、雅加達、哈瓦那等分布在天涯海角的城市。

他先把信件按郵戳時間排好。然後用錫製鉛筆刀逐一拆開，這刀也是從背包裡取出來的。

他開始讀信。為什麼？閱讀任何東西之前，孟迪先生，要先問自己，為什麼而讀。他聽見四十年前德文老師曼鐸邦先生帶著濃重口音的聲音。你閱讀是為了取得資訊？這是原因之一。或是為了求取知識？資訊只是手段，孟迪先生。知識才是目標。

我選擇知識，他心想。我保證不上危險意識形態的當，他補充，在心裡對伊瑪目脫帽致敬。只要知道我不想知道的是什麼就夠了，但我還不確定我是否真的想知道。沙夏，你是怎麼找到我的？為什麼我不能與你相認？這次你在躲誰，為什麼？

信裡摺的還有不耐煩地直接以手撕下的剪報，附有沙夏的評注。螢光筆畫出重要段落，或用驚嘆號標示。

他讀了一個鐘頭，將信件和剪報收回背包，將背包放回原來的藏匿處。他默默告訴自己，綜合的心得正如預期。絕不輕饒。一個人的戰爭照計畫繼續。年齡不是藉口。從來都不是，也永遠不會是。

他把金漆椅放回原位，再次坐下，想起自己頭上還戴著禮帽。他取下帽子翻轉過來，盯著裡頭看，

2　畢德麥雅（Biedermeier）是指德意志邦聯諸國在一八一五年（維也納公約簽訂）至一八四八年（資產階級革命開始）的歷史時期，現則多指文化史上的中產階級藝術時期。

他在沉思時總會這麼做。製帽商史丹馬茲基的名字是約瑟夫。他專生兒子，沒有女兒。他公司在維也納的地址是杜勒街十九號，在麵包店樓上。這也可能已經是舊址了，因為約瑟夫．史丹馬茲基這老頭兒喜歡在作品上加注年月，這一件的年份很特別：一九三八年出品。

瞪著帽子內部，往事一幕幕展開。鋪圓石的巷道，麵包店樓上的小工作室。砸破的玻璃，約瑟夫．史丹馬茲基、他的妻子和許多兒子，在以無辜著稱的維也納旁觀者嘈雜的讚同聲中被人拖走，圓石縫隙裡有血跡。

他起身，挺起肩膀，放鬆，左右擺動雙手，讓自己輕鬆點。他走到樓梯間，將門鎖好，步上石階。宮殿的草坪上已有一層露水。清新的空氣裡有新剪草坪和潮濕板球場的味道。沙夏，你這發瘋的雜種，現在你想幹什麼？

•

孟迪把福斯金龜車慢慢駛過瘋國王路德維希二世金色大門中間的路面高突，轉上前往穆瑙的路。這輛車跟它的主人一樣，早已告別青春。它的引擎呼呼作響，疲倦的雨刷在擋風玻璃上留下半月形的痕跡。後窗貼有自製的貼紙，孟迪親手以德文寫著：「本車駕駛對阿拉伯半島土地不做主權聲張」。他順利通過兩個小十字路口，正如承諾，見到一輛掛著慕尼黑車牌的藍色奧迪就停在他前方的路肩，戴扁帽的沙夏側影趴在方向盤上。

根據金龜車不可靠的里程表，孟迪尾隨奧迪走了十五公里。路走向下坡，進入森林，分成兩叉。沙夏沒打燈號就開上左徑，金龜車裡的孟迪急忙跟上。林蔭路兩旁都是黑色樹木，向下通到湖邊。哪個湖？根據沙夏的說法，孟迪跟托洛斯基[3]唯一的共通點，就是被那位歷史偉人美其名曰的「路盲症」。一看到停車場標誌，奧迪就衝下斜坡，歪歪倒倒地停下。孟迪依樣畫葫蘆，瞥一眼後視鏡，看看有沒有誰跟在他後面，或是緩緩駛過而沒有停車：什麼都沒有。手提購物袋的沙夏一腳高一腳低，快步走下一道鋪有水泥的階梯。

沙夏認為自己出生前在子宮裡缺氧。

叮叮噹噹的遊樂場樂音從小徑那頭傳來。一閃一閃的燈光在樹叢中眨眼。這兒有一個鄉村慶典，沙夏正要前去。孟迪唯恐跟丟，連忙拉近兩人的距離。沙夏在前十五碼，他們衝進煉獄似的喧鬧人群中。一座旋轉木馬哼唧著低俗的流行歌曲。乾草車上有個鬥牛士，正對著紙板做的公牛扭動身體，用濃重的西里西亞腔[4]唱著西班牙情歌。灌飽啤酒的尋歡作樂者把戰爭拋在腦後，互相吹送羽蛇[5]。任何人在這種地方都會覺得適得其所，沙夏如此，我也一樣。每個人都是一天的公民，沙夏還沒有忘記他的技巧。

高高站在飾滿旗幟的蒸汽船上的司令官用擴音器下令，所有無所事事者必須立刻拋開一切煩惱，報

3 托洛斯基（Leon Trotsky, 1879-1940），俄國共產黨重要領導人，一九二〇年代失勢，被史達林放逐，後在墨西哥遭暗殺。

4 西里西亞（Silesia）是中歐一個歷史地域名稱，目前大多屬於波蘭，少部分在德國及捷克境內。

5 羽蛇是美洲古文明阿茲特克人信奉的神祇，象徵生命和繁殖，形象是披著鶡鳥羽毛的蛇。

名加入浪漫的遊湖之旅。一支空中煙火在湖面上爆開。彩色星辰如瀑布灑入湖裡。是進入或退出?去問布希與布萊爾吧,我們兩位偉大的戰爭領袖,兩人都沒看過一發因憤怒而發射的子彈。

沙夏消失無蹤。孟迪抬頭,鬆了一口氣,他見到他正沿著附著在漆有橫條紋的愛德華式別墅外牆的一座鑄鐵螺旋梯,拖著購物袋往上爬。他的步伐漫無章法。總是這樣。右腿每向前踏一步,他就要縮一下腦袋。那袋子重嗎?不像,但沙夏每次轉彎都很小心地保護著。也許是炸彈?不會是沙夏,絕無可能。

孟迪再次不經意地環目四顧,要確定這場派對會不會還有誰前來參加,然後才跟著上樓。「租期至少一週」,一塊油漆的招牌這麼說。一週?誰需要一週?這種遊戲十四年前就結束了。他向下望。沒有人在跟蹤,他一步步上樓,所有房間門全都漆成紫色,一根長條日光燈管在照耀。樓梯轉角處,有個身穿毛皮外套、戴手套,面無表情的女人正在皮包裡翻尋。他氣喘吁吁向她道了聲「妳好」。她不理他或者她是聾子。把手套脫了,女人,說不定就會找到。繼續向上爬,他渴望地回頭看她,彷彿她是塊陸地。她弄丟門鑰匙了!她把孫兒女鎖在房間裡。下樓回去幫她。表演英雄救美,然後回家去,守著薩拉、穆斯塔法和阿穆。

他繼續往上爬。樓梯又轉了個彎。四周的山峰是沐浴在半輪月光下千古不化的雪原。下方是湖,市集、人聲——仍然沒有他看得見的跟蹤者。他面前是最後一扇紫色的門,半掩。他推門。門開了一尺寬,但他只看見一片漆黑。他欲待高喊沙夏!然而對扁帽的記憶制止了他。

他聽著,除了慶典的嘈雜聲外什麼也聽不見。他走進去,在身後將門掩上。在半明滅的黑暗中,他看見沙夏佝僂的身子立正站在那兒，購物袋就擱在腳下。他雙臂盡可能垂直貼著身側，大拇指按照參加遊行的共產黨軍官最好的傳統向前平伸。但那張席勒般的臉、炙熱的眼睛、充滿熱忱前傾的姿勢，即使在捉摸不定的黑暗中，也帶著前所未有的生命力與警覺。

「我看啊，你現在專會說屁話，泰迪，」他說道。

同樣刻意壓抑的薩克森口音，孟迪記著。同樣喜歡賣弄、不留餘地的口氣，對他而言足足大了三號。同樣見面就責難別人的作風。

「你那套離題的語言學論證是屁話，你對瘋子路德維希二世的形容是屁話。路德維希二世是個法西斯雜種，俾斯麥也一樣。你也一樣，要不然你就會回我的信。」

但這時他們已迫不及待衝向對方，互相給彼此一個已經拖延許久的擁抱。

2.

那條從孟迪出生、向沙夏在林德霍夫的轉世流動，盤旋曲折的時間之流，發源地不在英格蘭中部各郡，而是遠在英國殖民統治三百年來一直稱為西北邊區的興都庫什窮山惡水之間。

「您看我家這位少爺，」身為孟迪父親的退休步兵少校，總在金天鵝私家酒吧裡，對任何倒楣到沒聽過他的故事，或是儘管已聽過十幾遍、但客氣到不好意思承認的人揚言：「確實有點千載難逢的歷史機緣，對吧，兒子，可不是嗎？」

少校伸出摯愛的手臂，摟住正處於青春期的孟迪的肩膀，順手揉亂他的頭髮，再把他推到光線下，好讓別人看個清楚。他老先生五短身材、脾氣火爆、情緒亢揚，做出的手勢即使是出之於愛，也有打拳賽的意味。兒子瘦巴巴像根豆莖，已經比父親高出一個頭。

「讓我告訴您咱家的小愛德華是哪一點難能可貴，請您允許，長官，」他繼續說，把周圍所有長官（以及女士）都當作聽眾，越說越來勁，因為大家都看著他，而他也看著大家。「那天早晨，僕人來通報我家夫人光耀門楣，即將替我生出個孩子——就是這孩子，長官——的時候，完全正常的印度太陽剛好升上來，照耀著軍醫院。」

他刻意停頓一下，孟迪有朝一日也將學會這一招，少校的酒杯若有所指也升了上來，頭一低，湊了上去。

「但是，長官，」他繼續道，「但是啊。等到這個年輕人俯允參加人生的大閱兵，」——指控衝著孟迪來勢洶洶，但凶猛的藍眼睛滿溢的溺愛絲毫不減——「沒戴遮陽帽，關禁閉十四天，長官，就像我們以前常說的！——升上來的太陽就不是印度的啦。變成了巴基斯坦自治領地的一部分。對吧，兒子，對吧？」

這時候，孩子的臉多半已漲得通紅，結結巴巴道：「呃，您是這麼告訴我的，父親。」這就足夠為他搏得友善的笑聲，少校也頗有可能再喝到一杯別人請的酒，並有機會指出他這故事的道德教訓。

「歷史女神翻臉比翻書還快，長官。」——這是後來給兒子繼承去的警句風格——「你不分日夜給她做牛做馬。流汗流血，肝腸寸斷。伺候她吃喝拉撒、風雨無阻、齋戒沐浴。到頭來也沒有丁點差別。一旦她不要你——滾吧。開除了。當垃圾扔了。就這麼回事。」這時已輪到舉起新倒的一杯酒。「祝您健康，長官，您真慷慨。敬女王陛下。上帝保佑她。還有那位旁遮普鬥士。有史以來最優秀的軍人，舉世無雙。但需要有人領導。先生。這就是困難所在。」

少爺走運時，也能得到一杯薑汁汽水，少校突然情緒激動，從破舊的軍用夾克裡掏出一條卡其手帕，先擦拭整潔的小八字鬍，接著在面頰上按兩下，再納回原位。

少校落淚事出有因。金天鵝的常客再清楚不過，巴基斯坦誕生那天，他不僅一生事業歸零，也失去了妻子。她只用疲累的眼神，看了分娩太久、體形過長的兒子一眼，就隨帝國一起斷了氣。

「那個女人啊，長官——」晚間飲酒正宜澆愁，少校的愁緒也越來越濃。「只有一句話可形容：有氣質。我第一眼見到她，她穿著騎裝，帶著兩個僕人去晨間小跑。她在平原上住了五個酷熱的夏季，看起來還好像剛在切特楠[6]女子學院吃過奶油草莓似的。比僕人還更了解當地的草木蟲魚。原本她還應該在我們身邊的，願上帝保佑，要不是軍醫院那個混帳醫生喝個爛醉。敬她，長官。已故的孟迪太太。向前－進。」他淚眼汪汪的目光停駐在兒子身上，似乎方才有一會兒忘了他的存在。「小愛德華，」他說明，「板球校隊的隊長。你幾歲了，兒子？」

等著護送父親回家的男孩自稱十六歲。

但正如少校拍胸脯保證的，面對雙重損失的悲劇，他也毫不退縮。他活了下來，長官。他堅忍不拔。鰥夫，隻手照顧小男嬰。英國政權在他面前垮台，你以為他免不了要步上那些下流胚子的後塵：降下國旗，吹熄燈號，坐船回家當個無名小卒。少校才不幹這種事，長官。不，謝謝你。他寧可留在旁遮普吃大便，也不去拍那班軟弱無能、只會發戰爭財的死老百姓馬屁，謝了。

「我叫了裁縫過來，我說：『裁縫師，把我卡其軍服上的皇家少校徽章拆了，換成象徵巴基斯坦的新月——動作快。』然後我就提供我的服務——只要有人賞識——給世界頂尖的戰鬥團隊，前提是」——他戲劇化地豎起一根警告的手指——「前提是，長官，他們得有人領導。困難就在這兒。」

上天垂憐，酒店即將打烊，最後一巡酒的鈴聲響起，男孩用久經訓練的手托起父親的手臂，齊步走回山谷街二號的家，了結昨晚吃剩的咖哩。

然而，孟迪的出身並不像這些酒吧回憶暗示的那麼容易界定。對於過去，少校只有誇張的大筆揮灑，談到細節卻變得緘默，以至於孟迪孩提時代的記憶只侷限於一連串的營地、營房、新兵訓練站、山地崗哨，隨著少校的運勢江河日下，變化的速度也越來越快。前一天，這自命不凡的帝國之子還是配備完善、粉刷得雪白的軍營的最高統帥，附帶管轄漆成赭紅色的俱樂部、馬球場、游泳池、兒童運動比賽和一場史無先例，由他飾演「糊塗蛋」一角的《白雪公主與七矮人》耶誕戲劇表演。隔天，他就光著腳在空了一半的營區黃泥路上奔跑，這兒距任何市鎮都有好幾哩路之遙，鎮上沒有機動車輛，只有牛車，鐵皮屋頂的電影院取代了俱樂部，軍中福利社供應的耶誕布丁長了綠黴。

搬家頻仍，家私所勝無幾。少校的虎皮、貯物箱、珍藏的象牙雕刻都成了失物。甚至他對亡妻的記憶也都遭竊，她的日記、信件和一盒珍貴的傳家首飾：拉合爾那個當賊的鐵路站長真是個雜種，少校要將他處以鞭刑，他手下所有的流氓聽差也都跑不掉！有天晚上，孟迪鍥而不捨的蠢問題逼得少校無處可躲，他對著酒杯發誓。「她的墓，兒子，我告訴你她那個他媽的墓在哪裡！沒了！被暴動的土著砸成碎片！一塊石頭也不剩！我們剩下關於她的一切全都在這裡了！」他用小小的拳頭搥著胸，又給自己倒了一杯小酒。「那女人氣質之好，你簡直無法相信，孩子。每次看著你，我就像看到她。盎格魯愛爾蘭的貴族。龐大家產在亂世被夷為平地。先是愛爾蘭人，現在則是天殺的托缽僧團。族人沒死光的也已飄零各地。」

6　切特楠（Cheltenham），英格蘭格洛斯特郡一座古老的城市，以文風鼎盛著稱。

他們終於到達屯軍的小山城穆里，不再流浪。少校在營區以泥磚搭建的簡陋小屋裡飽食終日，為喉嚨著想只抽黑貓牌，對餉銀、病假名單、休假排班表，他都嘖有煩言，男孩孟迪交由一個非常肥胖的馬德拉斯保母照顧，她在巴基斯坦獨立後來到北方，沒有名字，大家只叫她阿婭[7]，她陪孟迪用英文和旁遮普語唱英文兒歌，偷偷摸摸教他古蘭經裡的聖言，還告訴他有位名叫阿拉的神，祂愛公益和世上所有人，唯有基督徒和印度教徒例外，她說，但是祂最愛孩子。在孟迪再三追問下，她極不情願地承認，她的丈夫、兒女、父母和兄弟姊妹都已不在人世。「他們都死了，愛德華。他們都與阿拉同在，每一個。你只需要知道這些就好。睡吧。」

一再詢問之下，她承認，他們是在印巴分裂導致的大屠殺中遇害。分別在火車站、清真寺與市場被殺。

「妳是怎麼活下來的呢，阿婭？」

「是神的旨意。你是我的福佑。快睡吧。」

黃昏來臨，在山羊、胡狼、號角與旁遮普鼓聲不息的滴答聲中，少校也開始考慮人生之有涯，在河邊一株楝樹下，吞吐一種他稱為「緬甸」、用錫製小刀切成一段一段的方頭雪茄。他不時從小錫壺啜飲一口，他人高馬大的兒子則與本地玩伴一塊兒戲水，搬演發生在他們周遭、永無止盡的成人相殺故事，假扮印度教徒對抗穆斯林，輪流裝死。四十年後，孟迪只需閉上眼睛，就能感覺到日落後空氣中帶有魔力的清涼感，嗅到從突如其來的昏暝中蹦出的氣味，或目睹小丘上升起的黎明閃爍著雨季的綠光，或聽見玩伴的口哨聲被宣禮員呼拜聲，或是他父親夜裡責罵那個害媽媽喪命的該死兒子的咆嘯聲蓋過——

哼，不是你嗎，兒子，不就是你嗎？過來，立刻服從我的命令，兒子！但男孩拒絕，管他立不立刻，他寧可讓阿婭摟在身旁，直到酒精發揮作用。

時不時，男孩都得忍受生日，從它遙遙可見開始，他就會患各式各樣的毛病：胃痙攣、高燒頭痛、德里痢疾、瘧疾初期症狀、被毒蝙蝠咬傷的恐慌。但這一天還是要來，廚子會準備一大堆咖哩，做一個大蛋糕，寫上祝愛德華長命百歲，但沒有其他小孩受邀，窗簾拉下，餐桌上只有三份餐具，點上蠟燭，僕人都默不作聲站在牆角，少校穿起全套大禮服，掛上所有勳章，留聲機一遍又一遍播放同樣的愛爾蘭民謠，孟迪很想知道，盤中咖哩剩多少是在容許範圍內。他一本正經吹熄蠟燭，切三片蛋糕，一片放在他母親盤裡。如果少校還有半點清醒，父子二人便用節慶日才會拿出來的紅白西洋棋組默默對弈一局。棋局總沒有結果。殘局留待明天，但明天永遠不來。

但還有其他更難得的夜晚——這種晚上無須多——少校令人望而生畏的不悅臉色比平時更沉鬱，他悄悄走到房間角落的書桌前，用繫在鍊子上的鑰匙打開桌子，隆重地取出一本古老的紅皮書，上頭寫著《吉卜林作品選讀》。他從陳舊變形的金屬盒中取出閱讀眼鏡，將威士忌酒杯放在藤椅扶手上一個洞裡，然後以平板的音調大聲讀出有關叢林男孩毛格利的段落，另外還有一個名叫金姆的男孩，後來為女王陛下進行間諜活動，雖然他下場如何，最後究竟是成功或被捕，選摘的段落都不曾透露。一連幾個小時，少校啜飲、朗讀、啜飲，莊嚴得像是獨掌全局在主持聖餐儀式，直到他睡著為止，而阿婭接著便無

7 印度語，「ayah」意為「女傭」。

聲地從她一直潛伏著的暗影中走過來，牽起孟迪的手，帶他去睡覺。少校告訴他，這本吉卜林選集是一度屬於他母親龐大藏書中碩果僅存的一本。

「那個女人讀過的書比我吃過的熱騰騰晚餐的頓數還多。」他用他的軍人方式稱許。儘管如此，隨時間過去，孟迪開始困惑，也感到挫折，像他母親這麼傑出的閱讀者，怎麼會留下一本從頭到尾都只講半截故事的雜湊給他。他還寧可聽阿婭講先知穆罕默德英雄事蹟的床邊故事。

這男孩其他部分的教育，包括在一所專為手頭拮据的英國軍官子女及孤兒所設立、經營得苟延殘喘的殖民學校就讀，參加默劇演出，以及每週一次到一位聖公會傳教士那兒補習神學與鋼琴。這位教士臉上無鬚，最喜歡以自己的手指牽引男孩的手指。但相對於每個異教陽光普照的日子，這種與基督教漫無章法的短兵相接，不過是令人厭倦的干擾罷了。他最快樂的時光是跟阿梅德、奧瑪與阿里在清真寺後面那塊泥土地，使出一身蠻勁打板球，或是凝視泛著珠母貝光澤、清澈如鏡的石頭池子，傾訴對拉妮的童稚之愛，她是同村一個九歲的赤腳美人兒，他打算只要一有機會訂親，就要與她廝守終身；或趁巴基斯坦伊斯蘭共和國簇新的國旗在軍營的板球場升起時，高唱旁遮普語的國歌。

孟迪原本應該可以就這麼輕輕鬆鬆度過年少時代，甚至他的後半生，若非有天晚上，所有的僕人、甚至連阿婭都逃跑了。小屋的門窗緊緊上了栓，父子二人在沉默中倉促將僅剩的最後幾件財產裝進四角釘有黃銅片的皮箱。天剛濛濛亮，他們就坐上軍用老爺卡車後廂，跌跌撞撞出了營區，旁邊有兩名面色森寒的旁遮普士兵守著機關槍。蹲在孟迪身旁，已解除軍裝的巴基斯坦步兵少校，戴著一頂平民的軟氈帽，打上從前的學校領帶，軍人領帶對一個因對同僚軍官動手而被判有罪的放逐者已不相宜。雖然沒有明言他用手做出什麼動作，但孟迪的經驗要是做得了準，他掏出手槍絕對不會不發一彈就放回去。軍營門口，一向笑臉行禮歡迎孟迪的衛兵換上了一張大理石臉，阿婭站在那兒，帶著哀戚、憤怒和憎厭的臉孔，蒼白得就像她畏懼的所有鬼魂。阿梅德、奧瑪、阿里追著卡車嘶喊、揮手，但拉妮不在其中。她穿著女童軍罩衫，新編的黑色髮辮垂在背後，她坐在路旁低頭彎腰，光腳丫併在一起，雙手抱胸泣不成聲。

船在黑暗中離開喀拉蚩，也一路在黑暗中航行到英國，因為少校見到自己的照片刊登在本地報紙上，引以為恥。為了避人眼光，他把威士忌帶進艙房，只在男孩強迫他時才肯進食。男孩成了父親的看護，監視著他，出外巡狩，檢查船上的日報，過濾有害的訊息，趁著天亮前或傍晚全船換裝準備用晚餐時，偷偷把他弄上甲板，鬼鬼祟祟散個步。仰天躺在另一張臥舖上，吸著父親的緬甸雪茄二手菸，數著船艙防水壁拱頂鑲嵌的柚木條板上的黃銅螺絲帽，不時聽聽父親的嘟噥，船舶引擎聲，或替無法給他滿意結論的吉卜林故事想結局，他在夢中想著拉妮、游回那個他父親依然稱為印度的家。

滿懷痛苦的少校對於他鍾愛、拋棄的印度有很多話要說，有些聽在年輕的孟迪耳裡相當意外。既然偽裝沒有任何好處，少校便宣稱他打從心底厭惡祖國默許印巴分裂，留下無窮後患。他不絕於聲地詛咒西敏寺那群流氓與白癡。一切都是他們的錯，包括他們對阿婭一家人的暴行。就好像少校必須把自己的罪轉移到他們身上。血腥屠殺和強迫移民、法律、秩序與中央行政崩潰，都不怪在地平民的頑強不妥協，而應歸咎於英國殖民政府的歧視、操縱、貪婪、腐敗、懦弱。此前少校一直不許別人說他壞話的末代總督蒙巴頓，在他們毒霧瀰漫的小船艙裡卻變成了一頭蠢驢。「要是那頭蠢驢慢一點同意分裂、快一點阻止屠殺，就能救下一百萬條人命。說不定是兩百萬。」艾特禮（Attlee）和克力普斯爵士（Sir Stafford Cripps）也好不到哪裡去。他們以社會主義者自居，但其實就跟其他人一樣，都是滿腦子階級觀念的勢利鬼。

「至於邱吉爾，要是他能為所欲為，保證會比所有混蛋加起來更可惡。你知道為什麼嗎，兒子，知道嗎？」

「不知道，父親。」

「他以為印度人就是一群糊里糊塗的傢伙，就這麼回事。鞭打他們、吊死他們、教他們讀聖經。千萬別讓我聽到你說那傢伙一句好話，明白了嗎，兒子？」

「是，父親。」

「給我一瓶威士忌。」

少校突然爆發的異端邪說或許有其知性上的侷限，但聽在容易受影響、又處於人生關鍵期的孟迪耳裡，卻有如晴天霹靂。電光霍霍中，他看見驚恐的阿婭站在那兒，雙手絞扭在胸前，她所有慘遭殺害的家人就躺在她腳下。他回想起所有經過過濾、語焉不詳、有關大屠殺與大報復的傳言。原來，英國人——不僅印度教徒而已——才是真正的惡徒！他重新以英國基督徒男孩的身分，重溫他被迫在阿梅德、奧瑪、阿里面前承受的嘲諷。太遲了，但他仍要感謝他們的溫和寬容。他看見拉妮，對她能夠克服心中的厭惡來愛他感到不可思議。被逐出他熱愛的國家，陷於青春期的蒙昧，不分晝夜前往一個他從未見過、卻又得稱為故鄉的罪惡國度，這是孟迪有生以來第一次接觸到對殖民史的激進批判。

等待著孟迪的英格蘭，是一片大雨橫掃全境、行屍走肉者的墳場，只靠一盞四十瓦的燈泡照明。灰岩塊砌建的中世紀寄宿學校散發著消毒水的怪味，由男孩的奸細和成人的暴君統治。山谷街二號在哭泣中腐朽，而他的父親烹煮無法下嚥的咖哩，刻意經營他一心追求的向下沉淪。由於威布里基一帶沒有紅燈區，所以他雇了一個生性輕佻的蘇格蘭女管家麥卡齊尼太太，她永遠二十九歲，神氣活現地睡上他的床，替他擦拭他的最後一批印度銀盒收藏，擦得銀盒一個接一個神祕失蹤。但輕佻的麥卡齊尼太太從不像阿婭那樣撫摸孟迪的臉頰，不會為他講述穆罕默德的英雄事蹟，也不會將他的手捧在掌心裡搓揉，直到他墜入夢鄉，也不為他添購遺失的虎皮護身符，好抵擋來自黑夜的恐懼。

靠著一位遠房姑媽的遺產和軍官子女獎學金之助，孟迪被送進寄宿學校，他先是迷惑不解，接著就感到驚恐莫名。少校的告別贈言雖然立意善良，卻無助於他對新生活的衝擊預作準備。「永遠記住，你母親會看顧你，兒子，碰到在公共場合梳頭的傢伙，千萬要沒命似地逃跑。」擁抱時，父親聲音沙啞地勉勵他。赴校的火車上，孟迪拚命記住母親在看顧他這件事，他徒然尋覓攀在窗戶上的小乞丐、或是堆滿一排排非遭謀害者屍體的月台，蓋著屍布遮頭，腳卻暴露在外，或在公共場所梳頭的傢伙。在一個風景灰褐如糞土、藍色山嶺圍繞的地方，他只看見濕透的田野和費解的廣告牌對他宣告：歡迎來到強者的國度。

到了他的禁閉所，過去的白種小神祇、小少爺，立刻被打成賤民。第一學期末，大家公投他為殖民地來的怪胎，此後他就故意裝出歐亞混血兒不自然的英文口音，強調自己與眾不同。讓同學光火的是，他隨時密切注意蛇的蹤跡。聽見學校老舊的水管隆隆作響，他會立刻躲到桌子底下喊著「地震！」他在沐浴日會用一把舊網球拍武裝自己，以防天花板上的蝙蝠掉下來，教堂敲鐘時，他高聲自問，是否是宣禮官在喚他。清早奉命藉晨跑撲滅青春慾力時，他總要探問，頭頂上空盤旋的多塞特烏鴉是否為紙鳶。

這些行徑招來的懲戒也阻止不了他。黃昏自習時間，他嘰哩咕嚕背誦保母教他、泰半已不記得的《古蘭經》章節，敲熄燈鐘號時，大家發現他穿著晨袍，趴在宿舍浴室一面破鏡子上面，拉扯自己的臉皮，尋找皮膚變黑、眼圈黯淡的徵兆，求證他祕密的信念，那就是他是個成色不足的冒牌貨，根本不是他母親貴族血統尊貴的繼承人。但沒有這種運氣：他就是受唾棄定了，一輩子囚禁在英國紳士潔白如雪的罪愆裡，要成為未來的主人翁。

他唯一的精神盟友和他一樣是個流放者：外貌威嚴、看不出年齡、待人非常客氣的白髮難民，戴著無邊眼鏡，身穿蹩腳西裝，替學生補習德文和教大提琴，在布里斯托路圓環一棟只有一個房間的紅磚小屋裡獨居。他名叫馬洛瑞先生。孟迪發現他在高街一家茶館裡看書。學校正在進行教師大會，馬洛瑞先生怎麼沒去參加？

「因為我不完全算是教師，孟迪先生。」他闔上書本，坐得筆直，解釋給他聽。「或許有一天，我再長大一點，就會成為教師。但直到現在，我都只是代課老師。永遠的臨時工。要吃塊蛋糕嗎？我請你，孟迪先生。」

那一週，孟迪一口氣選了每週兩次的大提琴、德文課外指導以及德語會話。「我之所以這麼選擇，因為我唯一在乎的就是音樂，德語則是一種文藝形式的音樂。」他魯莽地寫信給少校，要求他允許每年的學費再增加十五英鎊。

少校的回信同樣激情。他拍回一封電報，以少校的說法，這叫發信號。「所請照准，深得我心。汝母音樂天才也。汝師與聖母峰攻頂好手馬洛瑞有親戚關係則必為人中龍鳳。查明後回報。孟迪。」

嗚呼，馬洛瑞先生並不是什麼人中龍鳳，起碼不是少校定義的那種。他很遺憾地說，他的真實姓名是雨果．曼鐸邦博士，原籍德國萊比錫，而且不喜歡登高。「可是拜託你別告訴其他學生，孟迪先生。不知道他們會怎麼拿曼鐸邦這個名字嘲弄我呢。」他接著哈哈一笑，以早已備受嘲弄的認命神態將那滿頭白髮點了幾下。

大提琴課很不順利。最初，曼鐸邦博士只在乎琴弓的動作。不像穆里那個聖公會傳教士，他碰到孟迪的手指彷彿像是會觸電，小心翼翼將它們擺放到正確位置，就趕快退回房間另一隅的安全地帶。但上到第五堂課時，他的表情便由技術考量轉變成悲天憫人。他正襟危坐在琴凳上，握緊雙手，垂著頭。

「孟迪先生，音樂不可能成為你的避難所，」他無比莊嚴地做出最後宣告，「或許，有朝一日，等你親身體驗過音樂刻劃的感情，它會成為你的避難所。但我們無法確定。所以，或許你最好還是暫時在語言裡尋求慰藉。查理曼大帝說過，擁有另一種語言，就等於擁有另一個靈魂。德語就是這樣的語言。你一旦把它裝進腦子裡，就隨時能到那裡去，你可以關上門，你就有了一個藏身空間。我可以讀一首歌德的小詩給你聽嗎？歌德有時非常純潔。他跟你一樣年輕時，真的很純潔。而他跟我一樣年老時，又恢復了過去的純潔。所以我要用德語為你唸一遍這首絕美的小詩，然後我會告訴你它的意義。下次我們見面時，你會學習這首詩。聽著。」

於是曼鐸邦博士以德語朗讀這首絕美絕短的詩，接著翻譯給他聽：群山之上一片寧靜……且等待，不久你也要安息。大提琴被收進曼鐸邦博士掛他蹩腳西裝的櫃子。已經學會憎恨大提琴，而且不習慣流淚的孟迪羞愧地目睹它出了視界，卻不停地哭泣，曼鐸邦博士這時坐在房間另一頭掛有蕾絲窗簾的窗口，讀著一本彷彿以許多尖錐組合的哥德式字母印刷的書。

儘管如此，奇蹟還是發生了。兩個學期後，曼鐸邦博士有了一個明星學生，孟迪也找到了避難所。歌德、海涅[8]、席勒[9]、艾辛多夫[10]與默里克[11]，都是他祕密的知心朋友。他在經典預習課上偷偷讀他們的作品，還把書帶上床，打著手電筒，躲在被單底下再三閱讀。

「所以，孟迪先生，」曼鐸邦博士對著他為慶祝孟迪通過會考而特地買來的巧克力蛋糕自豪地宣稱，「今天我們都是難民。只要還有人被枷鎖綑綁，全世界所有的好人都不免是難民。」只有像現在這樣用德語說話時，他才容許自己為世上受壓迫階級的奴役生活表示哀悼。「我們不能生活在夢幻泡影裡，孟迪先生。安逸的無知解決不了問題。在我不被允許加入的德國學生會裡，他們敬酒時說：『寧為沙羅曼蛇，生活在火裡。』」

然後，他會為他朗讀從萊辛[12]的劇作《智者納坦》（Nathan der Weise）中選出的一個段落，孟迪畢恭畢敬地聆聽，跟著那華美音節的每個抑揚頓挫搖頭擺腦，彷彿那就是他有朝一日會瞭解的夢幻樂音。

「再跟我說說印度吧。」曼鐸邦博士會說，他也會為阿婭平凡的鄉野故事閉上眼睛。

基於克盡父職的慾望，少校每隔一段時間就會不先通知地闖來學校，撐著櫻桃木手杖專程來看他打球。如果孟迪在打橄欖球，他會高聲加油，叫他打斷那群混蛋的腿；如果他在打板球，他會慫恿他把那群下流胚扔到天棚頂上。他的來訪忽然中斷，因為他對失敗大感憤怒，指控裁判他媽的娘娘腔，以至於被請出場外。這可不是他生平第一遭碰到這種事。學校圍牆外，大開大闔的六〇年代正鬧得不可開交，但圍牆內帝國老調照彈不誤。每天兩次，學校教堂的禮拜儀式都罔顧生者，大肆讚美為國捐軀的校友、肯定白種人的身價遠高於其他人種之上，還要求光是讀泰晤士報的社論都會感受到性刺激的男孩守身如玉。

雖然獄卒的壓迫加深了孟迪對他們的憎恨，他卻逃不掉被他們接納的宿命。他真正的敵人，其實是他自己的好心腸和永不磨滅的歸屬需求。或許只有失去母親的人才能瞭解他想填補的那種空洞。官方態度的變化非常隱微，在不知不覺中進行著。他種種反抗的舉止逐漸不再引起注意。他在最危險的場所抽菸，但沒有人去抓他的小辮子，也沒有人聞到他身上的菸味。他在酒吧後門灌下半公升啤酒，醉醺醺地跑到教堂裡做功課，卻沒有依規定受到責打，還硬是被加工冠上「表現優異」的封號，並且獲得擔保，級長一職已是他囊中之物。還有更糟的。儘管他行動笨拙，仍被選為橄欖球校隊，在板球隊晉入一軍，

8 海涅（Heinrich Heine, 1797-1856），德國浪漫主義詩人。
9 席勒（Johann Friedrich von Schiller, 1759-1805），德國詩人及劇作家。
10 艾辛多夫（Joseph Freiherr von Eichendorff, 1788-1857），德國浪漫主義詩人及小說家。
11 默里克（Eduard Mörike, 1804-1875），德國抒情詩人。
12 萊辛（Gotthold Ephraim Lessing, 1729-1781），德國劇作家。

擔任快投手，甚至被指定為令人難以想像的「校園風雲人物」。一夕之間，他的異教徒行徑和叛逆傾向都被遺忘了。在無聊的校內製作《平凡人》戲劇公演中，他被指定飾演主角。他捧著一大堆不請自來的榮譽畢業，而且靠著曼鐸邦博士的協助，得到一筆進入牛津攻讀現代語言的獎學金。

「親愛的兒子。」

「父親。」

孟迪給少校一點時間整理思緒。他們坐在薩里那棟別墅的溫室裡，外面照例下著雨。雨水遮住了乏人照顧的花園裡的藍松，從落地窗生鏽的窗沿底下滲了進來，拍打著龜裂的瓷磚地面。輕佻的麥卡齊尼太太請假回亞伯丁老家。現在是午後，少校正享受從午餐最後一小時到黃昏第一個小時之間這僅有的一段清醒時間。一頭有淋巴結核問題的黃金獵犬在他腳邊的籃子裡放著屁，喃喃自語。溫室的窗戶缺了好幾片玻璃，但這樣反而好，因為少校開始對密閉的小空間懷有恐懼感。遵照新頒布的軍令，房裡的門窗一律不得上鎖。他喜歡在金天鵝人數日漸減少的聽眾面前這麼堅持，如果那群混蛋要找他，包準知道在哪兒找得到；他指著那根櫻桃木手杖，這已經是他片刻不離身的伴侶了。

「你已經選定目標了，對吧，兒子？你要去念的這個德國玩意兒。」他吸了一大口緬甸雪茄。

「我想是的，謝謝您，父親。」

少校和狗兒一塊兒想著這件事。少校先開了口。

「這世界有些方面還是不錯的，你知道。沒有通通完蛋。」

「我也這麼認為，父親。」

又是一陣漫長的沉默。

「你認為德國佬會再來攻打我們，是吧？上次是在二十年前。再早先一次是上次的二十年前。他們即將發動另一場戰爭。我向你保證。」

又是一長段的沉思，直到少校忽然面露愉快之色。

「好吧，就這麼著，兒子。都怪你母親。」

最近幾個月來，這已不是孟迪第一次擔心父親的精神狀態。我已逝的母親要為下一場跟德國人的戰爭負責？這怎麼可能，父親？

「那個女人學語言就跟你我拿起這個杯子一樣容易。印度語、旁遮普語、烏爾都語、特勒古語、淡米爾語、德語。」

孟迪吃了一驚：「德語？」

「還有法語。她能寫能說還能唱。八哥鳥的耳朵啊。史丹霍普家的人都有這種天賦。」

孟迪很高興聽他這麼說，多虧曼鐸邦博士，他知道德語是一種擁有美麗、詩情、音樂性、邏輯、匪夷所思的幽默，以及所有無法解讀它的人無法理解的浪漫靈魂的語言，他知道這個祕密情報已有相當一段時間了。它擁有一頭尋求文化避風港的十九歲「荒野之狼」在合理前提下所能要求的一切，除了沒在門口掛一個「閒人勿進」的牌子。然而現在它又有了宗譜上的關聯。所有可能存在的殘餘疑慮都被命運一掃而空。要是沒有曼鐸邦博士，他絕無可能一頭栽進德語世界。沒有德語，他絕無可能排上伍爾費拉主教每週一次將聖經翻譯為哥德文的導師課。沒上伍爾費拉的課，他就絕無可能在大學第一學期的第三天，在北牛津和一個身材嬌小、通曉數種語言、名叫伊爾莎的匈牙利小辣椒，屁股挨著屁股坐在同一張印花布面沙發上，讓她以指引一個身高六呎四吋、自幼失母的處男領略兩性之道為己任。伊爾莎對伍爾費拉的興趣跟孟迪一樣，純屬人生的意外。經歷過一場遍及全歐洲的學術大狩獵之後，她來到牛津擴充自己對當代無政府主義的理解。伍爾費拉不知怎麼地就進了她的課程表。

•

孟迪在最黑暗的夜晚被召到薩里別墅，痛失父親的他雙手托著父親汗涔涔的頭，看他吐出悲慘一生的最後殘燼，而麥卡齊尼太太在樓梯口哈她的草。參加葬禮的其他哀悼者包括一個當律師的酒鬼朋友、一個沒領到帳款的出版商、金天鵝的房東和幾個常客。依然堅持二十九歲的麥卡齊尼太太立正站在敞開的墓穴前，從頭到腳每一吋都有勇敢的蘇格蘭寡婦架式。時值盛夏，她穿著黑色雪紡洋裝。無精打采的風將衣服吹得緊貼在她身上，將她那對美好的乳房和剩餘資產的輪廓展露無遺。她用她那份葬禮程序表掩住嘴，在極靠近的距離對孟迪說悄悄話，他覺得耳朵裡的汗毛都被她的嘴唇吹得波動不已。

「看你要是好好求我，可以得到些什麼。」她用亞伯丁的口音說著，令他憤怒的是，她用手輕輕掠過了他的胯下。

安全回到學校宿舍，仍在發抖的孟迪清點他微薄的遺產；一套紅白二色象牙雕刻西洋棋，大多已損毀；一只軍隊配發的卡其背包，裝了六件手工縫製的襯衫，標籤寫著藍肯有限公司，一七七〇年創立於東加爾各答，蒙喬治五世陛下御用，在德里、馬德拉斯、拉合爾、穆里均設有分店；一個錫製軍用水壺，因為主人日落時坐在楝樹下而留下許多凹痕；一柄小錫刀，用來切緬甸雪茄；一柄截去刀尖、彎月形的廓爾喀指揮刀，上頭刻著「英勇的朋友留念」；一件歷經數代的斜紋呢外套，沒有商標；一本經常翻閱而破損的《吉卜林作品選讀》；以及在少校臥室衣櫃裡，堆積如海洋的空酒瓶底下找到，不知是刻意藏匿或被遺忘的一口沉重皮箱，四角釘著銅片。

加了掛鎖。

沒有鑰匙。

他把皮箱丟在床底下好幾天。他是它命運的唯一擁有者，世上唯一知道它存在的人。他會變得富可敵國？他繼承到英美菸草公司？他是已消逝的史丹霍普家族祕密的唯一持有者？他用向舍監借來的鋼鋸，花了整個晚上還是對付不了那把鎖。絕望之下，他將皮箱放在床上，將廓爾喀彎刀從鞘裡拔出，訴諸武力，在箱蓋切出一個完美的圓，他嗅到了穆里的日落，還有拉妮蹲在他身旁凝視石池時她脖子上的汗水氣味。

陸軍官方檔案，英國、印度、巴基斯坦。

褪色的證書任命亞瑟．亨利．喬治．孟迪為本軍團少尉、中尉、上尉，然後是一個較下級的軍團，然後是更下級的軍團。

一張泛黃的油印節目單，白夏瓦戲劇團製作之《白雪公主》，由E．A．孟迪飾演糊塗蛋。

不悅的銀行經理寄來的信，聲明「本帳戶不再支付餐飲帳單及其他雜費等債務」。

筆跡勁秀，一九五六年九月在穆里舉行的軍法審判判決書，由法庭書記J．R．辛格准尉簽署。證人證詞、犯人之友人證詞、本庭裁判。犯人承認犯行，未做辯護。犯人之友人證詞：孟迪少校喝醉了。他發了狂。他對自己的行為真心感到抱歉，請庭上開恩。

別那麼快。抱歉是不夠的。什麼樣的行為？為什麼要開恩？

證據總結，以書面提呈法庭，但未公開朗讀。檢方認定，並經被告同意，孟迪少校在軍官食堂取樂時，對某位葛雷上尉任意開玩笑的若干用字大發雷霆，葛雷君乃是正派的英國技術軍官，由拉合爾暫調來此。孟迪以完全違反軍紀與秩序的方式，抓住這位可敬的上尉制服衣領，三次以頭顱非常準確地衝撞葛雷君，導致後者臉部大量出血，並故意以膝蓋撞擊後者鼠蹊，並進而抗拒其大惑不解之同僚制止此行為之努力，將上尉拖至陽台，令人髮指地揮拳如雨，拳打腳踢，使上尉之生命陷於重大威脅，更遑言損害其婚姻前途及傑出之軍事前程。

截至目前為止，對上尉任意開玩笑的用字沒有提供任何線索。既然犯人未將它提出，為自己聲辯，法庭也認為沒必要重複。他喝醉了。他對自己的行為真心感到抱歉。辯護終結，事業終結。一切都終結。只除了迷惑。

一個附口袋、厚敦敦的牛皮紙檔案夾，少校在上頭以墨水寫著「檔案」二字。為什麼？你會在一本書上寫「書」嗎？是啊，有可能。孟迪把檔案夾的內容物倒在他破舊的晁絨被上。一張泛黃的老照片，十二吋大小，鑲在鍍金邊的厚紙框上。一個英印家庭和許多僕人，聚集在北印度丘陵地帶一棟有許多角樓的殖民式建築的台階上，四周有整齊的草皮和灌木叢。每個塔尖都飄著英國國旗。人群中間站著一個戴硬領的倨傲白種人，他身旁是同樣倨傲不肯微笑的白種人妻子，身穿兩件式的毛衣套衫和百褶裙。他們兩個小小的白種男孩站在他們兩側，穿著伊頓貴族學校的服裝。男孩兩側站著不同年齡的白種小孩與成人。可能是姑媽、叔叔與堂表兄弟姊妹。他們底下一級台階上，站著這家穿制服的僕人，依膚色排列各自的先後秩序，最白的站中間，最黑的站邊緣。印上去的說明寫著：史丹霍普家族攝於自宅，一九四五年歐洲勝利日，天佑吾主。

孟迪意識到母親的靈魂就在他眼前，他把照片湊近床畔的燈光，翻來覆去，仔細端詳這個家族的女性成員，找尋那個後來成為他母親，身材高窕、通曉多國語言的盎格魯－愛爾蘭貴族。他特別注意端莊與博學的特徵。他看到眼神凶惡的家庭主婦。他看到氣質高貴、但早已過了生育年齡的老婦人。他看到嬰兒肥、紮辮子、愁容不展的少女。但他找不到可能的母親。他正打算把照片擱到一旁，翻到背面，卻發現一行褐色字跡，那不是少校的字。寫字者是個文句不通的小女孩——或許是那群愁眉苦臉的少女之一——興奮的字跡顯得凌亂而無章法。看我眼睛閉上了啦，每次都醬！！

沒有簽名，但熱烈的情緒很有感染力。孟迪又拿起照片，仔細尋找一雙閉上的眼睛，不論是英國人或印度人。但陽光使得太多雙眼睛閉上了。他將照片正面朝上放在絨被上，繼續搜索檔案夾內的其他物品，看似隨意，卻不盡然，他挑出一束用繩子捆住的手寫信件。他把照片翻過來，正面朝下，比對字跡。寫信的人就是寫照片背面那個文句不甚通順的人。將信分開，攤在被子上。數數一共六封。最長的一封信寫了八頁，沒有標明頁碼。筆跡都很潦草，拼字錯得離譜。很明顯，毫無威嚴與博學可言。抬頭都寫「我最親愛的」或「哦亞瑟」，但語氣很快就急轉直下：

亞瑟，天殺下地獄的，看在上帝的愛分上聽我說！把我害成這樣的雜種就是你的妮莉心甘情願把自己交給他的那個雜種啊，你的上帝抱應我啊，亞瑟，你別他媽的否認。我搞成這德行回家，爹會宰了我。我會變成人進可夫的妓女還得養私生子，他們會把我交給修女，拿走我的寶寶，我聽說他們怎麼逼你褽悔了。如果我留在印度就要跟那種歐亞混血表子一起賣，上帝幫助我，我寧可在恆河裡淹死。這裡告解也不安全，什麼都不安全，那個下流胚子告密鬼麥格羅神父馬上會告訴史丹霍普夫人還把手伸進你裙子裡，管家一直在釘我的肚子好像我偷吃了她的午餐似的。妳有沒有可能懷孕了呀，妮莉保母？上帝幫助我歐姆拉德太太怎麼妳會有這種念頭，都怪妳在僕人餐廳餵我們吃那麼多好東西。但她會信那種話多久啊亞瑟？等我懷運六個月肚子一直大起來，老天爺耶誕節雇員表演默劇時我還演聖處女瑪利亞呢，亞瑟！不會是聖靈害我吧，是吧？是你害的！是一對天殺的雙胞胎亞瑟，我感覺到他們他媽的小心藏聽得見我。

孟迪需要放大鏡

他找同層樓一個集郵的一年級生借。

「對不起，山米，我需要把一件東西看得更清楚一點。」

「他媽的三更半夜？」

「他媽的任何時間，」孟迪道。

他把注意力集中在下層樓梯處，找尋一個穿護士制服、閉上眼睛的高個兒女孩，她並不難找。她是個活潑開朗、發育過度的孩子，滿頭黑捲髮，愛爾蘭眼睛正如她說的閉了起來，如果孟迪男扮女裝，換上保母制服，戴上黑假髮，在印度陽光下瞇起眼睛，就會是那個樣子，他心想，因為她跟我現在同年，同樣的身高。她有我用放大鏡張口結舌端詳她時露出的一模一樣、傻里傻氣、四時不變的笑容，這是我這輩子最接近她的時候。

或者說抓得住她，他心想。

也許妳微笑是因為羞怯，因為妳長太高了。

還有妳帶著點狂野的靈魂，我要把妳看得更仔細一點。

帶著一點自發、信賴、歡樂，像是一個長大成人、高個兒的白種拉妮。

事實上，那比打從我長大到可以聽信謊言就囫圇吞下的所謂端莊、博學、倨傲、裝腔的貴族，更對我口味。

私人密函請勿公開

親愛的孟迪上尉：

我奉史丹霍普夫人之命，提醒您對於夫人雇來照顧幼兒的女僕妮莉・歐康納小姐個人的責任。夫人囑我轉告，若歐康納小姐的處境不能立即以軍官紳士應為之方式導入常規，她就別無選擇，必須通報貴軍團團長。

史丹霍普夫人私人祕書敬上

一份由德里聖公會牧師簽署的結婚證書，看來很倉促。

一份三個月後簽發的死亡證書。

一張同一天簽發的出生證明：將愛德華・亞瑟・孟迪迎入這世界。他很意外的是，他的出生地不是穆里，而是拉合爾，這也是他的母親和小妹妹被證明死亡的地點。

孟迪很快就勾勒出事情的全貌。葛雷上尉隨口開玩笑說了什麼，不言可喻。孟迪？孟迪？不就是把史丹霍普家保母肚子搞大的那位嗎？少校不給法庭引述這些話的藉口，為的是確保舊事不至於被重提。但只限於法庭。祕書的信對少校而言，或許是私人的祕密，但整個史丹霍普家族和它牽扯的人脈想必都知情。孟迪一邊腦袋裡嗡嗡縈繞著氣瘋了的少校拳如雨下，毆打倒楣的葛雷上尉的情景，一邊在心中尋找他認為自己應有的憤怒、痛苦與反駁，然而他只感覺到對於兩個陷於自身時代的觀念牢籠、不善言詞的心靈，油然而生的悲憫。

為什麼他這麼多年來要對我撒謊？

因為他覺得自己不夠好。

因為他認為她不夠好。

因為他覺得歉疚和罪惡感。

因為他要我有尊嚴。

這就是愛。

四角釘有銅片的的皮箱裡還有一件祕密武器：一個燙有金色紋章的陳舊裹皮木箱，裡面是一張巴基斯坦戰爭部的褒揚令，日期是小孟迪誕生後六個月。因身先士卒指揮他的排，以及奮不顧身發射他的布倫式輕機槍，亞瑟．亨利．喬治．孟迪少校打光了二十排子彈，故而光榮獲頒巴基斯坦某某勳章。至於勳章，即使有過也已無存了，多半是換了買酒喝。

天已破曉。孟迪終於淚如泉湧，將褒揚令釘在床頭牆上，旁邊則是志得意滿的史丹霍普家族與他們的奴僕的大合照，他用鞋子將兩者釘妥。

•

伊爾莎的激進極端原則就跟她熱情的嬌小身軀一樣，很難綏靖，處於啟蒙興奮的孟迪看不出其中差異，也怪不得他。他幹嘛要在乎自己對巴枯寧[13]的認識甚至還不及他對女性生理的瞭解。伊爾莎兩方面

13　巴枯寧（Mikhail Bakunin, 1814-1876），俄國無政府主義論者。

都給他惡補，如果只接受其中一種，著實太過失禮。每當她痛批政府乃暴政的工具，孟迪都熱烈贊同，雖然政府是他最不在乎的一件事。如果她呢喃什麼個人化，鼓吹重建自我、個人至上，誇下海口要讓孟迪擺脫他馴服的自我，他就請求她一定要說到做到。她跟激進的集體主義一鼻孔出氣，他絲毫不以為忤。他可以搭起橋梁。如果她大聲朗讀藍恩與古柏[14]的章節，他就在她裸露的肚皮上心滿意足地打瞌睡，偶爾點個頭表示欣賞，無論如何都不能說是辛苦。如果她覺得做愛的吸引力超過作戰——因為不鑽研無政府主義與個人主義的空閒時間，伊爾莎也致力推動和平主義——他隨時願意為她提槍上陣，任她不耐煩的小腳踝，在她聖休斯隱修院宿舍狹長單人床的椰絲床墊上，不停地敲擊他的臀部——下午四點到六點容許有紳士訪客，只限開著房門，喝杯伯爵茶，吃點酵母醬三明治。暫時舒緩的情慾餘韻中，還有什麼比分享一個根據所有參與團體自由協商配置的社會主義樂團的遠景，更令人心曠神怡的呢？

但這一切並不代表泰德．孟迪沒有誠意投入伊爾莎為他展現的新耶路撒冷。在她激昂慷慨的激進主義裡，他不僅聽見可敬的曼鐸邦博士的迴響，也證明了在他內心深處，對象徵英國的絕大多數事物確實有一股隱約的叛逆衝動。她義正辭嚴的主張，他照單全收。他是個混血兒，一個遊牧者，一個沒有領土、父母、財產、楷模的人。他是個冰凍的孩子，才剛開始解凍。偶爾，志得意滿去聽演講或上圖書館途中，他會遇到穿著休閒外套、斜紋棉布長褲，咖啡色便鞋擦得雪亮的老同學。雙方尷尬地寒暄幾句後便匆匆各奔前程。天啊，那個孟迪，他猜他們會想，完全發瘋了。他們是對的。確實如此。他既不屬於格立狄隆，亦非布林頓，不參加坎寧，也不隸屬聯合會[15]。縱然在聲嘶力竭的政治聚會中覺得落落寡歡，他還是喜歡找受人憎恨的右派人士辯論。雖然他身形高人一等，若沒有伊爾莎在抱，他在左傾教授擠滿學生的教室裡，最喜歡採用的姿勢卻是把腿縮上來交叉坐著，彎腰拱背，耳朵貼著膝蓋，聆聽梭羅、黑格爾、馬克思、盧卡奇的福音。

因為知性的論證說服不了他，只被他視為他無能演奏的音樂，而非它自命的鐵證如山，所以他既不屬於這邊，也無法投向對方。然而英勇的同志雖然只有一小撮，他也不膽怯。伊爾莎勇往直前，廣結善緣的孟迪就毫無保留地跟上前去，天剛亮就陪她坐上從葛羅斯特公園出發的火車，帶著她愛吃的瑪斯巧克力棒和市場買來、包裝嚴密的雞蛋水芹三明治，外加一保溫瓶的罐頭番茄湯，所有東西都裝在少校的軍用背包裡，為她收妥。他們肩並肩，經常還手牽手，為抗議首相哈洛德・威爾遜支持越戰而上街遊行，並且——因為他們被剝奪了經由國會議程提出異議的機會——以國會外反對黨自居。他們到特拉法加廣場遊行，抗議南非的種族隔離，發表激昂慷慨的聲明，支持美國學生焚燒入伍令。他們在海德公園的集會被警察客氣地驅散，雖然有點窘迫，卻仍覺得理直氣壯。每天都有數以百計的越南人喪生，假民主之名遭到轟炸、燒死、被拖出直升機，孟迪的心與他們同在，伊爾莎也是。

抗議美國中情局幕後支持的希臘保守派軍人在雅典奪權，對不計其數的希臘左派分子施以酷刑和殺戮，他們無濟於事地徘徊在據傳這批軍事強人祕密訪英時曾經居停的倫敦克拉立基旅館外圍。沒有人出

---

14 藍恩（R. D. Laing, 1927-1989），英國精神醫學研究者，對瘋狂的定義有獨到的見解。古柏（David Cooper, 1931-1986）為藍恩的合作者，態度更激進。

15 Gridiron、Bullingdon、Canning、Union 均為牛津大學的學生俱樂部，收取高額年費，是家境富裕者的專利。

面接受他們的揶揄。他們不放棄，揮舞著「馬上拯救希臘」的旗幟，轉往倫敦的希臘大使館。他們最滿足的一刻，就是有個外交專員從某家旅館的窗戶探出身來喊道：「在希臘，我們就直接射殺你們！」安然回到牛津後，他們還能感覺到那顆想像的子彈颼然飛來。

冬季那學期就這麼過，孟迪投入不少時間，推出畢希納[16]寫的《沃采克》（Woyzeck）德語劇舞台公演，它的激進情愫可說無懈可擊。他在下學期擔任學院板球隊的先發投手，要不是因為他以忠於承諾自惕，光是跟隊友飲酒作樂就夠快樂的了。

伊爾莎的雙親住在亨屯一棟雙拼別墅，房子有綠屋頂，花園池塘裡有石膏做的垂釣侏儒。她父親是篤信馬克思主義的外科醫生，有濃密的斯拉夫眉毛和一頭亂髮，她母親是信奉和平主義的心理醫生，也是史坦納[17]的愛徒。孟迪這輩子從未見過這麼聰明博學而且胸襟開闊的夫婦。受到他們的榜樣所啟發，有天早晨，他在宿舍裡醒來，便一心盤算著要向他們的女兒求婚。在他想來，此舉的理由再充分不過。伊爾莎對於在她看來不夠成熟的英式抗議極度厭煩已有好一陣子，她一直渴望去巴黎、柏克萊、米蘭等地，學生可以全力發揮的校園。經過一番自我檢討，她選中柏林的自由大學，新世紀秩序的試煉場，孟迪承諾，待他讀完這一年就去跟她會合。

他提出，以夫妻身分同去豈不是最合情合理嗎？

他求婚的時機或許並不如他以為的那麼吉利，但醉心於偉大計劃的孟迪把策略置之度外。他剛交出一份每週例行的報告，討論戀歌詩人[18]運用色彩象徵的報告，自覺能主宰一切。另一方面，伊爾莎卻因為跟一個名叫傅格斯，念蘇格蘭工人階級史，被她形如成無可救藥同性戀的男生，一起到格拉斯哥參加了兩天遊行卻毫無所獲而疲累不堪。她對孟迪的求婚宣告不做反應，甚至可能是直截了當的輕蔑，結婚？他們在辯論藍恩與古柏時何曾考慮過這種選項。結婚？他是指那種真正布爾喬亞式的婚姻嗎？透過政府公證的那套儀式？還是孟迪的激進教育已經退化到希望獲得教會的祝福？她瞪著他看，即使不是憤怒，也帶著深刻的憂傷。她聳聳肩，沒有絲毫寬容。她需要時間考慮，如此怪異的舉措是否符合她的原則。

一天後，孟迪得到了答案。全身上下只穿著襪子的匈牙利天使，雙腿劈開坐在宿舍床上唯一不至於會被廣場對面的人窺視到的角落。她和平——無政府——人道——激進兼容並蓄的慈善事業已到了盡頭。她緊握著拳，眼淚從漲紅的面頰上滾落。

「你有一顆徹頭徹尾布爾喬亞的心，泰迪！」她用有種迷人口音的英文大喊。接著是一記馬後砲：「你想要愚蠢的婚姻，但在性事上，你完全是個嬰兒！」

---

16 畢希納（Karl Georg Büchner, 1813-1837），德國劇作家。

17 史坦納（Rudolf Steiner, 1861-1925），奧地利人，認為人能透過夢的意識等，進一步融會貫通世界的靈性，需利用音樂、戲劇、繪畫等，鍛鍊人對精神事物的感應。

18 戀歌詩人（Minnesanger）為一群十二、十三世紀的日耳曼詩人，集作詞、寫曲、演唱於一身，兼具詩人與音樂家身分，作品早期以騎士之愛為主，後來擴展到政治、道德、宗教等層面，在宮廷等公開場合表演。

3.

懷著滿腔熱忱追求日耳曼心靈的留學生下了區間火車，踏進五光十色的柏林，身邊只有六件亡父遺留的襯衫，袖子太短，下擺卻不知何故竟然合身，以及一百英鎊和淚汪汪的伊爾莎從抽屜裡翻出來的五十六馬克。他得知時一切為時已晚：剛好夠他在牛津捉襟見肘過活的獎學金並不資助海外進修。

「沙夏姓什麼，沙夏在哪裡，看在老天分上？」他在滑鐵盧車站的月台上對她大吼，而滿腔匈牙利式悔恨的伊爾莎，不知第幾遍改變心意，決定跟他一起上車，只不過她沒帶護照。

「跟他說，是我叫你去的，」火車慈悲地開動時她這麼懇求，「把我的信交給他。他是研究生，但很民主。柏林每個人都認識沙夏。」這聽在孟迪耳裡，就像是說孟買每個人都認識古普陀一樣可信。

那已是一九六九年，對披頭四的狂熱已過了巔峰，但沒人通知孟迪。除了蓋過耳朵、讓眼睛不適的褐色蘑菇頭髮型，他還背著父親的背包，公告周知他因失去人生意義而打算浪跡天涯。他身後是一截偉大愛情的廢墟，眼前則把伊修伍德[19]當成典範——住在世界十字路口的柏林、對一切不抱幻想的日記作家。他跟伊修伍德一樣，對於生活，除了生活本身，不抱任何期望。他要當一部碎了心的攝影機。如果因為某種渺茫的機緣，他再度墜入愛河——但伊爾莎顯然已經抹殺了那種可能——好吧，就算可能吧，跟一個戴小圓帽的美麗女子，在三流咖啡館喝苦艾酒，用沙啞的嗓子唱著幻滅的失望，他會找到他的莎麗・包勒斯[20]。他算無政府主義者嗎？得看情形。要成為無政府主義者，必須保留些許的希望。對最近才開始憤世嫉俗的孟迪來說，虛無主義還可能更貼切些。所以他可能會想，那麼，為何我出發去找偉大的好戰分子沙夏時，腳步是如此輕快？為何一切顯然都已失落，感覺卻彷彿來到一個更新鮮、更歡快的世界？

「去十字山區[21]，」他從列車窗戶揮出最後一個悽愴的告別時，伊爾莎追著高喊，「去那裡打聽他的行蹤！好好照顧他，泰迪。」她不由分說補上這個命令，他還來不及深究，就被火車載往人生下一站。

•

十字山不像牛津，孟迪鬆了一口氣。

19 伊修伍德（Christophert Isherwood, 1904-1986），英國小說家，早年跟軍官父親隨軍流浪。他曾就讀劍橋大學，但中途輟學。一九三〇年代初期，他住在柏林，目睹威瑪共和國的沒落和希特勒的崛起。以當時當地為背景寫的《柏林故事》（Berlin Stories）是流傳最廣的作品，曾改編為歌舞劇和電影《酒店》（Cabaret）。

20 莎麗・包勒斯（Sally Bowles）是伊修伍德《柏林故事》中的女主角，具有上述年輕貌美、流連低級酒館、歌喉沙啞的特徵，她在一個快速墮落的社會中，過著今朝有酒今朝醉的生活。

21 十字山（Kreuzberg）是柏林的一個區域，戰後從六〇年代後期開始，有許多窮學生、藝術家和外籍移民移居此地。

沒有大學住宿管理員派來、穿著藍紫色衣服的好心婦人在附近分發油印清單，告誡他在哪些場所必須謹言慎行。無法無天的西柏林學生沒錢住市內的高級地段，只能盤據此區被炸毀的工廠、廢棄火車站，以及因為距離柏林圍牆太近而吸引不了房地產開發商的建築。用石棉瓦和鐵皮浪板因陋就簡搭建，頗能喚回孟迪童年記憶的土耳其區，不賣學術用書或板球拍，卻有無花果、長柄銅鍋、哈爾瓦酥糖、皮革涼鞋，和一串串塑膠小黃鴨。孜然、木炭和烤羊肉的香味讓這位巴基斯坦遊子覺得賓至如歸。社區牆壁與窗戶上的宣傳單和塗鴉，不是推銷學校公演的伊莉莎白一世時代無名劇作家戲碼，而是對伊朗國王、五角大廈、季辛吉、詹森總統，以及美帝侵略越南的燒夷彈文化的謾罵。

但伊爾莎說的沒錯。一點一滴，咖啡館、即興表演俱樂部，凡有學生閒蕩、吸菸、造反的街頭巷尾，沙夏這個名字都能招來詭譎的微笑，喚起遙遠的記憶。沙夏？你是說大煽動家沙夏——那個沙夏？這麼著，我們有個問題，你知道。這年頭我們不會隨便把地址給人的。Schweinesystem 的耳朵可是長得很。你最好把名字留給民主社會主義學生聯盟，看他要不要跟你聯絡。

Schweinesystem，初來乍到的孟迪自言自語重複著這個字。他記得這個說法。豬玀系統。他是否一時間生起對伊爾莎的怨懟，怨她把他推進激進的暴風眼，沒有地圖，也沒有工具？也許吧。但黃昏將至，他路線已定，心中雖仍有惆悵傷懷，對新生活卻是興致勃勃。

「試試安妮塔，第六公社。」在大麻菸霧繚繞，掛滿越共旗幟，鬧哄哄的地下室裡，有個睡眼惺忪的革命分子指點他。

「碧姬也許能告訴你他在哪兒。」另一個人在戴巴勒斯坦式披肩頭巾、高唱瓊・拜雅[22]歌曲的女吉他手歌聲中，扯著喉嚨這麼嚷嚷。女歌手腳邊坐了個小孩，身旁有個戴墨西哥闊編草帽的大塊頭男人。一間跟派丁頓火車站一樣高敞，卻彈痕密布的廢棄工廠裡，掛著卡斯楚、毛澤東、胡志明的畫像。已故的切．格瓦拉像上披著黑麻布。被單上的手寫標語警告孟迪「不准禁止」，鼓勵他「實際一點」、「要求不可能做到的事」、「不接受上帝或主人」。散布在地板上、活像船難生還者的，是一群打瞌睡、抽菸、哺乳、玩搖滾樂、互相愛撫或高談闊論的學生。安妮塔？走了，喔，好幾個鐘頭了，一個人這麼說。碧姬？去第二公社和他媽的美利堅找找，另一個人說。他要借用廁所，一個溫柔的瑞典人領他去，一排六間，每扇門都砸爛了。

「同志，個人隱私是有礙公社融合的布爾喬亞思想，」瑞典人鄭重其事地以英文解釋，「男女一起撒尿比轟炸越南小孩好……沙夏嗎？」孟迪彬彬有禮回絕了他的勾搭後，他重複一遍這名字。「也許你該去穴居人俱樂部找他，不過那地方已經改名叫無毛貓。」他抽出一張捲菸紙，用孟迪的背當桌面，畫了張地圖。

地圖把孟迪帶到運河邊，背包上的繫帶拍打著他的臀部，他沿著拉縴道向前走。沿路有瞭望台，一艘荷槍帶砲的巡邏艇從他身旁滑過。我們的還是他們的？都無所謂。它們不屬於任何人。它們是他來此破解的大僵局的一部分。轉進一條鋪石板的小街，他愣在那兒。一道二十呎高、風雨不透、頂端還有刺鐵絲的牆，以及一圈病懨懨的探照燈光攔住去路。起先他不肯承認它的存在。你是幻想，電影布景，建

22 瓊．拜雅（Joan Baez, 1941-），在一九七〇年代非常活躍的美國異議女歌手。

築工地。兩名西柏林警察把他叫過去。

「逃兵役的？」

「英國人。」他掏出護照回道。

他們把他拉到燈光下，先檢查護照，再是他的臉。

「看過柏林圍牆嗎？」

「沒有。」

「好吧，那你看個仔細，然後回去睡覺，英國人。別惹麻煩。」

他退回原路，找到另一條小路。一扇生鏽的門上，在畢卡索的和平鴿和「禁止炸彈標語」之間，有隻全身無毛，兩腿站立，甩著自己的屌的貓。裡頭的音樂和辯論聲結合成一團狂野的咆哮。

「同志，去和平中心找找看，頂樓。」一個漂亮女孩手搗成喇叭指點他。

「和平中心在哪裡？」

「樓上啊，白癡。」

他爬上樓，腳步在磚砌梯階上喀喀響。將近午夜。每層樓都有解放的新景象出現在他面前。第一層樓，學生與小嬰孩圍成一圈，像上主日學般，一個表情嚴肅的女人對他們大聲疾呼父母會使人變成殘障。第二層樓，性交過後的安靜降臨在一堆交纏的人體上。一幅手寫的大字報慫恿他們：「支持中子彈！它會殺死你的岳母！卻不損傷電視機！」第三層樓，孟迪興奮地看到正在進行類似戲劇工作坊的活動。第四層樓，鬚髮蓬亂的煽動分子在敲打字機、商議、把紙餵進手搖印製機，並對著無線電對講機吼叫指令。

他已經到了頂樓。一座樓梯通往天花板上一扇敞開的活門。他鑽進一間只點著一盞建築工人用的照明燈的小閣樓。從樓梯口望進去，有條活像礦坑入口的小徑。盡頭處有兩男兩女，正低頭圍著一張點著蠟燭的桌子，桌上散置著地圖與啤酒罐。一個女孩黑髮，臉色凝重，另一個金髮，骨架很大。較近的那個男人跟孟迪一樣高：蓄金色鬍鬚的北歐人，厚重的黃髮用海盜頭巾紮著。另一個男人矮個頭，表情活潑、黑眼睛，瘦窄而不對稱的肩膀，幾乎撐不住他的腦袋。他戴著黑色的巴斯克扁帽，在稀薄的眉毛上方畫出一道精確的水平線，這就是沙夏。孟迪怎麼知道？因為他發現，他從一開始就直覺到，伊爾莎說的是一個跟她一樣矮小的男人。

他太羞怯，不敢打擾，只在礦坑入口處徘徊，手裡捏著她的信。他聽見談論戰爭的片段，都是沙夏在說。聲音比體格宏亮，語調自然。還伴有專橫的手掌與手臂的動作……不要讓那群豬玀把我們逼進小巷子，聽見沒？……在空闊的地方抵抗，這樣攝影機才能看見他們怎麼對待我們……孟迪已決定躡著腳尖，從樓梯退下，等下次沒開會時再來。黑髮女孩收起地圖摺妥。北歐人起身伸個懶腰，金髮女孩把他拉到身前，把著他的臀部。沙夏也站起身，但比他坐著時高不到哪兒去。孟迪上前自我介紹，其他人本能地撲過來，把小皇帝護在中間。

「晚安，我叫泰德．孟迪。這裡有封伊爾莎的信要給你。」他盡可能用最鎮定的聲音說。眼看那雙黑色的大眼睛沒有回應認知的光采，「讀政治哲學的匈牙利學生伊爾莎。她去年夏天在這兒，有幸認識你。」

也許是孟迪彬彬有禮的態度讓他們吃驚，有那麼一下，他們不約而同露出狐疑的表情。他是誰，這個蓄著披頭髮型、神氣活現的英國白癡？高大的北歐人首先做出反應。他站到孟迪與其他人中間，代表沙夏收了信，很快檢查一下。伊爾莎用膠帶封住信封，潦草地寫著「私信，限本人閱讀！」下面還畫了兩槓，顯然是親密的宣告。北歐人將信交給沙夏，他撕開信封，抽出兩頁伊爾莎字體密集、隨處可見塗改的信紙，補充的意念填滿信紙邊緣。他讀了開頭幾行，便轉到最後一頁，找到簽名。他微笑，先是對自己笑，然後對著孟迪笑。這次輪到孟迪大吃一驚，因為那雙黑色的大眼睛是那麼明亮，笑容又那麼年輕。

「是啊，是啊，*伊爾莎*！」他若有所思，「了不起的女孩，對吧？」——順手將信塞進破舊夾克的側袋。

「確實是如此，」孟迪盡力用標準德語表示同意。

「匈牙利人。」——好像在提醒自己。「你叫泰迪。」

「嗯，其實應該是泰德。」

「牛津來的。」

「是的。」

「她的愛人？」直接了當的發問。「這裡大家都是愛人。」他笑著補充。

「幾個星期前還是。」

「幾個星期！這在柏林就等於一輩子！你是英國人？」

「對，呃，也不完全是。我在外國出生，但有英國血統。喔，對了，她要送你一瓶蘇格蘭威士忌。她記得你喜歡。」

「蘇格蘭威士忌，記性真好，我的天！女人的記性會把我們通通給吊死。你來柏林幹什麼，泰迪？你是革命觀光客嗎？」

孟迪正思索該如何作答，臉色凝重的黑髮女孩搶先插嘴道：「他的意思是，你是真心希望參加我們的運動，或者只是為了來研究人類動物學？」她帶著一種他不知來自何處的口音質問。

「我在牛津就參加過，在這兒又有何不可？」

「因為這裡不是牛津，」她反駁，「我們這裡有奧許維茲集中營的世代。你們牛津沒有。我們在柏林可以探頭到窗外大喊『納粹豬玀』，只要人行道上那個混球年齡超過四十歲，就錯不了。」

「你來柏林打算學什麼，泰迪？」沙夏的聲音柔和。

「德國文化史。」

黑髮女孩立刻表示反感。「那你最好有點運氣，同志。教這種過時垃圾的教授都嚇得躲在碉堡裡不敢出來了。他們送到我們這兒來的那些二十歲左右的嘍囉，也都嚇得報名加入我們。」

現在輪到她旁邊的金髮女孩講話。「身上有錢嗎，同志？」

「恐怕不多。」

「沒錢？那你這個人就沒價值！你每天要吃炸肉排怎麼辦？你要怎麼買新帽子？」

「工作吧，我想。」孟迪盡可能扮演一個好同伴，分享這種他不熟悉的幽默感。

「替豬玀系統工作嗎？」

又輪到黑髮女孩。她把頭髮掠到耳後。她有強壯、微翹的下巴。「我們的革命目標是什麼，同志？」

孟迪沒有預期會有口試，但跟伊爾莎和她的朋友混了六個月，他還不至於毫無準備。「全力反對越戰……遏阻軍國主義擴散……反對消費政府……挑戰布爾喬亞自詡能解決所有問題的萬靈對策……警醒它，教育它。建立公平的新社會……反對所有非理性權威。」

「非理性？何謂非理性權威？所有權威都非理性，白癡。你有父母嗎？」

「沒有了。」

「你認同馬庫色[23]的觀點，認為邏輯實證主義是一堆狗屎嗎？」

「恐怕我不能算是一個真正的哲學家。」

「在沒有自由的國度，沒有人的意識是被解放的。你同意這一點？」

「似乎很有道理。」

「這是唯一的道理，白癡。柏林的學生永遠在運動對抗反革命勢力。斯巴達克斯黨[24]的城市，第三帝國的首都，重新發現了革命的命運。你讀過霍克海默[25]嗎？要是沒讀過他的《黃昏》（Twilight），你就太可笑了。」

「問問他有沒有『eingebläut』過，」金髮女孩提議。孟迪從來沒聽過這個字——每個人都笑了，除了沙夏，他眼光閃動，不作聲地旁觀這場唇槍舌戰，決定出面解救孟迪。

「好了，同志們。他是個好人。別欺負他了。也許待會兒共和黨俱樂部見。」

沙夏目送助手一個接一個下了樓梯，最後，他把活門關好，上鎖，並出乎孟迪意料地舉起手，拍拍他的肩膀。

「威士忌帶來了嗎，泰迪？」

「在袋子裡。」

「別介意克麗絲汀娜。希臘女人就是話多。哪天她體驗過性高潮，就不會多說一個字了。」他打開壁板下側的小門，「每個人在這裡都被叫做白癡，親密的稱呼，就像同志一樣。革命不喜歡拐彎抹角。」

沙夏說這話的時候是否面帶微笑？孟迪看不出來，「『eingebläut』是什麼意思？」

「她是問，你有沒有挨過豬玀一頓好打的初體驗。她希望他們的警棍在你身上留下可怕的瘀青。」

孟迪低頭折腰，尾隨沙夏進入一間洞穴般的狹長房間，乍看之下彷彿船腹，頭上高處有兩扇天窗，慢慢填滿星星。沙夏取下扁帽，露出這位革命家一頭不馴的亂髮。他用火柴點亮燈籠。火光升起，孟迪看到一張有嵌銅花樣的半圓型書桌，桌上堆著宣傳小冊和打字機。一面牆邊擺著鐵製的雙人床，鋪著陳

23 馬庫色（Herbert Marcuse, 1898-1979），德國政治哲學家，法蘭克福社會學研究所創建人之一，因不見容於納粹而移民美國。他綜合馬克思主義與佛洛伊德的理論對二十世紀工業社會作全面的批判，被新左派激進分子奉為圭臬。

24 斯巴達克斯黨（Spartacus）為一次世界大戰末德國社會主義過激派組織的政黨。

25 霍克海默（Max Horkheimer, 1895-1973），德國哲學家及社會學家，西方馬克思主義批判理論的創始者，法蘭克福學派的精神領袖。

舊的綢緞與織錦靠墊。地板上像墊腳凳似地，有一落落的書。

「為革命偷來的，」沙夏朝書揮揮手解釋道，「這些書沒有人讀，沒人知道書名。他們只知道智慧財產屬於群眾，而不屬於吸血的出版商與書商。我們上星期舉行了一場比賽。看誰拿回最多書，就是給小布爾喬亞道德最大的打擊。你今天吃過東西嗎？」

「吃得不多。」

「英語說吃得不多，就是什麼都沒吃的意思吧？那就吃吧。」

沙夏推著孟迪坐上陳舊的真皮扶手椅，擺出兩個空的漱口杯，一大條香腸、一條麵包。他瘦骨嶙峋的左肩比右肩高，他四處走動時，右腳在地上拖曳。孟迪解開背包扣環，從少校的襯衫中取出伊爾莎那瓶聖修酒窖出品的蘇格蘭威士忌，倒了兩杯。沙夏蹲坐在他對面的木凳上，戴起粗黑框眼鏡，開始研究伊爾莎的信，孟迪自己動手切了一片香腸和麵包。

「泰迪絕不會讓你失望。」他大聲朗讀，「在我看來，這是很主觀的評語。這麼說有什麼意義？我應該在你身上投資信心？她為什麼下這種斷語？」

孟迪想不出答案，但沙夏似乎也不需要答案。他的德語有某種方言的口音，但孟迪沒有能力辨識出那口音的出處。

「她跟你說了我些什麼？」

「不多。你是研究生，但很民主。大家都認識你。」

沙夏聽若不聞。「好同伴，任何情況下都忠貞不二，不知欺騙為何物……不屬於任何團體——我應該為此佩服你嗎？——天生一顆布爾喬亞腦袋，但有社會主義的心靈。也許加上資本主義的靈魂和共產主義的雞雞，你就配備齊全了。她為什麼寫這種信給我？」他忽然靈機一動，「她把你甩了，有沒有可能？」

「大概就是這樣。」孟迪承認。

「終於搞清楚了。她把你甩了，所以她有罪惡感——這是什麼？我不相信——他要我嫁給他。你瘋了嗎？」

「為什麼不？」孟迪膽怯地問。

「該問的是為什麼，而不是為什麼不。英國人的習慣是跟每個睡過幾次的女孩結婚嗎？從前我們德國也那麼做。結果是場災難。」

不再確定是否應該答話，孟迪又咬了一口香腸，配著一大口威士忌沖下，沙夏則回頭繼續讀信。

「泰迪跟我們一樣愛和平，但他是個好軍人。我的老天，她這句話又是什麼意思？泰迪服從命令，從不質疑？你會殺死任何一個你奉命去殺掉的人？這不是美德，這是犯罪行為的基礎。伊爾莎應該慎選她的讚美用詞才對。」

孟迪嗯哼了幾聲，部分表示同意，部分出於尷尬。

「那她為什麼說你是好軍人？」沙夏堅持問，「就像我是民主好信徒，所以你是好軍人嗎？還是她是指你在床上是個大英雄？」

「我想不是。」在性事上完全是個嬰兒的人答道。

但沙夏仍然窮追不捨。「你曾經為了她而跟別人打架嗎？為什麼你是好軍人？」

「只是一種說法。我們一起去參加遊行。我照顧她。我會一點運動。管他媽的？」他站起身，把背袋掛回肩上。「謝謝你的威士忌。」

「我們還沒喝完。」

「那是要送你，不是給我的。」

「但酒是你帶來的。你沒有私藏，也沒有偷喝。你確實是個好軍人。你今晚打算睡哪兒？」

「我會找到地方。」

「且慢。站住。把你的蠢背包放下。」

被沙夏語氣中的堅持所迫，孟迪停下腳步，但沒有完全放下背包。沙夏把信仍到一旁，盯著他看了一會兒。

「跟我說真話，別胡說八道，好嗎？我們在這兒有點偏執。是誰派你來的？」

「伊爾莎。」

「沒有別人？沒有豬玀、間諜、報社、聰明人？這個城市到處都是聰明人。」

「我不在其中。」

「你就是她說的那個人。你的意思是這樣嗎？一個政治新手，學德國文化史，一個有社會主義心靈的好軍人，或管他媽的？這就是全部的真相？」

「對。」

「你說的一向是實話？」

「大多數時候。」

「但你很怪。」

「不對，我才不怪。」

「我也是。所以我們該怎麼辦？」

孟迪低頭看沙夏，不知該如何回答，他再度對這位東道主的脆弱感到震驚。好像他全身的每根骨頭全都斷過，然後以不對的方式接了回去。

沙夏喝了一口威士忌，沒有回頭看孟迪，就把杯子遞給他，示意他喝。「好吧。」沙夏不怎麼情願地說。

什麼好吧？孟迪很想知道。

「把那個該死的背包放下。」

孟迪照辦。

「有個我喜歡的女孩，了解吧？她有時候會上來探望。今晚她可能會來。她很年輕。布爾喬亞。害羞，跟你一樣。她要是來了，你就去睡屋頂。如果下雨，我會借你一塊防水布。她就是那麼害羞，好嗎？有必要的話，我也會為你做同樣的事。」

「你到底在說什麼？」

「也許我需要一個好軍人。也許你是一個好軍人。管他媽的？」他拿回杯子，將酒喝乾，又拿起瓶子倒酒，酒瓶對他的手腕而言似乎太大。「如果她沒來，你可以睡這裡，我有多一張床，行軍床。我沒跟別人說過。我們可以把床擺在房間另一頭。明天我替你弄張桌子讓你搞你的德國文化史，就放那邊窗子底下。那樣你白天可以採光。要是你太會放屁，要是我到頭來不喜歡你，那麼我會好言好語請你滾蛋。成吧？」他直接往下說，不理會孟迪怎麼回答。「明早我會安排你接受公社挑選。我們先討論，然後正式投票，通通是狗屎。也許克莉絲汀娜會問幾個跟你的布爾喬亞出身有關的問題。她是我們當中最大的布爾喬亞。她父親是希臘船主，最喜歡保守派軍人，負擔了這裡一半的食物開銷。」他又喝了一口威士忌，再次把杯子遞給孟迪。「有些房屋可以合法占用，但這棟不是。我們不喜歡納粹房東。你去大學註冊時不能填這兒的地址。我們會給你一封夏洛騰堡某位老兄的合法證明。他會說你跟他同住，這不是事實，你是個品行良好的路德會男孩，這不是事實，你每天晚上十點獨自上床，跟每個你肏過的人結婚。」

孟迪就這樣得知，他已成為沙夏的室友。

•

泰德．孟迪一生的黃金歲月就這樣出乎意料地展開。他有了一個家，還有了一個朋友，這兩者對他都是新觀念。他成為一個矢志重建世界的嶄新家族的成員。偶爾在深夜被放逐到星空下，對一個在革命前線服役的軍人之子絕非難事。閣樓門把上栓了條紅絲帶，就是在通知他將軍今天要他別入內，他也不以為忤。沙夏跟女人來往總是速戰速決，目標明確，孟迪卻一直遵守禁慾的承諾。偶爾不得已，他會跟這棟私占的建築裡比例高得簡直豈有此理的漂亮女孩，來幾句純屬精神層次的對話，但那不過是因為他獲准加入公社後幾個小時就自告奮勇，願意每週三次免費教有興趣的成員學習英語會話。

現在，沙羅曼蛇就生活在烈火中。曼鐸邦博士會以他為榮。置身戰區的自覺，隨時都要應召支援封鎖線上同志的認知，以及將世界朽木剷除一空，換種新苗的徹夜辯論，都在他身上產生持續的刺激。如果剛抵達柏林時的孟迪是個生手，那麼在沙夏和其他同志的調教下，他已成為這個崇高運動偉大歷史的狂熱繼承人。不久，所有英雄與惡棍的名字，就跟偉大的板球選手一樣，他都能朗朗上口。

是伊朗流亡者巴曼・尼魯曼（Bahman Nirumand），於伊朗國王訪問西柏林前夕，在自由大學的大禮堂裡為聚集的學生聽眾說明，有美國做後盾的伊朗政權究竟有多可怕。

是班諾・奧尼索（Benno Ohnesorg），在參加反對伊朗國王訪問柏林的示威遊行隔天，在西柏林歌劇院被便衣警探開槍射穿頭顱身亡。

是在班諾的葬禮上，因市長矢口否認警方的罪刑，迫使學生升高戰鬥，加速了學生「國會外反對聯盟」創辦人魯帝・杜啟克（Rudi Dutschke）的崛起。

是媒體大亨艾克瑟・史普林格（Axel Springer）和他可恨的《畫報》粉飾法西斯的花言巧語，挑撥了一名滿懷極右派幻想的瘋狂工人，在柏林的柯佛斯坦達姆大道上槍擊杜啟克。杜啟克暫時得以保住一命。然而同月在美國遭槍殺的馬丁・路德・金恩卻沒能活下來。

他知道近年所有大規模靜坐活動與血腥對峙的日期與地點。他知道學生暴動在全球上千個戰場上蔓延，美國的學生跟其他人一樣勇敢，也慘遭同樣殘酷的打壓。

他知道全世界最好的出版品，是這場運動的最高女祭師，零缺點的烏莉克・邁因霍夫所創辦的《具體行動》。當今德國兩位最偉大的革命作家，名叫藍漢斯和特弗[26]。

世界到處有那麼多兄弟姊妹！那麼多同志分享同一個夢想！即使他對夢想本身不是那麼清楚，但他決心就位，不論這「位」在哪兒。

•

新的生活開始了。一大早，這個守身如玉的英國寄宿學校男生兼尚未被打出瘀青的世界解放新兵，就趁沙夏還在補充前一晚因激烈辯論而耗損的元氣之際，跳下行軍床。沖過因為有他刻意忽視的女孩在場而格外活潑有趣的團體淋浴，他到占用屋的廚房裡輪值，剁切偷來的香腸和蔬菜，煮當天的湯，然後匆匆出門，走過西柏林精心營造的公園與公共空間，流連圖書館，修學生組織雷厲風行禁止法西斯教化後碩果僅存的幾門課。下午，他自告奮勇到印刷廠當學徒，幫忙印製從流行革命家作品中抽印的精彩章節，將它們塞進少校的背包，勇敢地站在街角，分發給那些正要返家繼續虛擲尚未覺醒的人生的布爾喬亞。

這不像分送免費報紙那麼簡單。這是件相當危險的工作。柏林的布爾喬亞非但拒絕覺醒，而且學生運動也提供了足以讓他們的這種心態再持續好幾個世代的燃料。希特勒垮台還不到二十五年，好公民不樂見街頭再度布滿手持警棍的鎮暴警察，和滿口髒話、朝他們扔石頭的激進分子。領公費、豁免兵役的柏林學生應該償還學費、服從長上、用功學習、閉上嘴巴。他們不應該砸玻璃、提倡在公共場合性交、造成交通堵塞、侮辱我們的美國救星。不只一個好公民對他揮拳。不只一個集中營世代的老太太當著他的面尖叫，要他把他的蠢傳單送到那邊去當衛生紙——她指的是圍牆另一頭的東柏林——也有人試圖拉扯他的長髮，但他的個子對她們來說太高了。不只一個反動陣營的計程車司機，開車衝撞人行道的邊石，嚇得孟迪趕忙找掩護，手中的傳單灑落滿街。但這個好軍人並未因此受挫。即使有，也為時不久。黃昏時分，他上完會話課，多半會到無毛貓或共和黨俱樂部喝點啤酒放鬆，要麼就到十字山區，從無數東歪西倒的咖啡館中挑選一家，享用土耳其咖啡配燒酒，這位熱烈渴望成功的小說家，喜歡在這種地方攤開筆記，耽溺於扮演伊修伍德。

但孟迪痛下決心保持的好士氣，有時還是會受到這座分割城市的虛幻感、絞刑架下的幽默感，和對生存沒把握的天譴氣氛所影響。糾葛在他覺得很新鮮、但往往也很陌生的憤怒之中，最氣餒時，他確實不免懷疑，四周的同志是否真的跟他一樣在尋找、在困惑，只能從他們以為鄰人擁有的信念中汲取力量，而無法從自己內心深處獲得力量，同時，他到底有沒有因為追尋人生更大的真理，而終究活在曼鐸

26 烏莉克．邁因霍夫（Ulrike Meinhof, 1934-1976），德國左翼恐怖分子，一九七〇年建立了左翼恐怖組織赤軍旅（RAF）。一九七二年被捕，並被以謀殺罪和與犯罪組織有關起訴。定罪前，邁因霍夫在獄中上吊自殺。藍漢斯（Rainer Langhans, 1940-）和特弗（Fritz Tuefel, 1943-2010）是六〇年代末西德學運的知名激進青年，曾撰寫多種宣傳理念的小冊子。

邦博士所謂的夢幻泡影裡。在街頭遊行中抓住布條口號的一端，抗議驚慌失措的大學校方最近的專制行為，或在封鎖線上等待未實現的警方攻勢，這位流亡國外的英國陸軍少校之子經常自問，自己打的究竟是哪一場戰爭：上一場或下一場。

但他仍在追尋與人建立聯繫。有天傍晚，他受到好天氣和一杯燒酒的鼓勵，為貧民區的土耳其孩子設計了一場就地取材的板球賽。一塊不長草的泥土地充當球場，一堆空啤酒罐算是三柱門，孟迪從經常光顧的咖啡館老闆費瑟那兒討了一把手鋸、一塊木板，馬虎做成打擊棒。夕陽裡沒有拉妮走出來跟他打招呼，但鼓勵與失望的喊聲，窺探的臉孔和橄欖色的四肢，都令他心情大好。十字山區板球隊就此誕生。

有時，他心浮氣躁地向圍牆的陰影裡去狩獵，專挑外國觀光客，用發人深省的逃亡故事逗他們開心。儘管他對真實故事所知不多，卻可以自行創造，他將他們的感激當成回報。如果這種療法還不足以挽救他偶爾陷於頹廢的心靈，還可以回家去找沙夏。

•

起先他們對彼此都很警覺。就像一對未經過追求程序便倉促成婚的夫妻，雙方在看清楚自己得到的是什麼之前，都打算反悔。孟迪真的是沙夏以為的那種好軍人嗎？沙夏真的是需要孟迪保護，不良於行、卻領袖魅力十足的煽動家嗎？雖然兩人共用同一塊領土，彼此的生活卻如同兩條平行線，只在雙方你情我願的時刻才會相交。孟迪對沙夏的背景可說毫無所知，公社裡流傳，這個議題是個禁忌。沙夏出身薩克森的路德教會，是東德難民，矢言與所有宗教為敵，跟孟迪一樣是個孤兒——雖然孟迪也是從道聽塗說得知。知道這些也就夠了。直到耶誕夜，照德國說法，應該稱為「神聖之夜」，他們才首度有那種再也回不了頭的跟對方互相坦承自我的經驗。

十二月二十三日，公社已經空了四分之三，社員紛紛放棄主義，溜回各自反動家庭的懷抱，返鄉過節。那些沒處可去的人留了下來，就像寄宿學校沒被接走的小孩。大雪不停，十字山區變成一場感傷的耶誕夢。孟迪隔天醒得很早，看到頭上的閣樓天窗一片白茫茫，不禁大喜過望，但他呼喚沙夏看，卻只招來一聲呻吟，還叫他滾一邊去。他不氣餒，穿上他有的所有衣服，踏雪來到土耳其區，做了個雪人，跟費瑟和板球隊的孩子一塊兒烤肉。黃昏，他回到閣樓，發現收音機奏著耶誕歌曲，沙夏看起來活像電影《摩登時代》裡的卓別林，頭戴扁帽，身穿圍裙，埋頭不知在碗裡攪拌什麼。

書桌上擺了兩人份的餐具。正中央點著一支降靈聖燭，旁邊是一瓶克麗絲汀娜父親的希臘紅酒。危危顫顫放在成堆偷來的書上是更多的蠟燭。木板上有塊看來實在不怎麼樣的紅肉。

「你他媽的跑哪兒去了？」沙夏頭也沒抬地問。

「散個步。怎麼？出了什麼問題？」

「耶誕節到了，不是嗎？他媽的家人團聚。你應該要在家才對。」

「我們沒有家人。我們只有死去的父母，沒有兄弟姊妹。早上我想叫醒你，你卻叫我滾一邊去。」

沙夏還是沒抬頭。碗裡有紅色的莓子。他在準備某種醬汁。

「那是什麼肉？」

「鹿肉。要我拿回店裡換成你天殺的永遠吃不膩的維也納炸肉排嗎？」

「鹿肉很好。耶誕節吃班比。你喝的該不會是威士忌吧？」

「很可能。」

孟迪喋喋不休，但沙夏拒絕他的討好。吃晚餐時，孟迪又想逗他開心，急切地說起他貴族母親竟變成愛爾蘭保母的故事。他選擇諧謔的口吻，刻意向他僅有的聽眾保證，這件事他老早就接受了，只當它是一段別走蹊徑的家族史。沙夏用掩飾不住的不耐煩，聽他把故事說完。

「幹嘛跟我說這種狗屎？你希望我因為你不是貴族而為你掉幾滴淚嗎？」

「當然不是。我以為你會哈哈笑。」

「我只對你的個人解放有興趣。人活到某個年紀，就不能拿童年當藉口。以你的情況，我得說，你跟很多英國人一樣，這一臨界點被延誤了。」

「好吧。那麼你去世的父母呢？你為了達到我們有目共睹的這種完美境界，克服過什麼？」

有關沙夏家族背景的禁忌會被打破嗎？顯然如此，因為他的席勒腦袋撥浪鼓似地一連點了好幾下，像是在逐一克服它的限制。孟迪注意到，沙夏深深凹陷的眼睛不知為何蒼老了許多，彷彿能吸盡燭光，絲毫不見反光。

「很好，你是我的朋友，我信任你。雖然你對公爵夫人和女僕有莫名其妙的執著。」

「謝謝。」

「我已故的父親並沒有像我希望的那樣亡故，他沒死。如果用正常醫學標準判斷，他事實上是令人厭惡地還好好活著。」

孟迪若不是有足夠的機智保持緘默，就是驚訝得說不出話來。

「他沒有攻擊同袍軍官。他沒有耽溺酒鄉，雖然他不時會這麼嘗試。他是個宗教與政治的叛徒——一個我甚至到今天都還無法忍受他仍存在的變節者；每當我不得不想到他，我只能勉強稱他為『牧師先生』，絕不喊他父親。你一副聽得很無聊的樣子。」

「一點也不！大家都告訴我，你的私生活是神聖禁區。我哪想得到會是這種神聖法？」

「牧師先生從很小的時候就開始毫不質疑地相信上帝。他的父母很虔誠，但他是超級虔誠，一個純粹到極點、根深柢固、無可動搖的狂熱路德會信徒，生於一九一〇年。我們親愛的領袖開始掌權時」——「領袖」是他給希特勒專用的稱呼——「牧師先生已是狂熱的納粹黨員，二十三歲，剛獲授神職。他信仰我們親愛的領袖甚至超過信仰上帝。希特勒會魔法。他會將尊嚴還給德國，燒毀凡爾賽條約，消滅共產黨和猶太人，在世上建立一個亞利安天堂。你真的不覺得無聊？」

「怎麼這麼問？我全神貫注在聽呢！」

「但不至於全神貫注到你會衝出去，找十個你最好的朋友告訴他們我畢竟還是有父親的，我希望。牧師先生和他的路德會納粹黨自稱為德意志基督徒。他怎麼活過大戰的最後一年，我不清楚，因為直到今天他都不肯談那方面的事。在某個絕望的時刻，他被派去俄國前線，而且被俘虜。俄國人沒有射殺他，真是毫無道理，所以我一直反對他們。他們把他送進西伯利亞的監獄，等到他獲釋回到東德時，已經從納粹基督徒牧師先生，變成了基督徒布爾什維克牧師先生。因為這個轉變，東德的路德教會給了他一份工作，讓他治療萊比錫的共產黨靈魂。我要向你坦承一件事，我真恨透了他被放回來。他沒有權力從我這兒奪走我的母親。他是個陌生人，一個入侵者。其他小孩都沒有父親：憑什麼我就要有？這個支離破碎的懦夫、小人，老是哭哭啼啼，用耶穌和列寧的話語把自己膨脹兩倍大，讓我覺得噁心透頂。為了討好我可憐的母親，我不得不宣布改宗。沒錯，有時我也被這兩個神祇之間的密切關係弄糊塗，不過，既然他們都有鬍子，當然有可能共棲。但一九六〇年，上帝大發慈悲，在牧師先生的夢中顯聖，命令他帶著家人和所有財產到西邊去，趁還來得及前。所以我們把聖經放進口袋，逃過分割線，把列寧丟在身後。」

「你有兄弟姊妹嗎？這真是太驚人了，沙夏。」

「我有個哥哥，遠比我討父母喜歡。但他死了。」

「幾歲時？」

「十六歲。」

「怎麼死的？」

「肺炎，併發呼吸系統問題。漫長、緩慢的死。我妒忌羅夫，因為母親最疼他，我也愛他，因為他是個好哥哥。整整七個月，我每天去醫院看他，陪他直到最後。那次守靈對我不是愉快的記憶。」

「我相信不是。」他決定冒險。「你的身體又是怎麼回事？」

「好像我是在牧師先生從軍放省親假時受的孕，後來在壕溝裡出生，當時俄軍進逼，我母親正在逃難。她後來獲得的資訊可能不太正確，說是我在子宮內缺氧。我母親生產時缺少些什麼，我只能想像。反正那不是一條什麼有益健康的壕溝。」他回頭繼續。「從東邊跑到西邊的牧師先生以他一貫的靈活，在靈性修養上脫胎換骨。不知透過什麼關係，他引起某個密蘇里州傳道組織的注意，他們讓他飛到聖路易市去修一門宗教課程。他以最高榮譽結業，回到西德後就成為一個從十七世紀走出來的熱忱基督保守分子，致力推廣基督教自由市場資本主義。恰如其分，人家給他安排到舊納粹大本營的石勒蘇益格－賀爾斯坦[27]當牧師，每個星期天，他的會眾都如癡如醉聽他在講壇上讚美馬丁・路德和華爾街。」

「沙夏，這真是太可怕了。可怕，而且匪夷所思。我們可以去石勒蘇益格－賀爾斯坦聽他講道嗎？」

「絕對不行。我已經跟他完全斷絕關係。對我的同志而言，他已經完全死了。在這一點上，我跟牧師先生是一致的。他不希望承認有個無神論的激進好戰分子的兒子，我也不願意承認有個急功近利而且偽善的宗教變節者父親。所以，在牧師先生的配合之下，我可以把他從我的過去完全剔除。我唯一的心願，就是在我有機會再告訴他一遍我多麼恨他之前，不要讓他死掉。」

「你的母親呢？」

「行屍走肉吧。她沒有你的愛爾蘭保母那種運氣，沒能在生產過程中死掉。她走在石勒蘇益格－賀爾斯坦的沼澤裡，身邊籠罩一重為孩子悲哀與困惑的迷霧，經常揚言要自殺。當年身為一個年輕的母

27　石勒蘇益格－賀爾斯坦（Schleswing-Holstein）為德國最北的省分，與丹麥接壤。

親，不必說，她被勝利的俄國解放者強姦過很多次。」

他面前放著空酒杯，沙夏直挺挺坐在書桌前，像一個被宣判有罪的人。看著他，聽他的自嘲，孟迪感覺心頭湧起一種讓一切變得清明的靈性寬宏。結果便由這不善言辭、信奉實用主義的英國人動手，而非那個心情沉痛、追求人生真理的德國人將杯子斟滿，提議以卑微的基督教方式敬酒。

「呃，總之，敬我們。」他以習慣性的保留態度嘟噥道。「祝你健康。祝你耶誕快樂和其他等等。」

沙夏仍皺著眉頭，舉起杯，他們以德國方式互相敬酒：舉起酒杯，注視對方的眼睛，喝酒，再舉起酒杯，再看對方，沉默等待一會兒，然後放下酒杯，虔誠地思索一會兒。

•

人際關係若不深化，就會磨滅。在孟迪後來的記憶中，就在那個耶誕節，他倆的交情深化了，一切來得輕鬆而毫不勉強。從此以後，沙夏去共和黨或無毛貓，一定會簡短地問一聲孟迪要不要同行。在學生酒吧，沿著結冰的運河拉縴道與河岸，慢吞吞一腳高、一腳低走著路時，孟迪都扮演沙夏這個約翰生的鮑斯威爾[28]，或沙夏這個唐吉軻德的桑丘・潘札。他們的公社因為大量竊自布爾喬亞的腳踏車而變得富有時，沙夏堅持朋友倆到這半邊城市的外圍探索，擴充他們的視野。永遠配合的孟迪準備了野餐——雞肉、麵包、一瓶勃艮地紅酒，都是用他擔任柏林圍牆導遊老實賺的錢買的。他們出發，但沙夏堅持他們先把腳踏車推一段距離，因為他有事要談，而且最好在步行時談。他們安全脫離了公社的視線之後，他才說是怎麼回事。

「仔細想想，老實說，泰迪，我相信我從來沒有騎過他媽的這個鬼玩意兒。」他以無與倫比的滿不在乎招認。

孟迪擔心沙夏的腳不適任這份工作，不禁詛咒自己怎麼沒早點想到這一點。他陪沙夏走到動物園，找一個沒有小孩旁觀的平緩草坡。他替沙夏扶住坐墊，但沙夏命令他放手。沙夏摔了一跤，罵了幾句髒話，掙扎回到坡頂，再次嘗試，又摔倒。罵更多髒話。但第三次下坡時，他已經學會調節不對稱的身體，保持在車上，兩小時後，他驕傲地脹紅了臉。他就穿著大衣，蹲在長椅上，邊啃雞肉，邊哈著結霜的氣息，高談闊論偉大的馬庫色的名言。

•

但是，按照戰爭慣例，耶誕節停火不過是暫時的。雪一融，學生和市政府的緊張對峙就又瀕於爆

---

28 約翰生（Samuel Johnson, 1709-1784）為英國散文家和辭典編纂者，鮑斯威爾（James Boswell, 1740-1795）對他深為欽佩。他們在一七六三年結為摯友，常一同出外遊歷。約翰生去世後，鮑斯威爾決定為他立傳。長達千頁的《約翰生傳》獲得各界好評，名列世界偉大傳記之林。

發。西德各所大學都充斥著不安情緒，勢所難免；從漢堡、不來梅、哥廷根、法蘭克福、蒂賓根、薩爾布魯根、波鴻、波昂等地，都傳出大牌教授紛紛罷工或集體辭職，以及激進團體趁勝進擊的報導。柏林的積怨比所有城市加總起來都更大、更古老、更惡毒。在暴風雨前夕的陰影中，沙夏去了一趟科隆，據傳有位傑出的新理論家，拓寬了激進思維的疆界。他回來的時候，孟迪已打起精神，準備行動，心中卻覺得這是一個玩笑。

「神諭有沒有說，愛好和平的人該如何面對即將來臨的衝突？」他問，預期沙夏最起碼會把假寬容之名，行壓抑之實的偽自由主義，或軍事企業殖民主義痛罵一頓。「番茄、臭彈、火砲——說不定還是烏茲衝鋒槍？」

「我們打算揭露人類知識的社會起源。」沙夏答道，口中塞滿香腸和麵包，準備趕去開會。

「用婦孺能解的話說，是什麼意思？」孟迪問，開始扮演他所熟悉的彩排聽眾的角色。

「人類的超自然狀態，他的『ur-state』。第一天已經太遲。我們必須從第零天開始。這就是重點所在。」

「你得從頭說清楚。」孟迪提醒，眉毛表情十足地糾結在一起。這觀念真的讓他大感意外，因為沙夏此前一直都還堅持他們必須面對殘酷的政治現實，而不是想像中的烏托邦遠景。

「第一階段，我們要把人類的記憶擦拭乾淨，我們要給大腦消毒，洗淨所有的偏見、禁制與繼承來的偏好。我們要清除所有陳舊、腐爛的東西」——又一大口香腸——「美國至上、貪婪、階級、妒忌、種族歧視、布爾喬亞式的濫情、仇恨、侵略、迷信，以及對財產與權力的渴望。」

「這麼做，到底要達成什麼？」

「聽不懂你的問題。」

「很簡單。你把我的記憶擦乾淨。我變純潔了，沒有美國至上、種族歧視、布爾喬亞或唯物主義。我沒有留下一點壞思想，沒有遺傳來的直覺。我得到什麼回報，除了卵蛋會被警察靴子踢一腳之外？」

沙夏不耐煩地站在門口，沒興趣客氣對待這種詰問。「你會得到建立一個和諧社會所需的一切，沒有別的。兄弟之愛、自動自發的分享、互相尊重。拿破崙說得對，你們英國佬就是百分之百的唯物主義。」

怎麼說都無所謂，反正這個理論孟迪此後沒再聽過。

4.

「那兩個女孩子是拉子。」北歐人堅持，孟迪現在已經跟他熟絡到能用他的綽號彼得大帝稱呼他。彼得是來自斯圖加特的和平主義者。他來柏林是為了逃避兵役。傳言他富有的雙親是學運的同情派，雖然是滿身罪惡的高階布爾喬亞，暗中卻救濟那些一心一意要毀滅他們的人。

「注定失敗的目標，」沙夏雖然心思都放在革命策略這種更偉大的事上，卻也轉來同意他，「別在她們身上浪費你的蠢時間，泰迪。怪胎，兩個都是。」

他們說的是法律茱蒂和法律凱倫，會這麼稱呼是因為她們都讀法理學。這兩人偏又是公社裡最具吸引力的女孩，這一事實徒然使她們的罪狀更明顯。在這兩位偉大的解放者心目中，女性的性自主權不包括拒絕跟地位最重要的男性革命實踐家上床。看看她們穿的粗麻布裙，老天爺，彼得勸他，還有那種活像軍靴的男人鞋，她們還以為要到哪裡去行軍呢。她們把頭髮束成亂七八糟的髮髻，在公社裡晃來晃去，真像一對害相思病的卡萊城公民[29]！彼得聲稱她們每次只從圖書館借一本書，以便躺在床上一起閱讀。他說，凱倫用手指著一行行的字，茱蒂負責朗讀。

除了彼此，她們唯一有來往的就是孟迪的前逼供者，希臘女孩克麗絲汀娜，大家懷疑她也有相同的性傾向。孟迪過去沒有接觸女同性戀的經驗，但也不得不承認，所有已知證據都支持謠言。那兩個女人拒絕跟大家共浴。來到公社的第一天，就堅持要有自己的房間，在貼有「滾一邊去」標語的門上裝了掛鎖。標語牌還貼在那兒。孟迪特地去參觀過。彼得說，如果他還需要進一步的證據，就去試試運氣，看他除了下巴被敲爛之外還能得到什麼。

但算準他鐵定失敗的預言再怎麼多，法律茱蒂仍然對孟迪一心要效法伊修伍德遺世獨立的意志構成強大的威脅。她再怎麼掩飾自己美貌都是枉然。凱倫拱起肩膀，表現乖戾，茱蒂卻總是那麼輕盈纖弱。抗議會議中，凱倫像牛頭犬般大聲咆哮，茱蒂生起氣來卻只搖搖一頭金髮。然而會一開完，她們又黏在一起：法律茱蒂和法律凱倫，教養良好的北德女孩，出入柏林一流激進主義者的廳堂，手牽手走在拉絲波絲[30]的海邊。

所以，忘了她吧。每當孟迪發現希望又湧上心頭，就會這麼命令自己。她在英語會話課上注視你的眼睛，不過是因為你古怪高大，外加牛津出身。我們之間的言詞挑逗——明顯都是茱蒂起頭——只是她在拿你練習英語而已，別無用意。

「我這個句子說得對嗎，泰迪？」她會問，掛著足以融化冰河的微笑。

「好極了，茱蒂！每個音節都到位。」

29 卡萊城公民（Burghers of Calais）的事蹟發生在一三四七年的英法百年戰爭期間。法國卡萊城被英軍包圍，眼看城破不保，城中數位長老蓬頭跣足，出城求降，希望用他們自己的生命換取全城人的安全。

30 拉絲波絲（Lesbos）為愛琴海第三大島，有西元前三千年的古文明遺址。西元前六世紀，女詩人莎孚（Sappho）居此，傳說她收了許多女弟子，教授作詩技巧，師徒間女同性戀行為層出不窮，所以後人把女同性戀者稱為lesbian，原意為「拉絲波絲島的居民」。

「到位？」

「就是恰到好處。我說溜嘴。你非常完美。很正宗。」

「可是，我有美國口音嗎，泰迪？如果有，你一定要馬上糾正我。」

「一點影子都沒有，以我的榮譽擔保。百分之百英國腔。絕對事實。」孟迪在沮喪的痛苦中語無倫次。

那雙金屬藍的眼睛並不相信他，像個孩子似地黏著他，直到他像哄小孩一樣把所有的話再說一遍。

「謝謝你，泰迪。那我就祝你有個愉快（pleasant）的一天。不說美好的（nice），那是美國用法，對嗎？」

「完全正確。也祝福妳，茱蒂。還有妳，凱倫。」

因為她從不是單獨一人，當然了。法律凱倫就在現場，坐她旁邊，跟她渾若一體，跟她一起學發聲門的閉塞音，跟她異口同聲說「走開」並且改掉中間那個不順耳的摩擦音[31]。諸如此類。直到有一天，毫無預警之下，大家默認法律凱倫離開公社，不知去向。起初傳聞她生病，後來則說她是去探望病危的母親，直到有人想起她父母在大戰最後一天都被殺了。但警察突擊附近一個合作社後，又有新一波謠言傳出。

法律凱倫變成非法凱倫，也就是說，她追隨大家奉若神明的烏莉克·邁因霍夫走入地下。烏莉克是我們的道德天使，左翼領袖，另類人生的最高女祭師，掌管學運與勇氣和正直相關的一切的聖女貞德。她最近昭告，激進分子可以開槍射擊了。謠言還傳說，克麗絲汀娜與凱倫同行，一舉奪走了茱蒂的終身伴侶和公社的半數收入。然而孟迪最不忍見的，卻是茱蒂像奧菲莉亞[32]般在公社走廊裡飄來飄去。因此，某天傍晚，當她纖纖小手搭在他臂上，問他願不願意陪她去夢遊，格外令他喜出望外。

「夢遊嗎，茱蒂？我的天！到哪兒我都可以陪妳！」他本想再說陪妳躺下來作夢也可以，但及時改變了主意。「妳真的是那個意思？德文怎麼說，如果妳不介意我問？」

她告訴他。Nachtwandlung。「這是很重要的政治行動，而且完全保密。目的是逼柏林人面對自己法西斯的過去。你願意嗎？」

「沙夏會在嗎？」

「很不幸，他去科隆找某個教授諮詢了。而且他也不會騎腳踏車。」

忠心的孟迪急忙抗議，「沙夏腳踏車騎得很好。妳該看看的。快得就像隻野兔。」

茱蒂不信。

時序該是早春，但天氣還未變化。寒風挾著溼答答的冷雪，在黑暗中一路追逐他來到運河附近荒廢的小學教室。彼得大帝和女友瑪格達已經先抵達。還有一個名叫托奇爾的瑞典人，一個名叫希妲的巴伐利亞女戰士。在茱蒂發號施令下，每個陰謀者各執一支手電筒、一罐紅色噴漆以及一罐水玻璃，這種神

31 摩擦音包括 f、v、s 等聲音，德文字母 w 發音與 v 相同，所以德國人學英文，很容易把走開（go away）讀成有發擦音的 goavay，讓人察覺她們有口音。

32 奧菲莉亞是莎士比亞悲劇《哈姆雷特》中柔弱美麗的女主角，原本與哈姆雷特相戀，但因她的首相父親附和哈姆雷特的殺父仇人，被哈姆雷特誤殺，她無法承受變故，因而發瘋。

祕的溶劑據說能滲進玻璃將之腐蝕，要除掉它，只能換掉整面玻璃。公推為後勤經理的彼得大帝為每位戰士配備了偷來的腳踏車。孟迪穿了三件他父親的襯衫，一條圍巾和一件舊連帽夾克。他的手電筒、水玻璃和噴漆全放在背包裡。托奇爾和彼得大帝帶了條長巾，可包住頭臉只露眼睛的頭套，希妲戴上毛澤東面具。茱蒂站在市區地圖前，用清脆的北德口音向隊友簡報。她換下粗麻布裙，穿起厚重的羅紋針織毛衣和極長的白色羊毛褲襪。如果她有穿裙子，外表也看不出來。

她宣布，我們今晚的目標是過去第三帝國的房舍、行政機關與總部，目前都偽裝成無害的建築。我們的行動以教育為目的，要矯正本市布爾喬亞的健忘症，指出每棟建築在納粹時期的用途。過去的經驗證明，西柏林的豬玀最容易被這種標記激怒，他們會採取特別行動更換玻璃、清洗塗鴉。我們因此能贏得雙重勝利：反制布爾喬亞對資產的喜愛，以及反制豬玀系統否認其納粹過往的努力。主要目標——她在地圖上向他們指出——包括動物園街四號、安樂死計畫總部，然後是庫弗斯坦達姆大道上、阿道夫·艾希曼[33]的舊辦公室，那地方現在已湮滅證據，改裝成簇新的旅館；還有威廉街與亞柏特王子街交叉路口上的希姆萊[34]總部，現在已不幸成為柏林圍牆的犧牲品，但我們還是要視情況盡力而為。其他考慮的攻擊目標，還包括將柏林猶太人運往死亡集中營的幾個調度站，包括仍完好保存了當年為此而建的斜坡道的葛倫渥德火車站；還有入口設在威澤本街的老軍事法庭，這地方號稱是在紀念少數幾個密謀對付希特勒的勇士，卻刻意不提支持過他的數百萬人。我們在雪洛斯公園的題字，要強調這種行為的不公不義。

騎車到汪湖——希特勒對付猶太人的「最終解決」就是在該地通過——的可能性也經過討論，但天候不利，只好把汪湖留待下次行動。不過，今晚的次要目標包括市內廣受喜愛、原先由希特勒的私人建築師阿柏特・史佩爾（Albert Speer）設計的路燈。彼得要負責將之貼滿呼籲所有忠貞的納粹黨徒支援美國在越南進行種族滅絕的傳單。

茱蒂打前鋒，泰迪和托奇爾第二梯次，彼得與希妲擔任後衛，瑪格達殿後把風，監視豬玀的行蹤，若他們企圖破壞行動，就設法分散他們的注意。一陣笑聲。瑪格達又漂亮又不要臉。只要不犧牲革命原則，她也以偶爾兼差賣身自豪。她正在考慮替一對不孕的小布爾喬亞夫婦代孕，好賺取進修的資金。

團隊出發，孟迪因為腿長，不小心就衝到最前面，他停車等茱蒂超過他，她卯足全勁趕上來。她低著頭，白色的臀部抬向天空，吹著《國際歌》的口哨，飛快從他身旁經過。他連忙追上去，紀律拋在腦後，快樂的呼嘯一路跟著他穿過冰冷的寒風。《國際歌》成了他們的戰呼。茱蒂隨著歌唱節奏晃動身體，金髮隨風飛揚，先給一家店鋪的玻璃上了妝，戰友孟迪負責打點另一面玻璃。後方有消息緊急傳來：豬玀正從四十度角方向接近。後衛一哄而散，但茱蒂繼續書寫，先用德文，再為英美讀者的方便而採英文。以她的保鑣自居的孟迪在一旁把風，讓她好整以暇地完成工作。經過一番在街巷小弄裡的緊張追逐，他們重新整隊，數過人頭，彼得大帝取出一保溫瓶布爾喬亞的熱紅酒，大家才接著進攻下個目標。勝利的隊伍筋疲力盡回到公社時，盤旋的雪霧中已出現斑斕的橘色曙光。儘管凍得通紅又加上狩獵

33 艾希曼（Adolf Eichmann, 1906-1962）是二戰期間德國納粹消滅猶太人行動的主要負責人。

34 希姆萊（Heinrich Himmler, 1900-1945），納粹重要幹部，德國與東歐各地的猶太人集中營都在他手中建立，並掌管希特勒親衛隊。

後的疲憊，孟迪仍護送茱蒂到她房門口。

「妳想不想再上一堂英文會話，如果不太疲倦的話。」他輕描淡寫地提議，只見那扇門和門上「滾一邊去」的訓令，輕輕當著他的面關上。

彷彿經過千百年，他清醒地躺在床上。沙夏說得沒錯，他該死：再怎麼孤立無助，茱蒂還是個注定失敗的目標。沮喪中，他先夢見了伊爾莎，接著是身穿黑色透明雪紡紗的麥卡齊尼太太。他疲倦地將她們都轟開。然後，法律茱蒂本人出現了，一頭瀑布般的金髮流瀉在肩頭，此外全身赤裸。「泰迪，泰迪，我要你快醒來，拜託。」她搖晃他的肩膀，越來越不耐煩。我當然知道妳要我醒來，他氣呼呼地想。他試圖睜眼，再將眼睛閉上，但那幕海市蜃樓仍在眼前，刺眼的晨光也驅不散。他不耐煩地伸出一隻手臂，但並未如他預期的只撈到一把空氣，入手的是法律茱蒂光溜溜的臀。他白痴的第一個意念是，她跟克麗絲汀娜和法律凱倫一樣正在逃亡，需要一個藏身的地方。

「怎麼回事？警察來了嗎？」他用英語問，因為這是他倆之間的法定語言。

「為什麼？你寧願跟警察做愛嗎？」

「不，當然不是。」

「你今天有約嗎？也許跟別的女孩？」

「沒有，我沒有。什麼事也沒有。我沒有別的女朋友。」

「我們慢慢來，拜託，你是我第一個男人。知道這個會讓你沮喪嗎？也許你太英國？道德水準太高？」

「當然不會。我是說，知道這個不會讓我沮喪。我沒什麼道德水準。」

「那我們很幸運囉。我一定得等大家都睡了才能來找你。為了安全起見。拜託事後別向任何人透露我們做過愛，否則公社裡所有男人都會過來要求我比照，那就太麻煩了。你同意這個條件嗎？」

「我同意。我同意每一件事。妳不在這兒。我睡著了。什麼事也沒發生。我會把一切藏在帽子底下。」

「帽子？」

就這樣，在性事上完全是個嬰兒的泰德．孟迪大獲全勝，成為完全拉子法律茱蒂的情人。

•

做愛的強度將他們結合成同一股造反勢力。第一波激情舒緩下來，他們轉移陣地到茱蒂的小窩。滾一邊去的標誌仍掛在那兒，但同一天黃昏，臥室已變成他們的愛巢。她對保密的強調，以及在最酣暢的時刻也只說英文的堅持，讓他們得以棲止在一個遠離塵世的空間裡。他對她一無所知，她也不瞭解他。提出任何庸俗的問題就會觸犯淪入庸俗的致命大罪。只在不經意間，某個答案會跨越封鎖線，不請自來。

她還沒有「eingebläut」（被警察打瘀青），但有把握在春季遊行中進階。

她希望下半輩子能像托洛斯基和巴枯寧那樣，成為職業革命家，或許一半時間會被囚禁在西伯利亞。

在她心目中，被放逐到冰天雪地、艱苦勞動、窮困匱乏，都是通往完美的激進境界必經的階段。

她學法律，因為法律是自然正義的敵人，她要知己知彼，克敵致勝。律師永遠都是混蛋，她心悅誠服地引用一位革命導師的論點。孟迪相信她挑中混蛋的職業，毫無自相矛盾之處。

她迫不及待要消滅所有壓迫性的社會結構，並且相信唯有透過無止境的鬥爭，才能強迫豬玀系統脫下解放民主的面具，露出真面目。

然而，即將來臨的鬥爭確切會是什麼形式，卻是她與凱倫之間的絆腳石。茱蒂跟凱倫都認同瑞吉斯·迪布雷和[35]切·格瓦拉的理論，認為倘若普羅階級還沒做好準備，革命先鋒就必須代他們而起，發動革命。她相信先鋒有權代表普羅階級採取行動。她倆的齟齬出現在手段上。或如茱蒂所說的，手段與道德。

「把沙子倒進豬玀的汽油箱，你認為此舉在道德上是允許的嗎？」她想知道。

「允許啊。那還用說。豬玀活該。」孟迪英勇地向她保證。

辯論照例在茱蒂床上展開。春天已現身。陽光湧進窗戶，情人在光線裡糾纏。孟迪把她的金髮撥到自己臉上，像一層面紗。她的聲音穿過如夢似幻的迷霧傳進他耳裡。

「但要是我放進油箱的是一枚手榴彈，道德上仍可接受嗎，或者就不行了？」

孟迪毫不畏縮，但他在永恆狂喜中會錯了意，他先坐起身才回答：「哦，不行，真的，」他對於心愛人兒的雙唇那麼輕易就能吐出手榴彈的英文一字，不禁有點驚訝，「絕不可以。不能那麼做。不能丟進油箱或任何地方。動議不得執行。去問沙夏。他會同意。」

「凱倫認為這不僅合乎道德，而且是當務之急。凱倫心目中，對抗暴政與謊言，採取任何手段都合法。殺死壓迫者是為全人類服務，為了保護受壓迫者。這很合理。凱倫認為恐怖分子就是有炸彈但沒有飛機的人。我們不該有布爾喬亞的 Hemmungen。」

「顧忌。」孟迪克盡職責地翻譯出來，盡可能不理會她聲音裡摻雜的辯證意味。

「凱倫全心全意服膺法蘭茲．法農[36]的觀念，認為受壓迫者不論以何種方式使用暴力都是合法的。」她挑戰地補上一句。

「嗯，我不這麼認為。」孟迪反駁，又倒回床上。「沙夏也不這麼想。」她補充道，彷彿那就足以蓋棺定論。

繼之是一段漫長的沉默。

「想知道一件事嗎，泰迪？」

「什麼事，我親愛的？」

「你是個完全與世隔絕、帝國主義的英國混蛋。」

35 迪布雷（Regis Debray, 1940-）法國記者，曾訪問卡斯楚，將他的游擊戰術寫成一本書，亦曾在波利維亞與格瓦拉並肩作戰。

36 法蘭茲．法農（Frantz Fanon, 1925-1961），法國作家、散文家、心理分析學家、革命家，其作品啟發了不少反帝國主義解放運動。

就當作是又一種附帶條件吧，孟迪邊鼓勵自己，邊再次把父親的襯衫穿上，這次是充當盔甲。示威是模擬作戰，不是來真的。每個人都知道它發生的地點、時間、原因。沒有人會受重傷。好吧，除非他們自討苦吃。否則行動規模再大也出不了什麼事。

我的意思是，看在老天爺的分上，我跟伊爾莎並肩行進那麼多次，不過她的肩膀只到我的手肘，擠在水洩不通的人群裡前往白廳[37]，警察在兩旁緊貼著人群，為的是避免被迫動用警棍？這兒、那兒敲幾下，偶爾肋骨挨一腳，但比起作為一個個頭過大、勢單力孤的橄欖球前鋒深入敵陣，情況還沒一半糟。沒錯，不知該說是老天爺惡意撥弄或大發慈悲，他一直不確定，他沒參加倫敦葛羅斯納廣場的盛大遊行。但他在柏林遊行過，占領過大學的建築，參加過靜坐，防守過封鎖線，而且仗著快速投球的絕技，贏得臭彈與石頭神射手的美名，通常都能命中裝甲警車，將法西斯主義的進擊延緩至少百分之一秒。

沒關係，柏林既不是海德公園，也不是白廳。這兒少了點湊熱鬧的成分，條件比較艱苦。沒關係，雙方實力可能分配得不夠平均，一邊全副武裝，有槍、警棍、手銬、盾牌、頭盔、防毒面具、催淚彈、噴水柱，還有一卡車一卡車的增援部隊在街角等著；另一邊則是——嗯，你想嘛——乏善可陳，只有幾箱爛番茄、臭雞蛋、幾堆石頭、很多漂亮女孩，還有冠冕堂皇要解救全人類的口號。

但我的意思是，我們都是文明人——咦，不是嗎？即使適逢沙夏的大日子：我們深具領袖魅力的演說家沙夏，我們心目中坐上領導者寶座的不二人選，我們散播知識的社會起源史的夸西莫多[38]，根據風傳的八卦，他幹過的女孩可是能填滿學校的大禮堂。這同一個沙夏——根據無孔不入的瑪格達和警察上床時取得的祕密情報——今天被挑出來，享受另眼待遇，因此，孟迪、茱蒂、彼得大帝其他後援俱樂部的成員，才在大學的台階上，圍攏在他四周。也因為如此，到場的豬玀為數多得驚人，還先乖乖聽了一段法蘭克福學派學說的詳細內容，才客氣地邀請沙夏進入一輛無窗運囚車，跟他們前往最近的警察局。在那兒，基於尊重憲法所賦予的基本權利，他會被要求發乎自願寫下一份自白，供出同志的姓名、住址，以及他們在高度動盪的西柏林製造人身傷害與搶劫，以使世界大致恢復到它在向法西斯主義、資本主義、黷武思想、消費主義、納粹主義、可口可樂殖民、帝國主義、偽民主等屈服之前狀態的計畫。

這些主題也正是沙夏今天在自由大學的神聖草坪上講道的內容，眼看警察的警戒線逐漸縮小，逼得他將每個主題發揮到極致。他火力全開抨擊美國地毯式轟炸越南城市，毒殺農作物，用燒夷彈破壞森林的罪刑。他呼籲重新召開紐倫堡法庭，以種族滅絕及危害全人類等罪名，審判法西斯帝國主義的美國領導者。他指控道德敗壞的美國對位在波昂的所謂政府奴顏卑躬，用消費主義為德國的納粹過往消毒，他將奧許維茲世代描寫成一群肥羊，腦袋空空，只想著新冰箱、電視機和賓士車。他痛罵伊朗國王和他有美國中情局撐腰的薩瓦克祕密警察，兼及美國贊助的希臘保守派軍人，以及「以色列的美國傀儡政府」。他逐條列舉美國發起的侵略戰爭，從廣島到韓國、中美洲、南美洲、非洲，乃至越南。他向我們

37 白廳（Whitehall）是英國議院與特拉法加廣場中間的一段街道，是倫敦市內各政府機關所在地，常做為英國政府的代稱。

38 法國小說家雨果《巴黎聖母院》（亦稱《鐘樓怪人》）中的駝背主角。

在巴黎、羅馬、馬德里的兄弟致意，並向柏克萊和華府的英勇美國學生致敬，「我們現在行進的道路是他們一手開闢的」。他對現場群情激昂對他叫囂，要他閉嘴回去讀書的右傾群眾反唇相譏。

「閉嘴？」他對他們高喊。「當年，你們在納粹暴政下默不作聲，現在還敢叫我們在你們的暴政下沉默？我們是好孩子！我們記取的教訓太清楚了！都是從你們身上學到的，混蛋！從我們默不作聲的納粹父母學到的！我們可以向你們保證，奧許維茲世代的子女絕對不會，也永遠不會沉默！」

為了說這番話，他高高站在孟迪做的肥皂箱上。這是孟迪在費瑟的咖啡館後面的工作檯上急就章的成品。茱蒂站在孟迪身旁，頭戴著消防員的頭盔，臉下半截戴著圍巾。她的毛裝外套被撐得鼓脹，因為裡頭穿著孟迪打板球的套頭毛衣。但她守得最牢的祕密，是藏在臃腫不堪的粗布衣服底下那美妙無雙的肉體，這是孟迪與她共享的祕密。他對它比對自己的身體還更熟悉，每個摺縫與輪廓。他從她身上誘發出來、禁忍不住的聲聲歡愉，都是發自他自己內心的叫喊。她對政治就像做愛一樣，非要到他們一起越界，進入無政府的狂野邊疆，否則絕不滿足。

忽然間，完全沒有發生任何事。或孟迪沒有察覺任何事。就像是影片和音軌同時停頓，然後又重新開始。沙夏仍在肥皂箱上侃侃而談，但臨時演員在尖叫。武裝警察呈圓形包抄，團團圍住抗議者，棍棒擊打盾牌的聲音隆隆如雷響，第一波催淚瓦斯攻勢啟動，警察不受影響，因為他們有備而來，已經戴上防毒面具。在煙霧瀰漫與水柱中，學生向四方逃竄，被瓦斯熏得尖叫或呻吟。孟迪的耳鼻和喉嚨都燙得像是要融化，淚水迷濛了眼睛，但他知道不能擦拭。水柱如箭噴到他臉上，他看見警棍飛舞，聽見圓石路上的馬蹄響，還有傷者發出如幼童般的抽噎聲。一片吶喊廝打的混戰中，只有一個人表現得有點格調，就是法律茱蒂。令他頗為意外，她從毛裝外套裡掏出一支特大號的棒球棍，無視沙夏要大家消極抵抗的告誡，重重一記打在一名年輕警察簇新頭盔的側面，打得頭盔掉進他手裡，活像一份天上掉下來的禮物，接著他就掛著滿臉白癡笑容跪倒地上。「Teddy, du gibst bitte Acht auf Sasha!」她很有禮貌地交代孟迪，這回用的是湯瑪斯・曼[39]美妙的語言，而不是他們抒發激情的英語。然後，她消失在一堆毒蛇般張牙舞爪的褐色與藍色制服底下，他怎麼也無法靠近。他最後一眼見到她，她的消防頭盔已經變成一頂染滿鮮血的小帽，但她最後的請託在他耳中燃燒著：泰迪，請好好照顧沙夏，他想起伊爾莎曾經也對他做過同樣的要求，所以他也同樣以此要求自己。

噴水車推上前來，但交戰的雙方完全混在一起，豬玀們不願意把自己人也給澆濕，沙夏還在肥皂箱上大喊口號。豬玀已逼近到警棍可以碰到他的程度，一個非常肥胖的警官尖聲喊道：「給我把這個一臉大便的毒侏儒拿下！」於是，孟迪做了一件他做夢也想不到的事，即使他曾經計畫過，也沒想到會成為事實。曾經一口氣將二十個敵人打下馬，擁有巴基斯坦一枚不知什麼勳章的亞瑟・孟迪少校的兒子，向敵人進攻。但他抱在手裡的不是布倫式機槍，而是沙夏。盲目服從法律茱蒂的命令和自己良好的直覺，他一把將沙夏從肥皂箱上抓起，架在肩上。一手抱緊沙夏踢騰的腿，另一手攥住他揮舞的手，孟迪大踏步穿過敵人的催淚瓦斯和一大片正在咆哮、流血的人體，既不躲避如雨落在他身上的警棍，也聽不見別的聲音，只除了沙夏的詛咒抱怨——放我下來，你這混蛋，快跑啊，離開這兒，豬玀會殺死你的——直

39 湯瑪斯・曼（Thomas Mann, 1875-1955）德國小說家，一九二九年獲諾貝爾文學獎。

到陽光再現，孟迪覺得心頭卸下一個重擔，因為他已盡己所能執行了茱蒂的命令，沙夏從他肩上滑下，快步跑過開闊的廣場。而雙手被銬在頭頂上方的鐵條，坐在警用卡車裡，被兩名警察輪流揍得七葷八素的是孟迪，不是沙夏：泰德・孟迪終於修成「eingebläut」的正果，無需沙夏翻譯，他已經懂得這個字的意思。

•

事後記錄接下來發生的詳細經過，對孟迪而言絕非易事。有警用卡車，有警察局，有具備囚房裡所有應有的怪味的牢房：排泄物、鹹鹹的眼淚、嘔吐物，不時還有溫熱的鮮血。有一陣子，他跟一個自稱殺過很多人的光頭波蘭人同處一室，那人老是滴溜溜轉著眼珠子咯咯笑。訊問室裡沒有波蘭人。那是孟迪和囚車上給他第一頓好打的兩名警察的私密世界。他們修理他第二頓，因為誤以為他是彼得大帝剃了鬍子，冒充大不列顛子民。且不提英國護照，他還有一張完全合法的學生證可供他們檢查，儘管上面的住址是錯的。問題是他因為擔心證件在衝突中遺失，所以通通留在閣樓。他提議回去取證件，但他顯然不能讓訊問者自己去找，因為這麼一來，無異指點他們去抓沙夏，破獲非法公社。他在這一點上的固執，逼得他們再度大發雷霆。他們不肯再聽他說話。不管三七二十一把他毒打一頓：會陰、腎臟、腳底，再打會陰。為了面子上好看，大致沒朝他的臉動手，雖然他的臉其實也沒像他們可能希望的那麼完好無缺了。他三番兩次昏厥過去。他們也三番兩次把他送回牢房，以便休息一下。這種事到底重複了幾回，他只覺得一片模糊，就像一切忽然結束，就連被救護車送往英國軍醫院的路途，也都是一片模糊。他隱約記得藍色燈光在腦子裡閃爍，而不是待在它在街上應在的地方，還有散發滴露消毒水氣味的乾淨床鋪和被單。還有清潔得發亮的病房，由一位兒童保母掌管，她在白麻紗制服的胸前別著一只鍍銀的碼錶。

「孟迪？孟迪？該不會跟一個叫亞瑟．孟迪少校的小混蛋有親戚關係吧，是嗎，前印度陸軍？不可能吧？」主任醫官狐疑地問，端詳著他從頭到腳的繃帶。

「恐怕沒有，長官。」

「別怕，老弟。我只能說你算是他媽的走運。我伸出幾根手指？幹得好。好極了。」

•

他躺在船艙裡，但缺了少校的緬甸雪茄慰藉。他蹲在石池前，在拉妮身旁，卻站不起來。他在學校浴室，臉埋在洗臉盆裡，雙手抓著水龍頭，級長輪流毆打他，因為他缺乏基督徒的尊卑觀念。大家不准跟他接近，他是瘟疫病例。看到他就會被傳染。他是不可碰觸的賤民，掛在門上的油漆告示牌，足以證明這一點：

僅限軍方授權人員入內

換做是茱蒂就會說，滾一邊去。為確實執行起見，有個戴紅帽子的憲兵中士在旁監護他。從孟迪第一次能自行蹣跚走到走廊另一頭去撒尿開始，中士就把心中的想法表達得很清楚。

「如果由我們管教，我們一定會讓你懂點分寸，孩子，」他篤定地告訴孟迪，「你他媽的死了還會感謝我們。」

一名英國官員前來探視。他是艾摩利先生，帶來的名片寫的：尼古拉斯．艾摩利先生，不列顛使節團駐柏林副領事。他只比孟迪大幾歲，以尚未獲得救贖的英國布爾喬亞壓迫階級而言，算得上是一個會令人放下戒備、討人喜歡的人。他穿著上好的斜紋呢西裝，但衣領有種令人鬆一口氣的不服貼。他的麂皮鞋尤其有失體面。少校的背包掛在他精工剪裁的西服肩膀上。

「這些葡萄是誰送的，愛德華？」他咧嘴微笑摸摸水果問道。

「柏林警察局。」

「天呀，是嗎？那這些菊花呢？」

「柏林警察局。」

「嗯，以這些可憐的傢伙目前承受的壓力來說，我覺得他們還真夠意思，你說呢？」——他把背包放在孟迪床腳——「這兒是前線，你知道。情況偶爾會失控，不能怪別人。尤其當他們被一群政府供養的學生給惹火時。那群小鬼根本不知天多高、地多厚——不比你更知道，我猜。」他將一張椅子拖過來，湊上前用批判的眼光研究孟迪的表情。「你的好朋友是誰，愛德華？」

「哪一個？」

「一個莽撞的小傢伙，像他媽的希特勒ＳＳ親衛隊[40]一樣衝進我們的辦公室，」他自顧地拿了顆葡萄吃起來，「插隊，把你的護照甩在服務台上，喝斥我們的德國雇員，要求立刻把你從西柏林的警察手中救出來，否則就要給他好看。然後趁人還來不及登記他的姓名地址之前，就衝了出去。那可憐的雇員嚇得不知如何是好。他說對方有不明顯的薩克森口音。聽得出來，但不顯得可笑。只有薩克森人有這種蠢勁。你有很多這種朋友嗎？愛德華？憤怒而不肯留下姓名的東德人？」

「沒有。」

「你來柏林多久了？」

「九個月。」

「住哪裡？」

「我的獎學金花光了。」

「住哪兒？」

「夏洛騰堡。」

「有人跟我說是十字山區。」

沒有回答。

40　ＳＳ是Schutzstaffel的簡稱，為德軍在二次大戰期間的精銳部隊，穿黑色制服，有別於正規軍的褐色制服，作風凶狠殘暴。

「你應該來跟我們報到的。照顧落難的英國學生，我們最拿手。」

「我沒有落難。」

「好吧，你現在有了。你在學校裡打板球，不是嗎？」

「打過幾次。」

「我們這兒的球隊水準相當不錯。現在太遲了。可惜。他叫什麼名字，只是好奇？」

「誰叫什麼名字？」

「你那個脾氣暴躁、走路有點跛腳的薩克森武士。我們的雇員說，他那張醜臉很眼熟。他想他可能在報上看過。」

「我不知道。」

艾摩利似乎暗自覺得這件事很有趣。他看著那雙不體面的麂皮鞋參酌了一會兒。

「好吧。好吧。問題是，愛德華，我們該拿你怎麼辦？」

孟迪沒有建議。他不知道艾摩利是否是在浴室裡毆打他的級長之一。

「我想，你妻子捅大了。得找六位律師。我們能提供名單給你。警方會自行提出告訴，當然了。破壞和平，這是第一個罪名。濫用你外國訪客身分，這法官一定不喜歡。用假地址辦登記。我們當然會為你盡力。隔著柵欄餵你吃法國麵包。你說什麼？」

孟迪什麼也沒說，艾摩利高興怎麼毆打他都無所謂。

「對警方來說，你只是個認錯身分的案例。如果你是他們要找的人，他們會受到很高的嘉獎。他們說是一個瘋狂的波蘭殺人犯把你整成這樣的。有可能嗎？」

「不可能。」

「不過，他們準備做個交易，只要我們配合。他們不會起訴你，你也不對或許是你在被捕期間發生的所有小災小難提出控告。我們會在國際危機當前的微妙時刻，把你偽裝成努比亞奴隸，走私運出柏林，好搶救我們的不列顛顏面。成交嗎？」

晚班護士塊頭跟阿婭一樣大，但她不講先知穆罕默德的故事。

•

他扮成醫生前來，就像電影裡聰明的英雄：在黎明時分，當中士派的衛兵在椅子上昏昏睡去，孟迪則仰天而臥，發消息給茱蒂。白色的醫生袍兩邊肩膀上有三顆星，他穿嫌太大。聽診器不經意地掛在脖子上，一雙奇大無比的外科手術膠鞋遮掩了他破舊的球鞋。想必全西柏林都在搜索一個大便臉的毒侏儒，但這也阻止不了他，他千變萬化。他靠動作或花言巧語混過門口崗哨，一進到醫院就直奔醫官休息室，撬開儲物櫃，他眼睛周圍有泛黃的病色。額前的瀏海對他而言嫌太年輕，他革命黨徒的咆哮被深沉的不確定感取代。他其他的部分部則變得比以前更瘦小、更皺巴巴。

「泰迪，我沒有話說。你為我做的——救了我的命，至少——我不配擁有這樣的友情。我該怎麼報答？從來沒有人為我做過這麼荒謬的犧牲。你是英國人，對你而言，所有人生都是可笑的意外。但我是德國人，在我心目中，沒有邏輯就沒有意義。」

褐色眼睛裡出現湖泊。他過於宏亮的聲音在瘦小的胸膛裡變得沙啞。他的話像經過精心演練。

「茱蒂還好嗎？」孟迪問。

「茱蒂？法律茱蒂嗎？」他好像記不得這名字。「茱蒂，喔，很好，一切都好，多虧了你，泰迪，是的。在這次暴行中受了傷，我們都一樣，但她正如你能預期的，沒有屈服。她頭受了點傷，吸入太多瓦斯。她跟你一樣『eingebläut』了，不過她已經復原。她要我代為問候你，」——好像這樣就把事情解決了——「熱烈地問候你，泰迪，她很佩服你所做的一切。」

「她在哪兒？」

「在公社。頭幾天紮一個小繃帶。後來就什麼都沒有了。」

什麼都沒有了，隨後是沉默，孟迪不得已露出一個毫無笑意的微笑。「敬什麼都沒穿的小姐，」他呆頭呆腦地用英語模仿過去少校喝酒時愛引的一句打油詩，「她知道他們要趕我走，是嗎？」他問。

「茱蒂？當然。完全違憲的行動。她體內那個律師氣壞了。她當下就衝動得想直奔法院。我還得使出全副遊說的實力才說服她，你在此的法律立場並不如她希望的那麼堅強。」

「但你處理好了。」

「很不容易。茱蒂就跟很多女人一樣，很難接受權宜的論點。但你應該以她為榮，泰迪。多虧你，她已經完全解放了。」

這以後，就像好朋友可能會做的那樣，沙夏在孟迪床畔坐下，握住好友的手腕，而不是他被砸爛的手。但不知何故，他努力不去看孟迪的眼睛。孟迪躺在那兒看著他，沙夏坐在那兒盯著牆，直到最後孟迪出於禮貌開始裝睡，沙夏才離開。房門彷彿關上過兩次：一次是把沙夏關在外面，一次則是完全解放的茱蒂。

5.

平淡的年頭，挫折的年頭，沒有方向漂泊的年頭，即將籠罩泰德．孟迪這個永遠畢不了業的人生學徒的學習進程。他後來認為，這段時間是他人生最空洞的四分之一，雖說前後加起來還不到十年。

在他短暫的人生中，這不是第一次剛見天邊微曦就被逐出城外。但這回他無需照顧顏面盡失的父親，路也平坦鋪了柏油。軍營門口沒有拉妮哭得垂頭彎腰像是身有殘疾，而任憑他再怎麼張望搜尋，也看不見茱蒂的蹤影。穆里的老軍車由擦得雪亮、還有白色擋泥板的吉普車取代，給他最後一句善意忠告的也不是旁遮普戰士，而是那位憲兵士官。

「要是你高興，隨時可以回來，孩子。我們記得你，我們他媽的等著你。」

這位士官不用擔心。研究了三個星期的病房天花板後，孟迪沒有打算回來，也想不出任何目的地。他該回牛津？以什麼身分？做什麼偽裝？回去夾在一群接受了過多教育，卻從未見過理想在怒火中爆發的小孩子中間攻讀學位，令他反胃。在希斯洛機場下機後，他一時衝動，回到威布里基。當時參加過他父親葬禮的律師，醉醺醺地在取名「松園」、仿都鐸式的陰暗住宅裡接待他。外面在下雨，一向如此。

「人家還以為你會講禮貌，會回信。」律師抱怨。

「這個人家回過信了。」孟迪說，幫忙在一堆雜亂的檔案中尋找失蹤的文件。

「好吧，我們開始吧。總算還剩下點老本。你已故的父親把他的儲蓄簽了銀行的定期轉帳委託書，笨蛋。要是早知道，他好幾年前就不該再這麼做。不介意我先抽五百英鎊的律師費吧？」所有的律師都是混蛋，孟迪砰地在身後關上花園大門時提醒自己。他大步沿著小路向前走，看見金天鵝童話般的燈光。夜裡最後一批飲酒作樂的人在雨中離去。孟迪看見自己和父親也在其中。

「今晚這群人真不錯，兒子，」少校拖著孟迪的手臂，像個即將溺斃的人，「高水準的對話。軍官食堂裡聽不到的。都很專業。」

「真的很有意思，父親。」

「如果你要聽英國的心跳，就該聽聽這些人。我說得不多，但我會聽。尤其是波西。知識的泉源。真不懂這老兄出了什麼問題。」

山谷路二號已夷為平地。孟迪藉著街燈努力打量，唯一留下的，是建商的廣告，三房住宅出售，貸款九成。火車站最後一班不知開往哪裡的列車已經開走。有個牽頭狼狗的老人，提供住一宿附早餐，要預付五鎊。隔天中午，孟迪又是個嶄新的人，搭上西行赴學校的列車，一路對在公共場所梳頭的人提高警覺。

掛著聖喬治旗幟的修道院就像一座從地底冒出的納骨所，俯瞰著鬱悶的小鎮。校園正門就在它腳下，古老的校舍則位在山上。但孟迪沒上山。不知為何，逃離希特勒德國、身無分文的難民們，在這裡就是找不到教大提琴或傳授歌德母語的空間。一般認為，他們去住圓環旁那棟紅磚房鞋店的二樓比較舒服。側門開在巷子裡。門上依舊是曼鐸邦以學究般的德文字跡所寫的褪色告示，以生鏽的圖釘釘著。下班時間請按下方門鈴即可。馬洛瑞的訪客請按最上方門鈴即可，並請稍候。孟迪只按上方門鈴即可，他很樂意稍候。

他聽見腳步聲便開始微笑，直到發覺那不是他要的腳步聲。不論來者是誰，腳步急遽而慌亂。她邊下樓邊對著後面喊：等一下，比利，媽咪馬上回來。

門開了六吋寬就不動了。同一個聲音說，可惡。門砰地關上，他聽見鍊子抽動。大門應聲而開。

「什麼事？」

年輕的母親永遠沒時間。這裡有張慌亂的粉紅色臉蛋，滿頭長髮必須拂開，他才能看見她。

「我想找馬洛瑞先生，」孟迪指著那張褪色的告示，「他在學校當老師，就住樓上。」

「死掉的那個嗎？去店裡問。他們才知道。比利，來了來了！」

他需要銀行。一個為尋找果陀的年輕人兌現威布里基的律師開出的支票的地方。

•

又上了飛機。孟迪在夢境與現實間漂流。羅馬、雅典、開羅、巴林、喀拉蚩無言接納他，又把他交出去。降落在拉合爾，他回絕了機場許多富有想像空間的過夜邀請，把自己交給一個名叫馬宏德，能說英語和旁遮普語的司機。馬宏德蓄著軍人的小鬍子，開一九四九年的渥斯利轎車[41]，配備有桃花心木的儀表板，固定在後窗上的花瓶裡插著蠟做的康乃馨。而且馬宏德知道確切的地點，大爺，沒什麼如果、但是的，是完全正確的位置，那個愛爾蘭天主教的保母和她夭折的女兒最可敬的下葬地點。馬宏德之所以知道，是因為他正巧有個一輩子的老朋友兼一等表親，在教堂擔任聖器收藏室管理員，是個繫白頭巾的老頭子，自稱保羅，跟著聖人取的名。他擁有一本皮面記錄簿，在一小筆捐款的鼓勵下，他會指出最仁慈的老爺和夫人的埋葬處。

墳場圍成橢圓形，呈階梯狀漸次下降，隔壁是家已廢棄的煤氣工廠。遍地是無頭的天使、舊車的破片和腸臟向天暴露、被砸爛的十字架。那座墓位於一棵大樹下，大樹伸展開的枝葉在烈日下形成一大片陰影，有點暈眩的孟迪恍惚間以為墓穴是敞開的。墓碑質軟如沙，上頭的銘文消蝕到他得用手指去觸摸上面的字句。紀念原籍愛爾蘭凱利郡的妮莉·歐康納及其女嬰蘿絲長眠於此。深愛的丈夫亞瑟偕愛子愛德華立。長眠主懷。

我就是愛德華。

二十來個孩子圍了上來，推銷從其他墳墓拿來的花束。孟迪沒理會馬宏德的抗議，把錢塞進每一個小手掌裡。山腰成了滿是討錢小孩的蜂窩，彎著腰的高大英國人巴不得變成他們之中之一。

41 渥斯利（Wolseley）是英國的汽車製造廠，產品屬中高檔，一九五二年與奧斯汀等車廠合併後不再使用原商標。

擠進老渥斯利的乘客座，膝蓋頂著桃花心木的儀表板，返鄉遊子看著自己進入在印度到任何地方都必須通過的滿天塵霧。從到達開始，塵霧就在等著你。他認出青翠的山腰上那座荒廢的石砌酒廠，是英國人所建，用來把少校的咖哩沖下喉嚨。這就是他們送我們回英國時我們走過的路，他心想。這就是我們朝它按過喇叭的牛車。這些就是瞪著我們看，但我沒有瞪回去的小孩。

彎路有種節奏。渥斯利順應著這節奏，像一匹馴良的拖車馬。被霧靄鋸掉一節封頂的褐色山巒在他們前方升起。伸展在他們左側是興都庫什山脈的丘陵，主峰南伽山高高在上，君臨天下。

「您的鎮，大爺！」馬宏德喊道，它真的在那兒：山上露出一小片褐色的房舍，轉個彎就又看不見了。現在開始，英國人留下的紀念品有了軍事意味：倒塌的衛兵室、空蕩蕩的營房、長滿野草的檢閱台。渥斯利車挺進最後一段路，又轉了幾個彎，他們就進到鎮裡。馬宏德把自己的地位從導遊兼司機提昇為房地產經紀，他對穆里的高級住宅如數家珍，知道可用多麼便宜的價格買到。這條街，大爺，是當今巴基斯坦最時髦的街道：您看那兒的高級餐廳、小吃攤和服裝店。您在比較僻靜的小街上會看到最有錢、最有品味的伊斯蘭馬巴德人蓋的優雅避暑別墅。

「想想看那了不起的視野，大爺！一直遠眺到喀什米爾的遙遠平原！還有天氣也是最舒適不過。松林裡一年四季滿滿的動物！您聞聞這喜馬拉雅的清新空氣！哎呦，多好啊！」

請開上山，返鄉遊子說。

對了，這方向。過巴基斯坦空軍基地，繼續向前走。

謝謝你，馬宏德。

空軍基地滿鋪現代化的柏油，寸草不生。軍官住宅加蓋了二樓。他媽的穿藍制服的娘娘腔每次都把預算搶光，孟迪聽見少校破口大罵。道路彎得坑坑洞洞，野草叢生，灰頭土臉的貧困取代了鎮上的富裕。走了兩哩路，他們來到一片褐色山坡，散綴著廢棄的訓練營地和貧窮的村落。

請在這兒停，馬宏德。謝謝你。這兒很好。

山羊、雜種狗和永恆的貧窮，在雜草叢生的閱兵場上飄盪。清真寺旁那片未來的偉大板球選手磨練技巧的泥土空地，蓋了垂死者收容所。抹平山谷路二號的同一雙手，也把少校的平房削成半乾的骷髏，掀去鐵皮屋頂、門、露台，卻留下沒有眼珠的窗戶眼眶，瞪著這片破壞。

請替我去打聽，馬宏德，我忘了我的旁遮普語。

阿婭？大家都叫阿婭，大爺！她叫什麼名字？

她沒有名字，就叫阿婭。她塊頭很大，孟迪還想補充，她有個大屁股，總蹲在他臥室外面走廊一張咪咪小的板凳上，但他不希望孩子們發笑。她在一個住這兒的英國少校家工作，他說。少校忽然離去。他喝了太多威士忌。他喜歡坐在那兒那棵楝樹下，抽一種叫做緬甸的雪茄。他哀悼死去的妻子，疼愛他的兒子，對印巴分裂感到惋惜。

這些話馬宏德全都翻譯了嗎？也許沒有。他也有心思縝密的時候。他們在街上找到最老的老頭兒。

哦，阿婭，我記得很清楚，大爺！馬德拉斯人，我記得。她家人全都在大屠殺中慘死，只有這個好女人逃脫。唉，先生，是的，這就是命，照我們的說法。英國人走了以後，再沒有人要雇用她。她先是乞討，後來就死了。到最後，她變得又瘦又小。大爺一定認不出她就是他形容的那個大塊頭了。拉妮？他想得很吃力，您說的是哪家的拉妮，大爺？

父親經營香料農場的那個拉妮，孟迪答道，他被自己的記憶力嚇了一跳，直到他想起她常用樹葉裹著香料送給他。

街頭最老的老頭兒忽然想起正確的拉妮！拉妮小姐，她嫁了如意郎君，我跟您保證，大爺。您聽到她的好運氣一定也會高興，謝謝您，先生。她才十四歲那時，她父親就把她嫁給拉合爾一個有錢的工廠老闆，我們這兒大家都說是天作之合。他們現在已經有三子一女了，我說這還真不錯，謝謝您，大爺。您真是太慷慨了，就跟所有的英國人一樣。

他們走回渥斯利車，但最老的老頭兒還跟在後頭，拉住孟迪手臂，用非人間所能有的慈悲，深深望進他的眼裡。

我求您回家去吧，先生，求求您，他出於極度的好心情忠告。別把你們的商業帶來，我拜託您。不要派更多軍隊過來，我們自己的已經夠了，謝謝您。您們英國已經從我們這兒拿走了你們要的東西。您們已經夠了。現在讓我們休息一會兒吧，我說！

在這兒等一下，孟迪對馬宏德說。你看著車子。

他沿著林中小徑漫步走去，想像自己光著腳。不久阿婭就會叫我，叮嚀我不可以走太遠。兩棵大樹幹就像記憶中的那麼巨大。它們中間曲折的小徑通往溪邊。岩石池依然散發貝母珠光。然而，他只看見自己的臉。

最親愛的茱蒂，同天晚上，孟迪在拉合爾貧民區的旅館房間裡，用非常正規的英文寫道，妳最起碼該見我一面，這是妳欠我的。我必須知道妳我共處的時光對妳的意義就跟對我的一樣重大。我必須信仰妳。用生命繼續追尋是一回事，腳下有實地可踏則是另一回事。相信妳會愛上這地方。這兒住的都是妳會稱為真正普羅大眾的人。我知道沙夏的事，我不介意。我愛妳。泰德。

這聽來一點也不像我，他這麼判斷。但什麼才像呢？旅館的郵筒有維多利亞女王的紋章。讓我們希望她陛下知道十字山區的公社所在。

•

他又置身英國。你遲早得回來。也許他的簽證到期了。也許他跟不討人喜歡的自己作伴膩了。靠著自古以來的傳統，這位前任級長和板球英雄到鄉下一所願意用打折扣的薪水雇用不合格教師的預備學校辦了登記。他見到校規如與老友久別重逢，以一貫的狂熱栽進德文動詞—標點—動詞、陰陽性與單複數的神祕之中。改作業剩下的時間，他一手策畫《安柏魯斯・艾普強冒險記》[42]一劇的校內公演，並偷偷

42 《安柏魯斯・艾普強冒險記》（Ambrose Applejohn's Adventure）英國劇作家哈克特（Walter Hackett, 1876-1944）的作品。

摸摸在校內板球場旁的計分室裡，跟一個茱蒂的替代者做愛，對方恰好是一位科學教員的妻子。學校放假期間，他說服自己相信自己會成為下一個伊夫林．沃[43]，然而出版商並不認同他的信念。這中間，他寄了更多絕望的信到公社。有的提出求婚，有的揚言心碎，但每封信不知何故都縈繞著那封寄自拉合爾的信那平淡無奇的腔調。他只知道她姓凱薩，來自漢堡，於是翻遍本地圖書館裡的電話簿，又不斷越洋查號，騷擾整個北德沿海地帶，打聽哪家有個茱蒂。沒有一條線索指向他曾經的英語會話學生。

他對沙夏的態度較保守。回想起來，他的前室友有太多他不敢恭維的小缺點。想起面對面時竟對沙夏那麼迷惑，他心有不甘。他後悔自己曾經對沙夏那套古怪的哲學論調懷有過高的敬意。雖然他堅決否認，但對於沙夏先他成為伊爾莎的情人，又後他成為茱蒂的情人，他其實深感苦惱。有朝一日我會寫信給他。暫時，我忙著寫我的小說。

所以，當孟迪在被逐出柏林整整三年後忽然接到一堆委託他曾就讀的牛津學院轉交、在工友室躺了好幾個月，而後再轉寄到他的銀行，因一再轉寄而破損的信件時，就越發惶惑不安。

•

信一共有十二封。有的長達二十頁，用沙夏的奧利維帝打字機不空行打得密密麻麻，還有他張牙舞爪的德文筆跡所做的補充與附筆。孟迪最初的可恥念頭是把整疊信全扔進垃圾桶。他的第二個念頭，是把信藏到一個自己找不到的地方：五斗櫃後面，或計分室的屋椽上。但搬來移去好幾天之後，他終究還是給自己倒了杯烈酒，信依時間順序將信排好，開始逐封拆閱。

他先是感動，然後覺得羞慚。

他所有自我耽溺的執念一掃而空。

這是絕望的沙夏。

這是一個始終不曾離開前線的脆弱朋友真實痛苦的吶喊。

既沒有尖刻的口吻，也沒有高高在上的武斷宣言。取而代之的，是絕望的呼籲，只求在他四周土崩瓦解的世界裡能出現一線希望的閃光。

他沒有物質上的要求。他的日常需求很少，很容易打發。他可以自己烹飪——孟迪抖了一下——他不缺女人——他幾時缺過？有幾家雜誌社還欠他錢；有一家會在轉入地下前支付。咖啡館的費瑟私釀一種非法的燒酒，足夠弄瞎一匹馬。不，沙夏的人生悲劇根本上屬於一種更偉大、更高貴的層次。西德的激進左翼無以為繼，沙夏成了一個沒有國家的先知。

「消極抵抗變成不抵抗，不合作主義變成武裝暴動。毛派團體互鬥，中情局等著看好戲。極端主義者接收了激進分子的地盤，不跟波昂的反動分子一鼻孔出氣的人就被逐出所謂的社會之外。或許你不知道，我們現在有條法律正式規定，所有不承諾效忠『自由民主基本原則』的人，不得從事公職？西德五

43 伊夫林．沃（Evelyn Waugh, 1903-1966），二十世紀重要英國作家之一，作品以長篇和短篇小說為主。他跟孟迪同樣讀過牛津，也同樣沒有拿到大學文憑就決定輟學。

分之一的公職人員，從火車駕駛員到教授到我自己，都不被法西斯主義者當人看待！想想看，泰迪！如果我不同意喝可口可樂、轟炸紅河、對越南小孩丟燒夷彈，就不准開火車！過不久我就會被迫戴上黃色S徽章，宣告我是社會主義者了！」

孟迪飢渴地搜索跟茱蒂有關的字句。他發現那埋藏在一則跟信的主題無關的閒聊的注腳裡，沙夏經常如此。

「大家在夜裡離開柏林，我們往往也看不出他們要去哪裡。聽說彼得大帝去了古巴。他要為卡斯楚作戰。如果我有兩條好腿和彼得的肩膀，說不定也要自告奮勇投身同一個偉大的目標。至於克麗絲汀娜，我們聽到令人沮喪的謠言，透過她父親的影響力，她獲准回雅典。承蒙那個有美國撐腰、實施法西斯軍事獨裁的希臘政府大發慈悲批准，她將在家族的船運公司工作。茱蒂不聽我勸告，去貝魯特跟凱倫會合了。我替她擔心，泰迪。她選擇了一條英勇的路，卻被引入歧途。就算在革命分子之間，也有太多文化上的歧見需要消弭。一位最近剛從那個地區回來的朋友說，即使是最激進的阿拉伯人，對於我們的性革命，態度也很不友善，斥之為腐敗的西方產物。這樣的成見對喜愛自由意志論調的茱蒂非常不利。不幸的是，她離開時，我對她的行動已經沒什麼影響力。她是個任性的女人，只憑感覺行事，不易接納溫和漸進的論點。」

對孟迪傾心相愛的人這麼一番不公正的描述，重新點燃了他浪漫的渴望：去找她！飛到貝魯特！爬梳每一處巴勒斯坦訓練營！加入鬥爭，將她與凱倫隔離，帶她活著回來！然而，當他發現自己還坐在椅子上，便繼續往下讀。

「我受夠了理論，泰迪。我受夠了裝腔作勢的布爾喬亞，他們以為革命就是在自己的小孩面前，從抽菸改為吸大麻！我裡頭那個可恨的路德會基督徒不肯睡覺，我承認，我承認。寫信給你的此刻，我真願意放棄一半的信仰，換取一個清晰的遠景。親眼目睹偉大而理性的真理在地平線上閃閃發光，不計一切代價朝它奔去，不論必須丟下的是什麼，這就是我最大的夢想。明天會改變我嗎？什麼都改變不了我。只有世界在改變。在西德，沒有明天。只有昨天，或放逐，或在帝國主義勢力下受奴役。」

孟迪開始覺得過去那種有如酒醉的朦朧感再度降臨。即使他過去聆聽過，現在也該關掉。然而他繼續往下讀。

「目前我們被迫稱之為民主的那套右翼陰謀，只會在左翼的任何抗議下顯得更加合法。有我們這批激進分子存在，反而鞏固了敵人的權威。波昂的軍隊與工業聯手的執政團，把西德牢牢綑綁在美國的戰爭列車上，無法動彈，以至於我們連豎起一根小手指反對它的倒行逆施，都永遠不可能。」

他繼續大聲疾呼。孟迪開始跳行閱讀。

「我們被官方容忍的聲音，是我們對抗企業暴政僅有的武器……真正的社會主義理想已經變成波昂萬神廟裡的太監……」

萬神廟裡有太監？孟迪這咬文嚼字的教員很懷疑。他舔舔手指，約略又看了幾頁，然後再看幾頁。好消息。沙夏還在騎腳踏車。從你在動物園教我那天起，我沒再跌倒過。有關他過去專程到科隆求救的那位導師，消息則不那麼好：那個雜種收回一半的作品，開溜到紐西蘭去了！

孟迪把這封信推到一旁，拿起最後一封。劈頭就是一句不祥的宣言：第二瓶燒酒從此開始。語氣雖然還是那麼誇張，但文字更流暢，也更親密。

「我不怪你保持沉默，泰迪。我對你毫無怨恨。你救了我的命，我偷了你的女人。要是你還生我氣，請繼續。沒有憤怒，我們什麼也不是，什麼也不是，什麼也不是。」真高興你這麼說。現在又怎樣？

「如果你是在用沉默捍衛你的文學謬思，好好捍衛她，好好寫，照顧你的天才。我不會繼續把你的一切視為理所當然。我跟你說話時，是對那個聽過我那麼多屁話、多到讓我臉紅的好耳朵說話。」哼，你終於知道了。「它還在聆聽嗎？我相信是。你沒那麼受到意識形態拖累。你是我追求邏輯蛻變旅程中的布爾喬亞懺悔師。只有對你，我可以大聲思考。所以我要隔著鐵柵欄，小聲告訴你，我就像那個聽過世上所有偉大辯論的波斯詩人，永遠在同一扇門裡不斷進進出出。我看見那扇黑門出現在我面前。它開著，等我進去。」黑門？見鬼的他在嘮叨什麼東西——自殺嗎？老天爺，沙夏，振作起來吧！孟迪心想，但他非常驚慌。

這一頁沒寫完。翻到下一頁。文句變得很紊亂，一個受困孤島、考慮從岩石上往下跳的人發出的瓶中信。

「因此，泰迪，你看到你朋友站在人生的十字路口」——十字路口，或波斯的黑門？說下去，白癡！「我在路標上看到的地名是什麼？霧好濃，我幾乎看不見！回答我，親愛的朋友。或更好是回答我的新誘惑者——如果我們的階級敵人是資本帝國主義——誰能懷疑這一點？——它最終就會成為我們的階級朋友？我是否聽見你警告說，沙夏冒險踏進流沙了？」——啊，懂了，你的黑門通往一片沙灘，當然了——「你是對的，泰迪！你永遠是對的！但有多少次你沒聽我說，每個真正的革命分子的責任，就是把他的影響力發揮在對目標最有利的方面？」孟迪不記得有這種情形，但很可能他當時的確沒在聽。「好吧，泰迪，現在你可以看見，我是多麼不偏不倚、被自己信念的不完美邏輯當胸刺穿！走吧，親愛的泰迪。你是我的摯友！如果我像我擔心的那樣已經打定主意，我要把你忠誠的心也一起帶著走！」

像表演般呻吟了一聲，孟迪把信推開，但他還有一頁沒看完。

「寫信給我，託伊斯坦堡咖啡館的費瑟轉交。不論我的處境再怎麼不可能，我都會安排你的信一定能寄到我手上。豬玀有把你打跛嗎？唉，那些傢伙真是可惡！你還是能建立一個王朝嗎？希望如此，因為有越多泰迪，世界就會越好。頭痛如何了？我只想知道這麼多。在基督裡，在無私的大愛裡，在友誼裡，在絕望裡祝福你，沙夏。」

•

滿懷罪惡感與擔心，還有某種每當沙夏的陰影出現在他的道路上時習慣性的不安，孟迪抓起紙筆，著手說明他的沉默，並承諾永恆的忠貞。他沒有忘記沙夏對生命的掌握是何等脆弱；或每次他把瘦小的身軀拖出室外，就可能再也回不來。他記得那對高低不對稱的肩膀，表情多變的頭顱，狂亂不協調的顛簸腳步，不論是在腳踏車上或地面上。他記得耶誕燭光下，沙夏關於牧師先生的獨白。他記得那雙過於專注的褐色眼睛，狂熱追尋著更好的世界，無法妥協，無法轉移。他決心原諒他跟茱蒂的事。他也原諒了茱蒂，他老早就決心要原諒她，時間久得他不想回頭計算，但每次都做不到。

信開頭寫得不錯，但接著就寫不下去。

等早上頭腦清醒時再寫吧，他告訴自己。

但早上也不比前一晚高明。

他嘗試表現出從特別滿意的計分室幽會獲得的那種高潮後的慵懶，但偏偏寫不出他計畫的那種縱容又稍帶幽默的信。

他照例給自己找些不怎麼成理的藉口。已經該死的三年過了，天哪。說不定四年。伊斯坦堡咖啡館或許已關門大吉，費瑟說過要存錢買計程車的。

再說，不論沙夏考慮何等瘋狂的行動，都已經付諸實現了。更何況，面前還有一堆五年級的德文作文瞪著我看呢。孟迪還在以這種方式推諉時，科學教員之妻卻突發一陣莫名其妙的悔恨，向丈夫完完全全坦承了出軌行為。三人被叫進校長的書房，很快就把問題做一了斷。他們在校長殷勤地事先備妥的文件上簽了名，同意暫時擱置激情，直到考試結束。

「這個假期就委託你照顧她，老弟，你覺得如何？」科學教員在鄉村酒吧裡咬著孟迪耳朵問，他老婆在旁假裝沒聽見，「希斯洛機場那邊，有人給了我一份很不錯的兼差工作。」

孟迪很遺憾他已做好度假的安排。正當他盤算所謂的安排究竟是怎麼回事時——不僅與度假有關——忽然就擺脫了寫作的窒礙。幾個熱情的句子後，他回應沙夏忠貞不滅的承諾，鼓勵他打起精神，不要太自苦——曼鐸邦博士的「愚昧的熱忱」一詞快樂地從他筆端跳出。他勸他採行中庸之道。不要對自己太苛求，兄弟，讓自己喘口氣！人生就是一個大疙瘩，別以為單槍匹馬就能將它解開，沒有人做得到，你的新誘惑者更不要談，不論他們他媽的是何方神聖！為了好玩，也為了表示他已把男性的嫉妒拋在腦後，他以拉柏雷式[44]、不盡背離事實的筆法，將最近發生的科學教員之妻事件敘述了一遍。

我已經把一切拋諸腦後，他說服自己。茱蒂與沙夏享受一點兒自由之愛，由我買單。沙夏說得對，沒有憤怒，我們就什麼都不是。

•

孟迪打算做個新聞記者，以此當作創造不朽文學名望的踏腳石，為此他上函授課程，並投效東密得蘭一家奄奄一息的鄉下報社，成為新手記者。起先一切都很順利。他對當地捕鯡魚船隊沒落的報導甚受好評；他以工筆白描市長會客室即景，大家也覺得相當有趣，沒有同事的妻子再自告奮勇扮演茱蒂的替身。但是當總編輯去度假，他交出一篇本地罐頭工廠低價雇用亞洲勞工的內幕後，美好的主雇關係頓時破裂。那家工廠的老闆也是報社的大股東。

44 拉柏雷式（Rabelaisian）指融合誇張、諷刺、聳動、搞笑、荒誕、色情，甚至粗鄙等元素的文章。這種文體令人聯想到法國作家拉伯雷（François Rabelais,1495-1533）但拉柏雷的傳世名作《Gargantua 傳》與《Pantagruel 傳》有其針砭世俗的企圖與人文關懷的層次，通常不涵蓋在這個英文形容詞之中。

他轉往地下廣播電台發揮長才，訪問當地名流，為緬懷青春歲月的老爸老媽們播放流行老歌，直到某個星期五黃昏，製作人邀他一起去喝一杯。

「與階級有關，泰德，」製作人解釋，「聽眾說你聽起來就像一頭貴族院出身、吃撐了無所事事的怪物。」

隨後幾個月情況都不好。BBC拒絕了他寫的廣播劇。一則講街頭藝術家用粉筆畫出一幅曠古絕今的傑作，遂召募一群街頭遊童，幫他把那塊石板搬走的兒童故事，不得出版社歡心。一位編輯用他並不樂見的坦率語氣回信道：敝社認為，閣下筆下的德國警察太過暴力，言語粗魯。敝社也看不出閣下為何要把故事背景設定在柏林，這城市對多數英國讀者有太多不愉快的聯想。

但在絕望的深淵裡，孟迪照例還是瞥見了一線光明。一份以具有文學野心的讀者為對象的季刊上，有個美國基金會願意提供旅行獎助金給年紀末滿三十、有意到新大陸尋找靈感的作家。想到即將進入巨人的城堡裡探險，孟迪毫無怯意。他在倫敦羅素廣場一家古老的旅館裡，陪三位來自北卡羅萊納，慈眉善目的老太太喝茶、吃瑪芬蛋糕，努力施展個人魅力。六個星期後，他又上了船，這次是前往機遇之地。站在後甲板上，看著雄偉的利物浦港漸漸隱沒在細雨中，他沒來由地覺得，被自己留下的是沙夏，而不是英國。

漫無目的的漂泊歲月還沒到盡頭。來到陶斯[45]，終於成為一個真正的作家的孟迪租下一棟紅磚屋，可將沙漠裡的山艾樹、電報桿和一群從穆里流浪到此的不中用雜種狗一覽無遺。他坐在窗前，喝龍舌蘭酒，狂歌每一個在漫長的淡紫色中死去的日子。有許多這樣的日子，也有許多龍舌蘭酒。但羅里[46]和勞倫斯[47]也都經歷過這樣的生活。當地人不僅友善，他們還周身吸飽陽光，與世無爭，經常醉醺醺，絕非他在柏林時痛恨的那種在全世界到處擄掠的殖民者。他在當地籌組劇團的努力受阻，不是因為肆無忌憚的侵略，而是因為一些難以捉摸的觀念差異。

一本有關某個虛構的歐洲國家發生民權鬥爭的小說，寫了五十頁，他便將稿子寄給一位出版商，請對方指點該如何完成。但出版商沒興趣。接著是一本寫給茱蒂的詩集，自費以手工紙印刷，題名《激進之愛》。像他一樣尚未被發掘的天才們無不異口同聲讚美，但印刷費是預估的兩倍。

時間失去了動力。孟迪緩步走過塵土飛揚的街道，每天傍晚到汽車旅館附設的西班牙酒店朝覲，臉上總帶著一抹永恆而略帶羞慚的微笑。他一度奉獻生命奮鬥的那些目標，在新聞報導中見到，只覺得就像是那些少校朗讀給他聽的掐了頭去了尾的吉卜林。越戰是一場持續上演的悲劇。陶斯每個人都這麼

45 陶斯（Taos）位在美國新墨西哥州。

46 羅里（Malcolm Lowry, 1909-1957），英國小說家及詩人，因反對傳統中產階級教育，中學時就輟學到輪船上當僕役，足跡到過中國、墨西哥、美國等國家，作品富異國情調。

47 勞倫斯（D.H. Lawrence, 1885-1930），英國小說家，《查泰萊夫人的情人》作者。勞倫斯喜愛流浪生活，也到過美國。他還曾多次企圖和志同道合的朋友共組理想的公社生活。

說。幾個當地的年輕人燒了徵兵令，消失在加拿大。巴勒斯坦展開恐怖活動，他從一本舊的《時代》雜誌上讀到，烏莉克．邁因霍夫的赤軍旅對他們伸出援手。槍枝後面那個面罩底下，是否正是茱蒂的臉？還是凱倫？這念頭令他驚懼，但他又能怎麼辦？凱倫完全服膺法蘭茲．法農的觀點，受壓迫者任何暴力行為都是合法的。哼，我可不這麼想。沙夏也不同意。但妳應該是同意的。然而妳的性解放不合阿拉伯拒絕派（Rejectionist）人士的道德標準。

但孟迪縱使因為沒有參加遊行，沒被揍個半死而偶爾感到良心不安，幾杯龍舌蘭酒也能將之撫平。在一個周遭所有人都只為藝術而活的樂園裡，唯一文明的對策就是從眾。但樂園裡有別種不論多少龍舌蘭酒都克服不了的障礙。坐在自家紅磚屋的陽台上，腿上擱著黃色筆記，看著同一個該死的太陽再次消失在該死的山脊後——一晚接一晚，繞著打字機踱方步，怒目瞪著空白的紙張或空白的窗戶，用龍舌蘭酒攪動你的天才——而你聽見什麼，如果不是咬了滿口大蒜香腸的沙夏，正在發表關於人類知識緣起的長篇大論？你去西班牙酒店途中，寂寞的沙漠用日落向你攻擊，然後你開始統計自己有多少老朋友——除了在通往無毛貓酒吧的柏林石板路上，與你相依為命，肩負糾正全世界錯誤的重任，一跛一跛走在你身旁的沙夏，還有誰？當那許多個女畫家、女作家、女超覺打坐家、女真理追尋者，將追尋啟蒙的道路繞到你床上，而你躺在她們懷裡時，浮現腦海的又是誰舉世無雙的胴體，加減那雙白色羊毛褲襪？

然後——正如海明威可能會說——還有班尼，魯格，蓄鬍子、有錢、矮小的行動畫家，和他的古巴模特兒妮塔，她從不為他擺姿勢，哪有可能？——班尼早不畫他媽的女性肉體了，他已經遠遠超越那種雜碎了，兄弟！他那幅八呎高的傑作是暗黑與腥紅的末日地獄，他正在進行的作品是對明尼蘇達州投擲燒夷彈的三連屏風畫，高到要用梯子。是不是所有矮小的畫家都畫大畫？孟迪猜是如此。

班尼——如果你相信他，你最好這麼做——是梭羅以來最偉大的自由意志信徒和自由鬥士，他會在通宵達旦的派對中大聲朗誦梭羅的作品，同時站在一座西班牙講道壇上，高居褐色的懸崖向下張望，據他自稱這是切．格瓦拉因為欠他一筆他不可透露細節的人情，而送給他的致謝禮物。班尼曾經在孟斐斯市場實踐過不合作主義。他被國民兵用棍棒打到不省人事的次數，多到連他自己都數不清——有看到這道疤痕嗎？他曾經在華府領頭遊行，因為涉嫌叛亂坐過牢。黑豹黨跟他稱兄道弟，聯邦調查局竊聽他電話、檢查他信件——如果你信他的話，但很少人這麼做。

所以孟迪怎麼可能受得了他，這個大嘴巴、戴厚片眼鏡的有錢小子，再加上他的爛畫、花白的馬尾頭和可笑的裝腔作勢。或許因為孟迪了解班尼生存在當中的那種永恆的恐懼狀態——吹一口氣他就會倒。妮塔也瞭解。她眼神凶猛，作風大膽，天不怕地不怕，打著自由旗幟跟陶斯所有男人睡覺，但也像母獅般保護她的班尼寶寶。

「你在柏林幹的那些屁事——」一天深夜，班尼一隻手撐起身體，隔著懶洋洋躺在他們中間的妮塔，對著孟迪咆哮。

這一幕的背景是班尼的觀光莊園，一棟位於兩條滿布岩石的小河匯流處的西班牙式老農舍，十來個客人東倒西歪躺在他們四周，享受有迷幻效果的佩奧特仙人掌帶給他們的智慧。

「怎麼樣？」孟迪道，他已經開始後悔幾天前因出於一時的軟弱或懷舊，坦白了自己激進的過去。

「你做過共產黨，對吧？」

「不算正式的。」

「『不算正式』是他媽的什麼意思，英國佬？」

「我也許信奉共產哲學，但不相信他們的制度。對你們的國會將是場災難，基本上。」

「所以你算是中庸囉，」魯格嗤之以鼻，開始亢奮起來，儘管背景播放著賽門與葛芬柯的柔和音樂，「他媽的安全至上，正式的自由主義者，配一根小雞雞。」

孟迪從經驗中知道，這種時候最好不要表示反對。

「哼，我以前也是那種人，」魯格繼續說，整個人靠在妮塔身上，但壓低了聲音，「我也搞中庸，追求和平跟他媽的和諧。我告訴你，兄弟。這世界上沒有他媽的中庸之道。就看你有沒有被逮著。既然下了賭注，就只有一條路。我們是跳上他媽的歷史列車，還是站在鐵道邊，抓著我們的英國小膽子，看著他媽的火車開過去？」孟迪想起沙夏在信中也提出了大致相同的問題，但他沒透露自己的想法。「我的天，天啊，兄弟，我坐在那班火車上嗎？我坐上那班車的方式你做夢也想不到哩，你連那種夢都不敢做哩——聽見了嗎，同志？聽見了嗎？」

「又大聲又清楚，老哥。只是不知道你到底要跟我說什麼。」

「那算你走運，兄弟，知道了可能會送命。」他方才激動地用顫抖的手抓住孟迪的手臂。現在他鬆開手，露出乞憐的笑容。「只是開玩笑的，好嗎？我愛你，英國佬。你愛我們。我什麼也沒說，你什麼也沒聽見。即使他們把我們他媽的手指甲拔光光也不招。跟我發誓，兄弟。發誓！」

「班尼，我已經全都忘了。」孟迪說。他漫步走回家，一路惴惴不安地想著，遭到背叛的情人為了掩飾自己的脆弱，簡直無所不用其極。

•

有天，他收到一封信，但不是沙夏寄來的。信封很高級，這很幸運，因為它的旅程始於加拿大，越過大西洋兩次，在陸地上又經過好幾手。寄信者的名字用線條圓滑的大寫字母寫在左上方：班杰明與朗福德・愛普斯坦事務所，多倫多某辦公大樓某某室，顯然是一處豪華辦公室。孟迪本能地這麼認定，而且進一步認定自己即將被一位憤怒的丈夫控告。他把信封擱在一旁，讓它發酵一兩個星期，然後等候適量的龍舌蘭酒帶給他適度的不在乎，才將信拆開。裡頭的信寫了三頁半。同樣位在多倫多的住址與電話都很陌生。龍飛鳳舞的簽名他沒看過，只有一個字，無法辨認。

親愛的泰迪：

好吧，我想經過這麼多年，你聽到我的消息一定會大吃一驚，但一切兜了個圈又回到原點。我可不打算拿我從我們大家在柏林告別以來的旅行（苦行！）把你煩死——天啊，那時候的我們是什麼樣的人？——只能說，我發現人生之中，如果你轉錯彎的次數夠多，到了某個年紀，你就會回到開始的地方。我猜，在某種意義上，如果我夠理性，以我從事的工作我應該如此，那就是我現在所在的位置。當初在柏林，我還以為我不可能落入更壞的情況，但我錯了，但要不是因為落到谷底，我就永遠不會覺悟我的人生變得多麼瘋狂，我也永遠不會跑到貝魯特大使館，更不會打電話給我父母，求他們趁我殺人，或像凱倫一樣在奈洛比後街製造他媽的爛炸彈時被炸成該死的碎片之前，趕快來接我。

所以我現在是什麼呢？（A）我是安大略律師公會一個受人敬重的會員，一個成功的多倫多律師，（B）一個名叫雅絲敏的可愛小女孩的母親，她會長得跟我一模一樣，如果你還記得!!（C）跟一個最最親愛、最最體貼的男人結了婚，他是個第一流的模範父親，愛煞了他的小女兒和她的母親，這不在話下，但他也是全世界最可恨、最天殺的無聊、最愛撒謊的臭狗屁。而且很富有，根據加拿大中產階級的標準，我們夫妻都算富有，不過可別胡思亂想，以為加拿大律師可以拿到美國那種費率，這題目我可以一談老半天！（賴瑞對律師界的同工同酬運動不感興趣，但你是知道我的：我總跟帶頭造反的人一鼻孔出氣！）

我把（D）保留到最後，我猜想那就是我寫這封信的動機，泰迪。或許成功的希望不大，但我有種預感覺得不至於如此。你知道嗎？天啊，泰迪，我也愛你。所有你信中的熱情字句——好吧，真的打動我的心，還不僅我的心，還有我身上那些你相當熟悉的部位！有一天我想，我要寫信告訴泰迪我對他多麼飢渴！可是，哎呀，媽的，我想如果我是全世界第二差勁的寫信者，第一名一定從缺。所以這麼說吧，我會告訴你，只要我寫得出來。好吧，你是我第一個男人，你得到我的處女貞操，如果這年頭那還有什麼意義的話，可是，天殺的，泰迪，一切不是這麼簡單。為什麼我一開始會選擇泰迪，我儘管可以挑彼得大帝那匹大種馬，或我們魅力十足的蘇格拉底沙夏（他後來把我納入他的後宮，但我要補充，完全沒影響），或任何在共和黨酒吧打混的小帥哥啊？為什麼每次我在公社裡看見你走過就會「濕」，四周的人都在打砲、打屁、哈草，你要命的連看他們都不看一眼，你真的好酷！因為你與眾不同，泰迪，你對我而言仍然如此。如果我曾經三番兩次對你抱怨，嗯，我想那是因為你打開了我的心靈和其他東西，使它們變得正常，謝天謝地我今天就是處於這種狀態……

但現在孟迪再度動用他讀沙夏來信的老手法，匆匆掠過其餘部分，看她到底要什麼。他無需搜尋太久：她要泰迪，不要賴瑞。她調查了賴瑞，確定長期以來的懷疑：他有外遇。她自己不處理離婚官司，但同事務所一位專門辦這種案子的同事非正式透露，在他看來，以她掌握的證據，和解金額可達二到二點五。她說的是百萬，可不是小數目。

所以，泰迪，這是我的建議。就像我說的，未必會成功。我們在約瑟湖畔有棟小木屋。用以避寒。那屋子在我名下。我要求賴瑞用我的名字買的。他連鑰匙都沒拿到。我要你帶我去那兒。我要它成為我們的第二個柏林。你還記得你稱之為我們的性交馬拉松嗎？好啦，我們再來一次，從中找到新生活。我已經替雅絲敏安排了一個好保母。

簡言之，這進一步證明了，孟迪心想，如果還需要證明的話，普天之下所有的律師都是混蛋。

•

同一天晚上，孟迪舉行了一場祕密儀式，燒光手頭剩下的《激進之愛》。這期間他的同床伴侶是個名叫蓋娥的流亡畫家，她的前半生是為一個叫做英國文化協會的機構工作，據蓋娥說，這個機構對英國藝術的貢獻就如同外交部之於英國政治，但做得更好。在孟迪的敦促下，她十萬火急向她的前雇主，也就是導致她浪跡天涯的那個已婚男人求助。回信寄來一份申請表，附帶一張只有兩行字、未簽名的信，指示孟迪填妥附表，絕不可向任何人洩露資料的來源。孟迪向英國文化協會毛遂自薦，卻忘了提及，嚴格說來他並沒有大學文憑。倚在送他回英國的慢船欄杆上，他看著利物浦混沌如前的海岸線向外伸展，收回屬於它的一切。他第二次想道，遲早我得把自己交出去。

•

英國文化協會的每個人打從一開始就喜歡他，孟迪也喜歡英國文化協會和那兒的每個人：都是活潑自在，無拘無束的人，熱愛藝術，與人為善，而且最重要的，不牽涉政治。

他喜歡早晨在漢普斯特區的套房中醒來，搭巴士前往特拉法加廣場。他喜歡每月的薪水支票，漫無目標在走廊裡閒晃，喝杯咖啡，在餐廳裡閒聊。他甚至喜歡非穿不可的西裝。他喜歡克里斯平，他會接手克里斯平接待組的工作，就像大手牽小手，只等克里斯平不久後年滿六十歲——不過事實上，老弟，可別跟人事室說，應該是七十歲，他們搞錯了——午餐時，他在街角的義大利小館對孟迪推心置腹。為了表示隆重，克里斯平特地穿上接待員的全套服飾：頭戴黑色杭堡帽[48]，外套的絲絨領子別上一朵紅色的康乃馨。

「全世界最好的工作，親愛的老弟。最困難的部分是避免升級。你只要坐著速度雖慢、但很穩當的公家轎車——指名找司機亨利，他最牢靠——往返希斯洛機場，對檢查哨的夥計們亮出通行證，盡可能讓我們以女王陛下的政府之名邀來的外國貴賓感到受寵若驚，然後把人塞進國王十字路的折扣旅館，這樣就夠了。你要祈禱飛機誤點，這樣就能趁候機的時間，在貴賓室喝點什麼有用的東西。祈禱你們抵達旅館時，他的房間還沒整理好，這樣你就可以請他到酒吧再喝一杯。然後趕快回總部填你的報銷單，只要雞尾酒的數目不離譜，鮑伯就像你叔叔一樣。我說，這頓飯你買單嗎？啊呀呀，你的工作一定會很順利。」

會的。孟迪不費多少時間，就成為業界最好的接待員。

48　杭堡帽（Homburg）是一種窄邊凹頂的男用半正式氈帽。

「真是榮幸，先生——也可稱 señor，monsieur，madame，或 Herr Doktor。」他喊道，有時一天兩遍，從移民局櫃檯後面走上前，伸出一隻手，「不，不，榮幸的是我們，不是您！——作夢也想不到您會接受我們的邀請——部長簡直高興得不知如何是好——請恕我直言，我對您的（填入適當作品名稱）也是著迷得不得了——來，來，我幫您提——小名孟迪，順便告訴您，我是部長謙卑的使者——不，不敢當，叫我的名字就夠了——我負責照顧您在此的居留，提供一切能讓您在這期間更愉快的服務，這是我的名片。這支電話就在我辦公桌上。如果有緊急事件，這是我家電話——」同樣這番話可以改用德語，或還過得去的法語。還有跟克里斯平一樣在鈕釦眼別朵花，可收畫龍點睛之效。

但英國文化協會的生活不只是接待而已。孟迪不像克里斯平，他眼光放在更高的目標。等待合適人選的工作多得很，正如人事室那位似乎也滿喜歡他的好心女士在初次面試時告訴他的。很多英國的芭蕾與戲劇團體出國表演時需要專人護送，還有各種各樣的畫家、作家、音樂家、舞蹈家和學者。在她宛如慈母的鼓勵下，孟迪開始想像自己未來將成為一位文化巡迴大使，在呵護成名藝術家之餘，還可以小心地扶植自己的才華。所以每當公告新職出缺，只要就人事角度來看可充當他美好前程的跳板的，他都會去申請——就這樣，幾個月內，他已經從接待員晉升到更肥美的配對領域，這是一份頗費心思的工作，要在遲疑不前的英國社群和過去敵國相對較熱心的對應團體之間，打造文化的聯繫。

換到新工作，他有了自己的辦公室，還有張英國地圖，顯示最頑固的抗德勢力集中地區。他親自走訪各鄉鎮，跟耆老、市長、鄉紳逐一打通關節。他在歌德學院找到一位態度保留、但為人親切的女博士做他的對口。英國本地的學校在他的規畫中也很受重視。就這樣，不費什麼周章，他遇到了凱特，一個貌美、戴眼鏡的北倫敦小學副校長，她教數學，晚間得空就會到工黨的聖潘克拉斯分部整理郵件。

凱特一頭金髮，個性務實。她個子很高，走路有點前傾，這一點特別讓孟迪動心，但他也說不出為什麼，直到他回想起史丹霍普家族那張志得意滿的大合照中，那個像根四季豆似的愛爾蘭小保母。她的五官模糊，總好像有點失焦。她若即若離的微笑即使已經關掉，也彷彿還在他眼前。孟迪前去宣導時，凱特正坐在位於漢普斯特公園邊緣的書房裡，西沉的陽光從十九世紀的窗戶照進來。德國女博士在他身旁嚴肅地點頭。成功的祕訣在於搭配得當，他強調：硬把跛腳鴨跟野心勃勃的高飛雁送做堆，一定行不通。安德魯絲小姐，請恕我這麼說，貴校辦得如此出色，絕對算是高飛雁。

「我說，我們沒耽誤您上課吧，會嗎？」他展現平時加倍的迷人魅力後，警覺地說。「好，這樣吧——您若有任何不放心的事——即便最小的事，也都請打這個電話給我。還有，這是我家的，」——故做心血來潮狀——「嗯，也許直接來找我更方便，紅綠燈左轉，七號就是，最上面那個門鈴！」

「這是我的名片，安德魯絲小姐。」女博士喃喃道，免得他們忘了她的存在。

•

追求過程很快展開。每個星期五晚上，孟迪會去學校接凱特，提前到達，享受旁觀她應付成群多種族孩童的樂趣。在漢普斯特的人人電影院，凱特自付電影票錢。在希臘風情的酒神酒館享用各付各的晚餐時，孟迪會講文化協會使用的詭計，凱特講工黨在聖潘克拉斯的激烈鬥爭，都讓他們大笑。孟迪佩服她的數學專業，他說他對數學一竅不通。凱特敬重他精通德國事務，雖然她得承認，純粹就實用的角度，她覺得學語言可不是什麼好投資，因為英語不久就會通行全世界。孟迪把凱特當成知音，訴說他要把戲劇和藝術推行海外的夢想。凱特覺得他是這份工作的不二人選。週末，他們去漢普斯特公園散步。凱特的學校舉行藝術展覽時，孟迪第一個來參觀。她堅定的社會主義價值觀——她的家人都是忠實信徒——跟孟迪內心殘餘的隨便什麼玩意兒都磨合得很好。過沒多久，他也開始每週花兩個小時替工黨舔信封。他優雅的聲音和儀態，一開始令他的新同志感到格格不入，但不久後他就跟大家相處融洽，再也沒有人嘲笑他。不在總部時，凱特會抱怨她心愛的政黨遭到托派和其他好戰分子滲透。

孟迪研判時機尚未成熟，還不能坦承他曾經跟站在第一線、而且偷過他女朋友的無政府主義者做過室友，並充當他的小跟班。

必須再等幾個月，這一對才終於上床。採取主動的是凱特。很奇怪地，孟迪竟然覺得羞澀。她選中他的住處，而非她的，而且選在一個樓下鄰居收看國際足球大賽電視轉播的週六下午。那天，整個漢普斯特沐浴在秋日的棕褐與金黃裡。他們去公園散步，在林木的煙光嵐影中穿過一條條夕陽投下的傾斜光柱。凱特將孟迪家的門在身後關上，扣上鎖鏈，脫下大衣，接著繼續脫下衣物，直到一絲不掛。她把臉埋在孟迪的肩膀上，動手幫他脫衣。後來這成為他倆之間的祕密笑話：他們第一場比賽就以三比零大獲全勝。是的，當然她會跟他結婚。她一直在等他求婚。他們同意一定要請女博士喝喜酒。

人生往往如此，最大的決定做完，其他一切就如水到渠成。凱特的父親德斯願意出買下愛司泰爾路上一棟未改裝的維多利亞式房屋的頭期款。德斯以前是個身經百戰的拳擊手，後來轉行做建築包商，他有很多獨到的意見，都與眾不同。房子是紅磚搭建的工人住宅，實在而不花俏，位於一條各種膚色的父親在便宜汽車之間跟孩子踢足球的街道上，毫不起眼。但正如他們第一次去看環境時，德斯所說的，它有很多附加優點：公園和游泳池就在行人天橋對面，有足球場、鞦韆、旋轉木馬，甚至還有體能遊樂場！

凱特走路去學校只要十分鐘，如果他們想去邱鎮植物園，來自福音橡樹村的火車可以直達。如果要變現，泰德，這棟房子絕對穩賺不賠，相信我。才不過上星期，那邊的十六號就比這棟多賣了兩萬，而且還少一間臥室，這很不實惠，採光少一半，客廳小到施展不開手腳，哼，你看嘛。

•

孟迪此生可曾有過更美妙的時刻？他認為沒有。他愛這一切，他的工作，他的家人，這棟房子和有所歸屬的感覺。當凱特去看醫生回來，憨笑得活像她剛得知已經懷上的嬰兒，他知道自己的福杯已滿溢。婚禮時，他怎麼也編排不出一個可算是他這邊的親戚。沒關係，新生兒洗禮時我們走著瞧！

更妙的是，人事室的守護天使隔天為孟迪捎來她那邊的好消息。有鑑於他在配對部門的優異表現，孟迪先生將晉升為海外戲劇與藝術巡演執行輔導員，立即生效。他在家的時間會減少，他們兩人都不喜歡這樣，尤其凱特現在還懷孕了。但只要他在報銷額度內樽節開銷，就能償還更多的房屋貸款。

好消息還不只於此，更令他們兩人喜悅的是，他專責的範圍會是以青少年才藝為主。孟迪漫無方向的漂泊終於告一段落了。

6.

不得了的一群天使啊，孟迪說。不，真的，達令。我就是這個意思。

好吧，也許未必是天使，卻是那種你會心甘情願把最後的盧比送給他們的孩子，在哈維奇碼頭，他趁登船前在倉促打給凱特的電話中興奮無比地告訴她。他說的是甜蜜布施劇團，一群來自英國北部勞工階級家庭，輕佻活潑的小孩，一盤種族大雜燴，包括黑人、白人、礦工、曼徹斯特人，還有幾個是來自凱特成長的頓卡斯特。這是他帶的第一個成員全都未滿二十五歲的劇團，從第一天他們螢光迷幻色的雙層巴士搖搖晃晃開上前往荷蘭的渡輪開始，他們就喊他老爹。

團中年紀最長的是個滿臉雀斑的小流浪兒，名叫刺兒，她是製作人，二十二歲，已經被認為是老太婆。年紀最小的是個感情豐富的黑膚哈姆雷特，名叫萊克森，還不滿十六歲，劇團服裝是由身材嬌小的葡萄牙人「巧手」莎麗負責。他們的生財工具是巡迴表演輕薄短小的莎劇，他們組成表演劇團，生死與共的短時間裡曾在小客棧、罷工群眾、施粥場、工廠大門口、工人食堂的午餐時間演出過。在那些即將來臨，填滿短劇、歡迎會、惜別宴、以及突如其來又戛然而止、速度快得要等到有人用對方手帕擦掉臉上血跡，他才知道發生過多角戀愛或鬥毆的四十個日夜裡，他們是孟迪的吉卜賽家族。

官方說法，他是他們的旅行領隊兼巡迴演出的監督。非官方，他是他們的副駕駛、服裝管理、情人、通譯、提詞員、候補演員、攝影師、苦悶的姑媽，以及——當第九天，製作人刺兒因羅患腺性熱，哭哭啼啼被送回家去時——不由分說就當上代班製作人。雙層巴士後面掛著一輛兩輪農用拖車，專門裝載塞不進巴士的道具，此外車頂上還安裝了一組和車身同長的貨架，能把捲軸式的背景布幕捆在上面。

他們在荷蘭、西德、奧地利等地巡迴表演，是一場不眠不休的英雄大遊行。阿姆斯特丹和海牙愛死他們了，他們也讓科隆為之著迷，在法蘭克福贏得青少年戲劇節首獎，慕尼黑和維也納為他們歡聲雷動，然後終於乖乖坐好，關緊嘴巴——在西方世界的最後一晚，孟迪這麼警告他們——進入鐵幕，展開東歐巡演。

劇團的情緒這時已開始浮躁不安，社會主義國家的清教徒約束也改善不了他們的態度。在布達佩斯，孟迪不得不甜言蜜語把喝醉酒的普隆尼亞斯帶出監獄；在布拉格送法斯塔夫去看天花醫生。在克拉科，他必須介入馬孚立歐與兩名便衣警察的拳頭大戰，在華沙聽奧菲莉亞哭訴她懷孕了，應該是夏洛克幹的好事[49]。

但在孟迪警覺的眼裡，即使這些不幸全部加總，也不足以說明當巴士停在一堆國旗、茅舍、守望塔，以及代表他們即將離開波蘭、進入東德的邊界警察與海關人員面前，大家又一次奉命下車，沿著路

49　皆為莎劇中的人物，普隆尼亞斯是哈姆雷特女友奧菲莉亞之父，被哈姆雷特誤殺。法斯塔夫是《溫莎的風流婦人們》與《亨利四世》中的丑角，肥胖、貪杯、好色、善於逢迎。馬孚立歐為《第十二夜》中裝腔作勢的管家。夏洛克是《威尼斯商人》裡放高利貸的猶太商人，因妒忌另一名商人安東尼奧，借錢時言明，還不出錢就必須割肉一磅抵數。

邊排成一列，等候護照、物品及巴士接受繁瑣的例行檢查時，突然籠罩了整個劇團的一股怏怏怨氣。

見鬼的他們是出了什麼問題？孟迪疲倦地自問。他們像犯人般四處站著，一個接一個去上髒臭的廁所，回來就對著地面皺眉頭。他們幾乎互不交談，更不理會老爹。他們到底在怕什麼？他擔心最壞的情況。他們在華沙弄到毒品。他們在等待查獲的喊叫聲將他們送進監獄。

更不尋常的是，警衛換防時，他們幾乎連看都不看一眼。他們愛戴的波蘭通譯兼導遊——因身材高瘦而被取了斯巴達克斯的綽號——正淚眼汪汪拖著腳步往排尾走，情緒激動地跟每一個人道別。之前他們一直把斯巴達克斯當王子對待的。他們跟他打情罵俏、當他是家人、教他最下流的英文髒話、送他一大堆香菸、邀他去哈德士菲玩。現在，他們只勉強給他一個無精打采的擁抱，說聲：「加油，老斯。」偶爾有人拍拍他小鳥似的肩膀。他的東德接班人是個重量級的金髮婦人，穿著一身閃閃發光的黑色套裝，但沒有人多說一句自作聰明的俏皮話，或吹聲色狼口哨。她的大白臉上有雙靈活的小眼睛，頭髮編成辮子。她用英文連珠炮似地發表了一堆官樣文章。

「早安，孟迪先生，」——差點沒捏斷孟迪的手——「我名叫歐娜，來自萊比錫。我是您親善訪問期間的官方導遊。歡迎光臨德意志民主共和國。」接著，像將軍閱兵似地，她要求將自己介紹給劇團每個成員，而斯巴達克斯悲傷地站在一邊旁觀。大家都聽話。沒有人作怪。沒有人抗議，也沒有人替她取可笑的綽號。沒有即興表演莎士比亞式的插科打諢。

他們乖乖服從的當兒，身穿工作服的東德邊界警察突擊他們的巴士，遍搜拖車，爬上車頂，在捲起來、綁在車頂上的背景布幕上跳來跳去。然後，像一群兀鷹似地翻遍劇團人員的行李箱和背包，甚至搖晃懷孕的奧菲莉亞的絨毛兔子，看它會不會作響。但沒有人抗議，甚至就連因為黑人身分而特別受關注的萊克森。每個人都乖乖就範。躲躲閃閃。他們終於被趕回巴士上，柵門的吊桿舉起，他們進入新東道主的領土，沒發出一聲歡呼，這在孟迪記憶中還是破天荒頭一遭。他開始非常擔心。威瑪是此行最後一站，他們要做出最好的表演，演出得獎作品。威瑪是東德的文化之珠，適逢莎士比亞週，甜蜜布施劇團是唯一受邀的英國團體。他們要在學生、學校以及深受崇敬的威瑪國家劇團面前表演。然後回家。

所以為何悶悶不樂呢？為什麼巧手莎麗不拿起手風琴演奏一曲？為什麼他們不嘗試逗弄表情冰冷、像座鐵塔、跟孟迪並排坐在駕駛旁的椅子上，怒目瞪著前方坑坑疤疤公路的歐娜擠出一絲笑容。換做任何一個別的日子，萊克森此時一定已經幫她取好綽號：大白鯨、小仙女、糖糖公主。可是今天例外。

直到當天深夜，大家在威瑪杭柏街上一家陰沉的青年旅舍安頓下來，吃完食堂供應的肉、麵疙瘩，接受特別招待，聽威瑪莎士比亞協會一位男代表發表了一篇乏味無比的演講，高談社會主義的和諧與共通文學傳統的治療效力時，孟迪的眼角瞥見薇歐拉[50]偷偷把一塊肉、兩片麵包和一顆蘋果塞進她的和尚袋。

50 薇歐拉是《第十二夜》中女主角之一，女扮男裝博得公爵歡心，後與公爵結為夫婦。

為什麼？她要餵誰？薇歐拉是出了名什麼也不吃的。

她是替奧菲莉亞準備額外的口糧，因為她跟凱特一樣，一人吃兩人補嗎？

或者是熱愛小動物的薇歐拉跟哪隻狗交了朋友？不可能。她沒時間。

旅舍規定男女不得雜處，孟迪的床位於兩邊宿舍中間，走廊裡的一個小隔間。午夜時分，他在朦朧中被木頭樓梯上的光腳板走動聲吵醒。

薇歐拉。

他讓她先行一會兒，然後尾隨她下樓，來到螢光色大巴士停放的後院。星星閃亮，月色暖暖，花香浮動。他剛好趕上，看見只穿短睡衣的薇歐拉拿著和尚袋進入巴士，爬上通往上層的螺旋梯。他等候，她一直沒出來。他悄無聲息跟過去，發現她正翹著屁股趴在一堆戲服上。仔細觀察，便發現戲服裡藏著一個年輕俊美、全身赤裸的波蘭男演員，名叫揚恩，他在華沙黏上這個劇團，無分日夜，劇團到哪兒去他都堅持跟著。

薇歐拉流著淚低聲坦承一切。她無可救藥、孤注一擲、至死不渝地愛上了揚恩，而他也愛她。可是揚恩沒有護照。他很勇敢，因此波蘭警察痛很他。為了不跟他永別，她不計一切將揚恩藏在服裝箱裡，在劇團其他成員幫忙下，將他偷偷運過邊界，從波蘭進入東德。她完全不後悔。揚恩屬於她，她的走私品，她的大情人。她要帶他到柏林、去英國、去任何有必要帶他前往的地方。她永遠不會放棄他。永遠，永遠，老爹，我不在乎你要怎麼處置我，我發誓。

揚恩大概懂五個德文字，英文則是一竅不通。他瘦小、活潑，而且顯然有一副好體格。孟迪打從在華沙時就不喜歡他，現在更是不喜歡。

•

孟迪必須等到早晨排演。他們下午要為徵召來看的學童進行一場露天表演。舞臺是一片草原，位在橫跨威瑪的伊倫河兩側的歷史公園內，聖殿騎士古塔廢墟的正前方。快樂的陽光對他們微笑，公園裡百花盛放。沒有綽號的歐娜大剌剌劈開雙腿，獨自霸占一張鐵製的公園椅，監視這群受她照顧的人。她還找了幫手，包括昨晚用演講把劇團煩到快死的那名官員，以及兩個面孔蠟黃、身穿皮夾克、面無表情的男孩。他們坐的椅子在即興舞臺大約二十碼外。孟迪把全體演員叫到廢塔裡，圍在他四周，希望不被聽見，也不被看見。

他告訴他們，這件事得馬上處理，根據他的計算，每個人都會被送去接受長達二十年的勞改：十年是為了把揚恩偷渡出波蘭，再十年是為了把人走私帶進東德。所以如果有誰對下一步該怎麼辦有任何好主意，孟迪都很感謝大家提出來。

他預期他們會懺悔，但他忘了演員是怎麼回事。在劇力萬鈞的沉默中，每顆腦袋都轉向薇歐拉，她也沒讓他們失望。雙手緊握胸前，她大無畏地仰望哥德式的藍天。跟揚恩分開，她一定自殺。揚恩向她保證過，他一定也會這麼做。她對朋友沒有任何要求。如果他們喪失信心，那就走吧，走吧，她跟揚恩會向東德有關單位自首，任他們處置。天曉得，這個國家總有個地方還有人會有顆人心吧。

孟迪對此很懷疑。更有甚者，他告訴薇歐拉，東德會處置的不僅妳自己而已。他媽的我們每個人都脫不了關係。誰還有意見？

一時之間沒有人有意見。薇歐拉的大戲已演得淋漓盡致，要非常了不起的演員才能跟進。孟迪猜測，問題在於，這群孩子雖然被自己的所作所為嚇得要死，卻也無路可退。最後輪到他們自告奮勇的律師，一頭紅髮，現年十八歲的藍恩，將動議付諸表決。他的口氣很低調，勇氣恐怕也不高。

「好吧，伙計們。怎麼說？我們要在危難中把一位同行拋棄嗎？先把愛的天使擱到一邊，他本國的有關單位在整他，對吧？所以我們該怎麼辦？幫助他脫身，或是把他送回去？有多少人要幫他？」

眾口一聲，即使不夠確定——唯一棄權的只有孟迪。這下他真的被困住了。他很想跟凱特好好談談，但不要東德祕密警察在旁監聽。他無需提醒就知道，要偷渡一個波蘭演員或任何人通過柏林圍牆的機會根本微乎其微。讓英國與東德的文化關係倒退十年的可能性相對地卻大得不得了。

「從現在開始，我們要表現得愉快活潑，」他對劇團下令，「我們要以自己為榮，我們是明星，我們贏了一個獎，即將完成全壘打。一切就照著這個原則走，懂了嗎？」

懂了，老爹。

演給學校看的午後場大受歡迎。理著小平頭、一排排擠在草皮上的孩子們拋開了嚴肅，萊克森扮演戀愛中的馬孚立歐，裝腔作勢逗得他們歇斯底里大笑。就連歐娜也笑了幾聲。同天晚上在烏爾柏列齊青年俱樂部的演出同樣轟動。隔天一早，在歐娜無所不見的眼睛和她兩個蠟黃臉男孩的監督下，全團包括孟迪被送到歌德的老家走了一圈，並順便參觀大門上鑄著血紅鐵鎚與鐮刀標誌的紅軍忠烈祠。

沒有人不守規矩，每個人都乖巧馴順。他們在莎士比亞雕像前拍照。他們跟俄國人、越南人、巴勒斯坦人和古巴人交換演出心得。他們在設在護城塔的學生酒吧裡下棋，為全人類同心共濟舉杯。

在劇團掩護下，緊張的薇歐拉帶著食物短暫地回到車上安慰揚恩，孟迪替她計時，確保她不會待得太久。最後演出的那天破曉來臨了。今晚，他們要在國家劇院演出，明天就駛往柏林，然後回家。沒有後續的排演了。劇團將在監督之下，跟來自其他國家的演員舉行小組討論，但孟迪早就計畫好這一天要單獨行動。威瑪是他的聖城，他心愛的德國繆斯的神壇。他要盡情參觀它的寶藏，儘管歐娜堅持他必須在一位因最愉快的巧合，而從萊比錫來到威瑪的藝術教授陪同才能行動。

這位教授有六十多歲，滿頭銀髮，儀態優雅，堅持炫耀他流利到不自然的英語。教授對一切瞭若指掌的姿態，讓孟迪不斷在腦海裡搜索，過去這五個星期一路走來，途中——布拉格、布達佩斯等二十幾個城市——可曾跟此人打過照面？跟教授同行的還有身材絕佳的英格同志，她自稱是歌德學院的代表。

「你就叫泰德，不是嗎？」教授臉上掛著得意的笑容問道。

「泰德，是的。」

「我當然就叫沃夫岡囉。稱呼同志太過布爾喬亞，你不覺得嗎？」

為什麼說當然？孟迪有點好奇，教授的眼神似乎暗示他該熟悉這個名字才是。

夾在英格同志與教授中間，孟迪吸進歌德狹小的夏季寓所裡墳墓似的空氣，觸摸詩人創作的書桌。

他盡責地流連在李斯特作曲的房間，到大象旅館的地下室酒吧吃香腸，跟一群喝醉的中國出版商碰杯，並努力緬懷湯瑪斯．曼的英靈。但每次總有那個讓人頭痛的波蘭男孩居間作梗。

下午，他們搭乘沒有避震設備的轎車前往伊爾默瑙，到山頂的神壇去崇拜德語中最美、也最短的一首詩。教授坐在前座駕駛身旁，英格同志在後座三番兩次地不小心撞上孟迪。路上坑洞多，有時還淹水。半倒塌的農舍和笨重的連棟公寓在翠綠的田野間此起彼落。他們經過一群單車騎士，以及一群身穿灰汗衫，在下午出來例行跑步操練的俄國士兵。潮濕的空氣帶著煤煙味，縷縷黑煙從分布在路旁的工廠煙囪裡冒出，路旁樹木有種病態的黃色，巨大標語牌提醒他，這兒是和平與進步之地。天空放晴，他們來到圖林根森林邊緣，四周山巒起伏，草木森森。他們沿著一條曲折蜿蜒的小徑上山，停在一處稍微寬闊的路肩。司機是個身形瘦長的男孩，穿著花俏的德州牛仔風皮靴，跳下車來為他們開門。留他看守汽車，他們穿過松林，沿一條岩石小路上山，教授帶頭。

「你快樂嗎，泰德？」英格同志溫柔地問。

「快樂無邊，謝謝妳。」

「也許你想念太太。」

不，說真的，英格，我煩惱的是該怎麼將一個波蘭演員偷渡過柏林圍牆。他們來到山顛。樹木蒼翠的山峰一直連綿到遠方。著名的小屋上了鎖。一塊哥德字體的舊鐵牌是一位老詩人在凝視永恆時所思所感的唯一見證。那一瞬間，真的，孟迪聽見逝去的曼鐸邦博士音節鏗鏘地朗誦著那神聖的詩句：群山之上一片寧靜……不久你也要安息。

「你很感動吧，泰德？」英格同志問，手掌扶著他的上臂。

「無比感動。」孟迪悶悶不樂答道。

他們下山，仍然由教授帶頭。英格同志想知道社會主義有沒有可能不經過革命而在英國實現。孟迪說他希望如此。沒有避震設備的汽車在等待。瘦長的駕駛在旁徘徊，剛抽完一根菸。他為他們開門時，一輛濺滿泥濘的拖笨車[51]歪歪倒倒地從樹影中衝出來，滑過他們身旁，蓄積了速度向山下滑行。一個駕駛，可能、但未必是男性，孟迪記下。羊毛帽低低壓著額頭。

「我猜那就是我們博物館的管理員，」教授注意到孟迪感興趣，用他特別純正的英語說，「可憐的史塔曼先生最容易擔心。他知道我們今天有位貴賓，所以要確認一切都已為您安排妥當。」

「那他怎麼不停下來自我介紹一下？」

「可憐的史塔曼先生很害羞。書呆子。他把社交當成詛咒，脾氣也有點古怪，這你們英國人倒是欣賞的。」

孟迪覺得像個傻瓜。沒事，不重要的人。冷靜下來。不管怎麼說，這一天就要過完了，這才是最重要的。回程中，教授對他們發表了一篇關於歌德與大自然關係的長篇大論。

「如果你再來威瑪，請打電話來辦公室給我。」英格同志堅持，把名片遞給孟迪。

教授若無其事地承認他沒有名片。這似乎在暗示他名氣太大，無需名片。他們同意成為一輩子的朋友。

51 拖笨車（Trabant）是東德生產的汽車，性能、安全都不好，風評不佳。

和他們住的青年旅舍及迷幻螢光巴士相距不過一箭之遙的威瑪國家劇院，甜蜜布施團正在後台準備此行的最後一場演出，孟迪決定分散心思，待在劇院地下室整理道具與服裝，為明早出發預做準備。他全身上下每一根理智的骨頭都在慫恿他甩掉那個波蘭男孩，但少校的兒子就是不能那麼做。他未出世孩子的父親或凱特的丈夫也做不到。

地下室兼具會議室的功能。一張蜜黃色的桌子放中央，兩旁排列皮面的寶座。地板用的是最好的雨林柚木，鑄鐵的逃生門通往後方廣場。孟迪拿起哈姆雷特的王冠，直接聽見上面女巫製造的雷聲中，我們的牙買加馬克白萊克森咬字清晰可聞。他用一塊破布將王冠包好，放進收納箱。但當他以同樣方式處理普隆尼亞斯的官職項鍊時，赫然發現班珂[52]就站在他左方磚砌的高拱底下盯著他看。然而今晚，班珂是由穿戴現代服飾的沙夏扮演的。

沒有煙霧，也沒有閃光。只有非常瘦，非常小的沙夏，頭髮剪得很短，凹陷的雙眼顯得前所未見的大，穿著一身殯儀師的黑西裝，打童子軍的咖啡色領帶，左手拎著黨部發的仿皮公事包，右手貼在身側，以歪斜的立正姿勢站在拱廊。製作人顯然告訴過他：每當你用左手拎公事包，右手就這樣擺，然後你要用恐怖的眼神瞪著你的朋友泰迪。

收納箱放在地上，孟迪蹲在旁邊，雙手托著普隆尼亞斯的項鍊，好像要把它奉獻出去。就以這種姿勢，好長一段時間，他否定來自感官的證據。你不是班珂也不是沙夏，你誰都不是。穿著這麼可笑的衣服，怎麼會是沙夏？

然而他雖不情願，卻也不得不面對，那個絕無可能是沙夏的人形，正開口對他說話。而且，孟迪聽在耳裡，除了沙夏，沒有人能模仿沙夏的聲音。

•

「上帝保佑，泰迪。我們得趕快，得保持安靜。你這些年好吧？」

「發達得很。你呢？」

在夢中，你不吐露腦子裡的想法，盡說些荒誕不經的話。

「也結婚了，我聽說。而且即將建立一個朝代，西柏林警察費了那麼大的勁都泡湯了。恭喜你。」

「謝謝。」

有一陣子，這兩個男人像決鬥似地靜止不動。沙夏沒有從拱廊再朝前走近，孟迪也還蹲在收納箱前，雙手捧著普隆尼亞斯的鍊子，兩端披垂。他蹲著的位置跟沙夏之間的距離，就像十字山區的板球場一樣遠，甚至更遠。

52 在莎劇《馬克白》中，班珂與馬克白本是同僚，馬克白弒君篡位後因擔心陰謀敗露，便派人將班珂暗殺，班珂便以鬼魂之態出現在他面前。

「泰迪，我要你用心聽我說，盡可能別說話。你可能覺得很難理解，但請盡力嘗試。我們在西柏林是游擊隊，但在這個小布爾喬亞的幼稚園，我們是罪犯。」

孟迪把鍊子放進收納箱，站起身。他轉頭便發現沙夏站在身旁，仰頭看著他，每一隻滿含依賴的黑眼睛四周都密布著纖細的紋路，除此之外，還是原來那個模子，沒什麼增加。

「你在聽嗎，泰迪？」

他在。

「你製作的怪戲第一幕再過十五分鐘就會結束，我得趕回我在觀眾席的位子，欣喜欲狂地拍手。戲演完的正式酒會中，你和我要自然而然第一次認出彼此，要表現應有的驚訝和不可置信，像老朋友般擁抱。你在聽嗎？」

他在聽。

「我們在公開場合重逢，會有點尷尬。你有點不平衡，你沒料到會這麼貼近面對你身為激進分子的過去，更沒想到這種事會發生在這塊德國民主的樂園裡。我也會表現得無比欣喜，但有點壓抑又有點疏遠。在一個每句話都有好幾種意義，好多人在聆聽的社會裡，這很正常。你打算怎麼處理那個昏了頭的波蘭演員？」

「把人偷渡到柏林。」他真的這麼說？沙夏聽見了嗎？有時在夢境裡，人人聽見你的話，只除了你自己。

「怎麼做？」沙夏問。

「裝在巴士車頂，把人捲在背景片裡。」

「就照你的計畫。邊界警察奉命不得發現他。你的歐娜同志是個老手，會確保他們不至於犯下過分狂熱的錯。那孩子是個暗樁，我們跟波蘭滲透腐敗西方陣營的聯合作業。你進入西柏林之後，立刻到英國政治顧問室指名找阿諾德先生，他是你們祕密情報站負責人的化名。如果他們試圖說服你他在倫敦或波昂，就說你知道他今晚五點已經從倫敦飛抵丹普豪夫機場。你這麼做的時候，就把你的波蘭人交給他。你已經在為英國情報局工作嗎？」

「沒有。」

「那麼你即將開始了。你還要告訴阿諾德先生，這個波蘭男孩是來做反間的，但他不能對這項情報採取行動，否則就破壞了一個絕佳的潛在情報來源。他會聽懂這番指示的邏輯。你注意到這個國家整個在發臭嗎？」

「我想是的。」

「每個骯髒的角落。廉價香菸、廉價汗水、廉價除臭劑、褐煤壓縮的煤球把人熏得要死卻帶不來一絲溫暖。我們陷在國家官僚體制的膠水裡。社會階級從上尉開始，每個侍者和計程車司機都是暴君。你睡過這兒的女人嗎？」

「我記憶所及是沒有。」

「如果沒有先適應環境，這種經驗不值得推薦。盡一切努力避免喝酒。匈牙利人用一種他們稱作牛血的東西在毒害我們。人家說那是人間美味，但我懷疑那是對我國一九五六年鎮壓他們反革命暴動的復仇。我們已經進入第二冷戰。東邊是布里茲涅夫[53]同志和阿富汗，西邊有潘興飛彈和巡弋飛彈。拜託告訴你們的阿諾德先生，用它們瞄準任何地方之前，第一優先考慮東德。」

沙夏一邊侃侃而談，一邊敏捷地把公事包裡的東西攤在會議桌上。過去幾個星期，孟迪已經收到同樣的垃圾共六批，現在又多了一批：一本印刷模糊的波修瓦芭蕾舞團攝影集；一個鍍鉻小雕像，雕著一個頭戴鴨舌帽、身穿寬鬆半長褲，雄赳赳氣昂昂的工人；一個藍白二色仿邁森陶瓷的小盒子，蓋子對不上，只好用膠帶黏住。唯一跟過去略有不同的是一捲密封、尚未使用過的卅五釐米柯達 Tri-X 軟片，孟迪拍攝所有要帶回家給凱特看的照片的那台照相機，用的正是同型軟片。

「這些寶貴的禮物都送給你，泰迪，含有你老朋友最真摯的心意。但到了西柏林後，這些東西都要交給阿諾德先生。其中最主要的，是關於他的組織吸收我的條件。這個瓷盒裡裝有核桃。但千萬別在旅途中吃下去，就算餓死也不行。把軟片跟你其他的攝影裝備收在一起。它不是給你用的，也要交給阿諾德先生。布拉格在六月一日會舉行夏季舞蹈節。英國文化協會有意派你來嗎？」

「就我所知是沒有。」六月一日，他從另一段人生回顧，距現在六星期。

「會的。阿諾德先生必須安排你護送一批英國舞者。我也會在那兒。跟你一樣，我會發現一股對文化外交遲來的熱情。我只跟你配合，泰迪。在我們幹間諜這一行，我是所謂只認一個主人的狗，只要我吠，你就是那個人。我告訴阿諾德先生，其他人我都不信任。真不好意思把這種條件加諸在你身上，但你內心深處是個沙文主義者，你會在為你荒唐的國家效命當中找到樂趣的。」

「如果他們搜到這些東西，結果會如何？一切會直接指向你。」

「對貴劇團的巴士及所有物品的搜索會很粗暴，但一無所獲。就這一點，我們得感謝勇敢的揚恩。」

孟迪終於找回聲音，或類似的東西。「沙夏，你在幹什麼？這真他媽的瘋狂！」

「今晚我們在接待會上戲劇性的重逢之後，我的頂頭上司就會正式知道我們過去的關係。你今天跟沃夫岡教授玩得還開心嗎？」

「我有太多心事了。」

「在伊爾穆瑙，隔著我的車窗看出去，你在各方面都讓人覺得混得很成功。那位好教授很欣賞你。他認為你很值得培養。我警告過他，要讓你就範可不容易。要爭取你，必須使用非常成熟的手腕，他同意把這件事交由我負責，因為我是老朋友兼意識型態導師。在布拉格，如果我認為時機得宜，就會做第一次的試探。你該表現出不願意和些許震驚。這很正常。你是泰迪，我的學生朋友，可能仍然對資本主義的價值觀有所批判，但已經完全融入消費者社會了。但假以時日考慮，你會發現過去的叛逆火焰仍在你心中燃燒。你會屈服在我們的好言勸誘之下。你還是老樣子一貧如洗？」

「呃——你知道的——努力對抗它。」

在夢裡沒必要說明，公立小學教員和初階公僕的薪水加起來，每個月付完房貸也剩沒多少。但沙夏反正就是聽得懂。

53 布里茲涅夫（Leonid Ilich Brezhnev, 1906-1982），俄國政治人物，曾任蘇聯共產黨總書記及蘇聯國家主席。

「那麼金錢可以做為你部分的祕密動機。我老闆會覺得更有把握。意識型態若缺少貪婪，會讓他們自慚形穢。你喜歡我們今天提供給你的美麗女伴嗎？或者你打算頑固地對你老婆死忠？」

孟迪一定說了什麼為婚姻辯護的話，因為沙夏決定撤回美麗的女通譯。

「這無所謂。荒淫一下有助於我老闆把你控制得更緊，但沒有也行得通。但你一定要堅持只跟我合作，泰迪。你也要做一隻只認一個人的狗。你們英國有位作家說過，情報機關從雙重間諜得到的究竟是肥肉還是瘦肉，永遠不得而知。我會提供阿諾德先生瘦肉。你對他要供應沙夏同志的肥肉作為回報。」

「你怎麼會在這裡，沙夏？他們為什麼會信任你？我不懂。」在夢裡你會太晚提出問題，也不預期得到答案。

「你在威瑪期間，有機會去參觀布亨瓦德集中營嗎？」

「有建議過，但時間不夠。」

「從這裡往北八哩路就到了。真可惜。除了歌德聞名遐邇的樺樹，那個集中營的焚化爐也特別值得注意。甚至人都還沒死就會被送進去燒了。你可知道俄國人將它從法西斯主義手中解放後，又繼續運作了一段時間？」

「我想我不知道。」

「啊，是的。並提供我們一個精彩的社會現實主義的例子。我們稱之為布亨瓦德二號。他們把他們自己的犯人運過來，用跟他們的前任一模一樣的手法處置犯人。受害者根本不是納粹。大多數主張社會主義民主，還有希望恢復資本主義、讓布爾喬亞統治復辟的共黨反動分子。暴政就像老房子裡的電路系統。暴君死了，新的暴君接收他的財務，只要按下開關就搞定了。你不同意嗎？」

孟迪心想他是同意的。

「我聽說，英國文化協會是反社會主義宣傳的大本營，反革命謊言的製造工廠。我很震驚，你竟然跟這種機關搞在一起。」

在夢裡，抗議也沒有用，但我們還是會抗議。「胡說八道！短小輕薄版的莎士比亞怎麼會反革命？」

「千萬別低估我們的偏執，泰迪。你不久後就會在人民對抗意識型態顛覆的永恆鬥爭中，扮演重要的工具。如果阿諾德先生多用點想像力，你就會知道你那個可憐的文化協會之所以存在，不過是為從事反無產階級破壞的分子提供掩護罷了。我聽見可憐的馬克白最後一聲吶喊了。酒會上見。你會記得大吃一驚吧？」

•

一輛倫敦的老爺巴士慢吞吞穿過祥和的共產農村，一路猛嗆不討人喜歡的西方搖滾樂和廢氣，車身上飄揚著瘋狂的雛菊和七彩氣球，不論你身旁是否坐著一個體重十四石[54]、頭髮編成辮子盤在頭上的女

54　石（stone）為重量單位，一石相當於六點三五公斤。

武神，都擺明了邀請人家來逮捕你。他們經過的每個村莊，老人都摀住耳朵咆哮著，孩子則跳來跳去揮著手，像馬戲團進城似地起勁。要不是排氣管受損，就是消音器出了問題，因為引擎的噪音升高了好幾分貝——這或許能解釋為什麼過去半小時來，有輛開了警告燈的警車跟在後面，還有一輛警用摩托車在前面晃蕩。孟迪想道，我們隨時會被迫在路旁停車，被控觸犯工人樂園交通法案大約十五條罪名，包括持有一個捲在車頂的布景片裡害怕相思病的波蘭演員、一個裝滿不能打開的核桃的陶瓷盒、一捲一抵達西柏林就要交給英國情報頭子的未開封柯達軟片。

他們駛過單調的黃色田野。視覺上僅有的調劑就是偶爾出現的坍塌農舍，殘破教堂，或是看來怵目驚心、毫無修飾的俄式高壓電塔。掉光牙齒的駕駛史蒂夫握著方向盤，孟迪照例坐在他旁邊的卡座，護照、簽證、許可證和保險單，都裝在他夾在膝蓋中間的公事包裡。歐娜坐他旁邊。巴士後端爆出一陣陣歡樂的歌聲，無緣無故就會中斷，直到巧手莎麗用手風琴重新帶動大家開始唱歌。他從頭上的反射鏡能看到背景片的藍色尾巴在後窗外拍動，拖車搖搖擺擺跟在後頭。拖車後方一百碼處，是那輛始終保持相同距離的警車，他們放慢速度，它也放慢速度，如果我們開到一段直路，它也跟著加速。巴士轉彎時，他聽見背景片在架上嘰嘎呻吟。他爬到巴士上層去查看，你們在這兒都還好吧，他努力不去注視行李架上的彩色紙包裹，以及從包裝紙裡伸出來的社會主義工人小雕像肌肉發達的銀色手臂。

「這兒每個人都會有警察護送嗎？」他回到歐娜身邊坐下時問道。

「只限非常傑出的人，泰德。」

孟迪躲進自己的思緒裡。官方惜別酒會上，經過刻意安排的兩位老友重逢，過程正如沙夏所預測。他們的視線在同一瞬間接觸，他們的眼睛同時瞪得老大。沙夏先找到字句表達他的訝異：「天啊——泰迪！——親愛的朋友——我的救命恩人——你到威瑪來做什麼？」而孟迪顯得適如其分的驚訝，在當時情況下對他而言並不困難，只能報以：「沙夏——我的老室友——全世界的人——這真是瘋狂——你來解釋！」擁過，抱過，拍過肩膀以後，痛苦的分離也很流暢，誇張地交換地址、電話號碼，不很確定地討論不久的將來再聚首。然後就跟劇團回到青年旅舍，躺在他學生式的鐵床上，隔著薄得像紙的牆壁聽他監護的孩子們悄聲交談，祈求上帝沒有別人在聽，因為他已經不知告誡過他們多少次，說話不小心是會送命的。

他徹夜清醒地躺著，沒有答案的問題在腦子裡翻來覆去。他試圖入睡，卻夢見波蘭人揚恩偷偷把一枚手榴彈塞進巴士的油箱。他保持清醒，做的惡夢卻更加恐怖。如果相信沙夏，他們的波蘭偷渡客和包裹都能過關，這件事就此告一段落。但他真的能信任嗎？姑且假設他能信任好了，他要玩的遊戲行得通嗎？清晨六點，天色尚暗，孟迪猛然起身，用力敲打兩側的分隔牆，喊道：「好啦，大夥們，起床起床！快點吃完早餐，我們的戲要上路了！」在正常情況下，他絕對不會採用這種軍營式的口吻。但他的意思大家都很清楚：我們要照原定計畫把那個小雜種偷渡出去，快動手，把這件事做個了結。他挑選了萊克森、薇歐拉與巧手莎麗，充當他的作業團隊。

「你們其他人要表現如常，隨便坐著，顯得很輕鬆的樣子。」他交代他們，口氣一點也不和藹。

你怎麼說就怎麼辦，老爹。

天剛放亮，薇歐拉帶頭，孟迪、莎麗和萊克森穿過庭院，爬到巴士上層，把揚恩從睡夢中搖醒。他們剝光他的衣服，給他從頭到腳塗抹機油。目的是混淆警犬的嗅覺。薇歐拉，最後那部分由妳負責完成。接著他們把他裹在有樟腦丸氣味的舞臺布幕裡，在他的心臟和脈搏位置塞上好幾層絲棉。孟迪記得進入東德時，看見邊界警衛配備了特大號的聽診器和耳機，傾聽可疑物品。他們把他裹好之後，孟迪又把耳朵湊近應該是揚恩心臟的部位，他沒聽見任何聲音。也許這小子根本沒有心，他低聲對莎麗說。但他們的走私品現在看起來就像一具埃及木乃伊。他們替他留了氣孔，但為防萬一出了什麼差錯，孟迪在用滿是灰塵的地毯把他裹起來之前，在他嘴裡塞了根金屬管。

他們還在巴士上層，揚恩已經不是揚恩，變成了一綑束直放著的地毯。他們半拖半抬，將他從階梯弄到庭院，那張藍色帆布的背景片，已經在地上攤開等候他們。上頭潑了一道道、一灘灘的紅色液體，膠水和魚膠那種類似拖網漁船的臭味，那氣味還沒走近便已傳來。歐娜還沒趕到。他們跟她約七點半，現在才不過七點一刻。薇歐拉把風，孟迪和萊克森把裡頭藏有男孩的地毯拋在背景片邊緣，開始捲收。一路往前捲，直到揚恩和地毯都包在三十呎長的藍香腸裡，在水手般的「她上來囉」以及「用力舉起來，小子們，用力舉起來」的呼聲中，孟迪和一群心甘情願的助手粗手粗腳地把布捲弄上巴士車頂，再把它牢牢綁在貨架上，下垂的尾巴就掛在車後。

舊煞車和禿輪胎發出刺耳的怪聲，孟迪左邊的窗戶頓時一片黑煙瀰漫。螢光色巴士在距紅白相間的吊桿十碼處蹣跚停住。他們已來到第一個檢查哨。談不上五星級水準，只是個鄉下版：五、六個武裝警察、一隻搜索犬、運囚車、截至目前都走在他們前面的摩托車騎警、以及從威瑪就開始尾隨他們的高閃燈警車。孟迪跳下巴士，手上提著公事包。歐娜鎖定地坐在位子上，好像一切都與她無關。

「各位——上校——同志——今天好！」他滑稽地高喊。但他保持距離，因為那位實為上尉的上校跟沙夏一樣是個矮個兒，孟迪可不想用居高臨下來增加他的不安全感。

衛兵上了巴士，對歐娜粗聲粗氣打了招呼，對穿得花枝招展、戴著奇形怪狀帽子的女孩皺起眉頭，喝令每個人下車，同時掀開拖車的防水布，打開所有行李箱亂翻一陣，丟在那兒讓可恨的西方人自己去收拾。上尉端詳每一份護照，找尋異常之處，同時用濃厚的西里西亞口音連珠炮似地對孟迪發問。你們在威瑪多久，同志？你們是何時進入德意志民主共和國的？你們在捷克、匈牙利、羅馬尼亞、波蘭待了多久？他拿孟迪的答案跟護照上的戳章對照，眼睛瞟著螢光色的巴士，更吹毛求疵地盯著那群刻意打扮的女孩。他怒目望著車頂那根畫有氣球和彩帶的藍香腸，尤其是中間突起的部分，在孟迪看來，那就像是一隻被大蟒蛇吞進肚裡的老鼠。他終於做了一個孟迪已懂得解讀的姿勢：頭部悻悻然又輕蔑的一歪，臉部做個扭曲的表情，有憎恨、有警告、有嫉妒。滾吧，你們去死吧。孟迪和劇團蜂擁上車。莎麗的手風琴唱起「提波瑞利的路又長又遠」——他們滾去死——他們上路了。

歐娜好像什麼也沒看見。她圓溜溜的小眼睛盯著窗外看。「有問題嗎？」她問孟迪。

「一切都很好。一個好人。」孟迪向她保證。

同樣的戲碼以不同的風景為背景，又上演了三遍。每一次搜索，緊張的程度都升高一級，到了第三次，再也沒有人唱歌，也沒有人浪費力氣說話。要拿我們怎麼辦就隨便你們吧，我們受不了了，我們投降。歐娜忽然站起身，興高采烈對大家揮一下手，走下巴士，繼續揮著手，直到走出視線外。有人揮回去嗎？孟迪不認為。他們的詭計得逞了，他怏怏地低下頭。美國士兵隔著窗子對他們微笑，旁觀者瞠目結舌，瞪著這匹從「那邊」的黑暗中鑽出來，漆得奇形怪狀的龐然巨馬，幾台攝影機閃光，全拉斯維加斯的燈光都在濕潤的石板上對他們眨眼。他們安全抵達西柏林了，但全車的人都無話可說。可能只有萊克森例外，他正在咒罵──照例都是些最壞的字眼，卻少了我們預期的活力。還有正低聲嚎啕痛哭的薇歐拉。她在說：「謝謝你們，各位，謝謝你們，喔，老天啊。」

巴士上層，一個男孩歇斯底里發作，是普隆尼亞斯。

•

個子過高的英國藝術外交官，帶著三十六個小時沒刮的鬍子，大踏步走進位在我們親愛的領袖所蓋的舊奧林匹克體育館附近的英國政府顧問辦公室，以兩個沉重的提袋和一只公事包做為武裝，一副剛下船、甲板還在他腳下翻騰的模樣，這也正是他當時的感受。接待員是個中年英國婦人，頭髮已見花白，表情嚴肅但不失慈祥。她可能是個跟凱特一樣的女教師。

「我要找阿諾德先生，」孟迪衝口便道，將他的護照和英國文化協會的名片扔在櫃檯上，「我有一輛雙層巴士停在你們的院子裡，車上有二十個非常疲倦的年輕演員，可是你們的警衛卻叫司機滾開。」

「先生，您說的是哪位阿諾德先生呢？」接待員邊翻閱孟迪的護照邊問。

「昨天傍晚抵達丹普豪夫的那位。」

「哦。那一位啊。謝謝。警衛會帶您到會客室，我們來看看能為您那些可憐的演員做些什麼。你的袋子對阿諾德先生有用嗎，或者你要交給我保管？」她按下一個鈴，接著朝對講機說：「傑克，請接阿諾德先生。最好他能盡快處理。院子裡還有一大車不耐煩的演員要招呼。星期一早晨總是這樣，對不對？」

這兒的警衛是十年前在軍醫院看守孟迪的那個警衛的親和版。他穿著休閒外套、灰色法蘭絨長褲和擦得極亮的皮鞋。會客室就像孟迪的單人病房，只是少了床：白牆、毛玻璃窗、同一張親愛的女王的照片。同樣插著菊花，西柏林林警察送的。因此，當同一位副領事——具有不經心的優雅的尼克・艾摩利，穿著與他當年去探病時完全相同的麂皮鞋和斜紋呢西裝，帶著同樣狡猾而自謙的微笑——漫步走進來時，孟迪完全不意外。他老了十歲，但在黯淡的光線裡，他跟沙夏一樣，還能假扮他留在孟迪記憶中的年紀。或許皮膚曬黑了點，額頭高了些，因為頭髮開始稀疏了。赭黃色的兩鬢染了淡淡的風霜。還有一種新的、無法解讀的權威感。孟迪花了好一陣子才察覺，艾摩利先生也在以同樣的方式審視他的訪客。

「很好，你看起來比上次見面時他媽的好多了，我得承認，」艾摩利率性地說，「有什麼事？」

「我們巴士車頂上有個波蘭投誠者。」

「誰把他放上去的？」

「我們大家。」

「大家是指你的劇團？」

「是。」

「什麼時候？」

「今天早上。在威瑪。我們曾經在那兒表演。」

艾摩利走到窗前，小心地撥開網狀窗簾。「就一個獲得解放的偷渡客來說，他太安靜了。你確定他還活著？」

「我告訴他要閉上嘴巴，一動也不動，直到我們說可以安全出來為止。」

「你告訴他？」

「對。」

「做得挺成功的嘛。」

「總得有人這麼做。」

有一會兒，就只見到艾摩利無所謂的笑容，只聽見街上來往的車聲。

「你對這件事似乎不怎麼高興，」最後他說，「我們為什麼只是坐在這兒？為什麼不到街頭跳舞，開香檳？」

「那男孩說，他要是被認出身分，他的家人會遭殃。我們都同意不聲張。」

「誰叫你來找阿諾德？」

「沙夏。」

那個笑容並非笑容。孟迪發現。如果那是笑容，現在應該要消失才對。那是他邊觀察你、邊思索時戴在臉上的東西。

「沙夏，」經過一個世紀，艾摩利才重複道，「就是你在玩半調子左派的時候跟你同居的那個傢伙。那個沙夏。那天跑到這裡鬧得天翻地覆的那個。」

「他現在到了東邊。他在做間諜。」

「是的，事實上，我想我們聽說過這個消息。你知道他是哪種間諜嗎？」

「不知道。」

「我昨天傍晚才飛抵丹普豪夫，也是他告訴你的？」

「是的。為什麼？」

「那是我們一種可笑的暗語，代表一邊有某件非常重要的事要通知另一邊。袋子裡有什麼？」

「祕密，他說的。他還說那個波蘭人是暗樁，但對他做任何處置都是不智之舉。」

「有暴露沙夏同志的危險嗎？」

「他說警察對巴士的所有搜索行動，都是要讓那男孩通關的偽裝。但這麼做，袋子裡的東西也比較安全。」

「嗯，聽起來滿有道理，不是嗎？他就給我們這麼多，或者我們看到的只是樣品，還有機會正式下訂單？」

「他說還有更多。」

「連你配套在一起？」

「他說他寫了信給你。就在這批東西裡。」

「他要錢嗎？」

「他沒這麼說。沒跟我說過，不管怎樣。如果要錢也是我第一次知道。」

「你呢？」

「不，我他媽的不是為了錢。」

「你下一步行動是什麼？現在？這一分鐘？」

「回英國，回家。」

「今天下午就要走？」

「是的。」

「帶著你的演員？」

「是的。」

「我可以打開我的禮物了嗎？我要叫你愛德華，如果你不介意。我想我以前就那麼做過，對吧？我有個叔叔叫泰德，我很受不了他。」

艾摩利還掛著微笑，他把提袋裡的東西全倒在白色塑膠咖啡桌上；雄赳赳氣昂昂的社會主義工人、波修瓦舞團攝影集、那捲柯達軟片和藍色的陶瓷小盒。他檢查社會主義工人人偶以膠水黏合的邊緣，嗅嗅那本書，用指尖將軟片翻來轉去，研究有效日期、海關完稅章，把藍色瓷盒湊近耳邊，輕輕搖動，卻沒去碰那條將固定盒蓋的膠帶。

「這裡面裝的是核桃？」

「他是這麼說的。」

「很好，很好。以前也有人這麼做過，當然。但大多數事情都有先例，不是嗎？」他將盒子擱在桌上其他東西的旁邊，一隻手平平按著頭頂，欣賞這批收藏。「你一定快嚇死了。」

「我們都一樣。」

「但只有波蘭人的部分。這部分你沒告訴你的團員吧？」——他眼神懶洋洋地飄回桌面——「他們不知道我們的——一鐔黃金？」

「不知道。他們只知道那男孩的事。這下子他們一定在大吵大鬧了。」

「甭擔心。勞拉會拿麵包汽水餵他們。東德警察有沒有真的要找到他，你怎麼看？或者只是做做樣子，就像沙夏說的那樣？」

「我不知道。我盡量不去看。」

「沒有狗狗？」

「有，但牠們沒發現。我們在他身上塗了機油，免得被嗅出來。」

「愛德華的點子？」

「我想是。」

「他們沒給你們派一個導遊嗎？」

「有。但她也是這詭計的一部分。」

「為了把這個男孩布署到我們這邊？」

「按照沙夏的說法，是的。她自稱歐娜，金髮。是個十六石的摔角選手。」

艾摩利露出賞識的表情，笑容隨之擴大。「我們還在做半調子左派，或者已經把小孩玩意兒都丟開了？」在等待一個始終沒出現的答案之際，艾摩利把軟片放回桌上，對著它微笑，將它跟其他寶物好好放成一堆。「咱們住哪兒？」

「漢普斯特。」

「咱們在英國文化協會全職工作？」

「對。」

「搭二十四路巴士到特拉法加廣場？」

「對。」

「有家人嗎？妻子、朋友，隨便什麼人？」

「妻子。懷孕了。」

「名字？」

「凱特。是凱瑟琳的暱稱。」

「字母C開頭？」

「是的。」

「娘家姓氏呢？」

「安德魯絲。」

「英國公民？」

「是的。小學老師。」

「出生地？」

「頓卡斯特。」

「多久以前？」

「比我早兩年。四月十五日。」

我幹嘛忍受這些？我幹嘛不叫艾摩利他媽的管他自己家的事？

「很好，好極了，」艾摩利說，眼睛仍盯著他的寶貝，「真的好極了，萬一我待會兒忘了說。第一流水準，說實在的。我要把這批東西收進冰箱，如果你不介意，然後你可以帶我去看你的小雞。從外交部的觀點，我可是不及格被當掉的，所以別太依賴我，否則我會羞愧而死。」

孟迪對西柏林警察局的唯一印象，就是他曾經在這裡被刑求得死去活來，但處於高潮剛過後醺醺然的現在，他什麼都不在乎。艾摩利先打電話做好安排後，便和他的護衛占領了司機身旁的孟迪寶座，要孟迪坐他們後面。車子變魔法似地駛進一個沒有窗戶的停機棚，命令劇團成員下車的是艾摩利，而非孟迪。在護衛協助下，讓劇團在他四周圍成一個圈的仍然是艾摩利，而非孟迪。他用一種弔兒郎當與警告混合得恰到好處的口吻對大家講話。

他們做了一件很棒的事，他告訴他們。他們絕對有權利向自己道賀。

「但我們有個祕密。事實上，我們有兩個祕密。一個就在這輛巴士車頂，因為我們不希望他遠在波蘭的爸爸媽媽、兄弟姊妹受傷害。另一個是人就站在這兒的愛德華，因為英國文化協會要是聽說這件事是他一手導演的，就會把它的官僚肚皮氣炸，愛德華就會被炒魷魚。偷渡難民可不在文化協會的業務範圍裡面。所以，我們要拜託大家一件對演員來說可能是最困難的事，就是閉上你們的大嘴巴。不僅閉今天一個晚上就好，而是從此以後永遠閉上，阿門。」

接著，警衛高聲宣讀一份遵守官方保密法案的正式聲明，團員每個人都分別簽了一份看來很嚇人的表格，艾摩利隨即以雀躍的口吻對飛機棚對面一隊身穿工作服的警察喊道Also los, bitte, meine Herren!（動手吧，各位！）他們立刻把梯子架在巴士上，登上車頂，像狗吠般輪流發號施令，無比慎重地將背景片當成一件珍貴的考古發掘物般卸下，放在混凝土地面上，慢慢展開。當全身赤裸的小黑人掙脫纏在身上的破布和絲棉，彷彿希臘神話中的美少年，恍如隔世站起身，全場爆發出了如雷的掌聲。他衝向他的救星，擁抱每個人，薇歐拉排在最後，抱得最久。接著一切就快速進展，而且很嚴肅。警察用毛毯裹住他，將人帶走。薇歐拉慌忙追上去。只能看他在門口揮揮手。艾摩利站在巴士階梯上，還有最後一句話要對他們說。

「現在宣布真正的壞消息——我們得讓愛德華在柏林多留個一、兩天。所以你們現在恐怕就得跟他道別，留他下來收拾善後。」

擁抱、吼叫、舞臺上的眼淚變成真正的眼淚，螢光色的雙層巴士氣喘吁吁地駛出停機棚，留下老爹來善後。

•

比他跟凱特約定的日期整整晚了四天，孟迪輕易就扮起憤懣不平員工的角色，回到愛司泰爾路。即使在那幾天他每天都給她打電話，報告同一個令人生氣的消息，也沒什麼差別。他在柏林就被氣壞了，現在還是氣得要命。

「我說，他們怎麼不早點想到？」這不是第一次他這麼堅持——「他們」指的是他運氣不好的雇主。「累到我的都要怪純粹的無能。為什麼每件事都他媽的不能事先規劃？」他質問，而且相當不厚道地模仿人事室那位守護天使說話：『哎唷，天哪，親愛的泰德．孟迪在柏林耶。真是太好了。那我們就安排他多待幾天，讓他去跟所有的男生女生見個面吧。』他媽的這整整三個月來她一直知道我要去柏林。然後，忽然之間，賓果，這對她就變成新消息。」

凱特慎重其事地要在五個星期的離別後，隆重歡迎他的歸來。他飛抵倫敦時，她特地開車去接他，回家途中，她一路帶著耐心的微笑聽他高聲抱怨。但一回到愛司泰爾路，她就豎起一根手指壓住他嘴唇，直接帶他上樓上床，只停下來點燃她特別為這個場合採購的芳香蠟燭。一小時後，他們都同意該吃點東西，於是他領她到廚房，堅持替她把紅酒牛肉從爐中取出來，原本來是要為她省點不必要的勞動，結果反而礙手礙腳。他的姿勢和他說的話可能讓她覺得有點誇張，畢竟，跟一群演員相處了那麼久，她該指望他怎麼樣？

用餐時，他以一貫的體貼，熱心地聽她報告她懷孕的狀況、她的家人，以及聖潘克拉斯工黨的內鬥。但在她殷勤絮絮叨叨之際，他卻發現自己的目光偷偷在廚房裡打轉，想起每個神聖的細節，好像他剛從醫院裡回來：那座雌雄榫的松木五斗櫃是他根據她的規格親手做的，她父親還幫了點小忙，因為正如德斯常說的，咱們家泰德只要肯下功夫，絕對會是一流的木工師傅；那套不沾鍋是她哥哥瑞格和嫂嫂珍妮送的結婚禮物；最高檔的德製洗衣機和烘乾機，則是凱特拿她的儲蓄買的，因為她說，她就是老派作風，而且樂於承認：他們的孩子要穿真正的尿布，才不要那種裝在塑膠褲頭裡的吸墨紙。

聽她敘述完過去這五個星期的每一小時，他走到她的座位吻她、愛撫她，直到除了上樓做更多愛，再無其他選擇，直到他一點一滴試著說出他跟孩子們的冒險經歷經過刪節的版本，不時哈哈大笑一陣，為自己爭取額外的思考時間。他模仿主角的聲音，直到她發誓不管在哪兒她都能認出萊克森。

「謝天謝地，直到六月，我都不用再過這種生活了。」末了，他故作漫不經心、鬆一口氣說。

「為什麼？六月有什麼事？」

「喔，他們要把布拉格交給我。」——說得像是布拉格是什麼令人沮喪的事。

「怎麼回事？」——她挖苦他——「布拉格很美啊。」

「國際舞蹈節。照顧英國的入圍者。全額補助，外帶職務加給。」

「要去多久？」

「十天，恐怕。加旅途十二天。」

她沉默了一會兒，接著友善地拍拍自己的肚皮。「好吧，沒關係，是吧？只要咱們兒子別決定提早出來。」

「如果咱們的女兒這麼做。我一定會比她搶先一步趕到。」孟迪承諾。

這是他們常玩的遊戲。她說是個男孩，他就說是女孩。有時為了變換花樣，他們也會交換角色。

7.

迷幻的螢光彩繪巴士隆隆駛出視線外，劇團告別的淒厲喊聲也隱沒在車流中。孟迪和艾摩利面對面，坐在艾摩利未加裝潢的辦公室對門一間隔音的房間裡，兩人中間的軟木桌面上有台錄音機在轉動。艾摩利說，在我們說話之際，那罈黃金已經在飛往倫敦的途中。分析家等不及要把他們的賊手伸進去。同時，這是他們希望我們昨天就要交給他們的東西：一張愛德華毫無隱瞞的自畫像；沙夏與孟迪的戀愛史，一幕幕從第一次臉紅到威瑪的完整記錄；還有一篇對某個自稱沃夫岡教授的人的描述，不論多麼微不足道，任何細節都不可省略。

筋疲力竭又興奮過度的孟迪，對艾摩利的問題對答如流了一個小時，然後斷斷續續又撐了一小時，最後終於像是在子宮中缺氧般昏睡過去。在等艾摩利處理錄音帶之際，他回到會客室繼續睡，只有在艾摩利帶他搭車去不知什麼地方時醒過來一會兒。清醒時，他發現自己已經刮過臉，洗過澡，手中還拿著一杯威士忌加蘇打，站在一個舒適的房間裡，隔著蕾絲紗窗簾眺望克萊斯特公園。在他腳下五十呎處的公園裡，有許多柏林小布爾喬亞的中堅分子，包括許多睡眼惺忪、推著嬰兒車的母親，徜徉在令人心曠神怡的黃昏斜陽裡。如果艾摩利對他好奇，他對自己更是不解。壓力、對自己發動了一樁何等大事的覺悟，以及此前他一直置之不理因而積累而成的許多焦慮，在在令他感到衰竭與困惑。

「我去個洗手間，也許你該給你的凱特打個電話。」艾摩利這麼建議，臉上仍掛著那個不曾卸下過的微笑。

孟迪回道，喔，是啊，事實上他就是在煩惱此事：凱特，還有該告訴她什麼也是問題。

「不成問題，」艾摩利輕鬆地糾正他，「你們的談話至少有六個情報機構在監聽。所以你只能謹守中道。」

「什麼中道？」

「是文化協會要你留在這裡，理由如下。『我被困住了，親愛的——事情很棘手——頂頭上司和老闆都求我留在這兒，直到事情全都解決。拜拜，愛德華。』她是職業婦女。她會諒解的。」

「我住在哪裡？」

「就在這兒。告訴她這裡是單身公務員招待所，這樣她就會安心。電話上有幾個號碼。別粉飾得太厲害，她反而會相信你。」

她果然信了。艾摩利去洗手間時，凱特對他的深信不疑令他自覺罪孽深重到無法承受的地步。但幾分鐘後，他就回到艾摩利車上，跟負責開車兼警衛的克里夫互開玩笑。緊接著他知道的事，就是他已坐在這處綠森林區裡新開張、大家還不知道的海鮮餐廳。真是謝天謝地，因為柏林最近真是他媽的亂倫得厲害。他們在為造福情侶而把燈光調得很暗、不時有喧鬧的現場音樂轟炸的木板隔間裡，親密地共進晚餐。孟迪的精神神奇地恢復了——甚至當艾摩利開玩笑地問他，做為堅定的左翼信徒，是否後悔放棄了共產歐洲的庇護，回到腐敗的西方資本主義社會時，孟迪一開口便振振有詞地把蘇維埃共產主義及其一切作風批駁了一頓。這不但讓艾摩利嚇了一跳，他自己也大吃一驚。

也許這都是他真正的感受，也許這是他滿懷驚恐地回顧自己的有勇無謀時，最後殘餘的震撼。無論如何，艾摩利都不會放過這機會。

「如果你願意聽我直言，愛德華，你天生就是吃我們這行飯的。」他說，「你會一帆風順，前途無量，所以謝謝你囉，歡迎上船。敬你。」

從這一刻開始——孟迪事後一直想不通原因，但當時卻感覺再自然不過——話題就變成了絕對學術性的考慮：這種情形下，男人該向老婆全盤托出真相嗎？但沒有人明講，所謂「情形」究竟是怎麼回事。艾摩利的說法很委婉，卻是以他豐富的經驗為後盾，愛德華，拿對方沒必要知道、也無從插手的事去增加心愛之人的負擔，跟一個字也不透露，這傷害——也是自我耽溺——的程度，難道不是一樣大、甚至更嚴重嗎？但那是艾摩利個人的看法，愛德華未必同意。

比方說，要是你想訴說心事的這個對象懷孕了怎麼辦，艾摩利輕鬆地繼續說。

或者，她們天生軟心腸，容易相信別人，沒法子自我克制，把這麼大的祕密藏在心裡。

或者，她們有極為崇高的原則，好比，她們的政治信念格格不入——嗯，她們對一些針對某敵人或意識形態的活動，看法可與我們不同。

簡言之，如果這個人就是凱特，已經有夠多事情要煩，要管理學校的一個部門，家務，還要照顧丈夫，第一個孩子即將誕生，聖潘克拉斯工黨還有一群托派的傢伙有待清理——不知什麼時候，孟迪就把這些事也都告訴了艾摩利。

克萊斯特公園的這地方並非艾摩利所有，也不是什麼單身公務員招待所。這房子是他為所謂的天外怪客準備的，這些人在城市間漂泊，有時不願意公開行蹤。無論如何，艾摩利得回辦公室一小時，以防倫敦要是有什麼新消息傳來。

不過，克里夫會守在你隔壁的臥室，萬一你需要什麼的話。

克里夫永遠知道如何找到我。

如果你打算一早去散步，你說過你最喜歡這麼做，算我一份。目前，你先睡一會兒。幹得好，我再強調。

我試試看。

•

孟迪清醒地躺著——就跟昨晚在威瑪一樣清醒——數著西柏林同步協調過了頭的時鐘上的一刻鐘、半點鐘。

停手快跑吧，他告訴自己。你不需要這玩意兒。你有凱特，有孩子、工作、房子。你已經不是當年陶斯那個浪子了，你已經爬出泥淖。你是泰德．孟迪，文化外交官，即將為人父。拿起行李，偷溜下樓，別吵醒克里夫，直奔機場。

但當他這麼對自己忠告時，他想到，他腦海某處一直記得這件事，艾摩利拿走了他的護照——只是形式，愛德華，明天早上就會還給你。

而且他也知道，交出護照時，他完全理解這個動作的意義，艾摩利也是。

他加入了。天生吃我們這行飯的人報名加入了他的同類。

他沒有投降，也不是被強徵入伍。他說：「我加入。」他在晚餐時邊批判共產生活多麼惡劣，邊就這麼說。他自告奮勇投效艾摩利的隊伍，因為他在成功的喜悅中，真的以為自己就是這麼一塊料，而艾摩利也這麼認為。

所以請你提醒我，我一開始是怎麼攪和進來的。艾摩利可沒徵召我，徵召我的是沙夏。艾摩利可沒把一袋子的祕密扔在我腿上，說：「來，把這些東西交去給英國情報局。」是沙夏幹的。

所以，我這麼做是為英格蘭祖國，還是為一個自我鞭撻、憎恨路德會、逃避上帝的人？

答案：我他媽的根本不想做這件事。我要棄船逃亡。

好吧，沙夏是我朋友。我不見得喜歡這個朋友，但畢竟是朋友，忠實的朋友，而且是老朋友，需要我保護的朋友。而且，上帝可為證，已經得到了。一個碰巧對混亂上癮、對任何形式的既有秩序都會瘋狂發動一人戰爭的朋友。

這下子他又找到一座可以拆毀的神廟了，祝他好運。但他別想把我拖下水。

或凱特。

或小貝比。

或我的房子。或我的工作。

所以再過幾個小時，我跟艾摩利一同去散那個他提過的清晨散步時，就要把話說清楚。我會說，「尼克，你是個很棒的專家，我尊敬倫敦，而且沒錯，我完全同意，蘇維埃共產主義是我們的敵人，我希望你每次打擊它都大獲成功。所以拜託你行行好，把護照還給我，送我上車去機場，跟沙夏聯絡的事你自行安排，我們握握手，這件事就算結束了。」

但沒有清晨散步。在灰色的黎明中，艾摩利站在他床頭，叫他立刻穿好衣服。

「為什麼？我們要去哪兒？」

「回家，最短的路線。」

「為什麼？」

「分析家給了你一個阿爾法加加。」

「那是什麼鬼東西？」

「Alpha double plus，最高等級。對國家安全不可或缺。你的伙伴一定規劃這玩意兒好多年了。他們在問你是要維多利亞勳章，還是封個爵位。」

•

等候運送。

不要做決定。

袖手靜坐，做自己人生的旁觀者。窺伺，也像間諜。

丹普豪夫機場，再一次，清晨的吉普車，另一個衛士。

再見，克里夫。

再見，泰德，祝你好運。

英國皇家空軍的飛機在等著，螺旋槳已經轉動。艾摩利是僅有的另一名乘客。坐穩，我們起飛了。駕駛員不看我們。訓練要求的。在諾斯霍特機場降落，下機，直接坐上一輛綠色小巴士，有兩面加大的後視鏡，後門兩扇窗都塗成不透明。

她現在該走路去學校了吧。她應該走在漢普斯特游泳池到公寓大廈之間的水泥小路上。大孩子圍著她說話，小孩子牽著她的手，她以為我正在柏林替文化協會處理摩里斯舞蹈團的事。

•

隔著小巴士後座的窗戶，孟迪逐漸認出前往牛津的路。他有阿爾法加加，所以他們要給他一個學位。伊爾莎坐在隱修院宿舍的窄床上，說他在性事上完全是個嬰兒。他們進入丘陵區，經過頂端有沙岩鷹馬雕像的磚砌門柱。夾道的樺樹成蔭，天光忽隱忽現。小巴士停下，只是駕駛要等候揮手放行。這段路沒有樺樹，只有白色圍籬的圍場，一個看板球的觀眾席和一個圓形池塘。小巴士再次停下，後門打開，一個穿著白外套和膠鞋、雙唇緊閉的侍者專斷地拿起孟迪的背包，領他穿過許多停著的汽車，沿著石板路走上後樓梯，來到僕人走廊。

「我的客人住新娘套房，幹部先生。」艾摩利告訴侍者。

「好的，先生。我直接送新娘上去。」

新娘套房有一張狹長的單人床，一個洗臉台和一只壺，非常窄小的窗子面對著覆滿常春藤的圍牆。教書的最後一年，孟迪也有一間跟這裡一模一樣的房間。更多汽車駛到。他聽見隱約的人聲和踏在碎石上的腳步聲。他這輩子最大的改變即將開始。緊閉的門後，四天未經記錄的時間裡，天生吃這行飯的人要跟他的家族見面。

•

他們並非如他預期的家族，但他也不是第一次碰到這種事了。

沒有臉色凝重的男人暗地裡打量他，找機會修理他。沒有穿兩件式線衫、戴珍珠項鍊的超級女強人，用法庭式的質詢將他重重綑綁。他們看到他都很興奮，以他為榮，對他很佩服，他們要跟他握手，而且真的握了。乍看都是善良、平凡、樂觀的人——沒有名字、沒有立場，只有正常的臉孔、合乎理性的鞋子、磨舊的褐色公事包，感覺平易近人，女性人員從有點兒浮躁——咦？我又把皮包擱哪兒去了——到安詳的慈母型都有，睜著濕潤的夢幻眼睛，溺愛地聽他說上好幾個小時，然後才對某件她不提他早就忘得一乾二淨的事提出一個問題。

關於這一族類的男性——好吧，他們尺寸不一，但絕對可歸為同類。中年學者，大概可以這麼說。快樂地在同一地點從事挖掘工作的考古人類學家。親切、卻刻意保持疏離的醫療人員，態度表示明確，我們研究的是疾病不是人。穿蹩腳西裝的瘦巴巴年輕人，眼神遙遠——孟迪想像他們是某一派古代阿拉伯探險家的後裔，騎駱駝穿過阿拉伯南部沙漠「空白之地」，一路靠星辰指路，只帶一瓶檸檬水和一條夾心巧克力。

他想不通，除了對泰德·孟迪這個人偏執的好感，那讓他們共同具有同一色彩的筆觸又是什麼？是那種嚇人一跳、發自丹田的笑聲，那種活潑，那種共通的熱忱，比常人略快的舌頭和眼神。是幾乎隱而不見的犯罪火花。是對團體的歸屬感。

他們一路追溯他的過去，先是艾摩利簡報在柏林取得的資料作為綱領，然後每個人自行選擇方向，分頭進行。他的個人歷史全都像屍體般攤展在他面前，以最圓滑的英國手法一一切開。但孟迪不介意。他是這整體的一部分，一個屬於英國這邊的阿爾法加加的隊員。

和他從沒想過的人生事件的連結，被從記憶深處挖掘出來，擎在他面前，要他檢視，發表評語：哎呀，好吧，我想那是真的，或，回頭想想，的確是的，了不起，說真的。艾摩利總在他身旁，以備萬一他摔倒時接住他，並且熨平所有的小小誤會，免得咱們愛德華使性子，有時他真的會生氣，因為所有非問不可的問題未必都讓人舒服。他們從未這麼假裝，正好相反。家人不就是這樣的嗎？

「做過像你這麼重要的大事的人，受到我們這樣摧殘，鬧得臉紅脖子粗幾次，也沒什麼大不了的。」一個有媽媽味道的女人親切地安慰他。

「同意。完全同意。開火吧，女士。」

她是心理醫師嗎？他哪有可能知道？他想喊她芙羅拉或貝蒂或不論她叫什麼名字只要他知道，但以他好脾氣的方式，他唯一想到的稱呼就像稱呼女王一樣稱她女士，這掀起了桃花心木會議桌四周一陣友善的笑聲。

第一天就這麼過了，長日將盡，酒吧裡只剩最後幾縷遊魂，大家盛讚不已的那個泰德·孟迪的版本，後來他稱之為孟迪一號：威瑪英雄、少校忠心的獨子、前板球校隊隊長、橄欖球校隊勇敢的二線前鋒，大學時代有一點左傾色彩——哪個好人不是這樣呢？——但現在號角響起，他被召入家族軍團，跟頂尖好手一起打拚。

但很不幸，這只是孟迪一號。幹間諜這一行，永遠還有第二個版本。

讓人精神分裂，有可能嗎？

當然可能，只要病人肯配合。

沙夏早在威瑪就預告過，未來可能會有什麼狀況。在牛津這裡，多虧若干透過各種藏匿工具，交到了阿諾德先生手中的微縮影片上的指示，他們得以把整套不愉快的盛宴端上桌。如果說昨天的孟迪一號代表所有孟迪渴望完成、最好的事，那麼今天的孟迪二號就是他直到幾年前都還生怕自己會淪落陷溺其中的一切困境的醜化。

前布爾什維克學生，前左翼轉無政府主義的牛津中輟生及柏林的流氓，捱過一頓自食其果的毒打後，天沒亮就被逐出城外；一個資格不符的預備學校老師，因放縱性慾而被革職，被鄉下報紙踢出去後，跑到新墨西哥去做個失敗的作家，最後又偷偷溜回英國，迷失在文藝部門沒前途的地下室裡，他的風光事蹟還不如一根骯髒的手指頭。

這面不盡然扭曲的鏡子照出了他的形象，他最初只感覺非常熟悉，照鏡時簡直無法不歪著面孔，做出可笑的表情，拉扯自己的頭髮、脹紅臉、呻吟、甩動手臂。這幅畫像有多少是來自他對艾摩利的告白，又有多少是倫敦的研究人員在過去四十八小時內挖出的成果，他完全無從得知。它太不留餘地：孟迪二號的畫像太過苛刻，不論這幅素描是出自那些眼神如夢的女士疼惜的手，或是由某個思路敏捷的中年學者大筆一揮而就。

一個貌似牧師，頭戴聖經般漆黑的杭堡帽的男人搭直昇機抵達。孟迪透過會議室的凸窗，看著他快步走過草坪，伸手壓著頭上的帽子，拎公事包的手向外伸，彷彿藉此保持平衡。他進來時，男人全都起立，室內變得鴉雀無聲。他走到中央的位置坐下，從公事包取出一份檔案仔細閱讀時，周遭一片充滿敬意的沉默，接著他露出一個燦爛的微笑，先是對在場的所有人，然後對著孟迪。

「泰德，」他道。這時已是下午，孟迪疲憊不堪，雙肘擱在桌上，長長的手指插進一頭亂髮。「有個問題要問你，親愛的孩子。」

「請儘管問。」孟迪答道。

「凱特有沒有告訴過你，德斯，你的岳父大人，在五十六歲之前一直是按時繳清黨費的英國共產黨忠貞黨員？」——他的口氣就像是問，凱特喜歡種花嗎？

「沒有，完全沒提過。」

「德斯自己呢？」

「沒有。」

「就連你們星期六晚上一塊兒到酒吧玩撞球時，也沒提過？」——笑容更燦爛了——「我真是大感意外。」

「沒有在我們去酒吧打撞球時，或者任何其他場合。」我也大感意外，但孟迪對德斯太忠心，所以沒說出口。

「蘇聯入侵匈牙利傷了他的心，當然了，他們很多人都如此。」牧師嘆道，再次對照他的檔案。「然而黨員不可能完全跟黨脫離，可不是嗎？它永遠在那兒，在血液裡，以某種方式。」他補充了一句，表情又開朗起來。

「我想是吧。」孟迪表示同意。

檔案裡有一大堆好東西，牧師又低頭閱讀時露出的笑容足以證明。德斯不過是個開始。

「還有伊爾莎。你對她的政治立場知道多少——正式表態的，或可能的選擇？」

「她什麼都有一點。無政府主義、托派、和平主義——我從來沒弄清楚過。」

「可是她弄清楚了。一九七二年，受你繼任者的影響，她在蘇格蘭共產黨的雷斯支部入黨，成為正式黨員。」

「很適合她。」

「你太謙虛了。都是你的安排，我敢說是的。始於你的諄諄善誘，由你的繼任者達成。我認為她能找到這條明路，你應居首功。」

孟迪只搖搖頭，但牧師緊追不放。

「至於你的曼鐸邦博士，他名叫雨果，你在寄宿學校的難友和啟蒙者，」牧師繼續說，用指尖搭起一座諾曼式圓拱[55]，「他到底教你什麼？」

「德文。」

「是的，但是哪種德文？」

「文學和語言。」

「沒別的？」

「應該有什麼別的？」

「來一點哲學怎麼樣？黑格爾、賀爾德[56]、馬克思、恩格斯？」

「上帝啊，不要！」

「為什麼上帝？」——牧師的眉毛發乎真心地高高豎起。

「我對哲學不感興趣，就這麼簡單。那種年紀沒興趣，任何年紀都沒興趣。尤其德國哲學——我真的一竅不通。現在也好不到哪兒去。問沙夏好了。」他驚呼一聲，忙用手背摀著嘴巴。

「我這麼說吧，泰德。我的看法正好相反，但你要包涵。我說，曼鐸邦博士有可能教你哲學，對不對？只要他有意願的話。而你很早熟。」

「呃——天啊！——這麼說的話，他要教我什麼他媽的東西都可以！事實上，他沒教。你問我，我說沒有。現在你又提假設的問題，硬要我說有。」

牧師覺得好玩極了。「所以我們要說的是，當然了，曼鐸邦博士可以用馬克思、恩格斯或任何學說對你洗腦，只要你不洩漏給同儕或其他教職員知道，沒有人會知道。」

「我告訴你，事實不是如此。他所做的——以最直接的方式——既合法又符合專業道德——僅此而已——就只是讓我呼吸到一種流行的革命空氣——」他說不下去，只能用手揉揉太陽穴。

「泰德，親愛的老弟。」

「幹嘛？」

「這種行業——你尚待學習的這種——並不存在於現實世界。它是現實的過客。不過，這次的情況是現實站在我們這邊。曼鐸邦家族全都是徹頭徹尾的左派，這要向他們致敬。他們有三個人曾在西班牙內戰期間跟臺爾曼軍團並肩作戰。雨果的哥哥在科民頓。史達林用吊死他以報答他的勞苦功高。你的雨果一九三四年在萊比錫加入共產黨，而且一直忠心耿耿，直到四十年後他在巴斯綜合醫院升天去領報酬為止。」

55 牧師手勢為拇指對拇指，食指對食指，拇指在下，圍成的形狀。西洋建築上的諾曼式圓拱多見於城牆及教堂大門，以堅實的石塊建造，厚度通常有二、三公尺，甚至五、六公尺之多，所以廢墟中常見它巍然矗立，屹立不倒。作者對牧師一個簡單的手勢做此比方，有其用意在。

56 賀爾德（Johann Gottfried Herder, 1744-1803），德國哲學家及路德派神學家，浪漫主義先驅者。

「所以？」

「所以沙夏的老闆不是傻瓜。你見過其中一個。好心的教授。他也許有他的一些執著，但絕不會被任何人給愚弄。他會想知道，他是否真的逮到了一條大魚。或者是沙夏逮到的。他要做的第一件事，就是把你的身家整個調查一遍。他會發現——他不計其數的同夥也都會發現——一道又深又紅、跟激進分子交往的脈絡，從雨果．曼鐸邦博士開始，綿延不斷，通過伊爾莎、牛津、沙夏，一直延伸到今天。當然，你沒有入黨！幹嘛入黨？——你可不想危害自己的事業。但你的導師是紅色共產黨、你的第一個女友是紅色共產黨、你是聖潘克拉斯工黨的黨員，那夠好也夠左，你跟一個有左翼血統的女人結婚，他父親還是個思想純正的同志，直到五十六歲脫黨為止。你是個奇蹟，親愛的孩子！如果由我們來捏造一個人，絕對不會有你一半的說服力。你會是上天送給他們的禮物。我得承認，你對我們大家都是如此。」

在場者全都贊成，每個人都開心大笑，唯獨孟迪。慢慢地，他坐直身體，用手指整理好頭髮，然後把手輕輕放在桌上。他在微笑，快樂的小伙子。他逐漸瞭解家族遊戲的竅門了。失敗的作家到頭來畢竟不算失敗。他像他們一樣是創作者。他跟他們一樣，到現實世界一遊，並以藝術的名義從中擄掠。

「你忘了我的阿婭。」他譴責地說道。

他們面面相覷。愛亞，安雅？阿亞的檔案在哪兒？

「是我在印度的替代母親。」孟迪自顧自說著。然後做了修正：「巴基斯坦。」

哦，那種阿婭呀，眾人臉上的表情都鬆了一口氣。是的，是的，當然。你指一個女傭。

「她怎麼樣，泰德？」牧師鼓勵地問。

「她的家人在印巴分裂的暴動全遭到屠殺。我父親把分裂都怪在英國殖民統治不當的頭上。她最後流落在穆里街頭乞討，直到去世。」

現在，牧師和全體工作人員都看出端倪了。太棒了，泰德，他們異口同聲。這種賺人熱淚的故事他們最愛了！阿婭成為票房明星。不久後他們就忙著把阿婭列在「童年影響」項目下，熱烈地提供點子，編纂故事大綱：嬰孩孟迪如何是個社交謊言，由勞工階級的母親所生，卻冒充貴族之子；他如何被這個農家出生的當地婦女收養——她胖嗎，泰德？好極了，咱們要把她當氣球一樣吹得好大！——她絕不口不提他可疑的出身；這個被叫做阿婭——跟你的生身母親一樣是個保母，天啊！——肥胖無比的農婦，她自己就是殖民壓迫的受害者。事後，在酒吧裡，他們都同意，要不是泰德，他們絕對不可能想到這一招：額外的加工果然把平凡無奇的掩護故事變得有血有淚。

「我們就像加默羅會的修士[57]，」飯後，艾摩利帶孟迪四下參觀時，大言不慚地這麼宣稱，「我們不能談論我們的工作，沒有顯而易見的晉升機會，正常生活搞得七上八下。我們的老婆要嘛假裝自己嫁了個沒出息的傢伙，要嘛就的確這麼相信。但是，每當偉大的舵手或吹牛大王出馬，真正扭轉大局的，其實全靠我們這群人。如今看來，你也即將成為我們的一員。」

然而，當孟迪一號和孟迪二號上床就寢後，誰是孟迪三號呢？誰是這個與前兩個都不同的第三人，在眾人都沉睡之際還清醒地躺著，傾聽他聽不見的鄉下鐘聲？他是沉默的旁觀者。他是一個不為兩個熟

57　加默羅會（Carmelites）為中世紀天主教四大托缽修會之一，成員靠化緣募款，需嚴格遵守緘默、清貧等戒律。

人的表演鼓掌叫好的觀眾。他是他生命中所有殘餘的零零碎碎，而所有其他部分，他都已經交出去了。

•

年輕丈夫的一天之中，可曾有過那麼多個忙碌的鐘頭？

不論孟迪是在英國文化協會位於特拉法加廣場的總部，撰寫甜蜜布施劇團成功巡演的報告，或是為距今剩不到四星期的布拉格舞蹈節打點基礎，或趕回家參加南區環保母親門診舉辦的新手父親講習，還是從旁協助學校籌製歌劇《潘增斯海盜》（The Pirates of Penzance）的演出，他發誓這輩子從來沒有同時做過這麼多事，而且——他敢這麼說嗎？——這麼有用過。

如果還有片刻閒暇，就得趕緊跟德斯一起躲進工作間，一點一滴完成他們要合力送給凱特的驚喜搖籃，凱特的母親貝絲還要為搖籃鉤一條毯子。德斯找到一批漂亮的老蘋果木，紋理和色澤都美得難以置信。搖籃成為孟迪生活秩序中的一件神祕物體，是護身符和生活目標的綜合：為了凱特，為了孩子，也為了讓每件事遵循原來的軌道。照例，德斯喜歡談論政治理想。

「你會怎麼辦——你，泰德——假設你抓到她——除了最明顯的方式之外——那個佘契爾？」他們工作時，他還想個不停。

但孟迪知道不可回答，因為那是德斯的工作。

「知道我會怎麼辦嗎？」德斯問。

「告訴我吧。」

「我要用船把她跟史卡吉爾[58]一塊兒運到荒島，把他們丟在島上共度此生。」一把佘契爾夫人跟她痛恨的礦工領袖強迫送做堆的念頭逗得他哈哈大笑，以致搖籃的進度耽擱了好幾分鐘。

孟迪一直很喜歡德斯，但自從最近那次牛津之行後，他倆的關係添了新的調味料。他很想知道，這個前任老共產黨員一旦發現自己的女婿在刺探俄羅斯母親最聽話的附庸，會作何反應？孟迪要是猜得沒錯，德斯會隆重地脫下帽子，默默跟他握手。

而且，孩子還不是唯一即將來臨、令人興奮的事。不過幾天前，工黨在大選中落敗，凱特將敗選通通歸咎於滲透進來的好戰分子與極端分子。為了挽救心愛的黨，她計畫在即將舉行的市議員選舉中，以黨提名的溫和派候選人身分親自出馬，正面迎戰已成為聖潘克拉斯之癌的托派人士、共產黨和不願公開立場的無政府主義者。她花了三天才終於鼓起勇氣，把這消息告訴泰德。她非常擔心他會因此而擔心。但她低估了他的良善。不到一個星期，孟迪就坐在聖潘克拉斯市政廳前的棚子裡，鼓勵她向前，聽她用令他聯想到沙夏的簡潔有力的句子，謙遜地宣布她的候選人資格。

58　史卡吉爾（Arthur Scargill, 1938-），英國政治人物，早年加入英國共產黨，且是英國全國礦工工會領袖。他口才極佳，抨擊佘契爾政府的企業政策不遺餘力。二〇〇二年開始，他出任自組的社會主義勞工黨黨魁。

孟迪在文化協會人事室的教母希望在他有空時跟他見個面。她建議利用接近下班、大家都準備回家的時刻。她雙手按在辦公桌上，像是答應過不發脾氣似的。她審慎地說出每一句台詞。顯然她曾經排練過。

「你的寫作進度如何？」

「呃，妳知道。慢慢在發展。」

「你有一本小說正在醞釀。」

「是啊。嗯，恐怕目前還是老樣子。」

閒話結束。她深吸一口氣。

「高層通知我說，你有必要在柏林多停留幾天，釐清若干跟你這趟旅行有關的安全方面的問題時，我並沒有多心。」——呼吸——「這情況過去也有過。經驗告訴我們不要太好奇，等事情過去就好。然而……」

孟迪對這場討論沒有準備，只好等她宣布這個「然而」是什麼。

「我又接到同一位高層通知，指定布拉格要交給你，我做出個結論，現在我知道是錯了，我以為你在拉關係，所以我拒絕配合。」——呼吸——「結果又接到更高的高層下令，不僅要照聽令行事，而且對所有與你前途有關的一切指示，都要完全服從，不准異議，除非那種指示明顯跟我們的人事政策牴觸，以致會引起外界注意。」長時間停頓。「除了辭職，但這麼做似乎太過分，因為你的所作所為顯然對公眾利益極為重要，我別無選擇，只好接受在我看來是——不可饒恕、不可容忍，侵擾文化協會業務的行為。」好了。她說完了。「我可以問你一個問題嗎？」

「當然了，」孟迪失去了往常的活力，這麼答道，「說吧。」裝傻，艾摩利曾經不厭其煩告誡他。她就像個籃子一樣漏洞百出。她不准知道他媽的任何事情。

「顯然你不一定要回答。同樣我顯然不該問。你是木馬嗎？」

「什麼？」

「你進入我們機構時，就已經——我連該用什麼字眼都不知道——而且我確定，即使我知道，也不能說——我想意思是，在替他們做這個那個了嗎？」

「沒有。我沒做什麼，沒為任何人。」

「那後來發生的事——不論是什麼，顯然我不能知道，也不想知道——是意外，還是經過設計的，你認為呢？」

「完全是意外，」孟迪脫口而出，低著頭以便端詳自己的手，「人生的僥倖。百萬分之一的機會。真的非常抱歉。」

「你會希望——如果太痛苦，不必回答——你是否暗地希望這件事不曾發生？」

「有時候吧，我想。」

「那我也很抱歉，泰德。我以為當初我忽視你沒有學位是在幫你忙。現在看來，似乎我只給你添了麻煩。儘管如此，我想我們都在為同一位女王工作。雖然以你的情況，她想必不知道，是吧？」

「我想是吧。」

「我很難過，只提供了你一個託身之所。這似乎是個很大的浪費。你會不會——我確信你不能告訴我——你會從別處獲得晉升嗎？」

選最慢的一條路回到家，孟迪思索著在自己國家過著雙重生活的代價。他喜歡人事主任，而且也逐漸對她的善意產生依賴。現在他似乎得習慣過沒有這種善意的生活了。他開始理解艾摩利所謂正常生活搞得七上八下是什麼意思了。但到家時，他又開心起來。

誰希罕正常生活，說真的。

•

英國文化協會人事室主任給孟迪的備忘錄，上面標誌著「限本人拆閱」及「機密」字樣：

我們得知台端需出席五月九日至十六日在愛丁堡麥卡羅廳舉行之「市外藝術節籌辦者大會」，以便為台端參加布拉格舞蹈節預作準備。我們了解主辦單位將負責一切差旅及食宿開銷。另准公假。

「我們稱之為禮儀學校，」一坐著一輛由克里夫駕駛的黑色計程車，邊吃燻鮭魚三明治，邊繞海德公園兜圈子時，艾摩利解釋道，「他們會告訴你，在布拉格碰到下雨天最適合做哪十件事，還有獨自一人如何過馬路等。」

「你會在場嗎？」

「達令，我會在這種時候拋下你嗎？」

凱特沒那麼熱心。「一整個星期都在談活動的事？」她覺得不可思議，暫時放下正在撰寫的〈對支持者的個人承諾〉。「你們這些藝術官僚比聯合國還糟糕！」

•

這個週間的下午，是個晴朗的春天，也是孟迪出發前往愛丁堡的前夕。這天早晨，凱特的正式提名公函寄達。她打電話到文化協會給孟迪。她非常冷靜，但她需要他立刻回家。他丟下會議，匆匆趕回去，發現她臉色蒼白站在前門外的小徑上，不過很鎮定。他拉著她的手臂，但只能哄她走到門廊，然後她就抵死不肯再前進，像一匹拒絕跳欄的馬。她用右手指關節押著嘴唇，彷彿是個還在吸手指的孩子。

「我驚擾到他們。那些人沒想到我會在。我本來應該整天都有課，」她面無表情地說，「但班上有個女孩申請到里茲最好的獎學金，所以校長宣布六年級全體放假半天。」

孟迪用手臂攬著她，把她抓得更緊。

「我走路回家。開了前門。我從窗戶看到人影。就在客廳。」

「隔著窗紗？」

「他們開著客廳和廚房中間的門。他們在房間裡走來走去。」

「所以不只一個人。」

「兩個。說不定三個。都很年輕。」

「很年輕的人影？」

「很輕的腳步。那女的看見我。她穿的好像是緊身衣。我看見她轉頭，然後她一定匍匐在地上，爬進廚房。通往後院的門是開的。」凱特可以上法庭作證，她的描述非常精確。「我跑到後面，希望能看見那些人。有輛小巴士開走，但我去得太慢，來不及記下車牌號碼。」

「是什麼樣的小巴士？」

「綠色的。後門玻璃是黑的。」

「鏡子呢？」

「我沒看。這跟鏡子有什麼關係？我只瞥到一眼，看在老天爺分上。我只知道那輛小巴士跟鏡子沒關係。」

「是新車或舊車？」

「泰德，別再問我口供了，行不行？要是能明顯看出是新車或舊車，我一定會說。都不是。」

「警察怎麼說？」

「他們把我接給犯罪調查組，警官問我有什麼東西被偷。我說沒有。他說他們一有空就過來。」

他們進了客廳。書桌是一張以極低廉的價格向康登鎮一個騙子買來的骨董辦公桌。德斯說這種貨色很搶手。平面式桌面鋪著人造皮，兩側各有一排抽屜。左邊歸孟迪使用，右邊屬於凱特。他拉開屬於他的三層抽屜，一個接一個，啪、啪。

年深月久的打字文稿，有的退稿信還附在上面。

他想寫的新劇本的筆記。

上面寫著「檔案」二字的檔案夾，裡頭有他母親寫給少校的信和少校軍法審判的記錄，以及志得意滿的史丹霍普家族團體照。

全被動過了，全部。

移動過，但沒有弄亂。幾乎沒有。

整堆放回去，秩序幾乎都正確，有人希望讓東西顯得好像從來沒被翻動過。

凱特看著他，等他說話。

「介意嗎？」他問。

她搖搖頭。他拉開她那邊的第一層抽屜。她的呼吸變得沉重。他擔心她會昏倒。他知道怎麼回事：她很生氣。

「那群雜種放顛倒了。」

她的六年級作業簿放在最下面那層抽屜，因為深度夠，她用簡略的句子解釋。星期三要改的功課放在星期五要改的功課上面。所以我給學生的作業簿都以顏色分類。黃色是星期三的學生。紅色是星期五的。那些該死的小偷剛好放反了。

「但托派的傢伙怎麼會對妳學生的作業感興趣？」孟迪思索道。

「他們沒興趣。他們是要找工黨的文件。」

警察當天晚上十點鐘抵達，也幫不上什麼忙。

「您可知道我老婆懷孕時在做什麼嗎，先生？」警官喝著孟迪泡的茶問道。凱特在臥房裡裡把腿抬高。

「我恐怕不知道。」

「吃肥皂。我得把肥皂藏起來，否則她會徹夜口吐泡泡。儘管如此，我想我們還是可以逮捕每個開著後窗為黑色的綠色小巴士的人。這是個好的開始。」

目送警察離開後，孟迪私下忖度，該不該利用艾摩利給他的那個緊急電話號碼，可是他能預期什麼？那個警官雖然有點可惡，但說得倒也沒錯。開綠色小巴士的人何止幾千個。

凱特說得對，是托派幹的好事。

幾個不務正業的小毛賊，還沒來得及拿走什麼，就被她打斷了。

這是正常生活裡的正常插曲，唯一不正常的，是我。

8.

「累嗎，泰迪？」體型壯碩、一頭紅髮的羅塔問，他又點了一巡皮爾斯那啤酒。

「哦，只是時間有點晚，羅塔，不嚴重，」孟迪承認，「我們今天跳了很多舞呢。」他補了一句，引來一陣讚許的笑聲。

「疲倦，但很快樂。」坐在首位的貝雅博士一本正經地說，她鄰座的年輕知識分子賀斯特表示贊成。

沙夏沒開口。他托腮坐在那兒，對著距離外不知什麼東西在皺眉頭。他把扁帽拉得極低，壓住眉毛，也許是為了反諷。這是他們第二次的晚間聚首，所以孟迪已經摸清楚這些人的階級秩序。羅塔是沙夏的監護人，金髮知識分子賀斯特是羅塔的監護人。布拉格的東德大使館派出一本正經的貝雅博士，負責監護他們三個。而他們四個人又共同監護泰德・孟迪。

布拉格舞蹈節第三天的節目剛結束。他們坐在市區邊緣一家會議旅館地下室的酒吧，旅館本身是一棟蘇聯式玻璃鋼骨的龐然怪獸，但酒吧卻試圖喚回哈布斯堡時代的輝煌，有粗大的石柱，和騎士、仕女的壁畫。其他桌位坐著幾個喝夜酒的客人，幾個用吸管喝可樂，指望能釣到外國人的女孩。遠處角落有一對中年夫婦在喝茶，他們以同樣溫柔的方式喝著同樣的茶，已經喝了半個小時。

你會被跟蹤，那是標準步驟，愛德華。監視你的人都很專業，所以你要切記，就當沒這回事。他們會搜索你的房間，所以東西別收得太整齊，否則他們會以為你在耍花樣。如果他們不小心跟你對上眼，你最好裝迷糊，點頭微笑，當做在某處派對裡見過他們。你最有說服力的武器就是你的天真。懂嗎？

懂，尼克。

•

過去這七十二小時，孟迪坐著看了讓人累到骨子裡的劍舞、民族舞、部落舞，土風舞和摩里斯舞團的表演。他在沒有通風設備、擠滿觀眾的巴洛克戲院裡，為表演迪布開舞蹈的哥薩克人、喬治亞人、巴勒斯坦人，和不計其數選自《天鵝湖》、《柯佩莉雅》、《胡桃鉗》的段落鼓掌。他在五、六個民族帳棚裡喝過溫的白葡萄酒，在英國帳棚裡，陪按規定得到場的老好人和他們盡忠職守的妻子閒話家常，其中有一位胖嘟嘟、戴厚片眼鏡、自稱曾在哈洛公學板球隊打過第一棒的一等祕書，直說當年兩校對壘，孟迪害他第一球就出局了。這是約定的辨識暗號。這幾天，他一直為擴音系統不管用，布景送錯劇院，以及舞星因旅館沒供應熱水因此拒絕演出而傷透腦筋。這中間，他還得擠出時間，接受沙夏和他的隨扈熱情款待。昨晚他們邀他一起去城裡的一場私人派對，孟迪以他必須照顧他的羊兒們為藉口拒絕，羅塔又提議去夜店，孟迪也拒絕了。

讓那些混蛋在你身上下功夫，愛德華。他們來布拉格的唯一目的就是要摸清你的心思。但你並不知道。你除了沙夏是你老朋友之外，啥都不知道。你腦筋混亂，不開心，喝點酒，獨來獨往。你一下子跟他們親熱得不得了，一下子又變得很彆扭。沙夏推銷給他們的就是這樣的你，他就希望你這麼表現。

這就是孟迪的戲劇教練艾摩利在愛丁堡禮儀學校轉達給他的，咱們幕後大製作人沙夏是舞臺指導。

•

羅塔卯足全力邀請孟迪外出，貝雅博士則從旁協助。他們昨晚也試圖約他出來，同樣時間坐在同樣這個桌位，同樣刻意營造的疲憊而和諧的氣氛。喝著酒的低潮期，孟迪只使用單音節詞彙。但進入高潮期，他會加油添醋講自己從前的反殖民故事取悅他們，並把阿婭肥碩無朋的屁股拿來吹噓，聽眾樂不可支，暗地裡他卻羞愧莫名。他講述英式布爾喬亞教育的恐怖時，不經意帶到第一個教他如何思考的人，雨果．曼鐸邦博士，具有魔法的名字，但似乎無人在意。當然不會，他們是間諜。

「所以，泰迪，英國這次猛然向右轉，你作何感想？佘契爾夫人好戰的資本主義會讓你緊張嗎，還是你生來就是自由市場經濟的支持者？」

這問題太累贅，羅塔做球給他接的動作未免也太諂媚，孟迪根本不屑正面作答。

「何猛之有，老弟。不過是痙攣一下。他們充其量換塊招牌，整個改變大概僅此而已。」

貝雅博士表現得更是平庸。「可是美國向右走，英國也一樣，右派勢力在整個西歐占了上風，想到世界和平的前途，你難道不會毛骨悚然嗎？」

自命精通所有英國相關事務的賀斯特，此時覺得有必要展示自己的知識。

「煤礦關閉會引發真正的革命嗎，泰迪？——多少可以跟三〇年代發展到完全失控的反飢餓大遊行相提並論吧？能告訴我們現今英國街頭的反應是什麼嗎？」

再這樣下去也扯不出什麼名堂，他們想必也知道。孟迪在打呵欠，羅塔正打算再點一巡酒時，沙夏像盒裡跳出來的彈簧人般，突然從百無聊賴中挺身而出。

「泰迪。」

「什麼事？」

「這全是狗屎，真的。」

「什麼？」

「你有帶腳踏車來嗎？」

「當然沒有。」

沙夏霍然站起身，張開手臂，對他們大聲疾呼。「他是個單車高手，你們不知道嗎？他很瘋的，你們可知道這個傢伙在西柏林幹了什麼？我們騎腳踏車上街。我們在老納粹房子上噴漆，然後沒命地騎走，躲那些豬玀。我得跟他一塊兒去——我，我這種腿，騎他媽的腳踏車！——為了照顧他。全都是泰迪組織的。他是個天才。對吧，泰迪？你要假裝你都忘了嗎？」

孟迪舉起手，摀住一個悲傷的微笑。「當然沒忘。別他媽的蠢了。那是我們最大的樂子。」他幫腔，決心聯手將歷史任意扭曲。

沙夏最困難的工作就是讓你獨當一面，艾摩利說過。他會努力，但你必須幫助他。你是靜不下來的野鴿子，記得嗎？總想出去散個步，繞公園跑個幾圈，跳上腳踏車。

「泰迪，我們明天約一下，」沙夏興奮地說，「三點鐘在旅館門口。我們在柏林騎晚上，這次我們騎白天。」

「沙夏，說真的，看老天爺分上。我有一百零六個神經質的英國藝術家要擔心。三點鐘或隨便幾點，我都去不了。你是知道的。」

「藝術家會活下去。我們不會。我們出城去，就我們倆。我負責去偷腳踏車，你帶威士忌。我們聊聊上帝和這世界，就像過去那樣。他媽的。」

「沙夏——聽我說。」

「什麼？」

泰迪在求饒。他是桌上唯一沒在微笑的人。「下午我有現代舞。晚上還有英國大使館的酒會，全天候的瘋狂舞者。我真的不能——」

「你就跟過去一樣是個百分之百的混蛋。現代舞是裝模作樣的狗屎。跳過現代舞，我會及時把你弄回來伺候女王。不要跟我爭了。」

沙夏掌控了整桌的人。貝雅博士快樂地微笑，羅塔笑得咯咯響，賀斯特說他也想去，但羅塔用長輩的姿勢對他搖搖手，說給這兩個小子一點獨處的時間。

腳踏車的一大優點，愛德華，就是它幾乎不可能被跟蹤。

旅館房間不是避難所，愛德華。它們是玻璃盒。那是他們監視你、搜索你、聽著你、嗅聞你的地方。

•

婚姻也不是避難所，至少對曾經待過文化協會、不敢公開的激進分子、只能在文藝官僚機構的地下室出沒而心有未甘的失意作家，的確如此。他打給凱特的電話想必反映出了這一切。今天一大早，他第一件事就是到旅館櫃檯填一張囉嗦的申請表：國際電話的電話號碼、外國的受話方、打國際電話的目的、預期這通電話的通話時間，通話內容尤其要先寫清楚——他覺得這真是蠢得可笑，擺明了他們要監聽，而且通話內容一旦越軌，就會切斷線路。他蹲在床上，沉默的電話放在手邊，他發現自己在發抖。電話鈴終於響起，鈴聲高亢得讓他以為它即將跳床自殺。對著話筒說話時，他察覺自己的聲音變得很尖銳，說話速度也放慢。凱特還以為他病了。

「沒事，很好，真的。就是舞跳昏了。米蘭達難纏得要命，正常。」

米蘭達是他的老闆，地區主管。他問候小嬰孩。他在踢腳呢，她說。好用力啊，說不定這小子有一天會加入頓卡斯特足球隊呢。這小丫頭也許會吧，他用沒精打采的聲音表示同意，但這笑話跟孟迪一樣無趣。聖潘克拉斯那群戲王戲后怎麼樣？都很好，謝謝你，她答道，對他低落的心情很是不悅。泰德可有碰到什麼有意思的人？她刻意問，或做過什麼有趣的事呢？

嗯，都不怎麼樣。

你永遠不能向她提到沙夏，艾摩利說，沙夏是你藏在心裡的祕密。就像你曾經全心全意愛過的人，就像你不願跟別人分享他。就像你真的已經在想他們希望你想的事：你要跳過圍牆，成為他們的一員。

孟迪掛了電話，坐在桌前，雙手捧頭。他在扮演「天啊，人生痛苦死了」——但這是事實。他愛凱特。他愛他逐漸成形的家庭。

我這麼做，是為了讓我們未出世的孩子和別人家未出世的孩子在夜裡能夠安枕無憂，他內在的聲音一致說。

他躺上床，沒入睡。也不指望能睡得著。

五點鐘。振作一點。船到橋頭自然直。再過幾個鐘頭，我們今天的芭蕾大牌就會為了吹風機不管用而把小紗裙扔到街上。

•

沙夏為孟迪弄來一輛超大尺寸的黑色英國警用腳踏車，前面的直式車把上還附籃子。他自己則是一輛同款車的兒童版。他們並肩沿著電車路線，騎往一個位在市區邊緣的郊區火車站。沙夏戴著他的扁帽，孟迪在唯一的一身好西裝外面加了件連帽夾克，褲管則塞進襪子裡。天氣好極了，這城市顯得美麗而受盡憂患的打擊，哈布斯堡殘餘的榮光在陽光下支離破碎。街上幾乎沒有汽車。行人都很謹慎，絕不互相張望。兩個朋友在火車站上了一列只有三個車廂的區間火車。沙夏堅持坐最後一節車廂，跟腳踏車一起。稻草冒出牛糞的氣味，沙夏仍舊戴著扁帽。他解開外套，讓孟迪看內袋裡的錄音機。孟迪點點頭，表示了解。沙夏盡聊些無謂的話題，孟迪也是：柏林、女孩子、舊時光、老朋友。火車每個路燈桿都要停一下。他們已深入鄉間。錄音機隨聲音啟動。一切沉寂時，它針尖般的顯示燈就會熄滅。

在一個名字無法發音的小村莊，他們把腳踏車卸到月台。孟迪踏得優閒，沙夏則是拚了命向前踩，他們跌跌撞撞上了一條泥土路，經過馬拖的板車、平坦的田野和星散的紅穀倉。偶爾有摩托車或卡車超過他們。他們在路旁停下，讓沙夏查閱地圖。一條筆直的黃泥小徑穿過兩排高大的杉樹，形成一條林蔭道。他們倆成一列前進，戴扁帽的沙夏帶頭。他們來到一片空地，地面上因開礦而留下的坑洞瘡疤，已被濃鬱的青苔、鋸下的木材和古舊的磚砌地基填滿。長鬚的鳶尾花在微風中搖曳。下了車，沙夏牽著腳踏車在小丘上走來走去，直到找到喜歡的位置，他把車靠在草地上，等孟迪一樣把車停好。他手伸進衣袋裡取出錄音機，捏在掌心。他聊的閒話帶有嘲弄和不耐煩的意味。

「所以你對目前的生活滿意囉，泰迪，」他看著小紅燈閃爍，「我說啊，那也算是好消息。你有房貸、老婆，還有個小小布爾喬亞馬上要出貨，你把革命留給我們其他人去奮鬥。我們曾經很瞧不起這種人，現在你也成為他們的一員了。」

業餘演員孟迪反應很快：「沙夏，這麼說我並不公平，你是知道的！」他憤怒地抗議。

「那要怎麼說你？」沙夏毫不讓步地問。「告訴我，你現在是什麼，說啊，不准說你不是什麼。」

「我就是一貫的我，」孟迪注視著窗口的錄音帶轉動，強烈反駁，「不多也不少。眼睛看到的未必是事實。你如此，我也一樣。甚至你他媽的共產黨也一樣。」

這是廣播劇。孟迪覺得他的台詞是很蹩腳的即席創作，但沙夏似乎很滿意。小燈熄滅了，錄音帶不再轉動，但為了謹慎起見，沙夏取出帶子，放進口袋，接著再把錄音機放進另一個口袋。直到這時，他才脫下扁帽，如釋重負地喊道：「泰迪！」張開手臂做不對稱的擁抱。

現在，根據愛丁堡禮儀學校的規範，孟迪應該先問他的野戰間諜若干例行問題，然後再開始執行當天的業務。天生好手孟迪早已將之記在腦裡：

這次見面的掩護是什麼？

萬一我們遭到干擾，有什麼退路？

你此時此刻最擔心什麼事？

下次什麼時候見面？

你在這兒放心嗎，有沒有看見認識的人，他們是跟蹤你來此嗎？

但去他的禮儀學校。沙夏不受到檢查的獨白已經把這些庸俗的憂慮掃到一旁。他越過那片高低起伏的空地，眺望遠方蒼鬱的松林，什麼都不看進眼裡。他滔滔不絕的告白與洩露的祕密，溢湧成了一條勇氣與絕望的河流。

•

「你被迫離開西柏林之後那幾年，我陷入全然的黑暗。燒幾輛車、砸幾片玻璃有什麼用？我們的運動並非從受壓迫階級的意志得到啟發，而是富裕者罪惡感的解放。我在個人的混亂心境中，考慮到其他可悲的出路。根據我們的無政府主義作家所言，世界衝突會帶來創造性的混亂。如果善加利用，自由的社會將會出現在這種混亂中。可是我放眼四顧，不得不承認，創造性混亂的先決條件並不存在，更別談利用了。混亂預先假設權力的真空，但在任何地方占優勢的，都是布爾喬亞勢力以及美國的軍事力量；看來勢必無法避免的下次世界大戰中，西德將成為老美的軍火庫和唯命是從的盟友。說到懂得善加利用機會的人，這些人正忙著賺錢、開賓士，搶奪我們為他們創造出來的所有契機。同時，牧師先生在石勒蘇益路－賀爾斯坦地區的法西斯精英分子當中深受器重，極具影響力。他從耍弄政治手腕的講壇，轉戰到以偽自由主義吸取選票的政壇。他加入祕密右翼團體，還被選入某個入會條件極為苛刻的共濟會委員會。有傳言說，他有可能進入波昂議會。他的成功加深了我對法西斯主義的憎恨感。他受美國啟發的對財富之神的愛慕，把我激怒到喪失神智。我的未來，如果我繼續留在美國租界的西柏林，將會是一片妥協與挫折的沙漠。」

「我問自己，如果要建立一個更美好的世界，我們該轉往何方，我們該支持誰的行動，我們如何阻止資本主義－帝國主義侵略無止境的進逼？你知道我有路德會的緊箍咒。沒有行動的信念對我毫無意義。可是信念又是什麼？我們如何認同信念？我們怎麼知道自己應該接受它的引導？信念存在於心靈，或理智之中嗎？如果它只存在於這兩者之一怎麼辦？我花了很多時間思考我的好朋友泰迪的榜樣。你成為我的美德標準。想想看。我跟你一樣缺乏有意識的信仰，然而我要是行動了，信仰一定隨之而來。在這之後，我會相信，因為我行動過了。我想，信仰也許就是這麼產生的：從行動，而非從輾轉思考。這值得一試。隨便什麼都比停滯好。你為我犧牲了自己，從沒想過要求報酬。我的誘惑者——你見過其中一個——都夠聰明，會以同樣的條件吸引我。任何花言巧語都說服不了我。但給我一條漫長的崎嶇路，在盡頭點一盞孤燈，再加上扭轉牧師先生一切偽善的機會，說不定我會聽。」

他走下小丘，不耐煩地以他怪異而不平衡的步伐，一拐一拐地繞著它踱步，跨過地上的腳踏車，邊說邊用雙手比畫，雙肘卻緊緊夾在身側，好像沒有舉手的空間。他描述西柏林公寓裡的祕密會晤，偷偷越過邊界，抵達東邊的安全地點，以及他做最大決定的那段掙扎的日子裡，在十字山區的閣樓上度過多少個孤單而迷惘的週末，曾經的同志卻一個接一個逃遁，永遠淪為唯物主義開放監獄的囚犯。

「經過許多個日夜的深思熟慮，由我永不疲倦也絕不愚蠢的誘惑者從旁協助，不必說，還有幾瓶上好的伏特加，我終於把我的困境濃縮成兩個簡單的問題。我在寫給你的信中曾經說明過。第一個問題：誰是終極的階級敵人？答案，毫不猶豫，美國的軍事與企業帝國主義。第二個問題：我們該如何實質地對抗這敵人？靠敵人自取滅亡嗎，但那得等他先毀滅全世界再說？或是嚥下我們對國際共產黨若干消極趨勢的不滿，與這唯一最偉大的社會主義運動結盟，因為它儘管有缺點，還是能夠勝利？」一段漫長的沉默，孟迪不想打斷。正如沙夏早就指出的，理論非他所長。「你知道我為什麼叫沙夏嗎？」

「不知道。」

「因為那是俄國名字亞歷山大的簡稱。牧師先生剛帶我去西方時，基於贏得社會地位的動機，企圖把我改名成亞歷山大。但我拒絕了。保留沙夏這名字，我可以向自己證明，我確實把心留在東德。有天晚上，在跟我的誘惑者討論了好幾個小時後，我同意用我的腳做同樣的證明。」

「是教授嗎？」

「他是其中之一。」沙夏承認。

「哪方面的教授？」

「貪汙。」沙夏嗤之以鼻。

「他們為什麼那麼想爭取你？」這不是艾摩利的問題，而是孟迪自己想知道，他們倆落入如此情境的原因。「為什麼你對他們會這麼重要？為什麼費了這麼多功夫，只為了沙夏？」

「你以為我沒問過嗎？」他的心情又陰暗起來。「你以為我那麼虛榮，竟然會以為跨過了那條狗屎邊界，我就能把全世界都帶過去嗎？他們最初奉承我，說爭取到像我這麼一個偉大的知識分子，是進步勢力在道德上的一大勝利。我告訴他們少放屁。我是西德左翼學術界的小角色，主要大學根本不會收容我。我不是任何人的勝利。他們於是紅了臉，向我承認他們的小祕密。我的叛離可以打擊影響力與日俱增的牧師先生，以及他在石勒蘇益格—賀爾斯坦地區那批法西斯同謀的反革命活動。有數以百萬計的美元透過教會管道，在挹注北德的反共煽動者。當地的報紙、廣播和電視，都遭到資本主義顛覆分子與間諜的滲透。牧師先生唯一的兒子基於自由意志，公開回到他民主的故鄉，對帝國主義的破壞者將會是一記迎頭痛擊，能逐漸動搖牧師先生的地位。甚至可能導致中情局撤回提供給西德反革命分子的祕密援助。不瞞你說，這個論點對我的吸引力比什麼都大。」他忽然打住，用哀求的眼光定睛盯著孟迪。「你可知道，上帝的世界裡，除了你，我再也沒有別人能講出這個故事？——其他人全都是敵人，不論男女——全都撒謊、騙欺、告密、永遠過著雙重生活，就像我一樣？」

「是的，我相信我知道。」

•

「我沒那麼蠢，會冀望能在東德受到熱烈歡迎。我們家族犯了逃出共和國的大罪。我的誘惑者知道我不是什麼共產主義信徒，我也預期——他們已經為我做好心理建設——接受再教育期間的卑微生活。之後我能有什麼樣的前途，只能等時間來決定。充其量，一個在偉大的反資本主義鬥爭中的崇高地位。最起碼，在集合農場上過著平靜的盧梭式生活。你為什麼笑？」

孟迪沒在笑，他只是一時間忘記，有關沙夏的笑話都代表沒有品味，以至於容許自己的嘴唇稍微綻開。「我無法想像你擠牛奶，如此而已。集體農場更不用說了。」

「這不重要。重要的是，我在注定遺憾一輩子、該受譴責的瘋狂之中，搭上快車，前往腓特利希站，依照我的誘惑者所指示，向東德邊防警衛投誠。」

他不再多說。這是祈禱的時刻。他纖秀的手找到彼此，在他下巴底下合攏。他虔誠的目光離開前方的空地，什麼也不看地仰向上方。

「賤人。」他低聲道。

「邊防警衛嗎？」

「變節者。我們每一個。新鮮的時候，我們不斷轉手被使用。等到我們的幾招花樣被人摸透、年華已逝後，就被扔進垃圾堆。我剛過去的頭幾個星期，分配到波茨坦市郊一棟舒適的公寓，受到詳盡但還算和氣的盤問，有關我的生活、我在東德的童年記憶、牧師先生從蘇聯監獄回來的情形。」

「由教授負責？」

「還有他下面的人。我照他們要求寫了一份措辭激烈的自白書，存心要讓牧師先生內圍的法西斯分子與陰謀家無地自容。這份工作讓我得到很大的滿足感。我宣稱，無政府主義在當前的現實下注定徒勞無功，我回到德意志民主共和國的懷抱，無比欣喜。『無政府主義毀滅，共產主義建設。』我寫道。即使那不是我的信念，也是我的希望。既然我已經採取行動，信仰應該從而產生。我還發表了我對西德路德會運動成員的鄙視，這些人以基督的傳訊人自居，卻從美國諜報主管手中收下猶大的錢。他們向我保證，我的自白會在西方媒體廣為流傳。沃夫岡教授甚至聲稱它在全世界造成了轟動，雖然我沒看到任何證據。」

「我在投誠前被誘導相信，一到東柏林，就會為我舉行國際記者會。應東道主的要求，我接受拍照，盡可能做出以當時狀況而言最快樂、最滿足的表情。我的照片是在我成長的那棟萊比錫公寓門前台階拍的，目的是為了用影像證明，誤入歧途的浪子已尋回社會主義的根。但我白等了好久，記者會始終沒舉行。難得一次來看我時，教授對於我的質問顧左右而言他。他說，記者會得看時機。也許時機已過，我的自白書和照片已經發揮了作用。我又問：我的自白書登在哪兒？請告訴我。《明鏡》嗎？《明星》嗎？《世界日報》嗎？《每日鏡報》嗎？《柏林早報》嗎？他簡單地答道，他不研究扭曲事實的反動資訊，我說話最好客氣一點。我告訴他，沒錯，我每天聽西德和西柏林電台的新聞，沒聽到跟我投誠有關的報導，一個字都沒有。他答道，如果我決定沉溺在法西斯宣傳裡，就不可能對馬列主義有正面的了解。」

「一個星期後，我被轉送到接近波蘭邊界偏遠農村一個警界嚴密的營區。那是個三不管地帶，一部分是政治思想偏差者的收容所、一部分是監獄、一部分是偵訊中心。最重要的，那是一個把人送進去以便遺忘的地方。我們稱之為白色旅社。我可不會對它的服務給太多顆星。你聽說過一個叫『潛艇』的東德監獄嗎，泰迪？」

「恐怕沒有，」他對沙夏的情緒變換之快早已見怪不怪。

「潛艇是我們東德古拉格一個甚受敬重的特別部門。我在白色旅社的三位同修房客對它的設備都沒齒難忘。它的正式名稱是東柏林霍亨迅豪森監獄。是體貼的蘇聯祕密警察在一九四五年建造的。為了讓住戶保持警覺，建築師安排他們只能站，不能躺。為了維持清潔，牢房可以注入高達住戶胸部的冰水，為了娛樂他們，可以透過擴音廣播放出各種音量的刺耳聲響。你總該聽說過『紅公牛』吧？」

沒有，孟迪也沒聽過紅公牛。

「紅公牛就設在古城哈勒。它是潛艇的姊妹設施。它的任務是為對政治不滿者提供建設性的治療，重建他們的黨性。東普魯士我們住的那間白色旅社就有好幾個那裡的畢業生。有一個，我記得，是個音樂家。他的黨性重建徹底到他根本沒辦法拿起湯匙自行進食。你可以說，在白色旅社住了幾個月後，我對德意志民主樂園本質最後一點的錯誤幻想，也完全被迫清空了。我學會藐視它大怪獸般的官僚體制、幾乎不加掩飾的法西斯主義、狂熱卻見不得人的激情。有一天，我接到一個未做任何解釋就叫我收拾所有物品，到警衛室報到的命令。我得承認，我通常不是什麼模範客人。未經解釋就將我孤立，不見未來的生活，以及其他被拘留者所講的恐怖故事，全都改善不了我的態度。有關我對各種不相干議題──政治、哲學、性──見解的累人偵訊，也沒什麼幫助。我問我們優秀的旅館經理，我會被帶去哪兒，他說：『一個會教你閉上你他媽的嘴巴的地方。』坐在一個裝在工程貨車上的鐵絲網籠裡，顛簸五小時，並沒有讓我對即將到來的一切做好準備。」

他筆直望向前方，然後像一具繫線被解開的傀儡，躺倒在孟迪身旁綠草如茵的小丘上。

「泰迪，你這雜種，」他低聲道，「看在上帝的分上，我們喝點你帶來的威士忌吧。」

孟迪早就忘了威士忌。他從外套深處挖出他父親的小錫壺，先交給沙夏，接著再自己喝。沙夏繼續他的故事。他的表情很膽怯，彷彿擔心會失去朋友的敬重。

•

「沃夫岡教授有個很棒的花園，」他把紡錘型的膝蓋收到胸前，兩隻手臂架在膝上，「波茨坦是個美麗的城市。你看過霍亨索倫王朝[59]充作官員宿舍的那種老式普魯士房屋嗎？」

孟迪也許看過，但只在離開威瑪的巴士上，當時他對十九世紀建築的興趣很有限。

「那麼多玫瑰花。我們坐在他的花園裡。他給我茶和蛋糕，還有一杯上好的奧柏斯特勒[60]白蘭地。

他為曾經遺棄我而致歉，十分稱讚我在壓力下的表現。他說我已在偵訊者面前完美地洗清了罪名。他們對我的誠意評價很高。因為我不止一次對我的偵訊者說肏他媽去，你能想像我真不知道他有什麼企圖。他問我長途乘車後是否需要洗個澡。我回答說，既然我被當成一隻狗，倒不如跳進河裡比較恰當。他說我有我父親的幽默感，我回答說這不算恭維，因為牧師先生是個混蛋，而我這輩子從沒見過他笑。」

「『啊，你錯怪他了，沙夏。我相信令尊是以幽默感著稱的，』他答道，『他只是不對外表達罷了。在我們獨處時讓我們發笑的笑話，才稱得上是人生最好的笑話。你不同意嗎？』」

「我不同意。我聽不懂他在說什麼，我這麼告訴他。他接著問我，看在我母親的面子上，可曾考慮跟我父親和好？我說我這輩子從來沒想過這種事，我一直深信不疑，牧師先生沒有資格談父子親情。我說，正好相反，他代表了社會上所有投機取巧、反動、政治的非道德行為。我該補充的是，這個節骨眼上，我已不再佩服教授的智慧。我要求知道，身為馬克思主義的信徒，他預期東德政府何時會式微，被真正的社會主義政府取代。他用莫斯科的制式答案回答，只要社會主義革命一直受到反動力量威脅，這種可能性就遙遙無期。」沙夏一隻手梳過短短的黑髮，好像要向自己保證扁帽已經不在頭上。「然而，我感興趣的已經不是我們討論的主題，而是他的態度。那是一種暗示——透過他給我的小恩小惠呈現，奧柏斯特酒、花園、我們文雅地交談——這一切，我能感覺到，但無法界定，他在權利上擁有我。我們

59 霍亨索倫（Hohenzollern）是從一四一五年至一九一八年統治普魯士的歐洲王族。

60 奧伯斯特勒（Obstler）是以梨子和蘋果製成，這是它與一般以葡萄釀造的白蘭地最大不同處。

之間有一種連結，他知道，但我不知道。像是家人之間的連結。我大惑不解，甚至猜測我的東道主可能是個同性戀者，想把他的關注強加在我身上。我也從同樣角度闡釋他對牧師先生無緣無故的寬容。我推測，他要誘發我的親情，實則是打算毛遂自薦，擔任我的替代父親，最後成為我的保護者兼愛人。但我的懷疑全都錯了，教授親切的面目背後，是一個可怕許多倍的動機。」

他停下來。他是中氣不足，或者缺乏勇氣？孟迪不發一語，但他的沉默想必有撫慰作用，因為沙夏逐漸又振作起來。

「沒多久我就發現，牧師先生是我們的花園對話唯一具體的話題。我在白色旅社沒碰過酒，只喝過一次私釀酒，差點送命。現在教授拿上好的奧柏斯特勒一杯杯勸酒，同時提出許多跟牧師先生有關的暗示問題。我甚至可以說相當尊敬。他提及我父親的若干小癖好。我父親喝酒嗎？我怎麼會知道？——我答——我跟他將近二十年沒見面了。我還記得我父親在家談政治嗎？比方，他逃亡出國前在東德時？或事後他去美國受完訓回到西德以後？我父親可曾跟我可憐的母親吵過架？他有沒有別的女人，跟同事的老婆睡覺？我父親嗑藥嗎、上妓院嗎、賭馬嗎？我實在不知道，教授為什麼要這樣探問我有關我父親的事。」

已經不用牧師先生稱呼了，孟迪記在心裡。我父親，沙夏已經沒有防禦能力。他必須把父親當成一個人去面對，不再只是個觀念。

「天色漸暗，我們進到屋裡。室內裝潢不太符合無產階級的標準：帝國款式的家具，精美的繪畫，全部都是最好的。『生活要過得不舒服，任何蠢蛋都辦得到，』他說，『共產黨宣言可沒有隻字片語說禁止有資格享受的人擁有一點小奢侈。最好的衣服為什麼要給魔鬼穿？』我們坐在天花板裝飾得非常華麗的餐廳裡，由訓練有素的勤務兵服侍，享用烤雞和西方的葡萄酒。勤務兵退下後，教授帶我到起居室，示意我跟他坐上同一張沙發，就坐他身旁，此舉立刻再度引發我對他性向的恐懼。他解釋，他接下來要告訴我的事是高度機密，雖然他的房子有定期做反竊聽偵測，但我們的談話內容還是不能讓工作人員聽到。他還告訴我，我必須完全緘默，只能聽他說，我有任何意見都要保留到他整個說完才能發表。我可以告訴你他說的每個字句，因為那些都已全部烙印在我的記憶裡。」

沙夏將眼睛閉上一會兒，像是準備要縱身躍入大海。接著他開始改採教授的身分。

「『你很可能心裡已經有數，我史塔西[61]的同事對於怎麼處置你，有分歧的意見，這也足以解釋你所受的待遇，為何如此令人遺憾的前後不一致。你曾經是兩支敵對球隊中間的那顆足球，這一點，我個人要向你致歉。但你放心，從今起，你會很安全。現在，我要問你一個問題，但這是個修辭的問題。你寧願要哪種父親？一個叛徒，假牧師、跟反革命煽動人士為伍、腐敗的偽善者，或是一個為理想奉獻、為偉大的革命目標和列寧主義的最高原則犧牲、甘願承受遭自己唯一的兒子輕蔑的人？沙夏，答案很明顯，所以你不必開口。現在我要提出第二個問題。如果這樣一個人，從神的旨意讓他囚禁在蘇聯開始，

61 東德的情報機構史塔西（Stasi）成立於一九五〇年，全名為 Ministerium für Staatssicherheit，直譯為「國家安全部」。史塔西是以監視與箝制東德人民的思想為主要任務，在七〇年代末、八〇年代初的極盛期，擁有約九萬名正式編制的員工，以及估計十倍於此的民間暗樁，也就是說東德人民每十人就有一個密探，在威脅利誘的控制下，家人、鄰居、朋友互相監視告密，莫名其妙入獄、受盡迫害的普通人不計其數。所以柏林圍牆倒塌後，人民群起攻打史塔西總部，發洩憎恨情緒。

就被黨機器揀選，注定一輩子做最大的犧牲——現在遠在敵人防線之後，正臥床垂死——你身為他摯愛的兒子，你可願意在他人生的最後里程給他些許安慰？或者，你會把他丟給那些他用生命遏阻他們陰謀行動的人？』他其實沒必要禁止我說話，因為我震撼得成了啞巴。我坐著。我瞪著他看。我在恍惚中聽到他告訴我，他認識我父親，敬愛他長達四十年，而我父親最大的願望是我重返東德，繼承他放棄的那把劍。」

他突然停下。睜大的眼睛裡滿貯乞求。「四十年，」他難以置信地重複，「你知道那代表什麼嗎，泰迪？他們還在當好納粹的時候就認識了。」他的聲音恢復了力量。「我沒對教授透露過，我之所以來到東德，其實是為了毀滅我父親，所以他要求我敬愛他，真的出乎我意外。或許該歸功於白色旅社的不妥協經驗吧，我學會隱藏自己的情緒。教授向我解釋，雖然我父親一直夢想死在民主共和的東德土地上，但任務要求他繼續流亡到痛苦的最後一刻。」他又改採教授的口吻，「『你親愛的父親畢生最大的快樂，就是你那份揚棄無政府主義、決心投入社會更新與正義的黨懷抱的告白。』」沙夏似乎睡著了一會兒，又忽然驚醒，復又扮演起教授。「『他看到心愛的兒子站在故居門前的照片，內心的喜悅真是筆墨無法形容。我們一位信任的中間人把照片拿給他看，你父親感動得無以復加。你父親和我共同的願望，就是把你偷渡到他病床邊，這樣你可以握握他的手，但這件事已被最高層基於安全考量否決了。大家同意的妥協方式是，在他臨終前，把真相告訴你，你可以寫一封真心真意的信給他。你可以用和解與謙卑的語氣求他原諒，向他保證你尊敬與佩服他對意識形態的堅持。唯有如此，他才能安然死去。』」

「我不記得我怎麼走完那段從起居室到他書房的短短距離，他已經為我備妥了紙筆。我的腦袋因為厭惡和新發現兩相交集而暈眩。從他囚禁在蘇聯開始，你知道這幾個字對我有什麼意義嗎？我父親一進到俄國集中營，立刻就成為線民，取得政委的保護，他們召募他作為他們的間諜，訓練他，以便將來為東德國家安全機構效命。然後等他回到東德，成為萊比錫的優秀牧師，他的牧民當中凡是有反對傾向的，都會受誘對他坦白，完全不知道他是個職業猶大。直到這一刻，我一直以為我已經測知我父親卑鄙性格的深度。現在我才知道，我根本活在愚人的樂園。如果曾經有哪個時刻，我當面目睹自己選擇投入共黨理想是何等愚昧，那就是這一刻。如果報復的慾望有開始出現的時刻，那就是在這一刻。我不記得我在憤怒與憎恨的祕密淚水中，寫了什麼諂媚愛慕的話。但我記得教授撫慰的手就擱在我肩上，他告訴我，從此以後，我已參與了一樁重大的國家機密。他說，黨面臨的抉擇是把我無限期送回白色旅社，或准我加入國家安全部門，擔任低階職位，以便隨時監督我的言行。短期而言，他們同意，對於西柏林正在瓦解的無政府主義者與毛派團體，我在各方面都可稱得上權威，暫時還有利用價值。長期而言，他希望我會有意願成為忠貞的祕密警察，表現我繼承自父親的陰謀才幹，追隨他的腳步。這是教授對我的期許。這是他做為我父親最忠實的朋友和控制者，親自出馬敦促他優秀的同志採取的行動軌跡。『接下來就看你了，沙夏，』他告訴我，『證明給他們看，我是對的。』他向我保證，我在史塔西的前途艱苦而漫長，大部分將決定於我能否克制喜怒無常的個性，在黨的意志下屈從到什麼程度。他最後那句話最毒：『永遠記住，沙夏，從今以後，你就是教授同志最鍾愛的孩子。』」

故事在此結束了嗎？暫時似乎是，因為變幻莫測不亞於過去的沙夏低頭看錶，輕呼一聲，一躍而起。

「泰迪。我們得趕快。他們不會浪費時間的。」

「做什麼？」——現在輪到孟迪糊塗了。

「我必須誘惑你。爭取你加入和平與進步的目標。不是馬上，但我要提出一個難以拒絕的建議，而你對我的試探要給出一個缺乏說服力的拒絕。你今晚要表現得脾氣很壞——就這麼安排，好嗎？」

好，今晚就這麼安排，我要表現壞脾氣。

「而且有點醉意？」

還要有點醉意，雖然不會像我表現出來的那麼醉。

沙夏從口袋裡取出錄音機，又拿出一捲全新的錄音帶，警告地在孟迪面前揮一揮。他將錄音帶放進卡座，按下開始鍵，再把錄音機放進外套內層口袋，戴好帽子，也戴回一個在黨的意志之前放棄了喜怒無常個性的共產黨間諜那種麻木不仁、永遠蹙著眉頭的表情。他的聲音變得僵硬，帶有恫嚇意味。

「泰迪，我坦白問你。你是在告訴我，你已經背棄了我們在柏林共同奮鬥的所有目標？你拋棄了革命，任它自生自滅？——甚至在暗中破壞它？你愛上了你的銀行存摺、你漂亮的小房子，你讓自己的社會意識睡著了？好吧：就算我們上次沒能改變世界好了！我們那時還是小孩子，玩革命家家酒扮軍人。但這次加入真正的革命，怎麼樣？你的國家已落入法西斯軍火商的魔掌：你他媽的一點也不在乎！你是反民主宣傳機器底下一個拿薪水的奴才：你真的一點也不在乎！你家的小小布爾喬亞長大以後，你就這麼告訴他嗎？我一點也不在乎？我們需要你，泰迪！我看著你好難過，已經兩個晚上了，你跟我們賣弄風騷，一會兒露個奶，一會兒塞回襯衫裡，一會兒掏出另一個奶！坐在那兒傻笑，實際上你屁股周圍砌了一道半人高的圍牆！」他聲音降低下來。「你知道另外一件事嗎，泰迪？要不要我告訴你一件非常祕密的事，只有你和我跟兔子知道？我們一點也不驕傲。我們了解人性本質。必要的話，我們甚至可以付錢叫人聆聽他們政治良心的聲音。」

•

每個人都覺得，一個又高又瘦的英國人騎著一輛警用腳踏車，身穿黑西裝、打領帶，夾著褲管，來到英國大使館門前的場面很有趣。孟迪像往常一樣，應情況所需，把這個角色演得淋漓盡致。他驚險萬分地穿過停放的車陣，以及即將離去的車輛，按得車把上的銀鈴叮叮響，向一對僅以毫釐之差、差點被他撞倒的外交官夫婦高喊：「請原諒，夫人。」他伸出一隻手臂幫忙煞車，像馬車夫般喝道：「嗨唷，到了，姑娘！」便勒住胯下寶馬，走到正排著歪七扭八的隊伍，等候列隊進場的其餘賓客後方就位——有捷克官員、英國文化代表、舞蹈教練、活動主辦人及表演者。他牽著腳踏車向警衛室前進，一路愉快地跟任何剛好在旁的人寒暄，輪到他亮出護照和邀請函時，他對於請他把腳踏車留在馬路上，不得帶進大使館的建議提出誇張的抗議。

「作夢也想不到啊，老兄！你們勇敢的公民不到五分鐘就會把它偷走。有腳踏車停車棚嗎？停車架也可以。你說哪兒都好，隨便，只要別叫我停屋頂。放在那邊那個角落怎麼樣？」

他運氣很好。有位正好在通往前門頂棚走廊入口處徘徊的大使館人員，聽到了他的抗議。「有什麼問題嗎？」他殷勤地問，朝孟迪的護照看了一眼。他就是那個曾向孟迪抱怨當年第一球就害他出局、戴著厚片眼鏡的胖子。

「嗯，不算什麼問題，長官，」孟迪故做滑稽狀道，「只是我需要有個地方停腳踏車。」

「來，交給我。我來把車推到後面。你回家會把它騎走吧，我猜？」

「絕對的，只要我夠清醒。我得取回我的押金。」

「好，你要走的時候叫我一聲。如果我不假外出，就找賈爾斯。你來的時候一路上沒事吧？」

「沒事。」

•

他走路。妓女就是這種心態。你是誰，你要什麼，你打算付我多少錢？他在布拉格，一個完美的月夜，大步走在鋪圓石的巷子裡。他喝醉了，但是奉命喝醉的。他可以喝下兩倍的酒量也不會醉。他的頭在打轉，但那是因為沙夏的故事，而不是因為酒精。他有當年在柏林初次聽沙夏告訴他牧師先生故事的那個耶誕夜裡，那種輕飄飄的感覺。他感覺到每當他面對他只能想像、卻無從分擔的痛苦時，就會降臨的羞恥。他走著沙夏的步伐，只靠一條腿帶動，整個人笨重而搖擺不定地拖在後面。他的腦袋在每個地方，一會兒在家陪凱特，一會兒跟沙夏在他的白色旅社裡。鑄鐵的燈籠照亮了街道。晾在外面的衣服像黑色的屍布從他們頭上漂浮而過。堂皇的華屋沒保持整潔，門口釘了橫木，窗戶破碎。這座城市能言善道的沉默控訴著他，壓抑的叛逆空氣可以摸得著。我們英勇的柏林學生把紅旗豎在屋頂上時，你們可憐的雜種卻把旗幟收了，白費許多功夫卻只招來蘇聯坦克將你們壓扁。

有人在跟蹤我嗎？先如此假設，再確認是如此，然後便可放心。我的表現夠鬱鬱寡歡，夠心神不寧嗎？我是否面臨重大的抉擇，氣惱沙夏拖我下水？他再也不知道哪一部分的自己是在假裝。也許全部都是。也許他除了假裝，從來就什麼都不是。天生好手，天生作假的人。

在大使館的酒會上，他也是個天生好手，機智的靈魂。英國文化協會應該以他為榮，但他知道協會不這麼認為。那麼我也很遺憾，人事主管說，他從未擁有過的守護天使。

他從大使館凱旋地將警用腳踏車騎回旅館，丟在前庭，方便沙夏取回。賈爾斯取走車上的東西後，是否覺得有點不一樣？——輕鬆一點？——那是我，不是車子。他又在房間裡打電話給凱特，這次表現較佳，甚至回想起來，最後那幾句話聽起來也比較像在學校寫的家書。

這城市比妳能想像的更美，達令……真希望妳也在這兒，達令……我從來不知道我這麼愛看跳舞，達令……告訴妳怎麼著，我有個精彩的點子！——他邊說邊想到。直到現在他才想到——回家後，我們去買兩張皇家芭蕾舞團的季票。說不定還能向文化協會報帳。畢竟，我看舞看上癮是他們的錯。對了，我真的要告訴妳：捷克人真的太棒了。總是這樣，不是嗎，生活越是拮据的人越慷慨？……妳也一樣，達令。深深地，真心地……還有我們的寶寶。好好睡。Tschüss（拜拜）。

有人跟蹤他。他假設如此，他確認如此，但他並沒有放鬆。馬路對面，他認出昨晚那對沉默地坐在酒吧角落的夫婦。他身後有兩個戴闊邊帽、穿風衣的矮胖男人，隔著三十碼的距離跟他玩亦步亦趨的遊戲。他把愛丁堡禮儀學校的教條丟在一旁，停下腳步，做好準備，猛地轉過身，把手湊在嘴邊，使出全身力量對他的追逐者吶喊。

「別再跟在我他媽的背後！別來煩我，你們每一個！」他的聲音在街道上往復迴盪。許多窗戶砰地打開，窗簾謹慎地分開。「滾吧，你們這些莫名其妙的小人。立刻滾！」然後他頹然坐在身旁一張哈布斯堡長椅上，示威地以雙臂抱胸。「我說過了，乖乖照我的話做！」

他身後的腳步聲停了。馬路對面的沉靜夫婦在一條巷子裡消失了蹤影。半分鐘之內，他們又會以別種偽裝重新冒出來。好極了，我們大家都來偽裝是別人，說不定這樣反而能查出我們究竟是誰。一輛大汽車從廣場上駛過，但他拒絕對它發生興趣。它從他身旁經過，停下，倒車。隨它便。他仍然雙手抱胸。他下巴貼著胸膛，眼睛向下看。他在想他的新寶寶、他的新小說、明天的舞蹈比賽。他在想所有的事，只除了他正在想的那件事。

車停在旁邊。他聽見車門打開。保持開著。他聽見腳步聲朝上走來。廣場在一個斜坡上，他在比較高的位置，所以走過來的人得爬一小段坡。然後是平地，腳步聲橫過鋪了圓石的高地，在距離他一碼處停下。但孟迪受夠了、太困惑了、被占太多便宜了，他不肯抬頭。

華麗的德製皮鞋。蕈菇色的皮革，有壓花和鑽孔裝飾的鞋幫，褐色的長褲有褶邊。一隻手落在他肩膀上，輕輕搖搖。一個他不願相認的聲音對他說著添加了香氣的德式英文。

「泰德？是你嗎？泰德？」

經過很長的停頓，孟迪才願意抬頭望，他看見路邊停著一輛黑色豪華轎車，羅塔就坐在駕駛座上，帶著扁帽的沙夏在後座盯著他看。他把頭抬得更高些，就看見銀髮如絲的教授優雅的身影，正以父親般的關懷低頭看著他。

「泰德，親愛的朋友。你記得我是誰。沃夫岡。謝天謝地，我們找到你了。你看起來很累。聽說你今天下午跟沙夏聊到一個非常有趣的話題。這可不是我們預期已故、偉大的曼鐸邦博士的這位愛徒應有的表現。我們何不找個安靜的地方，聊聊上帝和世界呢？」

孟迪不解地瞪著他看了一會兒。慢慢地，他製造懸疑氣氛。「怎麼不把你該死的影子挪開一點？」他說道，仍舊坐在那兒，臉埋在掌心，直到教授靠沙夏幫忙，小心地扶他起身，帶著他上車。

叛徒就像歌劇明星，愛德華。他們有精神分裂、良心危機和越軌的需求。這世界的沃夫岡都知道這一點。如果你不讓他們覺得很難得手，他們就不會相信你值得收買。

•

一樁典型的冷戰年代雙重間諜作業，正朝圓滿完成踏謹慎的第一步。如果誘惑的進展慢得像種煎熬，那是因為同時扮演多種角色的泰德．孟迪，已成為顧左右而言他的高手。

在布加勒斯特一場埃及學的國際年會中，他揮舞著一份讓人心癢癢的、他認為他有辦法提供的資料樣本：一個破壞即將在華沙舉行的貿易聯盟世界聯合會的極機密計畫——但欺騙同事的後果，他承擔得了嗎？他的誘惑者急忙重建他的信心。他們告訴他，為真正的民主服務，不該有這種猶豫。

在布達佩斯一場書展中，他拿出一個頗具吸引力，雖然有點放馬後砲意味，有關如何將扭曲真相的反共資訊供應給第三世界媒體的通盤計畫。但他承擔的風險還是令他害怕。他必須好好考慮。他的誘惑者想知道，五萬元美國資本家的貨幣能否縮短他考慮的過程。

列寧格勒的和平歌謠節，就在教授和他的人馬相信他們的大魚終於上鉤之際，孟迪發作了一場令人深信不疑的五星級脾氣，對提供給他的報酬條件大表不滿。他們如何證明，要是五年後他到日內瓦的朱利亞斯．巴爾銀行，說出那個神奇的通關密碼，出納員真的會給他現金，而不是按鈴叫警察？這得靠一場為期五天、在索菲亞進行的國際腫瘤學研討會來擺平最後的細節。在一家可遠眺伊希庫爾湖的豪華旅館高樓層客房裡，不過分鋪張但又豐盛的晚宴成為突破的里程碑。

跟凱特和他文化協會名義上的老闆裝病後，孟迪讓自己從索菲亞被誘拐到了東柏林。在教授位於波茨坦那棟沙夏首度得知牧師先生是東德間諜的別墅裡，大家舉杯祝賀這位潛伏在專搞顛覆的英國宣傳機器核心的優秀新間諜，以及他的徵召者沙夏。兩個朋友挨著肩膀，坐在燭光照耀的餐桌首席，驕傲地聽教授朗讀一封由他遠在莫斯科的上司拍來的賀電。

這一邊獲勝，另一邊也高唱凱歌。倫敦貝得福廣場一棟安全的房子被人購入，以容納一個新成軍的團隊，負責解讀處理沙夏的阿爾法加加資料，以及製作富於巧思、言之成理——而且震撼力夠——的假情報，以滿足孟迪偏執狂的主子起碼未來一百年的胃口，因為兩邊的人個個都知道，冷戰將會持續的時間就是那麼長。

包括孟迪在內的內線人士，都學會稱這棟房子為羊毛工廠。羊毛就是它打算用來蒙蔽祕密警察視線的商品。

•

雙重勝利對孟迪的影響可謂錯綜複雜。這位年已三十二歲的冒牌藝術家、冒牌激進分子、冒牌失敗者、冒牌所有其他一切他指控自己的名義，如今終於發現自己天生適合的藝術形式。另一方面，也有意料之外的阻礙。在一場婚姻裡同時經營兩種成功生涯的龐大壓力，世人無不耳熟能詳；然而三種生涯，就幾乎無人知道了——尤其其中一種又是攸關國家安全的最高機密任務，被評為阿爾法加加等級，還不准跟配偶討論。

9.

凱特一人過得好極了。

小傑克也很好，現在八歲了。

傑克是個喧鬧、壯碩的小傢伙，根據家傳稗史，他長得跟父母都不像，而是酷似外公德斯：結實、率直、仁慈，但喜歡發脾氣，沒興趣分辨枝微末節。傑克不像孟迪或沙夏，沒經歷什麼挫折就來到這世上。度過好哭鬧的嬰兒期，他小學生活的第一年稱得上多采多姿，讓一直擔心他可能需要專家輔導的父母鬆了一口氣。目前的焦慮則是，他會怎麼面對舉家搬去凱特的故鄉頓卡斯特這件事。凱特的選區雖然處於邊陲，但為了扭轉選區中保守派的優勢，提高勝選機會，她必須返鄉尋根。

這幾年，凱特的政治野心進展神速。她被宣傳成是工黨推動現代化的明日之星。她對聖潘克拉斯那批破壞分子的猛烈抨擊——**勇敢的女老師，痛批「內部敵人」**，《漢普斯特與海格特晚報》如是說——並未被工黨總部忽略。她在故鄉選區頓卡斯特獲提名為國會議員候選人，充滿挑戰意味的提名演說也以毫不留情的現實主義廣受好評，新中間派為她熱烈鼓掌。雖然告別漢普斯特的學生和同事令她心碎——還不說傑克才剛安頓下來，就又把他連根拔起——不過呢，南約克郡風評最好的中學已在延攬她前往任教，還配給宿舍，轉角就有一所傑克可就讀的小學，還有一座兒童體育館可供他發洩精力。

全家人都同意，泰迪對此的處理方式，就像德斯一向稱讚他的兩肋插刀。德斯說，要不是有泰德支持，凱特根本連衝出柵欄的機會都沒有[62]。他是個賽狗迷。他更重提一則孟迪一直希望大家忘掉，卻始終未能如願的家族笑話：「我跟你講一件事，我馬上就要為它乾一杯。」他警告道，孟迪正忙著在切星期天的牛肉，傑克則試圖要每個人加入他一起唱兒歌〈一個人去割草〉。「有朝一日，咱們凱特搬進首相官邸，這一定會成真，我不開玩笑——傑克，嘴巴閉一會兒好嗎？——她入住的時候，咱們的泰德一定他媽的會比現在這個丹尼斯．佘契爾做得更好。應該說，他會什麼也不做。咱們的泰德一定不會整天打高爾夫，也一定不會在下午四點或更早的時刻，就被人家「對比」起來[63]——馬上來，好不好，傑克達令！——咱們的泰德，可不像那個淘氣阿丹，會守著他該在的地方，在我親愛的女兒旁邊，從每個最適切的角度給她道德支持——乖一點，傑克！——就像亞伯特親王為維多利亞女王所做的那樣——別笑，凱特，拜託，我是說真的。他會當妳的好駙馬爺。他保證會成為有史以來超級好的駙馬爺，舉世無雙。所以，讓我敬你一杯，泰德賢婿，上帝保佑你。好啦，傑克，我們來唱歌。」

---

62 在此指賽狗開始時，拉開柵欄，群狗一擁而出的柵門，引申有「起步」、「踏出第一步」之意。

63 佘契爾（Margaret Thatcher, 1925-2013）英國保守黨領袖，曾任英國首相，執政作風非常強硬，有「鐵娘子」之稱。她經商的丈夫相形之下是個相當平凡的男子，所以她的家庭生活細節常被拿來跟保守的傳統觀念對比。

搬去頓卡斯特引起了全家人的併發症，但凱特與泰德都是理性的人，不會輕易認輸。估計傑克在樓上已經睡了，凱特便把目前環境中若干不可能改變的常數攤開來談。泰德已經年過四十，要是放棄拿養老金的權利和升遷的希望，那絕對是瘋了，除非另有與目前相當或最好是更佳的條件。而且這是最好的打算，凱特說。因為，說老實話，泰德，以你的年紀和你的職位——她很謹慎地沒把話說完，稍早她發表一篇關於我們的婚姻及其缺點的演講，也是這麼欲言又止，後者的重點是孟迪經常不在家，還有他旅行前後那種怪裡怪氣，與世隔絕的德行，換做是別的老婆，八成會認定他「另有圖謀」，但既然他說沒有，她也不會追究。

回頭來談泰德的生涯展望，或他在這方面的缺乏企圖心。凱特認為他們應有一個共識，就是他在文化協會的發展已經到頂了。人家多年前給他這份東歐旅行代表的特別工作，並未如他當初被誘導預期的那麼前程似錦。直接說穿了吧，這職位已經被打入冷宮，根本是條死胡同，她繼續說。而且，他們現在為何堅持稱他為副旅行代表，也讓她覺得事有蹊蹺。她只能猜測泰德出了什麼差錯，但不肯讓她知道。或者，他們終究還是發現了他沒拿到學位。她真想直接去找人事室那群可惡的人當面對質，據泰德說，最近這些人看到他都視若無睹。

「還有，達令，我們都知道，不管什麼事，你總是最後一個才替自己爭取的。公校教育讓你覺得凡事不該強求。哼，這年頭我們事事都得強求，因為佘契爾主義逼得我們非如此不可。」

凱特接著發揮她的分析長才，替孟迪分析了住在頓卡斯特、但通車去倫敦是否實際。很不幸，這同樣行不通。姑且不提頓卡斯特到國王十字車站的季票車費是個天文數字，他們倆也無法想像泰德每天在火車上耗去四個小時通勤，而且搭地鐵的時間還不算在內——尤其佘契爾要是實踐她削減鐵路預算的威脅的話。還有，凱特到選區走動時，需要有人照顧傑克，這也會是一筆開銷。她的選務經理也是位母親，說是只要找對管道，有很多斯里蘭卡人願意做這種工作，但她們收費很高。

「總之，完全理性的，如果你把週末、國定假期，還有休假都算進去，」凱特其實早就算好了，「總共將近半年。我們就算半年好嗎？你想想看，自從你接下現在這份工作之後，每年平均要出國九個星期，這得感謝那些除了原來的文化節以外，不知為何又通通丟給你的學術會議、交換學生計畫之類的。」

最近幾年來，這已經不是孟迪第一次覺得摸不清凱特了。眼前這個女人似乎跟他遠離時切切思念的那個人毫無關係。她的改變不是漸進的，而是徹底換了個人。若說她是凱特的替身，他也不會訝異。另一方面，他也想到，凱特對他可能也有相似的看法。

「接下來的問題很明顯：我們有沒有能力維持兩棟房子，而且從這一點繼續往下看，我們要怎麼處置愛司泰爾路的房子，尤其是房價如今經過銀行一番刻意炒作，已經崩盤。比方說，我們可不可能保留房子，但是將兩間多餘的臥室出租給——好比皇家自由醫院的醫科學生和護士？你可以保留主臥室、客廳和廚房，其餘讓他們使用？」

孟迪沒興趣在他的多項人生角色中，再加上房東這一項，但他沒有說。他們同意找德斯討論此舉的可行性。翻修閣樓也許可以這個解決問題，但孟迪也覺得有義務去徵詢艾摩利的意見，他跟教授共同擁有「孟迪公司」的權益。

艾摩利擁護兩個家的點子。他謹慎地表示，如果財務上有困難，倫敦方面可以補貼。倫敦方面負擔得起，他應該這麼說才對。作為深受史塔西器重的間諜，孟迪的報酬極為優厚，包括紅利和獎勵津貼。但業界的規矩是，這些錢他必須交給真正的主子，而後者的薪津卻少得多，因為倫敦方面跟史塔西不同，視他的忠貞為理所當然。鎖在銀行裡，不為人知也不動用的信託基金和人壽保險對他沒什麼意義。除此之外，他只許動用每個月裝在一只牛皮紙信封裡、艾摩利所謂的「零用錢」，因為他的生活水平要是有異常的提昇，不僅英國的國安人員（艾摩利的機構希望跟他們保持健康的距離）會注意，家中的財務大臣凱特也會起疑。

「你們分開住很完美，愛德華。傑克習慣了新環境，就會馬上適應的。他的板球有進步嗎？」

「不錯。好極了。」

「那這樣問題是？」

「凱特想利用週末選民都在家時挨家挨戶去拜票。」

「叫她趁平日晚上你不在家的時候去。」艾摩利建議，或許他真的有個可以用這種方式對她說話的老婆。

忽然間，他們的分居就成為事實了。孟迪租來一輛箱型貨車，德斯和他一個名叫威夫的朋友，幫忙把凱特預先用粉紅色膠帶做好記號的小件家具搬上車。不贊成搬家的傑克把自己鎖在房裡，把房間裡的東西從窗口扔出去，包括他的鵝絨被、毯子、消防隊玩具，最後的高潮則是德斯與孟迪趕在他出生前為他做的那個搖籃。

傑克還在箱型車後端破口大罵時，他們便已抵達頓卡斯特市郊的新住宅區。這一帶最醒目的是一座紅磚教堂，旁邊有座光禿禿的鐘塔，孟迪將它比做是吊死鬼掛在絞架上。此後要充當候選人住宅的重疊式平房，是個橙色屋頂的方盒子，有景觀的大窗戶，前後院都有修剪過的長方形草坪，像兩座新修的墓地。經過兩天熱鬧滾滾的拆箱整理，不時被社區運動場上兒童板球賽傳出的歡呼聲、孟迪整套的怪腔怪調即興演出、隔壁鄰居以及選區其他民眾前來致意歡迎打斷之後，他把空貨車開回倫敦，開始每週過起五天單身漢的生活。

每天一大早，他到公園晨跑，盡量不去回憶那些陪凱特走路去上班的早晨，以及跟一群媽媽們一起站著等她下課的黃昏，他跟傑克玩滑鐵盧戰爭的沙坑，一起丟飛盤的運動場角落，還有打英國對抗巴基斯坦的板球賽，直到傑克明確表示，不論孟迪使出什麼利誘的花招，他都寧可選擇他那群不肯通融的同伴。

傑克的憤怒是一種控訴。他對家中每個人似乎都有怨懟：對生氣時只是抿緊嘴的凱特，對第一時間拚命講愚蠢笑話和哈哈大笑，直到烏雲消散為止的孟迪。只是傑克沒有遺傳到這樣的戰術。越是叫他閉嘴，他就越發大吼大叫。只要他覺得沮喪、困惑、被忽視，就大吼大叫。對心情沮喪的孟迪，傑克給的訊息再清楚不過：你是個騙子，爸。我旁觀你扮小丑。我仔細聽了你裝的怪聲和差勁的鳥叫。我對你所有不誠懇的臉部表情都太熟悉了，所以我鬧你的場。你是個革命觀光客串演的資本主義間諜，你那長得過頭的醜陋身體裡，沒一根真正的骨頭。只因為我年紀還小，不能把這些情緒發為言語，所以我吼叫。

傑克敬上

且看這事的光明面吧，孟迪給自己打氣，他那根近來老是自作主張往天空伸的右臂，不由自主又舉了起來。好吧，我沒全然做到我希望做的那種父親。但我也不是一個被革職的前印度陸軍酒鬼，而且傑克有個真正活著、向上攀登的母親，不會從一個死去的愛爾蘭貴族變身為出身愛爾蘭沼澤區的女傭。我同時有六種身分並不是我的錯。

•

起初，孟迪的生活常軌跟過去沒有太大差異。每天早晨，他在文化協會的辦公室裡或坐或踱方步，努力完成艾摩利稱做是他的「掩護工作」的工作，零星打幾通電話、簽幾份政策公文，或在他被視為某種駐外人員的員工餐廳裡表現得和藹可親。艾摩利要求他在面臨挑戰時，要表現出一種跟當權派對立的尖酸形象，雖說他和藹可親，但要做到這點也不怎麼困難：昔日的叛逆火花雖然已無燎原之力，但感謝佘契爾，尚未熄滅的餘燼還多得很。

午餐永遠是種解脫，也含有很多變數。如果他運氣夠好，掩護工作會要求他去接受某個鐵幕國家大使館從事文化外交的同行款待，而對方可能被認為是個不只扮演一種角色的人。在這種場合裡，基於他的言談可能會傳回教授那兒的合理假設，孟迪的態度會更煽動。有時他的東道主會提議打個情報派司，但孟迪總是客氣地拒絕。他簡直沒法子解釋，他已經全天候在為意識形態深淵兩邊對峙的雙方陣營工作了。

午後又恢復錯綜的饗宴。不論艾摩利的機關跟人事室敲定了什麼樣的曖昧交易，根據談妥的條件，這段時間表面上都是用於外出跟藝術家或他們的代表人開會，然而一切其實全都由艾摩利安排。但孟迪的人生總是沒那麼整齊清潔，他經常發現手頭有好幾個小時無所事事。為了打發時間，他過去常造訪國家藝廊、泰特美術館、大英博物館等廣受敬重、可供自修的機構。但在得到更大自由後，便轉而流連於小型脫衣舞俱樂部，這種場所就像色彩鮮豔的蘑菇，在肥沃的蘇活區草原上隨時冒出來，又忽然消失。

孟迪的動機倒不是色欲，而是那避難所與教堂類似的氣氛吸引了他，前來膜拜的同道所表現的沉默虔誠，以及演出的女祭師漠然的有求必應。坐在煙霧繚繞的半黑暗中，他就跟他所觀察的生物一樣，既至高無上，又卑賤不可觸摸。他完全沒有羞恥、悔恨、罪惡感，或任何一般認為該會有的情緒。這是我應得的。孟迪二號會以我為榮。而頓卡斯特不容我接近。

終於熬到四點左右——他必須先到電話亭播打某個號碼——他必須經由數條路線當中的一條來到貝得福廣場，走向一片蓋在斜坡上、外觀有莊嚴大柱子的房屋，裡頭都是出版社和慈善機構等等，十二號則是海外債權持有股分有限公司，但就他所知，這家公司唯一持有的就是門口那塊銅牌。

不露痕跡地將廣場勘察過一遍，檢查有無熟悉或可疑的面孔——三番兩次回愛丁堡禮儀學校受訓後，這個步驟已成為他的第二天性——他用自己的鑰匙打開門，進入他的另一個家——也不見得，因為入內後，他得在第二道門前等候，直到一個名叫蘿拉、長著雀斑、面帶小騎士俱樂部會員式的微笑、右手戴著她父親的印章戒指的快樂女郎前來，讓他進入圈內人士稱做羊毛工廠的區域。

•

在貝得福廣場的此處，泰德．孟迪許多各自分離的片段——演員、小說家、與人為善者、少校的兒子、適應困難者、夢想家、冒牌貨——終於能合組在一起，成為一個英雄。

在羊毛工廠這裡，他得到一份蘊含著在他其他人生中缺乏的敬重的歡迎。脫衣舞俱樂部的沉思反省一掃而空，來者是昂首闊步者孟迪。

他真正的感受在這裡有人了解，他才華的本質有人欣賞。比方說，廣大的外界可有人知道泰德．孟迪是操作超微攝影機的高手，過去八年中拍了幾千張照片，失敗率還不到百分之九？好吧，羊毛工廠的人知道。欺敵作業很複雜，孟迪卻是計畫的核心，他身在任務最前端，是必須為方向盤掉顆螺絲、任何部位鬆脫付出代價的賽車駕駛員。

首先，在神祕的白廳行政中心，某個遙不可及的密室裡，會有一群大官決定哪些過時的國家機密可以放棄而不致造成損失，或做些許更動，便能誤導敵營。在這之外，他們再加上一連串「但願已成事實的非事實」——若能讓敵人信以為真採取對策，就能令他們的槍口打錯方向的假情報。貝得福的創意團隊，化名叫紡羊毛的，這時正忙碌地工作。高度機密的檔案、零星的會議記錄、光是它們可能存在的風聲就足以讓敵人抓狂的委員會之間的跨部門備忘錄，都有待偽造。還有很多不小心被聽去的對話——在員工餐廳、男廁所，或特拉法加廣場周邊那些陰謀家平日晚間喜歡去沖刷他們心中塊壘的酒吧。

但這些子虛烏有的壞蛋是何方神聖，這些盤據白廳神祕的上流世界，手段巧妙的破壞者與謀略者？他們何時在何處會面，幹他們的下流骯髒工作，他們的罪魁又是誰？他們來自什麼樣的社會階層，貢獻什麼樣的技巧？他們有什麼樣的喜好、面臨什麼樣的競爭、有哪些缺失？孟迪二號這個報復心切、得不到晉升的不滿分子，又怎麼進入他們黑暗的走廊，看到他們的文件？

•

團隊的運作雖受艾摩利的紙上策畫監督，但孟迪才是明星、推手，他抓著自己的頭髮，在房間裡走來走去，不斷將點子丟出來，收回去，像試穿衣服一樣，嘗試各種故事。但是當燈光漸暗，好戲即將開鑼時，這棟屋子裡每個人都知道，從幫他開門的蘿拉，乃至撰寫他預定要竊取的文件腳本的人、偽造文件的人、地下室那批替他用適當的笨拙手法拍攝他的戰利品的技術人員，以及陪他演練台詞，一直到他登上前往倫敦機場的巴士前一分鐘的調度員——他們都知道，泰德只能靠自己，要是有任何差錯，只會危及泰德一個人的生命，未來十年注定在某個地獄般的共黨監獄裡發爛發臭的，也只有泰德。

孟迪也知道，他嚇得全身僵硬，得使出公校愛國高材生暨少校之子的孟迪一號所有最美好的特質，再加上出境休息室酒吧的幾杯烈酒，才能把他送上飛機。如果有代表團護送，他會對他們的保護興起一股強烈的感激之情；要不然，他只好獨自承受煎熬。

到了天上，情況就不同了。恐懼退卻，他心頭泛起一種感恩的寧靜。孟迪二號很快就會取代孟迪一號。他拋在身後的英國變成了他的敵人，一等進入不論哪個東歐機場陰鬱的跑道，他就覺得簡直想擁抱板著臉的邊防警察，他說服自己偽裝已結束，成功到他能嗅到空氣中的自由氣息，他終於來到真正的朋友中間了。

確實如此。這陣子，沙夏多半會親自在機場等他，因為他倆的關係如今已獲得相當肯定。如果孟迪擔心他跟東德官員有這麼親密的友誼可能會引起他的同胞側目，沙夏或臃腫的羅塔或知識分子賀斯特就會在旅館，或為這個目的特地承租的公寓，安排較不引人矚目的聚會。這並不妨礙兩頭只認一個主人的狗兒繼續享有彼此深厚的友誼。

一方面服從沙夏的指示，後來又得到艾摩利首肯，孟迪於是從接受教授召募的第一天起，就拒絕跟沙夏以外的任何人打交道。例如，他不跟教授手下許多隸屬於倫敦東德大使館的高級特務往來。任何代價都無法讓他天黑後在哈洛德百貨公司門外徘徊，等一輛掛著特定車牌的汽車放慢速度，以便他從車窗遞進一個包裹。他絕對不把他的微縮影片埋在海德公園S型水池旁的花圃裡，或是在鐵欄杆上以粉筆做記號，或是在威綽斯魚市場排隊時，跟一位頭戴綠帽的女士交換購物袋。這位喜怒無常、需索無度的史塔西間諜願意做到的極限，就是每次跟沙夏見面時，親手將資料交到他手中——這種情形下，也只有在這種情形下，英國文化協會才願意派他去東歐國家。

因此，只有沙夏能在孟迪回到共產巢穴，都還沒歇口氣的最初幾個小時內，接過他遞交的成果，裝在教授的手下在上回他來的時候所提供的隱藏道具裡的微縮影片——一罐痱子粉、一條牙膏、一台電晶體收音機。沙夏會再次詢問孟迪，他究竟如何促成了最近的某次重大的政治變化。每趟出差，兩個朋友總要像過去那樣，結伴郊遊一趟——單獨到森林中散步、騎腳踏車，或在沒有人監視之下，到某個鄉下客棧飽餐一頓——否則就不算結束。一如對旗下諜報員的表現感到滿意的優秀任務主管，沙夏在這種場合總不忘送一份私人謝禮——當然不至於令他感到尷尬的——可以帶回倫敦，為他不斷增加的藏書增色的德國文學經典的古董書，他可能在跳蚤市場找到的德勒斯登瓷器，或是一小罐俄國魚子醬。

在很難得的情形下，沙夏會同意展示他的心肝寶貝，供教授檢視，而且毫不掩飾他的不情願。例如，某次在教授波茨坦別墅沒完沒了的晚宴上。教授對著孟迪——沙夏恰巧在他身旁——高談闊論，對諜報這一行華而不實的細節避而不談，反而扯到國際現勢的大遠景。

「這一天終究會來臨的，泰迪——你們兩個孩子，都會親眼看到這一天，我向你們保證——資本主義的城牆會從內部開始崩塌。」既然教授刻意炫耀他的英語，沙夏也就沒必要假裝不厭煩。「消費社會遲早會把自己消費掉。你們的製造業走下坡，服務業充斥，最後的下場不言可喻。我說的可不是距此地不遠的那堵圍牆！」低級笑話。「你沒感覺嗎，泰迪，在你自己的國家，就在窮人挨餓、有錢人被自己的貪婪噎住的同時，工業的巨輪也緩緩地即將戛然而止？」

對於這種陳腔濫調，孟迪如何應對都不重要。重要的是，在隨後在他感覺最鬆弛時的那場犀利且深入的口試中，他的得分有多高。

「上個月你給的、有關你們祕密黑色宣傳委員會活動的報告非常有趣。我們最感興趣的，是趁貿易聯盟世界聯合會年會期間，散播羅馬尼亞爆發斑疹傷寒謠言的那個提案。」

「嗯，我自己也很滿意，」孟迪承認，「不過要提醒您，那只是一份工作計畫的草稿。即使跟外交部有關，也還未見實施。」

「說真的，你又是怎麼取得的？」

「拍照呀。」

在他們質疑你夠不夠誠實時——這他們定期會做——閉上嘴巴。艾摩利很久以前就警告過他。叛徒最恨人家不信任他，你也不例外。

「我想這一點我們已經知道，泰迪。我們有點不清楚的是，你是在什麼樣的情況下拍的。」

「它就放在瑪麗．歐斯魏特的待辦公文匣裡。」

「瑪麗．歐斯魏特是——」

「官方說法，她負責海外學生事務。非官方說法，她主持一個特殊調停小組，那其實就是黑色宣傳委員會的幌子。」

這你他媽的早就清楚得很，他差點補上這麼一句。

「那麼，瑪麗習慣把當面遞交、高度機密、只准特定人士過目的公文，丟在待辦公文匣裡，以便其他部門無所事事的人過來拍照嗎？」

「當然不是。」孟迪斷然回答，他是因為「無所事事」一詞感到不悅。

「那麼我們該把你的勝利歸功於何種幸運的例外呢？」

「瑪麗在談戀愛。」

「所以？」

「桌上有那個男人的照片。」

「謝謝你，我們的照片裡可以看到他左半邊的臉孔。從我們看得到的部分，他顯然是個翩翩美少年。但也許不是特別聰明。」

翩翩美少年？他的英文見鬼的是誰教的？孟迪想像史塔西的外語學校裡藏著一位脾氣古怪的莎士比亞老學究。

「他對她不忠，」他繼續說，「我走進她辦公室時，發現她坐在桌前抱頭痛哭。」

「你用什麼藉口進她辦公室？」

「不需要藉口，」孟迪尖刻地反駁，「她在徵詢我，有位由我陪同去布達佩斯的現代史學者是否適合加入她的一個顧問委員會。我發現她在哭，就打算走出去，但她叫我回去。她需要跟人談談。她抱著我哭。等她冷靜下來，整個人看起來一蹋糊塗，得去洗把臉，整理一下。她是資深主管，辦公室裡有獨立的會客室和廁所，我就堅持等她回來，以防她情緒再度失控。」

「你真是見義勇為。」

「我很幸運。」

教授已在咧嘴微笑：「正如拿破崙所說，你很幸運，所以你是好軍官。」

為了證明他的觀點，教授掏出一個小盒子，盒裡裝著一枚金光燦爛的勳章，任命孟迪為民主鬥爭二級英雄。這種英雄的評等，跟不到六個星期前，在貝得福廣場由一位孟迪只知道該稱他牧師，也算一號響噹噹人物，艾摩利的頂頭上司，在不公開儀式中頒授給他的勳章，以及——就孟迪所知——另外還有一枚，在前一個世代頒給某位奮不顧身將二十匹馬背上的敵人射倒在地的英國少校的勳章，都屬同一等級。

•

這可不是唯一一次孟迪必須盡一切可能去容忍的質疑，而質疑他的人除了教授及其嬖佞，還有一個名叫歐維爾．J．魯爾克的——這個名字即使不是捏造的，聽起來也像。

魯爾克是美國人，人家不叫他歐維爾，而是叫他杰伊。他駕著一朵神祕雲，翩然降臨貝得福廣場，對外聲稱是隸屬美國維吉尼亞州藍利市中央情報局。

「叫他滾回去好了。」艾摩利告訴孟迪魯爾克從今起會加入團隊後，孟迪發作道。

「要解釋為什麼嗎？」

孟迪尋索自己氣憤的原因。他最近才剛從基輔出完一次心身俱疲的任務回來，體內還殘留大量的孟迪二號。

「我該怎麼跟沙夏說？」他問。

「什麼都不說。有很多事情我們沒告訴你，為了你好，也為了我們好。這種事你不必跟沙夏說。他絕對不可能認為他給的東西不會轉到美國人手上，但沒有必要當面告訴他。」

「魯爾克是要負責哪些工作？」

「聯絡。研究。節約成本。我怎麼知道？管好你自己家的事就好。」

當然，魯爾克跟悶悶不樂的孟迪預期會見到的那個子彈臉、五短身材的中情局辦案機器相去甚遠，他人很瘦、很客氣、跑過許多地方，相貌英俊，是個黑頭髮的塞爾特裔，還長了個美人尖。他有種慵懶的貴族氣質，總以一種諧謔的好奇口吻鼓勵你：「哎呀，我的天，你是那麼想的嗎？」他帶有波士頓腔調的愛爾蘭口音輕聲道：「嗯，這真是太有意思了。何不告訴我整個經過？」當他發現團隊中某人有一半的法國血統，就用相當好的法語跟她交談。後來發現，他的德語也同樣流利。他的臉寬，五官端正，步伐有點拖曳，有點猶豫，這更為他大致討人喜歡的個性加了分。他到都柏林訂製西裝，穿鞋頭不分開剪裁、鞋底特別厚重的哈佛鞋。他對於自己那雙大腳該怎麼擺，有種古怪的堅持。最令孟迪震驚的是，他曾經為中情局在越南工作，他們第一次在艾摩利的辦公室見面，他就輕鬆自若地招認了這一罪行。

「哼，我反對那場戰爭，現在仍然如此。」孟迪氣勢洶洶地宣告。

「啊，泰德，你這麼做真是太正確了，」魯爾克用足以令人解除武裝的微笑肯定他，「情況比你們這些和平分子知道的更加惡劣千百倍。我們把所有想像得到的人都殺光了，然後賴得一乾二淨。我們做的事可惡到我想起來都會吐。這何時才會結束啊，看在老天爺分上？沒有人告訴我們。沒有任何叫我們停手的標誌，所以我們就一路胡作非為下去。」

沒有保護層能抵擋這樣的坦白，尤其對一個獨自生活在倫敦的謊言中，而週末妻子和兒子都遠在頓卡斯特的男人而言。

「魯爾克邀我跟他去吃晚餐。」他通知艾摩利，一半指望會被禁止。這種邀約沒有先例，基於安全考量，團隊守則規定，只有艾摩利擁有跟其他情報員共餐的權利。

「那就去吧。」

「這是什麼意思？」

「他要你去。你想要去。他看過你的檔案。他可能看過我們每個人的檔案。他不可能從你那兒套出什麼不是他老早就知道的情報。儘管撒謊好了，如果你覺得有必要。」

嫉妒？不在乎？孟迪沒概念。

那棟房子位在伊頓廣場，是皇家馬廄區一棟漂亮的三層樓華廈。他還來不及按門鈴，就有一個穿黑西裝的管家來為他開門。純正的殖民時期北美居家風情，深邃的喬治亞式起居室是全新裝潢，魯爾克正優雅地俯身在一台銅製品酒車上。孟迪向他走去，差點在又厚又深的地毯上跌跤。角落裡的搖椅上擺著一個繡花墊。牆上掛著西部開拓的老照片和懷斯[64]畫作的複製品。一座玻璃角落櫃裡收藏著新英格蘭的貝殼細雕。

「喝馬丁尼，好嗎？」魯爾克頭也沒抬地問道。

「馬丁尼很好。」

「有興趣看看那邊那幅地圖嗎？看起來我們還是鄰居呢。」

一本泰晤士報出版的地圖冊，放在複製品的樂譜架上，翻開在愛爾蘭那一頁。

「左下方。看見一個小小的紅箭頭嗎？」

「看見了。」

「那就是你已故的母親妮莉・歐康納第一次睜開她美麗的眼睛，看著莫拉格瑞爾克山脈的地方。再往下一點兒。越過黑水河。直走十六哩，有個白色箭頭。看見了嗎？」

孟迪看見了。

「那就是我偉大的父親誕生的地方。歐維爾一世。他七歲時在山陰的柏格拉鎮玩了生平第一把撲克牌。祝你健康。」魯爾克把馬丁尼遞給他，孟迪極力壓抑內心當下油然而生的故舊親情。但他畢竟還是被打動了。一份友誼，雖然步步為營，就此誕生。

•

魯爾克跟孟迪一樣，多的是時間。孟迪下午沒事幹，魯爾克也一樣。晚間孟迪要嘛去看電影，要嘛

64 懷斯（Andrew Wyeth, 1917-2009），美國寫實派畫家，作品極受歡迎，被大量複製陳列。

就在漢普斯特一帶的酒吧打發時間。有個律師老婆在華府，一個女兒念耶魯的魯爾克同樣無所事事。魯爾克跟孟迪一樣喜歡走路。他發誓說，大晴天坐在室內，是褻瀆靈魂的罪行。這根本就是孟迪自己的觀點。魯爾克熱愛倫敦，雖然他有幾個愛爾蘭親戚樂意把這地方炸掉，就算犧牲性命也在所不惜。孟迪也有這種親戚，雖然他從未見過他們，但他假設他們有同樣的動機。在伊頓廣場開門的管家同時兼任司機。他名叫密爾頓。靠著密爾頓的接應，他們到公園、碼頭及城中各處僻靜的步道散步。他們到高門墓園的馬克思墓前致敬，也瞻仰他那些不惜把自己運過半個地球來陪他一起長眠的已故同志。孟迪說，這麼做，教授一定會以他為傲。曼鐸邦博士也一樣——但他沒有說。

日光之下，事事都是他們交談的話題，但一再提到的主題就是孟迪從穆里到貝得福廣場的生活與愛情。孟迪已經好久沒向一個陌生人告白自己了，如果他曾經做過這種事的話。但艾摩利的警告很清楚，魯爾克不需要被告知第二遍。魯爾克是個很好的聽眾，從不做批判。他回顧人生的情緒很有感染力。他們並肩漫步。眼神不接觸，比較容易坦白。就連孟迪的婚姻也未能倖免，雖然每次轉角他都責怪自己，用各種真實或想像的挫敗鞭撻自己。沙夏這個名字從未提起。他是我們的「威爾斯朋友」。柏林叫「卡地夫」。東德是「東威爾斯」。不經意聽到的旁人會不感興趣地走開。他們都是箇中老手了。

魯爾克用到體力時，他的聲音會變得尖銳而甜蜜。他的哈佛鞋踏在人行道上發出快樂的劈啪聲。孟迪不由得便跟上前去。魯爾克的手臂經常揮來揮去，孟迪也如此。看這高瘦的一對大步走過攝政公園，一路比手劃腳，你會以為他們是一對有點古怪的兄弟，正試圖解決世間一切疑難。

伊頓廣場的晚餐有種稍微不同、但同樣具有感染性的親密氣氛。慣例從無變化。我家每星期都會清掃一遍，魯爾克向孟迪保證，我指的可不是清潔女工。幾杯馬丁尼下肚——魯爾克稱之為「興奮劑」——他們談到沙夏與孟迪任務中實際的細節。講嘛，泰德，我想知道一切。這回可不能顧左右而言他。魯爾克挑中最近的一次政變，是沙夏弄來的一些極具價值的情報。內容無所謂，因為魯爾克的興趣只在純技術層面。就說它是東德跟中共的關係好了，沒啥大不了的，但對情報工作非常有用。

「我是個實事求是的人，泰德。如果你不介意，咱們就公事公辦，一切照規矩來。先來聽聽沙夏如何拿到這東西的故事。」

他的意思是：我們要追蹤這一小捲有關東德與中共關係的底片，從史塔西總部直到貝得福廣場。告訴我沙夏是用什麼樣的隱藏工具，他又是從哪裡取得的。他果真有那種出入史塔西情報倉庫的手段？他真的能直接走進去，偷帶一塊改造過的雅得莉香皂，將一捲未沖洗的微縮膠捲塞進香皂裡，又不會有人大喊：「喂！」？我們重演一遍他把這膠捲交給他盟友泰德的情景。

最後，泰德，我們重演一遍你把這膠捲交給艾摩利派在當場的人的情景。或者——既然也有時候，暗地裡把貨交給當地代表，會比泰德親自把貨色走私出蠻荒更危險——我們也看看你在邊界上遇到什麼情景。

孟迪絞盡腦汁，將所有最後的細節提供給魯爾克。也許是虛榮，但他有種感覺，好像是在將知識傳承給下一代。這不是教授在挑他毛病。這是關於有朝一日，新入行的年輕人會發現沙夏與孟迪屆時已公開可供一般人閱讀的個案史，而對其中的智計，那單純之美，佩服不已。魯爾克不是教授。魯爾克可以監視正情報與反情報，而教授——上帝保佑——只能監視反情報。

「泰德。」

同樣是這樣的晚餐。他們處於卡瓦多斯[65]的階段。卡瓦多斯是魯爾克最喜歡的酒飲。這些年來，在他跟中情局的稽核人員的多次衝突中，有一次就是為了他花了五百美元買了一瓶八十年的陳酒。但那可是為了一個老朋友，看在老天爺分上！他該給那個可憐的雜種喝什麼？礦泉水嗎？

「你做得對。」孟迪從他圓球杯的深處這麼說。

「泰德，你記得在陶斯找尋你的靈魂那時，遇過我一個名叫魯加的藝術家朋友嗎？班尼．魯加？大帆布、混合媒材、專畫世界末日的景象，會彈吉他的？」

魯加？班尼？孟迪當然他媽的記得！不是很光榮的回憶，如果他夠誠實，他下午跟妮塔窩在床上，而班尼爬在梯子上，用燒夷彈轟炸明尼蘇達。但他很快恢復。他沒大喊大叫也沒臉紅。他是個間諜，愛丁堡訓練出來的，他懂得掩飾。

「班尼．魯加，吸古柯鹼，耶魯的中輟生，」他在卡瓦多斯裡略作沉思，「背棄了布爾喬亞的獨裁權，換來每年坐領五十萬的家族信託基金。我怎麼忘得了？」

「你參加過他的派對嗎？」

「你準知道我去過。而且活下來跟別人講。」

「班尼在陶斯搞政治嗎？」

「他要是記得就會去搞搞。在他心情不太亢奮也不太低落的時候。」

「還是成天昏頭昏腦的？狂野？共產黨？」

「嗯，不是真正的共產黨，不是那樣。只是喜歡唱反調吧，我覺得。如果你贊成某件事，班尼就要反對它。」他把手放在嘴上，因為他忽然覺得自己可能侮辱到班尼。

「你見過他的女朋友嗎？古巴女孩？」

「妮塔？當然。」原來是妮塔，他心想。

「她也是共產黨嗎？」

「我猜是吧。但只是精神支持吧？」他補了一句。

「愛卡斯楚？」

「大概吧。大多數男人她都愛。」

「班尼或妮塔有沒有要你幫他們做過什麼事？像是去見一個他們認識的人，交給他們一封信，在你回英國後跟某人談談？你幹嘛笑？」

「我剛在想，你會不會問，我的行李箱是不是自己收拾的？」

魯爾克也笑了，暢快豐富的笑聲，同時把他們的酒杯都斟滿。

「那就是沒有囉？你沒幫他們任何忙？沒什麼小差事。我鬆了一口氣。」

無路可逃。他必須問。「為什麼？他們做了什麼？」

「哦，他們還沒動手。但他們遲早會動手的。每人三十年，因為替蘇聯做間諜。沒小孩，謝天謝

65 卡瓦多斯（Calvados）為法國諾曼地出產的蘋果白蘭地。

地。這對小孩會是最難接受的。」

孟迪看著魯爾克對著他捧在手心裡的圓球杯微笑。但在他心裡，他看見的是妮塔，在農莊裡躺在他身旁，一臉鬍鬚的小班尼睜大眼睛，從她身上湊過來，誇他說正乘著革命的列車。

「可是班尼是個愛幻想的傢伙，」他總算提出抗議，「他想到什麼說什麼，就只為了製造效果。他們怎麼可能知道什麼會對俄國人有用？只有傻瓜才會相信班尼的話。」

「哦，他們根本沒跟俄國人搭上線，這是我們搞定的。班尼打電話給邁阿密的蘇聯領事館，用了一個可笑的假名，說他支持古巴，想為黨的理想服務。蘇聯人沒接受他的毛遂自薦。但我們接受了。真是我見過最可愛的小騙局。班尼跑了六個月才終於想通，他是在為山姆大叔工作，不是蘇聯。」

「妮塔又是怎麼攪和進來的？」

魯爾克在快樂的回憶中輕搖著頭。「替他傳消遞息。比他聰明多了。女人通常如此。」

他愉快地繼續往下說。

「泰德。」

「杰伊。」

「趁你把我撕得粉碎之前，可否再問你最後一個問題？一個真的很壞的問題。」

「如果你非問不可的話。」

「你讀的是公校，對吧？」

「不是出於我自己的選擇。」

「迷失的男孩。」

「那時候。大概吧。」

「是個孤兒。」

「呃，不盡然。」

「可是等到你去柏林的時候。」

「是的。」

「所以我們有一個英國佬，一個德國佬，都是孤兒，雖然沙夏只是想成為孤兒而事實不然。兩個失落的男孩，兩個都——我不知道——都是共產同志，好動，對生活充滿渴望。你提到伊修伍德。我喜歡那部分。我可以繼續問嗎？」

「我可以阻止你嗎？」他已經希望他可以了。

「你們結合在一起。你們一起創造一個完美的社會。你們分享夢想。你們分享激進的生活方式。你們分享一個房間。你們分享一個女孩——好，好，冷靜下來，你們是先後分享，不是在同一時段。這中間有差別，我尊重你的觀點。可是，泰德，你敢向我發誓，沒有禁忌，沒有麥克風，男人對男人，在這四面已經好好清掃過的牆裡——你真的要告訴我，你跟沙夏從來沒有分享過彼此？」

「沒這種事，」孟迪脹紅臉吼道，「連一點邊都沾不上。連個念頭都沒有。這回答了你的問題嗎？」他再次用手摀住嘴巴，遮住自己的尷尬。

•

「昨晚跟杰伊玩得愉快嗎？」隔天下午，艾摩利這麼問。

「很好。好極了。」

「他有說你很滑稽嗎？」

「說過一次。」

「你的謊都撒完了嗎？」

「大概吧。他下星期要帶我去葛林德包恩[66]。我想我該跟你報備。」

「去過嗎？」

「沒有。」

「好啊，那現在機會來了，可不是嗎？」

但葛林德包恩之行始終沒實現。幾天之後——孟迪在頓卡斯特度過了一個艱苦的週末，千方百計遊說傑克的老師再給他一次機會，而凱特則忙於經營她的國會候選人講習班——孟迪來到貝得福廣場，發現魯爾克的辦公桌不見了，他的房間是空的，房門大開，好像要灌進空氣。一根點著的香，插在光禿禿的地板正中央一只牛奶瓶裡。

一個多月的時間，艾摩利都不肯對魯爾克失蹤的事做任何評語。這件事本身並不重要。團隊其他成員不時也會失蹤，沒給過任何解釋。但魯爾克不一樣。立場超然、溫文儒雅、平易近人，也容許接近的魯爾克，是孟迪近年來擁有最接近知心朋友的人，除了艾摩利以外。

「他完成任務回家去了。你只需要知道這麼多。」

「那他的任務是什麼？」孟迪堅持，拒絕讓步，「為什麼連聲再見都不說？」

「你通過了，」艾摩利簡潔地回答，「你要心懷感激，閉上嘴巴。」

「我什麼？」

「根據歐維爾．J．魯爾克的建議，中情局宣布你是個忠貞的英國諜報員，雙面間諜，而不是三重。還有沙夏，雖然是德國人，而且有點瘋狂，也跟你一樣。」然後，非常不尋常地，他的怒火失去控制。「還有，看在老天爺分上，別一副你的毛毛狗被人家偷走的德行。這全都是基於合法的顧慮。他把工作做得很好。你已經白得像雪，清潔溜溜了。」

那幹嘛還要燒香？孟迪真想知道。

•

已經這麼多個孟迪了，還有空間再容納一個嗎？很不幸，答案是，既然通往他人生的門戶大開，每個人都獲邀進入，凡是覺得賓至如歸的人都不會被拒絕。

66　葛林德包恩（Glyndebourne）歌劇院位在英格蘭南部 East Sussex，每年夏季會舉辦音樂節。

於是黑姆斯戴特公路和鐵棺材英雄泰德・孟迪登場了。他好擔心這些不同的自我版本不斷累積，到頭來會像每次公校的板球隊的開球，以百倍數增加。

邏輯其實很簡單。東歐舉辦藝術節、書展、學術研討會的次數，有時就是跟不上沙夏的生產速度。有時沙夏看到重要的獨家新聞，然而共黨世界的文化圈不能及時協助傳遞，滿足艾摩利的倫敦客戶。有時艾摩利基於謹慎，認為孟迪遊走東歐的頻率實在太便宜教授了，所以孟迪該對馬不停蹄的生活感到厭倦，發一頓脾氣，或揚言要調到其他無害的部門，端視當時黑色宣傳部的諜報官僚想到什麼點子。

但沙夏絕不接受替代者。他要孟迪，除了孟迪誰都不要，即使傳遞的不過是一個火柴盒。沙夏是只認一個主人的狗，但他跟孟迪不同，他給的是真貨。所以每隔幾個月，玩家之間就要安排全然不同的會面方式。一切由沙夏發號施令，藉由最近一批微縮膠捲傳達，再由艾摩利和他的團隊以專業手法執行。

因此，孟迪會在夜深人靜時戴上夜視鏡，在一片幾個小時內無人看守的邊界沼澤地跋涉，為了方便某個需要跟指揮者接觸的史塔西間諜從西德過來——只有沙夏能取得這種安排的風聲，並為他自己的目標加以利用。

或者，孟迪會當一天的小兵，終於繼承他父親的志業，裹著軍用大衣，坐在從黑姆斯戴特沿走廊地帶開往柏林軍營，英軍護衛車隊中一輛大卡車的後廂。車隊放慢速度，尾端的車徐行，調度員拍拍孟迪肩膀。靠前方與後方的卡車掩護，他脫掉大衣，露出一身東德勞工裝扮，從行進中的卡車縱身躍下，按照最好的愛丁堡訓練落地急奔。一輛腳踏車扔到他身後，他沿著一條未經鋪設的小路卯足力氣向前騎，直到看見牛棚裡有個尖針小的微光對他眨眼。兩個男人擁抱，沙夏將一個包裹交給他。丟下腳踏車自生自滅，孟迪循著隱密的小徑徒步回去，在溝渠裡等候持有偽造文件，或是剛空出一個位子的卡車、汽車或平板貨車，把他走私送回安全地帶。

但最惡劣的莫過於鐵棺材，他的一〇一號房[67]，他的終極惡夢成真。就像晚年的少校，孟迪得承受密閉空間活生生的恐懼感。他的恐懼或許是因為以他那種身高，卻要被封裹在制式空間裡而達到極點。爬進棺材，臉朝下，嘴巴對著氣孔，由艾摩利的調度員將螺絲旋緊，這需要比他以為他擁有的更大的勇氣。被固定在鐵路貨車底下時，他睜大眼睛盯著一片黑暗，將罪惡的靈魂寄託天堂，並回想曼鐸邦博士囑咐他不要生活在泡影裡的叮嚀。雖然有個放棄計畫的按鈕，而且只要熬過汗流浹背、骨頭幾乎被顛斷的幾分鐘，便可越過邊界，抵達沙夏會拿著扳手在那兒等著接應他的調車場，但他還是不禁覺得，像他這種錯綜迷惑、正值顛峰的人生，要消磨一個夏夜，絕對有更好的方法。

67　小說《一九八四》中提到，一〇一號房裡放著「全世界最可怕的東西」，在書中是「老大哥」逼供與操縱人心的祕密武器。

10.

孟迪第四十九次赴鐵幕後出任務，有一股沉默的慶祝氣氛籠罩著貝得福廣場。

「再出差一次，泰德，你的記錄就有半百了。」調度主任保羅最後再次檢查孟迪的口袋、行李箱、皮夾、記事本，以防疏忽了會使惡夢成真的線索，將長達十年的阿爾法加加作業化為烏有時這麼說道，「然後，你就再也不願認識我們了，是嗎？」

在門口，每個女孩給他一個吻，艾摩利則一如往常，叫他當心自己的腦袋。

是個美好的大晴天，清晨六點。微風中有春天的氣息，還有戈巴契夫的開放政策。東歐傀儡政權終於面臨嚴重的威脅。稍早幾個月，戈巴契夫在紐約單邊主動承諾將大舉撤離坦克與軍隊，並駁斥布里茲涅夫的干預附庸國內政的教條。他告訴那班舊寡頭政治的執政者，以後他們得靠自己。雖然表面上看，華府與邪惡帝國的關係仍像過去一樣凍結，但冰層下的動盪已足以說服一廂情願的人，有朝一日，也許不是我們這一代，要等到下一代，理性一定會帶來突破。正要前往維多利亞車站的航空站，準備前往波蘭的格但斯克參加中世紀考古學者國際年會的孟迪，是一廂情願的一員。也許沙夏和我也出了一份力，他心想，也許我們加快了融冰的速度。艾摩利說他們有功，但他本來就一定會這麼說。

沒錯，孟迪滿懷出發時的忐忑不安，一旦失敗，損失也更大。但只要他拿自己的處境跟沙夏相比——每次出差的一開始，他都會這麼做，但今天尤其想得多——他就明白自己是個被寵壞的半調子，沙夏卻是貨真價實。

誰向沙夏做簡報？他跟自己辯論。沒有人。誰替他打扮、為他調度？沒有人。他偷拍照片時誰替他修片？沒有人。在最激烈的戰役中，在走廊裡守候可能引來一顆子彈打穿後腦勺的腳步聲時，免不了會出現手指的陰影、相機的抖動和失敗的照片。

試想，光是這個人走過的路程，一哩接一哩不可能的成就！以天國之名，他怎麼可能從那兒走到這兒？一個跛腳東德難民小孩變成的西德無政府主義者，怎麼可能在短短幾年間再度跨越邊界，成為無法想像、攸關國防安全情報——他們的和我們的——供應者。

好吧，得感謝牧師先生，教授才會收養他做為最鍾愛的兒子，看在老友的分上，讓他在家族企業裡平步青雲。但那並不包括進入史塔西內部檔案，通行無阻，隨意採擷他相信會對他的雇主造成最大傷害的情報啊。

•

孟迪帶領的英國中世紀專家代表團，自行飛往格但斯克。這群人明天落地後，他會把他們送到會場。他在候機室啜飲血腥瑪麗，或坐在一半空蕩蕩的飛機上，望著窗外一片白茫茫，將他所知過去這十年來沙夏的天路歷程，一片一片地綴合起來。畫面距完整還差得遠。沙夏從不心平氣和接受關於他是如何取得情報的詰問。也許在他的暴躁底下隱藏了某些程度的羞愧。

開始時是憤怒。這一點沙夏是承認的。

沙夏之所以憤怒，是因為得知他越過邊界乃是遭受誘騙，而且他憎恨父親的理由一直是錯的。

憤怒之後，是恨。

恨那個惡臭沒心肝的官僚系統，用它的體積與重量，假民主之名把百姓壓得喘不過氣。

還恨那個以自由搖籃自居的警察國家。恨它對莫斯科怯懦的屈從。

總而言之，恨它有系統且大規模地背叛了社會主義的神聖夢想。

在憤怒與恨之中，計謀萌生而出。沙夏在這個偽裝成工人樂園的布爾喬亞法西斯國度裡是一個囚犯。他用他的擄掠者自己的背信忘義，做為戰勝他們的武器。他隱瞞、撒謊、逢迎。他正面痛擊他們不合法權力的來源，他竊取他們最心愛的東西：他們的祕密。

一開始，他的計畫規模不大。

他要作證。

他要偷他們的機密，為後代建立一套檔案。

全靠一己的力量，他要確認被他周遭那群穿著紅衣服的納粹塑造成永垂不朽的所有謊言、欺騙與偽善，統統瞞不過後起的世代。

如此而已。他所有努力的唯一受益者，是將來的德國歷史學家。這是他野心的極限。

唯一的問題是如何達成目標。為了尋求啟發，他利用史塔西的圖書館，並向游擊戰術的首席權威人士請教。在敵人的狂濤裡隨波逐流……藏身在對方的人馬當中……用敵人自身的力量打垮他。

從白色旅社獲釋後，沙夏在教授的波茨坦別墅裡懶散地度過好幾個星期，有如夢幻般的康復期，帶教授的狼狗到人民公園散步，為教授的花圃除草，開車載他的妻子去購物。因為，沒錯，原來不是同性戀的教授有個老婆，一頭貨真價實的母老虎，在沙夏眼裡，她唯一的優點就是她蔑視自己的丈夫。

但即使是她，也無法制止教授自命為沙夏的贊助者、權力掮客和保護者。只要沙夏答應好好做個真正的同志——教授的話——謹言慎行，隨時對其他高階的國家保護者執禮恭敬，教授就會負責引導他走向光明。因為教授——他一直不厭其煩再三強調——愛沙夏的父親就像自己的親兄弟，而自己也沒有兒子。

沙夏咬牙切齒地答應了。他謹言慎行。除了教授的妻子，他也送別人的妻子去購物。他替她們把購物袋提到公寓樓上，有時還長驅直入進到臥房。沙夏從不吹噓他征服了多少女人。謹慎是他的座右銘。但就像買來的新娘，他往自己嘴裡塞進手帕，即使嫌惡到極點也不哭出聲。在人民的樂園裡，只聽見抱怨的沉默。

「你有從中得到樂趣嗎？或純粹是辦公事？」兩人在列寧格勒一處公園裡散步時，孟迪問。

沙夏大怒，回頭瞪著他。「請你去斯默尼碼頭，泰迪，」他揚手指向陰沉沉一片、由船舶與吊車組成的灰色天空線，「去那兒挑一個十盧布的妓女，問她是在找樂子還是公事。」

靠著教授幫忙，寵兒沙夏取得一間完全歸他使用，只有一間臥室的小公寓，並進入史塔西，從最基層做起。獲准入黨時，他已經——盡他乖戾的身體所能——把黨官的官步練得十分純熟，並搭配標準的打官腔姿態——不看對方，抬高下巴，對準前方十五碼外的人行道。他就戴著這種表情，推著咖啡車，沿著消毒過的走廊走進教授鋪了塑膠地板的帝國，將瓷杯逐一安放在因地位太過崇高而無法認知他存在的國家保護者桌上。

只是偶爾，當沙夏為某位偉大的保護者打開轎車的門，或遞送一包東西到某位同志的豪華別墅時，會有隻手推心置腹地拉住他的手臂，喃喃說道：「歡迎回來，沙夏。令尊是個偉大的人。」

這樣的話聽在他的耳裡是種慰藉。他們告訴他，他是他們的一員。這讓他祕密的怒火燒得更烈。

•

沙夏在史塔西內部可曾有過晉升機會？孟迪經常好奇。如果有，他晉升到了什麼階級和職位，在什麼時候？

這麼多年來，沙夏始終不屑回答這個問題。倫敦分析家不時挖出他們的史塔西官職排行，希望能在當中找到他，但他的名字不在醒目的部門主管之列，甚至也不在最低階的檔案管理員或職員之中。

「晉升，泰迪，在我看來，跟知識成反比，」他發表訓話，「莊園的管家知道的要比領主多。領主知道的又比女王多。而我知道的比他們都多。」

沙夏沒有晉升，他深溝高壘，固守原地，這對一個間諜而言或許更相宜，因為他的目標不是權力，而是知識。他一心一意有系統地取得低賤的工作、鑰匙、組合號碼，以及保護者的妻子。這些東西綜合成了一個叛徒的王國。孟迪二號在虛擬世界假裝從事的工作，沙夏卻在真實世界裡做到了。

有間安全的儲藏室，存放雖已失效、卻還未正式死亡的檔案嗎？當然了，顧問同志，由您指揮，顧問同志，滿滿三大袋，顧問同志！

將好幾個月前就該處理掉的敏感資料立刻銷毀嗎？沒問題，顧問同志！沙夏會放棄週末休假，以便那些肩負著比他更沉重責任的國家保護者，能享有他們應得的休假。

奧伯斯特夫人在等一位來自莫斯科的重要訪客，沒有人替她修剪草坪嗎？奧伯斯特夫人家的草不必多等一分鐘，梳洗整潔、容光煥發的沙夏，已經帶著剪草機和一名身強力壯的農奴，站在她家門口。

然而這一切，這些年來孟迪一再自問，怎麼可能發生在史塔西這麼一個無邊無際、擁有無限權力，而且隨時保持警覺的國家安全系統裡？史塔西豈不是那個以滾珠軸承、鉛筆頭和金牙等而蔚為傳奇的普魯士效率的典範嗎？

在倫敦方面不斷催促下，苦思不解的孟迪曾經以不下十種的不同方式，向沙夏提出心中的疑惑，但得到的答案總是一樣：在一個過度龐大，一味執著於隱藏自身祕密的官僚系統裡，要觀察斷層的裂縫在哪兒，不是從高處往下看，而是要站在底層向上望。

•

沙夏固守陣地，很快便贏得出乎意料的大獎。最先是一座舊保險箱，上了鎖，而且顯然無人使用，就放在教授一位體型胖得驚人的女助理辦公室的外間會客室內，她也在沙夏征服的女性之列。這座保險箱的唯一功能，就是用來放一瓶用以美化單調環境的蠟製假花。女助理說，保險箱已經空了很久，而且，當沙夏佯裝不小心推著咖啡推車撞上時，它發出了令人安心的空洞回音。某天晚上，他小心翼翼地搜索她龐大手提包裡的一片雜亂，找到一把孤伶伶的鑰匙，上面貼著標籤。保險箱於是成為他的寶藏箱，是個既可儲存他不斷擴大的黃金罈，又能推得一乾二淨的倉庫。

一位同為基層的同事輪休的假日，沙夏獲准管理一間堆滿過時作業裝備的儲藏室，這批裝備正等著要運往某個第三世界盟國，以便聯手對抗帝國主義敵人。同事銷假回來時，沙夏已經是一台超微攝影機、一本使用說明書，以及兩大箱超微攝影底片的非正式持有者。從此以後，他不必再嘗試把偷來的文件偷運出辦公大樓，只需拍攝下來，然後銷毀即可，或者，若有必要，放回它們該在的位置。偷渡微縮軟片不成問題，除非他遭到貼身搜查。但根據默許的敕令，教授選中的愛子不必受這種侮辱。

「我對未沖洗的微縮軟片壽命的任何疑慮，都被手冊打消了。」沙夏板著臉回憶道。「首先，該把軟片用保險套封好，接著該把保險套塞在一桶冰淇淋裡。在沒有冰箱、冰淇淋、電力或保險套的地區活動的同志，應該參考另一手冊。」

關於他將旁聽到的對話寫成的記錄，他也以同樣的手法處理。

「我舒舒服服坐在我的公寓裡，把腦子裡記住的東西寫在紙上，用我的卅五米釐家用相機拍下，然後把紙燒掉，把未沖洗的底片加入我的收藏。」

然後就到了那個黃金星期五的傍晚，沙夏正在處理他每週例行的業務，登記申請公務員簽證入境東德的非社會主義國家公民的資料。擺在他面前的正是孟迪的文件，絕無錯認的可能。名：愛德華·亞瑟；出生地：巴基斯坦拉合爾市；妻：凱特，閨姓：安德魯絲；職業：英國文化協會旅行代表。附件包括抽自國安局中央檔案的記錄：

一九六八—六九：牛津大學社會主義會所及蘇聯文化關係協會成員，和平運動分子，多次參與遊行……在西柏林自由大學就讀期間，參與反資本主義、擁有和平示威遊行……遭西柏林警察毒打……以擾亂治安及無政府主義傾向從西柏林驅逐出境（西柏林警局報告，來源CESAR）

沙夏屏住呼吸敘述他接下來幹的那件好事，將永遠在孟迪的記憶中迴響。那是國際平均地權會議期間，他們窩在德勒斯登一家酒吧裡。

「看到你不怎麼漂亮的臉，泰迪，我馬上獲得一種足以跟阿基米德的發現相提並論的啟示。我的底片終於不必在保險套裡冰凍一千年了。週一一早，我把你的簽證申請表拿去給教授，我的手在發抖。教授看了出來。他怎麼可能看不出來？那雙手已經抖了一整個週末。『沙夏，』他問，『你的手為什麼在發抖？』」

「『教授同志，』我答道，『星期五晚上，上蒼恩賜我一個我夢寐以求的機會。藉由您睿智的協助，我相信我終於能報答您對我的信任，在打擊反社會主義進步的鬥爭當中，扮演一個積極的角色。我請求您，同志：您是我的保護者，也是我英雄父親畢生的顧問與朋友，請給我一個機會證明我配當他的兒子。這個叫孟迪的英國人是個無可救藥的布爾喬亞，但是他關心人類的處境，有一腦袋激進、但未必正確的觀念，從他的記錄就看得出來。如果您准許我在您舉世無雙的指導之下培養他，我發誓一定不會讓您失望。』」

「你不介意嗎？」孟迪問得有點膽怯。「介意什麼？」——沙夏照例充滿火藥味。

「呃——我會把你的情報交給可恨的西方資本主義者啊？」

「你真莫名其妙，泰迪。我們必須在發現邪惡的當場跟它作戰。一種邪惡不能肯定另一種邪惡的必要，但也不能否定它。我已經告訴過你，如果我能刺探美國的情報，我也很樂意那麼做。」

空服員要孟迪緊繫安全帶。飛機即將在格但斯克降落，送他去跟他的祕密分享者第四十九次會晤。

•

那陣子，孟迪已經是老資格的會議動物。矇著眼睛把他丟在東歐任何一個人群聚集的天棚或會議廳裡，給他幾分鐘，嗅嗅香菸和體香劑的味道，聽幾句嗡嗡人語，他就能告訴你，為期五天的會議已進行到第幾天的第幾小時，來自哪些國家、例行在這種場合現身的文化界人士和官員，有哪些已經露過面，是否會有一份聯合閉幕聲明，蓋掉所有的分歧，或是我們會在閉幕餐會中看到一批少數人士的抗議報告，聽到辛辣的批評。

冷戰的敵對狀況是個重要的變數。如果政治氣氛緊張，代表們會焦慮地尋求共同的立足點。但如果政局鬆弛，很可能就會爆發互掀瘡疤的場面，給大家消痰化氣的機會。到最後，那群一個小時前還誓不兩立、威脅要將對方撕成碎片的仇敵，會展開瘋狂雜交，這才宣告落幕。

但今晚，格但斯克中世紀考古學家第三次聯歡會，氣氛卻跟他過去所知的任何狀況完全不同：邪惡、歡樂、叛逆，有學期結束的味道。會議旅館是一棟有許多角樓的愛德華式建築，位在波羅的海海濱的沙丘中間。前門台階上，無能為力的警察眼睜睜旁觀著，學生努力要把地下刊物塞進陸續抵達的代表手中。酒吧是沿著旅館望海的那一側搭建的玻璃屋。如果孟迪從說話的人頭縫隙望去，就能看見黑色的海平線和遠方船隻的燈光。令他很意外，中世紀專家竟是一群充滿活力的人。地主波蘭滿口大逆不道的胡言，每個人都把華勒沙[68]的名字與團結工聯掛在嘴邊。一台黑白電視、幾架收音機爭相發布新聞快報。廳裡不時發出戈比！戈比！戈比！[69]的喊聲。

68 華勒沙（Lech Walensa, 1943-），波蘭黑手工人出身，於一九八〇年組成團結工聯。經過多年經營，團結工聯於一九八八年發動三次全國性大罷工，實力已足與執政的共產黨分庭抗禮。一九八九年六月四日，團結工聯在國會大選中獲勝，成立非共的聯合政府。這個節骨眼上，俄國拒絕出兵干預，因此波蘭的共黨政府只好宣布下台。

69 對當時的蘇聯總理戈巴契夫的暱稱。

「如果戈巴契夫心口如一，」一位來自洛次[70]的年輕教授對來自索菲亞的同行高聲說，「這種改革還能停止嗎，請告訴我？誰能把魔鬼放回潘朵拉的盒子？如果可以公開行使選擇權，請問誰還要一黨專政的政府？」

代表們狂熱的討論若是展現一種觀點，那麼他們的監視者戒慎恐懼的面孔則呈現故事的另一面。類似這樣的異端邪說從他們四面八方湧出，他們該跟異端分子站同一邊，或是該向上級告發這批傢伙？他們當然兩者都會做。

截至現在，孟迪幾乎沒跟沙夏接觸。一個擁抱、揮幾次手，一起喝一杯的承諾。最初幾年團聚的喜悅過後，理智要求他們克制，避免公開表現彼此之間的感情。知性派的賀斯特與令人討厭的羅塔都不在場。六個月前，他們被沒有笑容、猶如鬼魅的曼福瑞取代。明天是最後一天全天開會，咱們駐華沙大使館的美人兒溫蒂會翩然到來，宣慰英國代表團，當然也會對文化協會的長青代表泰德・孟迪宣慰一番。但只限宣慰，不及於其他。孟迪很欣賞溫蒂，溫蒂也很欣賞他。但他們之間擋著愛丁堡禮儀學校鋼鐵般的禁忌：工作場所嚴禁發生性關係。孟迪曾輕率地向艾摩利坦白他的心思，得到的答覆也不那麼含蓄。

「幹你這份工作若想自殺，方法多得很，愛德華，但是在危險地帶打砲保證是最棒的一種。而且溫蒂是兼差的，」他進一步警告，「她嫁給一個外交官，有兩個小孩，她做間諜只是為了付房貸。」

一群中世紀專家湊在一塊兒唱著《馬賽曲》。一個身材豐滿，穿低胸露背裝的瑞典女人擔任指揮。一個喝醉酒的波蘭人把鋼琴彈得極好。剛離開一連串周邊派對的沙夏，眼睛在扁帽底下閃閃發亮，從酒吧另一頭走來，一路拍人肩膀，跟人握手，擁抱他有限範圍裡的每個人。他身後緊跟著鬼魅似的曼福瑞。

•

沙夏要到沙灘上走走，清理一下腦袋。溫暖的春風吹拂著海面。船隻上的燈光在海平線上連成一串。和平的漁船，或蘇聯的第六艦隊？似乎不再重要了。滿月清輝把沙丘照成黑與白。積沙較厚的地方還能行走，但往往會突然下陷，沙夏好幾次緊握孟迪的手臂，以免自己跌倒，但未必每次都能成功。有一回，孟迪拉他站起來時，感覺有樣東西落入他的西裝口袋。

「我覺得你嗓子不好，泰迪，」他聽見沙夏尖刻地說，「這些高品質的共產黨喉糖也許會讓你唱歌好聽一點。」

孟迪回敬沙夏一個英國製造、又在教授的工廠裡改裝過的鍍鉻隨身酒壺，裡頭塞滿孟迪二號為貝得福廣場出產的贗品所拍的照片。他們身後一百碼處，陰陽怪氣的曼福瑞手插在口袋，眼望著大海，在水邊站崗。

「教授嚇壞了，」沙夏在颯颯風中亢奮地小聲說，「害怕！害怕！他的眼睛像彈珠，一刻也不停。」

70 洛次（Lodz），波蘭中部城市。

「為什麼？他以為會發生什麼事？」

「什麼都不會發生。所以他才害怕。因為一切都是幻覺與宣傳，能出什麼差錯？教授的大統領昨天才從莫斯科回來，帶回最堅定的保證，什麼事都不會發生。現在你能想像他有多害怕了吧。」

「好吧，我只希望他是對的。」孟迪半信半疑，他只擔心沙夏過高的期望再次粉碎。「就記得五六年的匈牙利和六八年的捷克，還有其他幾次，他們都讓時光倒退。」他引用艾摩利引用他長官的話：別逼得他走投無路，愛德華．戈巴契夫也許會重新布置櫥窗，但他不會把店面都賣掉。

但沙夏不為所動。

「一定要有兩個德國，泰迪。兩個，最起碼，我太愛德國了，我甚至希望有十個德國。把這句話講給你的阿諾德先生聽。」

「我想我已經告訴過他好幾遍了。」

「西德一定不能跟東德合併。積極共存的首要條件，就是兩德都必須把外國占領者趕走，俄國人和美國人。」

「沙夏，聽我說，好嗎？『女王陛下的政府相信，德國的統一必須以整個歐洲的和解為前提。』那是官方的底線，過去四十年來一直如此。非官方的立場還更強硬：誰需要統一的德國人？佘契爾不要，密特朗不要，很多德國人也不要，西德和東德都有這種人。美國人也不想。」

沙夏好像沒聽見他的話。「只要占領者離開，每一個德國就舉行自由公正的選舉，」他彷彿呼吸困難地說，「兩德處境的關鍵，都是在歐洲心臟地帶建立不結盟的政治集團。分離的兩個德國只有在雙方完全解除武裝的前提下才能成立聯邦。這個目標達成後，我們將對波蘭和法國提出相同的結盟條件。經過那麼多場戰爭與分裂，中歐的和平將面臨嚴酷的考驗。」他摔了一跤又爬起。「不會有西德主導的兼併，泰迪。也不會出現兩大超級強權統治下的大日耳曼共榮圈。然後我們就終於可以為和平乾一杯了。」

孟迪還在思索該用什麼話安慰他，沙夏忽然雙手抓住他的手臂，哀懇地仰頭望著他。他的話斷斷續續。他全身在顫抖。「不會出現第四帝國的，泰迪。只要保持分裂狀態就不會。兩半的德國會一直保持主權獨立的分裂狀態。對不對？說對啊！」

孟迪悲傷、幾乎是疲倦地搖了搖頭。「我們想的都是根本不可能發生的事，」他親切但堅決地說，「冰河在移動，可是它不會融化。」

「你又在引用那個莫名其妙的阿諾德先生的話？」

「恐怕是。」

「替我向他問好，告訴他，他是個白癡。現在帶我回室內去，把我灌醉。」

•

孟迪跟凱特都同意，要像成年人一樣，把事情談清楚。在一起十一年，我們至少虧欠彼此這麼多，凱特說。孟迪會請一天假，專程前往頓卡斯特，凱特替他查好了火車時刻。她會開車去接他到鱒魚溪吃午餐，那地方在城外，比較隱密，而且，除非孟迪的口味最近有改變，否則他們都愛吃鱒魚。她說，他們倆最不需要的就是撞見地方上的媒體記者，萬一被地方黨部的人看見，情況就更嚴重了。至於跟自己的丈夫一起出入公共場所，就算被人當場逮著，究竟為何會讓她那麼緊張，孟迪就想不通了。但她怎麼說，他就怎麼做。

等他們談完，也就時間表達成協議，她就說，泰德最好能回家一趟，這樣正好能趕上陪傑克在花園裡踢踢球，或許菲力普也會順道過來喝一杯，他經常這麼做，來聊聊黨的政策。那麼，菲力普看見他們在玩球，也就可以參一腳，凱特這麼說。這樣的話，傑克可以親眼看見沒什麼不愉快的氣氛。事情也許會有一點小變化，但我們在一起都是好朋友，傑克是我們的第一優先。他會有兩個快樂的家，比原來還多一個，照理來說，他遲早會學著接受這種情況。因為我們都全心全意同意的一件事，凱特說，就是大家別為了爭奪傑克的感情而拔河。

事實上，孟迪在國王十字車站搭上火車之前，已經有那麼多事情已達成協議，他不由得希望——東歐沸騰一片，沙夏需要跟孟迪見面呈報的次數增為過去的兩倍——所有的出差任務都不至於那麼非去不可。但出乎他意料的是，事實與他的預期正好相反。他坐在火車上左思右想，也就無條件同意了凱特所有的要求。

堅定地。熱烈地。

在他心目中，傑克對母親的愛比世上所有的愛都更重要。只要能保障這一點，要他做什麼都願意。

他一上了凱特的車，就把這想法告訴她。一如慣例，他永遠不懂得為自己爭取權益，他拜託她，苦苦哀求，讓他一肩擔下這場婚姻失敗的全責。如果分居的前幾個月需要他保持低調，他一定配合。如果跟工黨新策略的最新推手在花園裡踢球，能讓傑克相信母親做了正確的生涯抉擇，孟迪願意踢到不支倒地。這不是什麼利他主義。這是求生。為他自己，也為傑克。無怪乎等他們坐下來吃飯時，孟迪覺得像是高潮過後，而不像婚姻告終。

「我們做得很好，」吃著前菜的蟹肉酪梨時，凱特安撫他，「我只希望別人也能像我們一樣文明。」

「我也是。」孟迪真心誠意地說。

他們談到傑克的學校。只限傑克的個案，凱特有意放棄她對私立學校的反感。傑克浮動的個性迫切需要個別的照顧。她曾經跟菲力普討論過此事，當然，在她的選區內，每個人都同意，只要是出於特殊需要，本地又看不出有什麼其他選擇，也沒有不幸曝光的話，他們可以接受這件事。孟迪憎恨私立學校，但他向她保證，如果傑克真的想讀，他會設法籌錢。

「文化協會那邊讓我真的很難過，」享用鰨魚和蔬菜沙拉時，她說，「我很生氣，他們怎麼那麼不懂欣賞你的才華。」

「唉，別怪可憐的老協會吧，」孟迪俠義心腸地說，「他們用他們自己的方式善待我。這不是他們的錯。」

「你要是能為自己的權益站出來就好了。」

「哦，我知道，我知道。」孟迪厭倦地說，又回到他們相處的老套。

「菲力普今年春季會出一本書。」上蘋果派時，她對他說。

「好極了。棒透了。」

「非文學作品，當然。」

「當然。」

他們談到立場——其實是凱特在談。身為前途看好的國會議員候選人，她顯然不可能考慮承認通姦。如果泰德有意追究，她別無選擇，只好提出精神虐待與遺棄。那麼雙方決定用「無可挽回的破裂」如何。

無可挽回的破裂，聽起來不錯，孟迪說。

「你在外頭有了人，是不是，泰德？」凱特有點尖銳地問，「我的意思是，你不可能獨自在倫敦這麼些年又沒有人陪。」

大致沒錯，孟迪是這麼做的，但他太客氣了所以沒承認。他們同意最好不要談錢。凱特會找個律師。泰德也該這麼做。

所有的律師都是混蛋。

「我想，我們最好等到菲力普的新工作確定後，如果你可以的話，」喝最後一杯咖啡時，凱特說。

「結婚嗎？」孟迪問。

「辦理離婚。」

孟迪要來帳單，用艾摩利牛皮紙信封裡的錢付了帳。下雨等等因素，使得他們同意今天恐怕不是跟菲力普踢球的黃道吉日。另一方面，孟迪想見傑克，超出他這輩子想見任何一個親人的渴望，所以他說，也許他還是回家一趟，陪他玩一會兒撿紅點什麼的，然後再搭計程車去火車站。

他們回了家，凱特燒水，孟迪坐在客廳裡等候，感覺像個保險推銷員，瀏覽那些如果他還住這裡就會擺幾盆花的地方，還有擺得笨拙，但只要傑克幫忙，不消五分鐘就能調整好的家具。他深自反省，他對家務有太多計較。他的思路還在這方向上奔馳，前門就砰地打開，傑克大踏步走進屋裡，旁邊是他的朋友羅納。他一言不發，衝過父親身旁，打開電視，便歪倒在沙發上，羅納躺在他旁邊。

「怎麼那麼早就放學了？」孟迪有點懷疑地問。

「老師叫我們回來的。」傑克挑釁地說，視線盯著電視頭也不回。

「為什麼？你做了什麼？」

「老師說我們該看著歷史慢慢創造出來啊。」羅納自鳴得意地說。

「所以我們就看啊，這有什麼不對？下午茶有什麼吃的，媽？」傑克道。

老師說得對。歷史確實需要人去創造。孩子們在看，孟迪在看。甚至認為外交政策在選舉中不討好的凱特，也透過廚房門在看。柏林圍牆倒下了，來自兩邊的嬉皮在殘餘的一切之上跳來跳去。西邊的嬉皮蓄長髮，孟迪木然注意到。而東邊剛解放的嬉皮是短髮。

午夜時分，孟迪的火車在國王十字站將他放下。他在公共電話亭撥通緊急號碼。艾摩利的聲音叫他暫且留言。孟迪說他沒有言要留，只想知道有沒有他該做的事。他的意思是，他想到沙夏都快嚇死了，但他受的訓練太好，所以不會這麼說。他回到愛司泰爾路，得到某種答覆，但那是六個小時前留在答錄機上的。「明天不打回力球，愛德華。球場在整修。聽其自然，多喝水。Tschüss。」他打開電視機。

我的柏林。

我的圍牆。

我的群眾在破壞它。

我的群眾圍攻史塔西總部。

我的朋友被鎖在裡面，等著被誤認為敵人。

成千上萬件的史塔西檔案被丟到街上。

等你讀到我的檔案：泰德·孟迪，史塔西祕密情報員，英國的叛徒。

清晨六點，他走到康士坦丁路上的公共電話亭，再撥緊急電話。它在哪裡響鈴？在羊毛工廠？誰還費神去欺騙史塔西？在艾摩利家中——在哪兒？他再次留下一通沒有意義的留言。

回到愛司泰爾路，他躺在浴缸裡聽著北德的廣播。他以極大的專注力刮鬍子，為自己煮了一頓慶賀早餐，卻沒胃口，於是把培根放在門口給隔壁的貓吃。他迫切需要做點運動，便出發向公園走去，最後卻來到貝得福廣場。他的大門鑰匙還管用，但當他按下內柵的門鈴，卻沒有戴著她父親印章戒指的英國女郎出來殷勤相迎。一陣憑空而來的沮喪，他用力推了一下，便開始猛力搥打那扇門，觸發了警鈴。他走到門外，門口有道藍光不斷閃爍，警鈴聲震耳欲聾。

他在塔騰翰廣場路的地鐵車站再度用公共電話撥緊急號碼，這回總算找到艾摩利本人。他聽到背景有德語吶喊聲，還以為電話被接到了柏林。

「你他媽的跑去工廠幹什麼？」艾摩利質問。

「他在哪兒？」孟迪問。

「從我們的監視幕上消失了。不在辦公室，也不在公寓。」

「你怎麼知道？」

「我們去查過，就這樣。你以為我們都在幹什麼？我們查過他的公寓，還把他的鄰居嚇了一跳。大家的共識是，他早已看出苗頭不對，趁著被人在街頭持棍毆打或發生其他什麼他媽的鬼事情之前就溜了。」

「讓我去找他。」

「太棒了，儘管去吧。帶著吉他，到監獄外面唱歌，直到他聽見你的金嗓子。你的護照在我們手上，萬一你忘了。泰德？」

「什麼事？」

「我們也是關心他的好嗎？所以別再扮烈士了。」

沙夏的信在整整五個月過後才出現。孟迪如何度過這段時間，事後他自己也不清楚。在頓卡斯特跟傑克踢足球的下午。跟傑克和菲力普踢足球的下午。跟菲力普、凱特共進可怕的三人晚餐，傑克拒絕參加。跟傑克在倫敦共度愁雲慘霧的週末。傑克非看不可、但孟迪討厭的電影。春天在公園裡散步，傑克落後兩步跟在後面。在文化協會無所事事，等著期待徵得各方同意提前退休的好日子。

同樣的筆跡。藍色航空信紙。北德胡松當地的郵戳，收信地址寫著愛司泰爾路。他怎麼會知道我的地址？當然了——我一千年前申請簽證的時候填在表格上的。他頗感不解，胡松這地名為何感覺很熟悉。當然了——寫《白馬騎士》的施篤姆（Theodor Storm）的故鄉。曼鐸邦博士曾經朗讀給我聽。

親愛的泰迪：

我用你的名字向波昂巴德哥德斯堡的德雷森旅館，訂了十八日晚上的兩間豪華套房。帶著你在世上擁有的一切過來，但你獨自來。我不想跟阿諾德先生說哈囉或再見，他大可滾一邊去。我來胡松是為了確認牧師先生真的已經入土。他不能活著見證我們親愛的領袖利用全能上帝的德國馬克兼併了東德這萬眾歡騰的一幕，真是讓我太遺憾了。

你基督內的兄弟沙夏上

沙夏瘦了，雖然他還能瘦的地方已經夠少。這個西方的超級間諜，就像非洲飢童一樣，縮在足夠容納三個他的安樂椅一角。

「這是自然的力量，」孟迪堅持，他寧可自己聽來不是那麼強自辯解，「形勢早已底定，不斷累積，就等著發生。一旦圍牆倒下，就大勢已去，不可遏止。你不能怪誰。」

「我要怪他們，謝了，泰迪。我要怪柯爾、雷根、佘契爾，還有你那個給我虛假承諾的阿諾德先生。」

「他從來沒給過你那種東西。他只告訴你他以為的事實。」

「但是以他從事的行業，他應該知道他以為的事實永遠是謊言。」

他們又沉默下來，但萊茵河永不沉默。雖然已入夜，川流不息的駁船仍不斷從窗前通過，船上傳來的噪音，只讓人覺得它們好像直接從房間裡穿過。孟迪和沙夏坐在黑暗中，但萊茵河上從不天黑。沿拉縴道排列的鈉氣燈，向上照耀著橢圓形的天花板。遊艇的燈光在鑲嵌半露方柱的牆上任意跳躍。孟迪一到，沙夏就把他帶到窗前，向他導遊：泰迪，你看到河的正對岸山頂上那棟旅館，那是貴國深受敬重的張伯倫首相把半個捷克送給希特勒時所住的地方。就在我們現在坐著的這家旅館——我敢說，就是這兩個房間——咱們親愛的領袖和他的隨從，同意收下張伯倫先生的慷慨禮物。「領袖會多麼盼望今晚跟我們同在啊，泰迪！東德被兼併，大日耳曼共榮圈重歸統一，赤禍就此埋葬。明天就是全世界！」

「我帶了阿諾德先生的口信要給你，」孟迪道，「我可以說嗎？」

「請儘管說。」

「只要在合理的範圍內，你要什麼都可以。重新定居、新身分，你開口就行。你顯然一開始就告訴他們你不要錢。他們並不預期你改變心意。」

「他們真慷慨。」

「他們很想見你，跟你好好討論你的未來。我口袋裡有你的護照，還有兩張明天飛倫敦的機票。要是你不想飛去倫敦，他們也可以到任何你願意跟他們見面的地方去。」

「我太感動了。但我已經沒有利用價值，他們何必那麼急著要見我？」

「也許是他們的榮譽感。也許是在你為他們做了那麼多事以後，他們不希望見到你行屍走肉般漂泊無定。也或許是他們不想讀到你的回憶錄。」

又是一段很長的沉默，另一個令人憤怒的新方向。沙夏放下威士忌，拿起一顆薄荷巧克力。他一絲不苟地用指尖剝下銀色的包裝紙。「我去過巴黎，那部分是確定的，」他用試圖重建故事經過的口氣說著，「我皮箱上還貼了一個巴黎的標籤。」他挑了巧克力的一端，小口小口地咬，「還有在羅馬，我無疑是做夜班管理員。這種職業很適合退休的間諜。在世界熟睡時看守著它。在它落入魔鬼手中時入睡。」

「我想，我們為你做的安排會比夜班管理員好一點。」

「我大概是從羅馬搭火車到巴黎，再從巴黎到漢堡，接著從漢堡到胡松的吧。抵達胡松後，雖然我衣衫襤褸，但還是說服了計程車司機載我到已故牧師先生的家。我母親來開的門。她冰箱裡有隻冷雞，樓上還有張溫暖的床在等著我。我們因此可以推論，我在旅途中應該打過電話給她，告訴她我打算去看她。」

「這麼做聽起來很合理。」

「我曾經讀過，有的原始部落相信，必須有人死亡，才有會有人出生。我母親的重生確認了這個論點。她花了整整四個星期，以相當好的技術不分日夜照顧我。我很佩服她。」一條錨鍊尖叫，然後被淹死。一艘船上的號角為它的逝世發出哀鳴。「但你呢，泰迪？阿諾德先生也對他的同胞伸出同樣的援手嗎？去當女王的隨從怎麼樣？」

「他們說要幫我買下一所語言學校的合夥人股分。我們還在討論。」

「在德國這裡？」

「很可能。」

「教德國人說德語？這是好時機。一半在說美國德語，一半在說史塔西德語。請盡快開始吧。」

「其實是教英語。」

「啊，當然了。我們老闆的語言。很明智。你的婚姻完蛋了嗎？」

「怎麼這麼說？」

「要不然你會回到你家人的懷抱。」

如果沙夏的目的是惹惱孟迪，他已經成功了。

「所以我們兩個都無家可歸了，」他反駁，「好得很。兩袖清風。兩名冷戰留下的閒漢，失業了。我們是這樣嗎，沙夏？是嗎？那我們就好好痛哭一場。我們就消極到底，自艾自憐，認定全世界都沒希望了。我們來這兒就是為了要做這種事嗎？」

「我母親希望我陪她回紐倫堡，那是她的出生地。那兒有安頓老人的地方，她一直有寫信聯絡。請阿諾德先生付費直到她去世為止，為期也不會太遠了。」他從口袋裡取出一張名片，放在桌上。聖茱莉亞烏蘇拉修女會，孟迪看了一眼。「阿諾德先生的鈔票也許有點不乾淨，但牧師先生的錢卻是絕對碰不得的，只能送給世間的窮人。我希望你跟我一起來，泰迪。」

這一刻，河上的交通噪聲異常響亮，使得孟迪沒有馬上聽懂沙夏那最後幾句話。然而他看見沙夏跳起身，站在他面前。

「你見鬼的在說什麼呀，沙夏？」

「你的行李還沒打開，我的也是。我們只要付清房錢就可以離開。首先，我們送我母親去紐倫堡。她是個和善的女人。很講禮貌。跟我分享吧，我不會嫉妒的。然後我們就可以離開。」

「走去哪兒？」

「遠離第四帝國。找一個終究還有希望的地方。」

「那會是什麼地方？」

「任何只剩希望的地方。你以為只因為一群東德老納粹把列寧換了可口可樂，戰爭就結束了嗎？你真的相信美國資本主義會把世界打造成一個美好安全的地方嗎？它只會把它榨乾。」

「所以你打算怎麼辦？」

「抵抗，泰迪。還有什麼別的辦法？」

孟迪沒答腔。沙夏拎起他的皮箱。箱子在黑暗中看來比他的人還大，但孟迪沒有過去幫他或阻止他。他坐在那兒，心頭流過一張突然間顯得非常重要、雜七雜八的俗務清單。傑克要求五月去冰河溜冰。凱特要拿回愛司泰爾路的房子。她打算以倫敦為根據地，通車往返她的選區，以便菲力普更接近權力核心。也許我該設法去上點速成課程，弄個學位什麼的。河上喇叭汽笛眾聲喧嘩，他連沙夏關門的聲音都沒聽見。

•

孟迪仍坐在那兒，陷在安樂椅裡，有條不紊地慢慢啜飲一杯相當過得去的蘇格蘭威士忌，聆聽他已經不屬於其中的世界劈啪作響，品嘗自身存在的空虛，他想知道被過去捨棄的自己如今還剩下什麼，他這個人還有多少可資利用，如果有這部分的話，還是乾脆將過去一筆勾消，重新開始，也許更好。

他也很想知道，當他在做那些他永遠不會再做的事的時候，他是誰？欺騙與偽裝——以什麼之名？公路上的鐵棺材與軍用大衣——所為何來？

他想知道做過的這一切，是否值得換來一場失敗的婚姻，一份失敗的事業，還有個我不敢直視他眼睛的孩子。你明天還會重頭來過嗎，爹地，如果號角聲再次響起？不相干。已經沒有明天了。再也不會有像昨天一樣的明天了。

他重新斟滿杯子，向自己敬酒。寧為沙羅曼蛇，生活在烈焰中。真好笑。一旦火熄滅了，那怎麼辦？

沙夏會回來的。他每次都這樣。沙夏是一根可以擲出的回力棒。他再過幾分鐘就會來敲門，說我是個白癡，要我再倒一杯威士忌給他，屆時我也會給自己倒一杯。

孟迪就這麼做了，也不費神摻水了。

等我們幾杯興奮劑下肚，正如老杰伊．魯爾克說的，我們就開始辦正事，慶祝我們的成就：冷戰結束了，共產黨死了，我們是促成這一切的人。從此再也沒有間諜，全世界所有嚇壞的人夜裡躺在床上可以安然入睡，因為沙夏和泰迪終於為他們打造了一個安全的世界。所以，乾杯，老哥，我們兩個都幹得好，還有敬沙羅曼蛇、沙羅曼蛇太太，以及未來所有的小沙羅曼蛇。

早晨我們會帶著天殺的宿醉醒來，心想：他媽的沿河上下這些唱歌歡笑拍手按喇叭是怎麼回事？我們會打開那些雙層窗，走到陽台，只見所有的遊艇和駁船都插滿國旗，對我們大鳴汽笛，群眾揮手歡呼：「哦，謝謝你，沙夏！謝謝你，泰迪！昨晚是自從領袖去領他的禮物以來，我們睡的第一個好覺，這一切都是我們欠你們兩位好漢的。為泰迪和沙夏三呼萬歲。萬歲！萬歲！萬歲！」

也為你們大家歡呼。

孟迪起身的速度對他的頭痛而言太快了點，但他掙扎走到門口，用力把門打開，走廊空空蕩蕩。他走到樓梯頂端，喊道：「沙夏你這混蛋，回來！」但來的不是沙夏，而是一位年長的夜班管理員，他殷勤地把他送回房間。門已自動鎖上，但夜班管理員有萬用鑰匙。他也是一位退休的間諜，毫無疑問，孟迪想著，賞了他五十馬克。在世界熟睡時看守著它，在它落入魔鬼手中時入睡。

11.

他們下方的巴伐利亞湖畔，旋轉木馬還在哼唧它的流行歌曲，西里西亞鬥牛士還在唱著他的西班牙情歌。不時有一支地對空煙火，沒能命中目標就在群星之間炸裂開來，在它紅色與金色的光芒裡，山巒在顫抖。但沒有回應的火光，沒有冒出黑煙、墜落地面的敵機。不論它們射擊誰，對方都握有制空權的優勢。根據凱倫的定義，恐怖分子就是有炸彈卻沒有飛機的人，孟迪聽見茱蒂在他耳邊說。他讓茱蒂進入他的人生，已經是許久以前的事了，但手中端一杯威士忌，頭頂是閣樓的天花板，沙夏的駝背距離他不到十呎，很難控制回憶不在四周流轉。

現在是柏林的耶誕黃昏，他認定了，只差沒有耶誕歌曲，沒有從教堂拿來的蠟燭在一堆堆偷來的書上閃耀。沙夏在烹煮食物，但不是一大塊硬得像子彈的鹿肉，而是孟迪最喜歡的維也納肉排，就裝在他小心翼翼從螺旋梯提上來的購物袋裡。這間小閣樓有外露的屋椽，光禿禿的磚牆和天窗，但相似之處僅此而已。房間一角是個現代化的廚房，瓷磚、不鏽鋼流理台。一扇拱窗可眺望遠山。

「這地方是你的嗎，沙夏？」

沙夏幾時擁有過什麼東西？但正如任何一對十多年未見的重聚老友，他們的對話還沒有超越寒暄的層次。

「不是，泰迪。是一些朋友替我們弄來的。」

我們，孟迪聽在耳裡。

「他們真體貼。」

「他們是很體貼的人。」

「而且富有。」

「說對了，真的。他們是站在受壓迫者這一邊的資本家。」

「那輛漂亮的奧迪也是他們的嗎？」

「那是他們提供的車。」

「很好，好好巴著他們。我們需要他們。」

「謝謝你，泰迪，我的確打算這麼做。」

「也是他們告訴你去哪裡找我的嗎？」

「有可能。」

孟迪聽著沙夏說話，但他真正注意聽的是他的聲音。那聲音跟過去一樣緊張而活力充沛。那聲音永遠掩飾不了當中的興奮，這就是孟迪現在從當中聽到的。那是從不久前跟他交談過的隨便哪個天才身上反彈出來的聲音，宣布他們即將揭露人類知識的社會起源。那是當他從威瑪某個地下室的陰影中走出時，命令我用心聽，盡可能不要說話的班珂的聲音。

「所以你現在很滿足囉，泰迪，」他輕快地說，手在爐子上不停忙碌著，「你有一個家，一輛車，對大眾推銷你的屁話。你是否一如往常跟你挑中的女人結婚了？」

「正在努力。」

「你不想念海德堡嗎？」

「為什麼要？」

「你直到六個月前都在那裡經營一所語言學校，我相信。」

「那是一連串打擊中的最後一個。」他見鬼了怎麼會知道這件事？

「出了什麼問題？」

「還不是老問題。盛大開幕。寄推廣函給所有大公司。全頁廣告。把你們疲憊不堪的主管交給我們。唯一的問題是，我們收的學生越多，賠的錢就越多。沒有人告訴過你嗎？」

「你的合夥人不誠實，我相信。伊貢。伊貢。」

「沒錯。伊貢。表現很好。先來聽聽你的近況吧，沙夏。你住在哪兒？跟哪些人在一起？你在搞什麼名堂，對象是誰？你跟你的朋友他媽的來窺探我幹什麼？我還以為那些我們都已經放棄了。」

眉毛揚起，嘴巴抿緊，沙夏只挑一半的問題回答，其他的都裝作沒聽見。「謝謝你，泰迪，我終於有所發揮了，我這麼認為。我的運氣似乎有轉好的跡象。」

「也該是時候了。在這地獄般的世界裡流淚的激進演說家，不可能每分鐘哈哈大笑一次。你發揮了什麼？」

還是沒有答案。

桌上擺了兩人份的餐具。高級紙餐巾。一瓶勃艮第紅酒放在做作的木質杯墊上。沙夏點亮蠟燭。他的手在發抖，就像是據他所說、二十多年前他將孟迪的簽證申請書拿去給教授時的那種抖法。這景象讓孟迪心頭湧起一股他發誓不要去感覺的俠骨柔情。他曾經在心裡對薩拉、穆斯塔法、他自己，以及對他們三個人就快要擁有的美好生活發過這個誓。再過幾分鐘，他就會明確告訴沙夏：如果這又是一個你的偉大願景，要由我們分享，沙夏，答案是不，不，不，他會這麼說。再來，他們便可以聊聊過去，握握手，然後分道揚鑣。

「我建議我們喝慢點，泰迪，如果你可以的話。我們可能會度過一個很長的夜。」沙夏說。

•

不出意料，維也納肉排沒煎熟。過於興奮的沙夏根本等不及把油脂煎透。

「但你收到我的信了，泰迪？儘管你沒能回信。」

「確實如此。」

「每一封？」

「我想是吧。」

「你有看嗎？」

「當然。」

「我的剪報文章也看了？」

「聳動人心。我很佩服。」

「但你沒有感動到給我回信。」

「似乎是這樣。」

「因為我們在巴德哥德斯堡分手時已不再是朋友了嗎？」

「哦，我們大概還是朋友吧。只是有點疲倦。間諜生涯把人都抽空了，我經常這麼說。」孟迪答道，發出響亮的笑聲，因為沙夏常常分辨不出笑話，不過，這個笑話也沒多高明。

「敬你，泰迪。敬那些美妙、恐怖時光裡的你。」

「也敬你，兄弟。」

「這些年來，整個世界，不論我在哪裡，教書、被趕出來，被關起來，你一直是我祕密的告解對象。要是沒有你——在很多時候，很多地方——我真的會相信鬥爭毫無希望。」

「於是你寫了信。你人真好。這完全沒有必要的。」孟迪粗聲說。

「你喜歡最近這場小戰爭吧，我希望？」

「每一分鐘。怎麼都覺得不夠呢。」

「有史以來最有必要的，最有道德的，最符合基督精神的——最勢不均力不敵的？」

「我打從開始就覺得噁心。」孟迪道。

「而且仍然如此，我聽說。」

「沒錯。仍然如此。」

•

原來這是他的目的，孟迪心想。他知道我在破口大罵這場戰爭，所以想邀我加入某種活動。好啊，如果他想知道我有什麼問題，想知道的人可多了。我睡著了。我被冷凍了。昨日的間諜在林德霍夫大談國庫透支，把說英語的遊客煩得恨不得割掉耳朵。我的多佛白堊峭崖消失在霧中[71]，而忽然之間——

忽然之間，他變成一隻發狂的大黃蜂，把薩拉的公寓貼得滿牆剪報，打電話給素昧平生的人，對著電視大發雷霆，用讀者投書圍攻我們心愛的英國報紙，而那些編輯他媽的根本都不讀，更別說刊登出來了。

所以，發生在他身上的事，哪一樁不是從前就發生過？

他經歷過佘契爾和福克蘭群島事件[72]。他看過英國小學童表現邱吉爾精神，對著緊急受命前去解放福克蘭的巡洋艦，和樟腦丸還在船艙裡喀啦喀啦響的老朽驅逐艦，高聲大喊「不列顛萬歲！」他曾經奉我們的女領袖之命，慶祝擊沉了敵艦貝爾格蘭諾號。他差點就吐了。但看多了，他也逐漸變得麻木不仁了。

在他還是個涉世未深的九歲小學生時，倒也能跟少校一樣，歡欣鼓舞地看著我們英勇的英國部隊，解放瀕於危機的蘇伊士運河——讓它繼續牢牢地掌握在合法持有者手中，直到發現政府把我們送上戰場的藉口全是謊言，從過去到現在都沒有改變。

政客的謊言和偽善對他都不是新鮮事。從來就不是。所以為什麼現在才生氣？為什麼跳上他的肥皂箱，白費力氣地大聲疾呼，反對打從地球上出現第一個政客，發表語焉不詳的政見，人類第一次的偽善，撒謊，用國旗包裝自己，穿上神的鎧甲，並且說他從來沒說過先前說過的那些話開始，就一直不斷重複的那樁事？

是老男人的毛躁提前發作？是因為看到一場重演太多遍的表演而生氣？是因為知道歷史上自作聰明的傻瓜又出賣了我們一次，所以他寧死不給他們下一次機會嗎？是因為他活了快六十年才發現，在帝國滅亡半個世紀後，這個他曾經為它略盡棉薄之力，卻嚴重管理不善的國家，竟然為了討好一個天生反骨、自以為有資格任意威脅全世界所有國家的超級強權而奔

71　多佛是英國地名，但其中有多重迂迴的意義，對非英語讀者可能有點費解，在此試解其中一部分，一探孟迪此時心境是多麼的複雜。首先，《多佛的白堊峭壁》（The White Cliffs of Dover）是英國一首男女老幼都耳熟能詳的歌謠，主要歌詞為「多佛的白堊峭壁上將會有青鳥飛翔，只等世界重獲自由的那一天」，代表某種對於傳統價值的堅持，相信美好世界終於會來臨的執著。其次，英國詩人馬修·阿諾德（Matthew Arnold,1822-1888）的名詩《多佛海灘》（Dover Beach）也非常膾炙人口。詩中有感於天地之廣大無垠，世事動盪不安，生命充滿不確定感，而人類唯有真誠相對，才能掙脫疏離的恐懼。然而，無論孟迪對沙夏有多深的感情，都不可能完全信任他。第三，再由詩人的姓氏聯想，孟迪在英國情報機構的上司艾摩利的化名也是「阿諾德先生」，孟迪和沙夏的關係之所以如此密切，無可否認，艾摩利居間磨合有功，這句話中包含多重錯綜複雜的聯想，可見一斑。

72　福克蘭群島位在阿根廷外海，但將近兩百年前就被英國占領。一九八二年，英國不肯放棄福克蘭群島的主權，不惜派海軍艦隊長征八千哩。阿根廷海軍不敵，加上美國支持英國，最後英國獲勝。這是二次世界大戰以來，規模最大的海上武力衝突。

走，用一堆謊言去弭平當地人民。

泰德．孟迪發表這些無益的見解時，是哪些夠文明、願意聆聽的國家，發出最熱烈的迴響？

殘暴的德國。

有異心的法國。

野蠻的俄國。

三個有勇氣、有理智說不的國家，願他們堅持長長久久。

在閃閃發光的怒火中，還過魂來的孟迪寫信給他的前妻凱特——現在，她因過去的種種罪惡，可以獲得在下任政府中出任高官的獎勵。或許他的外交手腕不及應有的那麼好，但畢竟他跟這個女人結過婚，看在老天爺分上，我們還生了個孩子。她長達四行的打字回信，是別人代簽的，告訴他，他的立場她已知曉。

好吧，她那麼做也是天殺的好久以前的事了。

回魂的孟迪接著向他的兒子求助，這孩子求學路上經歷過幾次失敗，終於在布里斯托大學讀到最後一年了。孟迪慫恿他發動同學走上街頭，劃街為寨，杯葛上課，占領副校長宿舍。但這陣子傑克跟菲力普的關係比較好，也沒時間花在遠在他方、又沒有電子郵箱的更年期父親身上。用手寫信已超出他的能力。

於是，回魂的孟迪上街遊行，就像他從前跟伊爾莎一起，或是在柏林跟沙夏那樣，但懷有一種他從未有過的信念，因為在此之前，他的信念一直都是跟別人借來的。當然，還有一件令人意外的事，就是殘暴的德國人竟然會費神去遊行示威，反對一場他們的政府譴責的戰爭，但上帝保佑他們，他們確實這麼做了。也許他們比大多數國家的人民都清楚，誘惑一群容易上當的選民是多麼容易的事。

回魂的孟迪跟他們一起遊行，薩拉和穆斯塔法也都來了，還有他們的朋友，還有拉妮、阿梅德、奧瑪、阿里的鬼魂，還有十字山區的板球隊。穆斯塔法的學校參加了遊行，還魂過來的孟迪也跟學校一起遊行。

清真寺遊行，警察跟他們一起遊行，遇見跟遊行群眾一樣反對戰爭的警察，對還魂過來的孟迪而言還真是一樁新鮮事。遊行過後，他跟薩拉和穆斯塔法一起去清真寺，做完禮拜後，他們情緒低落地坐在薩拉工作的烤肉店角落裡喝咖啡，開明的伊瑪目也在座。他勸導他們，學習是對抗危險意識形態最好的工具。

經過那麼多年的假裝，也該來點真的了，孟迪打定主意。也到了煞住人性的自欺，靠我自己的力量開始的時候了。

•

「你們的小首相才不是美國總統的哈巴狗，我聽說，他是他的導盲犬。」沙夏似乎能看透孟迪的心事，「有唯命是從的英國媒體企業幫腔，他把美國帝國主義捧到了全然違背事實的崇高地位。甚至有人說，主導這場戰爭的是你們英國人。」

「那我一點兒也不意外。」孟迪坐直身子，想起曾在某處、大概是《南德日報》讀到，並引述過的一篇文章。

「既然所謂的聯軍，無端攻擊伊拉克，已經打破了一半的國際法律規則，接著又長期占領伊拉克，打破另一半的規則，我們難道不該堅持，應勒令挑起戰爭的主謀到海牙法庭之前，為他們的行為負起責任嗎？」

「好主意，」孟迪麻木地表示同意。這即使不完全是他自己的見解，至少也曾被他引述過，並產生驚人的效果。

「當然，儘管美國人事實上已單邊宣稱他們不受國際法庭的約束。」

「儘管如此。」才不過兩星期前，他曾經在靈異象限的聚會中，對擠滿的人群發表他從ＢＢＣ全球即時新聞網上聽來的同樣論調。

孟迪忽然覺得受夠了。他受夠的不僅是今天晚上而已。這種鬥智的競賽快把他煩死了。他不知道沙夏在搞什麼鬼，但他知道自己不喜歡，而且也不喜歡沙夏臉上那抹自以為高明的笑容。他正要說出心裡一部分、甚或全部的想法，沙夏忽然撲到他面前。他們的臉貼得非常近，只有柏林閣樓的耶誕燭光照亮。沙夏抓住他的手臂。充滿痛苦與絕望的黑眼睛裡閃耀著一種幾近病態的狂熱。

「泰迪。」

「他媽的這是怎樣？」

「我只有一個問題要問你。答案我已經知道，但我一定要聽你親口說，我答應人家的。準備好了嗎？」

「我懷疑。」

「你講的那些冠冕堂皇的話，你自己相信嗎？還是你吹說了半天的大話，只是為了保護自己？你在德國是個英國人。或許你覺得有必要表態，說話比你實際的感覺更大聲？這是可以理解的。我不是批評你，但我要問你。」

「看在老天爺分上，沙夏！你戴著扁帽。你把我拖到這裡來。你冷冷笑著看我，活像個瑪泰．哈蕊[73]。你拿著我的話砸到我臉上。現在，拜託你打開天窗說亮話，告訴我這他媽的究竟是怎麼回事可以嗎？」

「泰迪，求求你先回答我。我帶來難以置信的希望。我們兩個都有分。一個好到你不會相信的機會。你可以立刻擺脫所有物質上的憂慮。你可以恢復教師身分，實現你對多元文化社區的愛——一個我作夢都想不到會那麼大的舞臺。更可以在創造新世界的過程中出一份力。我看你快睡著了。」

「沒有，沙夏。我在聽，只是沒看著你。有時候這樣比較好。」

「這是一場謊言的戰爭，你同意嗎？我們的政客對媒體撒謊，他們看到自己的謊言印成文字，就稱之為民意。」

73 瑪泰．哈蕊（Mata Hari, 1876-1917），生於荷蘭的法國舞女，因充當德國間諜而被處死。她生前有多重撲朔迷離的間諜身分，名字也成為間諜的代稱。

「這是你自己的話，還是我從哪裡偷來的？」

「是一位了不起的人說的。你同意嗎？是或否。」

「好吧，是。」

「一再重複，每一則謊言就變成不可逆的事實，在其上可以建立更多的謊言。於是我們就有了戰爭。這場戰爭。這也是他的話。你同意嗎？求求你，泰迪！說是或否？」

「仍然是。那又怎樣？」

「這一過程是累進的。有必要存在的謊言越多，就必須發動越多的戰爭證明它們存在的合法性。你仍然同意嗎？」

泰迪內心的怒火不斷高漲，他裝出無動於衷的神態，等候下一輪攻勢。

「任何領導人最容易得手、也最廉價的伎倆，就是用虛偽的藉口讓國家投入戰爭。凡是這麼做的人都應該褫奪現職，永不錄用。這麼說對你而言是否太尖銳，泰迪，或者你認同這樣的情緒？」

孟迪終於爆發。「是，是，是。夠了吧？我冠冕堂皇的論調、你冠冕堂皇的論調，還有你最新的師父冠冕堂皇的論調，我都同意。不幸的是，我們都付出代價學會過，冠冕堂皇的論調阻止不了戰爭。所以晚安了，謝謝你，讓我回去吧。」

「泰迪，距離這裡二十哩外，有個人承諾要用生命與財富捍衛『追求真理的武裝競賽』。這是他自己的說法。他的話充滿啟發性。聽到任何事都不會讓你意外，不會帶給你危險或害處。他很可能會對你提出一個建議。一個不可思議，獨一無二，令人感動莫名的建議。如果你接受，而他也接受你，你的人生將會因此變得無比豐富，在精神上，也在物質上。你會得到前所未有的嶄新生命。如果談不出協議，我也向他保證過，你會替他保密。」握住孟迪手臂的手箍得更緊了。「要我奉承你嗎，泰迪？你等的就是這個嗎？你要我用我們親愛的教授的手法哄你？用好幾個小時昂貴的晚餐當作前戲？那種時代也已經結束了。」

孟迪覺得比自己願意感覺的更衰老。拜託你，他心想，這一幕我們都經歷過。這種事我們做過。我們這種年紀已經沒有新遊戲可玩了。「他叫什麼名字？」他疲憊地問。

「他有很多個名字。」

「一個就夠了。」

「他是哲學家、慈善家、隱士和天才。」

「也是間諜，」孟迪說，「他跑到靈異象限來聽我講話，然後把我講的東西轉告給你。」

什麼也打擊不了沙夏的狂熱。「泰迪，他不是間諜。他是一個擁有龐大財富與權力的人。人家把情報當貢品獻給他。最初我跟他提起你的名字，他什麼也沒說。一個星期後他找我過去。『你的泰迪在林德霍夫，對英國觀光客說些屁話。他有個穆斯林老婆，還有副好心腸。你先去確定他是不是真的就像他所說的那麼贊成我們。如果是，你就向他解釋我們的原則，然後帶他來見我。』」

原則，孟迪在心裡對自己複述一遍。不需要戰爭，光是原則的追求，就可以鬧得天翻地覆。「何時開始，有錢有勢的人可以吸引你了？」他問。

「自從我遇見他。」

「怎麼遇見？發生什麼事？他從蛋糕裡跳出來嗎？」

沙夏對孟迪的猜疑失去耐性，鬆開他的手臂。「在中東一所大學裡。是哪所大學我不確定，他也不肯說。也許是亞丁。我在亞丁待了一年。也可能是杜拜或葉門，或大馬士革。或更往東到檳城，那兒的有關機關曾經保證過，如果我清晨不離開就要打斷我兩條腿。他只告訴我，他是剛好趁門關上以前溜進講堂，就坐在最後面，深受我的話感動。他在現場發問前就離開了，但他立刻命令他的手下取得一份我的講稿。」

「請問那場演講的題目是什麼？」孟迪本想說「知識社會的起源」，但慈悲的本能使他打住。

「是關於企業與軍事聯盟對全球普羅階級的奴役，」沙夏自豪地說，「也就是工業和殖民擴張的不可分割。」

「這主題讓我也想打斷你的腿。那個有許多名字的老兄，他的錢是怎麼賺來的？」

「很不名譽的。他喜歡引用巴爾札克。『每一筆龐大的財富背後都有龐大的罪行。』他跟我保證巴爾札克說的是狗屁。需要很多罪行才夠。狄米崔所有的壞事都幹過。」

「所以他就叫這名字。其中之一。狄米崔。」

「今晚，在我們面前，他叫這個名字。」

「狄米崔有姓嗎？」

「就叫狄米崔先生。」

「來自俄羅斯？希臘？還有什麼地方出產狄米崔的？阿爾巴尼亞？」

「泰迪，這都不相干。這個人是世界公民。」

「我們都是。哪部分的世界？」

「如果我告訴你，他持有的護照本數跟阿諾德先生一樣多，你會佩服嗎？」

「回答我的問題，沙夏。他那些天殺的錢是怎麼賺來的？軍火交易？販毒？販賣白奴？或真正夠壞的事？」

「你試圖衝撞的門都是打開的，泰迪。我不排除任何可能。狄米崔也是。」

「所以這是懺悔。贖罪的錢。他把世界搞得一團糟，現在他要重建。可別告訴我他是美國人。」

「不是懺悔，泰迪，也沒有罪，就我所知，他不是美國人。他要的是改革。我們不需要加入路德會，就能相信人是可以改革的。他在湊巧聽到我演講的時候還是個追求信仰的朝聖者，就跟你我過去一樣。他質疑每件事，不相信任何事。他是一頭知性動物，聰明絕頂，尖酸刻薄，缺乏教育。他讀過很多書，希望能增加知識，但還是無法界定自己在這世界上的角色。」

「所以你就出現啦，你為他指點了光明。」孟迪粗魯地說，然後把頭埋進掌中，閉上眼睛尋求一點安靜，他這才發現，自己從頭到腳都在輕輕顫抖。

但沙夏不肯讓他安靜。他在狂熱之中從不給別人留餘地。「你為什麼這麼憤世嫉俗，泰迪？你排隊等巴士時，難道從來沒有旁聽到別人只用十個字，就把你內心某種觀念表達得淋漓盡致，而在這之前，你甚至不知道自己有這種想法嗎？那十個字被我說出來，是我的運氣。他在任何地方都有可能聽得到。今天他知道了。我說出它們的時候，它們早已在西雅圖、華府、熱那亞的街頭流傳。每當企業帝國主義的八爪魚抨擊時，用的都是相同的字句。」

孟迪回想起他曾經寫信給茱蒂，說自己沒有牢固的立足點。他現在還是沒有。威瑪往事又重演了。我是個抽象觀念，正在跟另一個抽象觀念談第三個抽象觀念。

「所以狄米崔先生聽到你演講，」他耐心地說，口吻像是要試圖重建犯罪現場，「他站在你等巴士的隊伍裡。他對你的口才佩服得五體投地。就像我們大家那樣。所以，我現在再問你一個問題。你怎麼見到他的？他何時以有血有肉的真人出現在你面前？或者你不能說？」

「他派了一個使者來。完全就跟他今天派我來跟你談一樣。」

「什麼時候？什麼地方？派了誰？」

「泰迪，我們不是在白色旅社。」

「我們也別互相欺騙。一切都結束了。我們可以像真正的人一樣交談。」

「當時我在維也納。」

「做什麼？」

「開會。」

「什麼會？」

「國際主義者與自由意志論信徒。」

「然後？」

「有個女人接近我。」

「是我們認識的人？」

「我不認識她。她表示很熟悉我的著作，問我是否願意認識她一位傑出的朋友，一個很有地位卻不喜歡曝光的人。」

「所以她也沒有名字。」

「科巴赫。瑪莉亞・科巴赫。」

「年齡？」

「無關緊要。她不吸引人。大概四十五歲。」

「國籍？」

「沒透露。她有維也納口音。」

「為誰工作？」

「也許是狄米崔。不知道。」

「她有參加會議嗎？」

「她沒那麼說。她的名字也不在與會代表或工作人員的名單中。」

「好吧，起碼你看過她。是小姐還是太太？」

「沒透露過。」

「她給過你名片嗎？」

「沒有，我也沒向她要。」

「給你看過駕照？」

「泰迪，我覺得你滿肚子狗屁。」

「還是你知道她住在哪兒，如果她有地方住？你有沒有查過維也納的電話號碼簿？為什麼我們會跟一群他媽的鬼在打交道？」他瞥見沙夏氣餒的表情，克制住自己。「好吧，她接近你。她提出一個問題。然後你說，好啊，科巴赫太太或科巴赫小姐，我願意見妳傑出的朋友。然後呢？」

「我被請到維也納最高級的地段一棟大別墅裡，地點我不能透露，我也不能洩露那次談話的內容。」

「是她帶你去的，我猜。」

「有輛車在會場大廳外面等著。有司機送我們過去。那時會議已開完，接下來也沒有議程。我們抵達別墅時，她去按門鈴，把我交給一名祕書就離開了。我等了一會兒，被帶進一個很大的房間，只有狄米崔一個人在。『沙夏，』他對我說，『我有一大筆非法的財富，我精通在看不見的地方生活的藝術，也是你的忠實門徒。我有一件無比重要的任務想交付給你，但要是你認為只有你自己知道這件事太過沉重，就請立刻告訴我，然後離開。』我問他：這件任務合法嗎？他答道，不僅合法，甚至還攸關所有人類的利益。我就在他面前發誓保密。接著他就花了好幾個小時，向我說明他願景的本質。」

「那是——」

偉大的雙重間諜沙夏消失了。取而代之的，是柏林閣樓裡那個容易上當又滿懷熱情的夢想家。

「那是一個我本人，以及我的救星兼朋友泰德．孟迪，在任何地方都有足夠的能力去貫徹的願景。

那個願景簡直就是配合我們各方面需求量身打造的。」

「你就只告訴我這些？」

「其餘部分你得聽狄米崔親口告訴你。在維也納，他問過我，在承受過那一切之後，我是否還相信人生？」

「你當然會說相信。」

「當時我有的是信心。聽他描述過他的願景之後，我有激情。」

孟迪從桌邊起身，背對沙夏站在寬闊的窗口。下方遠處是節慶最後的餘光閃爍。湖面黝黑而靜止，對岸的山巒剪影襯著陰霾的天空。

「你最後一次看到他是什麼時候？」

「在巴黎。」

「另一棟別墅？」

「一棟公寓。房子大到我希望能騎腳踏車去上廁所。」

「那之前呢？」

「只有在維也納。」

「那你們怎麼聯絡？把紙條藏在石頭底下？」沙夏拒絕回答這麼戲謔的提問，孟迪於是接著問，「他知道我們曾經一起工作嗎？」

「他知道你在柏林是個激進分子，被法西斯毒打過，他也有過遭法西斯毒打的經驗。他知道你為了一個同志犧牲自己。」

「那你呢？」

「聽不懂？」

「他知道你曾經為阿諾德先生打工嗎？」

「他知道我這輩子只要所到之處有暴政存在，我都會與之對抗，用任何我能取得的武器。泰迪！」

這下子輪到沙夏生氣了。他跳起來，一拐一拐走到窗前，站在孟迪身旁，抬頭看著他，以憤怒的祈求伸出雙手。「見鬼了，說真的，泰迪！你難道不明白我是如何替你美言嗎？狄米崔問我，憑我過去的經驗，可知道有其他的人才，正直、有相同的胸襟、勇氣與理性的人——我第一個想到的除了泰迪，還能有誰？他用動人的字句向我描述，我們一旦聯手，會如何有助於改變這個世界——我看到的就是你啊，除了你再無他人。與我並肩前進吧！」他退後一步，垂下手臂，等孟迪發話，然而孟迪仍然盯著黑色的湖水和湖後方山巒的陰影。「我們是不可分的，泰迪。這是我的信念。我們曾經患難與共，而我們現在可以一起迎向勝利。狄米崔會提供我們你所需的一切：錢、目標、生命意義的實踐。你去聽聽他怎麼講，能有什麼損失？」

哦，沒多大損失，孟迪心想。薩拉、穆斯塔法、我的幸福、我的債務。

「回慕尼黑去，泰迪，」沙夏輕蔑地說，「害怕未知因而什麼都不做比較好，那樣你才安全。」

「如果我聽了他的話之後說不，會怎樣？」

「我已經向他保證過，你跟我一樣是誠信的人，會保守祕密。他會提供你一個王國。你雖有可能拒絕，但不會向別人透露。」

只有細節最重要，孟迪想著。沙夏想大事，我負責小細節。所以我們處得來。那我們就從修補薩拉的牙齒和替穆斯塔法買他夢寐以求的電腦著手。他說不定還能教我怎麼發電子郵件給傑克。

「蛇油，」他忽然用英文說，開始哈哈大笑，卻發現沙夏在他背後皺著眉頭，「蛇油，」他用德文再說一次，「就是自信滿滿的騙子賣給容易上當的人的東西。現在想想，我賣給教授的就是這種東西。」

「所以？」

「所以，現在該輪到我買一點了。誰開車？」

沙夏不敢答話，先深吸一口氣，用力閉上眼睛，再張開，起勁地一拐一拐走到房間另一側。他站在電話前面，憑記憶按下號碼，他肩膀後縮，一副向上級報告時的黨官派頭。

「一小時到分會！」他報告，隨即掛下電話。

「我這樣能通過嗎？」孟迪指指他的工作服，半開玩笑地問。

照例，沙夏對他語氣中的反諷毫無所覺。他很快將孟迪從頭到腳掃了一眼。目光停留在用魔鬼粘貼在年久失修的西裝外套左襟口袋的英國旗徽。孟迪將它撕下，塞進口袋。

開車占去了沙夏全副的注意力。他像一個興奮的小學生，努力挺直上身，視線只剛好超過方向盤一點，對任何招惹到他的東西，他都拚命按喇叭，打強光燈回應。

他對路很熟，這是好事，因為離開停車場才幾分鐘，路癡孟迪就一如往常，完全喪失方向感。起初他以為是往南開，但不久他們就開在很高的山腳下一條盤旋曲折的窄路上。先前遺棄他們的月亮，現在光明普照，照耀著草原，將山路照成了一條白色的河。他們進入森林，衫樹夾道，高低不平的一條小路顛簸向前。野鹿瞪著他們的頭燈，前方彎彎曲曲是樹木的黑影。一隻腹部雪白的貓頭鷹從引擎蓋上滑翔而過。

他們轉向右，開始爬山，十分鐘後，來到一片堆著伐倒樹木的空地。孟迪想起沙夏告訴他，他父親是史塔西間諜的那天，布拉格城郊的那片林中空地。他們上了混凝土坡道，進入一間足以容納一艘齊柏林飛船的大穀倉。六輛德製與奧地利製的拉風汽車整齊地停在現場，像是要待價出售。它們對面停著一輛吉普車。沙夏把車停在它旁邊。

那是一輛全新的吉普車，美國製的大型車，有很多鍍鉻配件和燈具。一個骨瘦如柴、戴著頭巾的中年女人動也不動地坐在駕駛座上。孟迪驀然想到，她有可能就是三個小時前，他在螺旋梯上遇到、穿著毛皮外套在皮包裡翻找鑰匙的那個女人，但為了沙夏著想，他排除這意念。沒有人打招呼。沙夏爬出奧迪車，示意孟迪也下車。那女人仍隔著吉普車的擋風玻璃朝前方怒目而視。孟迪向她道聲晚安，但是她置之不理。

「我們要去哪兒？」他問。

「還有一小段旅程，泰迪。我們的朋友比較喜歡奧地利的好客。沒關係的。」

「我沒帶護照。」

「不需要護照。反正在這兒，邊界只是技術名詞。」

我精通在看不見的地方生活的藝術。

沙夏奮力爬上吉普車。孟迪尾隨在後。那女人沒開車燈便駛出穀倉，開下坡道。她戴著皮手套。樓梯上那女人也是。她關掉引擎，聆聽著什麼，顯然沒聽見。然後車頭燈大開，她將吉普車駛入山林的黑暗，以令人眼花撩亂的速度開始爬坡。

樹林茂密的山坡是一堵死亡之牆，她此舉簡直瘋狂。孟迪抓緊面前的扶手。樹木長得太密，吉普車不可能從中擠過去。路太陡，她開得太快！沒有人能維持這樣的速度，但她就是可以。她真的是無所不能。愛丁堡禮儀學校一定會以她為榮。她戴手套的手更換低速檔其快如飛，吉普車一點都不躊躇。

他們爬上牆頂。藉著半輪月亮，孟迪看見他下方伸展著四個山谷，像一個白色車輪的輪輻。她操縱吉普車，穿過散落在寬闊草原上的亂石。他們上了柏油路，沿著比較緩和的坡度往下，來到一座經過改裝的廣大農舍，四周有穀倉與小木屋。主屋的煙囪裡有煙冒出。窗台上的花盆裡種著天竹葵。女人拉起手煞車，砰地打開門，大步走開。兩個體格健美、穿著連帽外套的小伙子走上前來迎接他們。

在愛司泰爾路，孟迪心想，我曾經為幾個像這樣的小鬼頭開過門，結果他們是密蘇里州來的摩門教傳教士，希望拯救我的靈魂。唉，當時我不信任他們，現在依然不信。

他們被安排在此等候的房間很長，用木材建造，散發著樹脂與蜂蜜的氣味。這兒有花布沙發和一張堆滿簇新的藝術雜誌的茶几。孟迪坐下，試著對一篇有關後現代建築的文章感興趣，沙夏則踱來踱去。就像帶穆斯塔法去看一個很和氣的土耳其醫生，他看著沙夏，心想：不久後他就會告訴我，他已經覺得病好了，他要回家。

「來過這兒嗎，沙夏？」孟迪以閒聊的方式問。

沙夏用手摀住耳朵，從牙縫裡說：「沒有。」

「那就只有維也納和巴黎囉？」

「泰迪，拜託你，這不恰當。」

孟迪想起他知道的一個與不斷對抗權威者有關的真相：他們也愛權威。一個不著塵埃的金髮女郎，一身西裝式套裝，站在門口。

「孟迪先生嗎？」

「是我。」他愉快地回應，立刻站起身，因為有女士在場。

「理查想跟您說話，請跟我來好嗎？」

「理查？理查是誰？」

「理查處理文書工作，孟迪先生。」

「什麼樣的文書工作？」他要聽她多說幾句話，以確定她的口音。

「沒什麼大不了的。理查會跟您解釋，我確定。」

瓦薩出身，帶德國口音，他研判。空中小姐的彬彬有禮。再問一個問題，先生，我就扭斷您他媽的脖子。他看了沙夏一眼，萬一他要一塊兒來，但他背對他們兩人，正在研究一幅刻畫一群穿提洛爾[74]服裝的農夫的版畫。金髮瓦薩美女帶他穿過兩旁裝飾有許多鹿頭的走廊，上了一道狹窄的後梯。牆上有毛瑟槍和一排排的錫製獎盃。一扇老舊的松木門半掩。她敲敲門，將門推開，閃到一旁，讓孟迪擦身進去。我在電影裡呢，他倆臀部摩擦而過時他心想：詹姆斯．龐德夜探食人魔古堡。再過幾分鐘，她就會對我注射講真話的藥。

「請問芳名？」他問。

「珍娜，先生。」

「叫我泰德。」

理查也是金髮，長得同樣乾淨。他的頭髮剪得很短。他有健美先生的肩膀，穿藍色外套，打著一條男空服員的藍領帶。他的房間全部是木頭，四四方方，只比三溫暖蒸氣室略大一點兒，中央放著一張小小的紅書桌。他的握手方式經過練習，而且很謹慎，他是某方面的運動好手。或許那女孩也是。桌上沒有電話，沒有電腦或其他誘惑。只有一個牛皮紙公文夾，而且是闔攏的。沒有人在上面寫了「檔案」二字。理查雙手指尖扶在檔案夾兩側，好像要使它懸浮在空中。

「請准我稱呼你泰德，好嗎？很多英國人都好正式！」

74 Tyrol是阿爾卑斯山一地區，位於奧地利西部與義大利北部。

「本人不會，我向你保證，理查！」他也辨識出理查的口音：斯堪地那維亞式的辯論，每句話都是一個抱怨。

「泰德，狄米崔先生的政策是付出席費給每個有可能成為他雇員的人，不論面試結果是否談得成。費用是一千美元現金，只要簽署服務一日的合約便立刻支付。這樣你可以接受嗎，泰德？」

每次有人要給他錢，都讓他糊塗，孟迪發出一聲尷尬的咳嗽，連忙用手腕摀住嘴巴。「我想我可以強迫自己接受吧。」他同意，又咳了一聲。

「合約很短，泰德。主要內容就是保密，」理查顯然已經把台詞練得滾瓜爛熟，「根據合約規定，你不可洩露你與狄米崔先生及他的員工談話的內容。包括不得承認曾經有過這樣的談話存在。好嗎？這個條件你能配合嗎？請仔細看一下。讀完之前不要簽字。簽完就終身不得違反，這是理所當然。」

真的嗎？好吧，好吧。終身，不打折扣。素面的高級紙張，沒有地址，有日期。電子打字，一共三頁。有個所謂的新地球基金會，即將擁有泰德．孟迪一天。作為交換，孟迪必須保證不以說、寫，或任何方式，報導、引述、透露、說明、介紹——舉凡永遠是混蛋的律師想像得到，以便把誠實的思維變成一篇不忍卒睹的蠢動詞——食人魔城堡裡可能或不可能發生的所有事情。

孟迪簽了名，他們再次握手。理查一副公事公辦的神氣。他跟孟迪握手握了夠久後，便伸手從西裝外套的口袋取出一只封口的黃色信封。不是從抽屜取出來的，注意囉，不是保險箱裡取出來的，不是從現金盒取出來的，而是來自他的口袋，靠近他的心臟。他甚至沒要求開收據。

理查打開門，他們為了攝影機的緣故再握一次手，只不過，就孟迪所知，這兒沒有攝影機。又有兩個穿連帽外套的在走廊裡等著。白色的臉孔，黑色的外套，僵死的臉孔。像一個模子複製出來的摩門教護衛。

「先生，狄米崔先生現在可以見你了。」他們之中的一個說。

•

兩個身著西裝外套的人在兩扇雕刻繁複的對開門前守著，但他們的外套跟理查不同，是綠色的。還真有人會在衣著上花心思呢，孟迪心想。一個人負責搜身，另一個把令人尷尬的財產放上淺盤裝滿：一個年久變形的錫製隨身壺、一枚黏貼式的英國國徽、一份皺巴巴的《南德日報》、一支有霉斑的行動電話、滿滿一口袋在林德霍夫出口處收到的各國零錢，一串他公寓的鑰匙、一個裝有一千美元的信封。

雕花門打開，孟迪走向前，等著看這位答應把生命與財富許給沙夏和「追求真理的武裝競賽」的億萬富翁、哲學家、慈善家、隱士兼天才的第一眼。但他只看到一個矮胖的人，穿著寬鬆的慢跑服和訓練球鞋，快步從房間另一頭朝他走來，兩個穿西裝外套的人在旁看著。

「孟迪先生，我聽人說，您對最近世界局勢的看法，跟沙夏和我的觀點相當契合。」即使孟迪應該答腔，但暫時也不用擔心，因為狄米崔根本沒給他時間。他一把抓住孟迪的左臂，拉著他飛快地在房間各處打轉，做重點介紹。

「這是史文，這是安吉羅，」與其說是在介紹這兩個穿外套的男人，還不如說是將他們草草了結，

「他們替我挑出胡椒粉裡的蒼蠅屎。這年頭啊，我對細節厭倦得很，孟迪先生。就跟沙夏一樣，我喜歡大開大闔。伊拉克戰爭是違法的，孟迪先生。是一樁不道德的犯罪陰謀。沒有挑釁，跟蓋達組織毫無關聯，根本沒有會造成世界末日的武器。有關海珊與賓拉登同謀的故事全是自圓其說的狗屁。這根本是一場爭奪原油的殖民戰爭，故意偽裝成保護西方生命與自由的十字軍之役，由一小撮好戰的猶太基督教地緣政治狂想家發動，挾持媒體，無情地利用美國在九一一事件後的病態心理。」

孟迪再度不確定自己是否應該就這一點做些補充，但狄米崔再度解除了他的選擇困境。他的聲音跟他的手勢一樣激烈：即使暫時停頓，也還是一隻齜牙咧嘴、狺狺吠叫的雜種狗。孟迪想像，這個人生於地中海東岸，長於巴爾幹半島，最後在紐約布朗區大功告成——他在努力和狄米崔的聲音保持心理距離時這麼告訴自己——有時是希臘人，有時是阿拉伯人，有時是美國猶太人，有時又將這些通通倒進一桶偷來的、半文盲的英文雞尾酒，而且沒攪拌均勻。狄米崔有母語嗎？孟迪很懷疑。狄米崔與他同為孤兒，這一點孟迪感覺得出來：一個在碼頭上討生活的孩子，一個刀頭舔血的小子，一個自行發明規則的人。

「爆發那樣的一場戰爭，沙夏告訴我，只要少數幾個好人什麼也不做就成了。好吧，他們什麼也不做。至於他們是不是好人，那是另一回事。民主黨在野人士把一切全搞砸了。待在家裡，唱幾首愛國歌曲，等待又能安心出門的一天，這就是他們的政策。老天，這算哪門子的反對黨。什麼樣的道德勇氣？我說太快了嗎，孟迪先生？有人說我不給他們時間思考。你需要時間思考嗎？」

「哦，我沒問題，謝謝你。」

「我相信你沒問題。你有顆聰明的腦袋，一雙好眼睛。我喜歡你。接下來就是伊朗、敘利亞、韓國，你挑吧。原諒我，我真不是個好主人。我忘了貴國首相扮演的重要角色，沒有他，可能就不會有戰爭。」他們團體土風舞跳得正酣暢，突然一個急轉彎。「孟迪先生要茶，安吉羅。他跟土耳其人結婚，應該是喝蘋果茶或咖啡，但他喝很濃的印度茶配牛奶，旁邊準備一碗黃砂糖。土耳其人在這場戰爭裡扮演了重要的角色，孟迪先生。你應該以尊夫人為榮，我想你一定如此。」

「謝謝。」

又再次轉身。

「我的榮幸。土耳其的伊斯蘭政府拒絕協助美國侵略者，他們的軍隊至少這次有克制住習慣的衝動，沒把庫德族人痛宰一頓。」上前半步，謝天謝地，我們總算向沙發走去，因為孟迪已經開始頭昏，他有種同時在跟三個人談話的錯覺，但他沒吭一聲。「人必須努力求知，孟迪先生。我就在這麼做，你會注意到。這個世界陷在高度及膝的謊言裡。綿羊會把獅子吃掉。請坐，先生。坐我右邊這兒。我左耳聽力不好。很多年前有個混蛋把掛肉鉤塞進去過，我這耳只能聽見海浪的聲音。好吧，我不喜歡他媽的大海。我七年前曾經去航海，當時我買了條船，我後來回到岸上，買了更多船，但再也沒有出過海。」

孟迪設法用眼角餘光組合出東道主的形象，用以搭配他的聲音。他應該是七十歲，有個圓滾滾的胖身體，光禿禿的腦袋上長了很多斑點、縱橫交錯的紋路，臉上多肉處有很深的褶皺。他有一雙孩子氣的可愛藍眼睛，水汪汪的，他話說得越快，眼睛轉動得也越快。穆斯塔法有個發條玩具也會這樣，以至於孟迪覺得很難把狄米崔的話當真。他覺得好像坐得離舞臺太近，看穿了狄米崔戲妝上的裂縫、假髮裡的夾針，還有他展開翅膀時的吊索。

•

安吉羅端了茶給孟迪，狄米崔喝的則是豆奶。孟迪與狄米崔都斜側身而坐，在同一張長沙發上面對彼此，就像電視主持人和他的來賓。史文縮在一張他們視線不能及的高背皮椅上。他腿上攤著一本筆記在做記錄。筆記本是全新的。筆是黑金二色的流線型設計，值得主管階級珍藏。就像安吉羅，史文看起來憔悴又嚴峻。狄米崔喜歡他身邊都是瘦子。

「所以你是什麼人呢，孟迪先生？」狄米崔問。

他往後朝椅墊一靠，粗短的手指勾著，擱在肚皮上。他的球鞋鞋尖朝內，避免無意間冒犯別人。或許他跟孟迪一樣，學過東方的禮儀。「你是巴基斯坦出生的英國紳士，在柏林做過無政府主義學生，」他的聲音抑揚頓挫，「你熱愛日耳曼心靈，為女王推銷莎士比亞，又跟土耳其回教徒同居。所以你到底是什麼？巴枯寧、甘地、理查王或薩拉丁[75]？」

「泰德．孟迪，導遊。」孟迪笑著回答，狄米崔跟他一起笑，拍了拍他的肩膀，又揉了幾下。孟迪實在無此需要，但沒關係，他們是這樣的好朋友。

「每一場戰爭都比上一場更惡劣，孟迪先生。這場戰爭是我見過最惡劣的，若就謊言的角度來看，我也正打算這麼做。撒謊剛好是我的專長。或許是因為我這輩子撒過那麼多謊，謊言特別讓我生氣。即使冷戰結束也沒有差別。即使全球化、多國化或管他什麼鬼的也沒有差別。只要戰鼓響起，政客的謊言出爐，就必須配上劍拔弩張、旌旗飛揚的畫面，以及全民收看二十四小時的電視轉播。為每響大砲歡呼三聲，誰管他媽的傷患，只要不發生在自己身上。」

他在兩句話間似乎不需要換氣。

「別跟我說什麼老歐洲的狗屁話，」他警告，雖然孟迪根本沒開口，「我們看到的是有史可稽最古老的美國。清教徒狂熱分子假上帝之名屠殺野蠻人——怎麼可能比那還古老？當時是滅絕種族，今天還是滅絕種族，但把持真相就能把持遊戲。」

孟迪考慮為有史以來規模最大的反戰示威說幾句話，但形勢至今已經很明顯，面談不包括打斷狄米崔。狄米崔的聲音不論有何種和平意圖，都以武力支配全局。它既不升高，也不降低。它可能會向你宣告基督再臨，或人類即將滅亡，你膽敢質疑，請自負後果。

「遊行會腳痠。抗議會喉嚨痛，還會被警察踢掉門牙。任何盯著謊言不放的人，都被說成是不滿現實的激進分子，不然就是反猶的伊斯蘭至上主義者。或兩者皆是。如果你憂慮未來，請不要，因為新戰爭已近在眼前，你什麼都不用擔心，只要打開電視，就能在螢光幕前享受另一場由你最喜愛的、自

75 理查王是指綽號「獅心王」的英王理查一世（Richard the Lionheart, 1157-1199），他曾率領第三次十字軍東征，從薩拉丁（Saladin, 1137-1193）手中取得基督教徒前往聖地的朝聖權。薩拉丁為中世紀阿尤布王朝的開國君主，之前曾多次擊潰西方國家組成的十字軍，收復耶路撒冷，統治埃及、敘利亞、葉門、巴勒斯坦等地。

我陶醉的軍人執政團，以及它的企業寄生蟲提供的虛擬戰爭。」沒有停頓，但一雙肥厚的手攤開，提出問題：「所以我們他媽的該怎麼辦，孟迪先生？我們該怎麼做，才能使貴國，或美國，或任何該死的國家，沒辦法靠一堆讓人眼睜睜看著、就像你擺在你他媽的花園裡的小精靈一樣讓人信以為真的虛假謊言的力量，就把全世界帶向戰爭？我們該如何保護你的兒女和我的孫兒女不被戰爭吞噬？孟迪先生，我談的就是企業國家和它對資訊的壟斷。我說的，是它對客觀真相的箝制。我想知道的，是我們他媽的如何逆轉潮流。你對這些會感興趣嗎？當然會啊。」——搶在孟迪之前作答——「我也一樣。全世界神智清醒的公民都會。我在問你：我們他媽的該怎麼做，才能讓清醒與理性重返政治競技場，如果那種地方曾經有過這些玩意兒存在的話？」

孟迪彷彿又回到夜夜有類似辯論沸騰、充滿類似連綿不盡形容詞的共和黨俱樂部裡。現在和過去，他都無言以對。但那不全然是因為他真的掰不出現成的答案，而毋寧是因為他覺得憑空掉進一齣戲裡，人人都知道該如何發展，除了他以外。

「我們需要新選民嗎？他媽的當然需要。老百姓看不清真相不是他們的錯。沒人給過他們機會。『看這邊，別看那邊。看那邊，你就是壞公民，不愛國，大笨蛋。』我們需要新的政客嗎，當然，但必須由選民將他們找出來。你跟我，我們做不到這一點。然而當政客不肯站出來討論，選民又豈有天殺的可能做好他們分內的工作？選民還沒進到投票所就已經被騙昏頭了。」有一會兒，狄米崔裝做好像他也跟孟迪一樣束手無策的樣子。但很快就可明顯看出，他不過是在進入更高層次前，先表演一個戲劇化的停頓。在劇場裡，我們稱之為「打拍子」。開口之前，狄米崔先用一根粗短的手指點著孟迪的臉，又順著指尖直勾勾盯著孟迪的眼睛。

「我說的是，孟迪先生——我說的是一件對西方社會發展比投票箱更重要的事。我說的是在年輕人最重要的形成階段，對他們心靈的蓄意腐化。關於企業或政府——我已經開始懷疑，兩者之間有什麼差別——的操縱，從搖籃期開始就強迫灌輸給他們的謊言。我說的是不分第一、第二、第三世界所有的大學校園，受企業勢力蠶食的現象。我說的是企業的教育殖民：透過在教職員層次的投資，要求奉行對企業投資者有利、對他媽的可憐學生有害，而且與真理背道而馳的方案。」

演得太棒了，孟迪很想告訴他。主角給你當。請把你的手指收回槍套。

「我說的是我們社會對自由思維的蓄意裁削，孟迪先生，以及我們該如何處理這問題。我是個流浪兒，孟迪先生。生來就是，一直都是。我求知的過程中沒有人指導。學者會笑我。儘管如此，我買了很多關於這方面的書。」沙夏說過了，孟迪心想。「我佩服的作家包括加拿大的娜歐蜜・克萊恩[76]、呼籲換一種眼光的印度作家阿蘭達蒂・洛伊[77]、你們英國的喬治・蒙比奧[78]與馬克・寇蒂斯[79]、澳洲的約翰・

76 娜歐蜜・克萊恩（Naomi Klein, 1970-），激進記者，致力在北美洲、亞洲、拉丁美洲追蹤報導反企業的活動。多部作品有中譯本。

77 阿蘭達蒂・洛伊（Arundhati Roy,1961-），印度作家，一九九八年以小說《微物之神》贏得布克獎後，即在印度從事社會運動。她關心的議題包括保護環境、拒絕過度開發，及爭取少數民族權益，主張種族平等。

78 喬治・蒙比奧（George Monbiot, 1963-）英國激進記者，特別關注環保與發展計畫議題，著作抨擊跨國企業對英國的影響，以及討論全球化管理的問題。

79 馬克・寇蒂斯（Mark Curtis, 1963-），英國社會批評家，其著作《Web of Deceit》指控英國是流氓國家，是有系統觸犯國際法、侵犯人權的幫凶。

皮爾傑[80]、美國的諾姆．喬姆斯基[81]、美國的諾貝爾獎得主約瑟夫．史泰格立茲[82]，還有在巴西愉港舉辦世界社會論壇[83]的美裔法國人蘇珊．喬治[84]。這些優秀作家的作品，你都讀過嗎，孟迪先生？」

「幾乎都讀過。」還有幾乎阿多諾[85]的所有著作、幾乎所有的霍克海默、幾乎所有的馬庫色，孟迪心想，憶起好幾輩子以前在柏林也受過類似的詰問。我愛他們每一個，可是我想不起來他們任何一個人說過的任何一個字。

「從他們各不相同的觀點，這些聲譽卓著的作家全都告訴我同一則故事。企業八爪魚扼殺了人性的自由成長。它散播暴政、貧窮與經濟奴役。它玷汙了最簡單的生態法則。戰爭是企業擴充勢力的另一種手段。所有在最近這場或其他戰爭中發達的企業，都肯定地證明了這一觀點。這個迫切的訊息你覺得有意義嗎，孟迪先生，或者我只是在自言自語？」

「我深有同感，事實上。」孟迪很客氣地安慰他。

狄米崔顯然已接近他演講的高峰，而且無疑已經這麼表演過很多次。他臉色一沉，提高音量，推心置腹地湊到他的聽者面前。

「這些企業如何在我們的社會裡建立他們的箝制？他們不射擊時，就在收買。他們收買好的心靈，將之綁在他們的車輪上。他們從母親那兒收買還沒斷奶的學生，閹割這些學生的思維程序。他們創造虛假的正統，打著政治正確的幌子執行檢查制度。他們興建大學設施，制定大學課程，大肆促銷那些阿諛諂媚的教授，把異端分子恐嚇得屁滾尿流。他們的一大目標，就是讓有限地球可以行無限擴張的瘋狂觀念永垂不朽，他們最樂見的結果，就是永恆的衝突。他們生產出一批外界稱之為企業主管的零教育程度的機器人。」

他已經到達顛峰，現在開始要下坡。

「孟迪先生，二十年後，西半球將不剩任何沒把靈魂出賣給企業冥頑不靈的求知場所。從伊甸園乃至牙膏摻進粉紅條紋的所有議題，都只准有一種意見。除非有人逆轉潮流，使它朝反方向流動，否則所有反對聲音都將連一個妓女的擁抱都不值。好吧，我就是一個願意做這件事的人，沙夏也是，我邀請你加入。」

提到沙夏的名字，孟迪從冥想中驚醒過來。他究竟在哪兒？還在研究提洛爾農夫的版畫嗎？或者已經畢業，開始接觸後現代建築？狄米崔開始踱方步。其他有勢力的男人在說明自己重新設計人類的計畫時，可能會不斷揮舞手臂，但狄米崔是手勢的經濟大師。他的步伐經過算計，雙手握在他寬肥的背後。他只偶爾放開一隻手，做短暫而強調的指點。

---

80 約翰・皮爾傑（John Pilger, 1939-），知名攝影記者與紀錄片製作人。

81 諾姆・喬姆斯基（Noam Chomsky, 1928-），麻省理工學院的語言學教授，從一九七〇年代開始對媒體、宣傳及其對思想的箝制發生興趣，從事激進研究，強烈反對媒體對資訊的過濾。

82 約瑟夫・史泰格立茲（Joseph Stiglitz, 1943-），曾任柯林頓政府的經濟顧問。

83 世界社會論壇（World Social Forum）是激進人士為對抗跨國公司與國際金融機構主導的經濟活動、反對新自由主義的全球化，而在二十一世紀成立的組織，有與成立已三十多年的世界經濟論壇（World Economic Forum）互別苗頭的意味。

84 蘇珊・喬治（Susan George, 1934-）出生在美國，移民法國，從事全球化的學術研究已達三十年，曾任國際綠色和平組織董事。

85 阿多諾（Theodor Weisengrund Adorno, 1903-1969），德國哲學家，法蘭克福學派的主要領袖。

他偉大計劃的目標是創造沒有企業干預的學術區。

它要培養見解未遭收買的學院，對不分年齡、國籍、專業的學生開放，只要他們有興趣在二十一世紀重新創造人性的誘因。

它的大目標是成立自由意見的全國市場，可以暢談戰爭真正的起因，以及防範戰爭的方法。

最後，他的計畫有一個名字——不像它的作者有好幾個名字，而是一個擲地有聲、能夠流傳千古的名字：反大學。它將是全球性的投資事業，孟迪先生，跟它要對抗的企業同樣多國化而且不易捉摸。沒有既得利益，宗教、政府或企業利益的汙染，全由狄米崔自己竊得的龐大資源供應所有資金。

「反大學沒有教條，」他用一個腳跟向後轉，對站在房間另一端的孟迪宣布，「我們不提供任何我們的企業敵人可用來汙衊我們的教義招牌。我們會跟它們一樣隱身幕後，不對任何人負責。我們要用偷襲戰術。我們是知識的游擊隊。無論敵人紮營何處，我們都潛伏進去，從內部顛覆他們。以你崇高的牛津大學為例，想想看，有個理科學生走出生物實驗室，沿馬路走了一、兩百碼。他工作了一天很辛苦，看見我們的招牌，反大學。他整天埋頭在某些企業試管裡。他走進來，坐下來，聆聽。『他們邀請我，以個人身分，履行我作為一個瀕臨危機的星球的負責公民的義務？我他媽的是怎麼回事？』他困惑地自問。『這些傢伙是瘋了嗎？我的企業贊助我不是來做這種事的。我拿錢不是為了有良心，我拿錢是為了找尋惡整這星球的新手段。』接著他再多聽一會兒，他逐漸進入狀況。『對呀。我終究是個人。我不需要用惡整這世界來證明自己是大人物。也許我該重新考慮我跟這世界的關係，甚至愛它。』知道他接下來會怎麼做嗎？他拿了我們的名片，然後回家。他上網去看某個我們私下推薦給他的網站。網站會進一步喚醒他內心發現的意識。不久，他就會以不敬思維的先鋒自居。會有十來個這樣的網站，每一個都是追求心靈自由的敲門磚。我們反大學的網站。我們反圖書館的網站。供我們不斷成長的叛軍進行粗魯卻豐富資訊辯論的網站。」

他站定不動，傾斜身體，使得孟迪不得不與他眼光相接。我懂了，孟迪心想。你是電影《日落大道》裡的艾力希．馮．史特羅罕[86]。

「真噁心，是吧，孟迪先生？一個有錢的瘋老頭異想天開，自以為有能力重新設計這世界？」

「我可沒那麼說。」

「好啊，那你說。你讓我緊張。」

孟迪終於掙扎著說了：「我扮演什麼角色？」

•

「我相信，你不久前都還是海德堡一所語言學校的共同持有人，孟迪先生？」

史文在說話。從胡椒粉裡挑蒼蠅屎的史文。史文身後是安吉羅，他雙手抱胸，坐在暗影中。表演得

86 馮．史特羅罕（Erich von Strohelm）是原籍奧地利的美國演員及電影導演，演技精湛。他在名導演比利．懷德的電影《日落大道》中飾演女主角的忠心管家。

筋疲力盡的狄米崔倒在沙發上。

「有罪。」孟迪承認。

「那所學校以教工商界專業人士進階英文為目的？」

「正確。」孟迪心想，史文說話的樣子跟他某個出色的學生簡直一模一樣。

「這所學校現在關門了，先生？而且涉及未審理的法律訴訟？」

「它斷氣了。變成『前學校』了。」孟迪無憂無慮地說，但他的幽默，如果那算得上是幽默，在史文咄咄逼人的眼光中並未獲得認可。

「但你還是共同持有人，另一半屬於你的前合夥人伊貢？」

「技術上是，也許可以這麼說。實際上，因為他不在場，我已經成為當然的唯一持有人。另外還有銀行、六家貸款公司和零星小債主。」

「先生，請問你會如何描述現在此刻的校舍狀況？」史文打開一個看起來對孟迪的事物瞭解得比孟迪本人還更清楚的卷宗。現在此刻，這我不太確定，咬文嚼字的孟迪想道，為什麼不說目前，或乾脆說現在？

「門窗釘了木板，上了鎖，基本上是這樣。」他答道，「不能使用，不能出租，不能出售。」

「你最近見過它嗎？那所學校，先生？」

「我通常都低著頭。還有很多書狀在投擲中。我一個月前開車經過時，花園已經變成叢林了。」

「學校的容量如何，請告訴我？」

「數字嗎？教師人數嗎？你指的是什麼？」

「大教室一次可以容納多少人？」

「六十人吧。你說的是老圖書室。充其量六十五人吧。我們不那麼運作。呃，偶爾有演講時會用那個房間，但通常是小班制。三位老師，我、伊貢和另一位——每班最多六個人。」

「收入方面呢？現金？你們怎麼收費，我可以問嗎，先生？」

孟迪拉長了臉。現金非他所長。「那都由伊貢負責。我想嘛，用教學時數來算，一堂課二十五歐元，每小時，每個學生，三個老師隨時應召——都是為學生量身設計的材料，容我提醒。有時早上一班會有六個學生——趁上班前趕來上課——」

「當然了。」史文把他拉回現實。

「那就三千，一天三千五，如果我們運氣好的話。」

「哪兒找得到就從哪兒來。我們以年輕的經理階級為主要目標客群。有些來自大學，但絕大多數是當地的工商業者。海德堡是德國的高科技首都。生化、資訊科技、軟體、媒體、印刷科技：你說好了。我們一路下去有很多衛星城鎮只做這些東西。還有大學做後盾。」

「我聽說有各國籍的人。」

「你聽說得沒錯。法國人、德國人、義大利人、中國人、西班牙人、土耳其人、泰國人、黎巴嫩人、沙烏地人和非洲黑人，應有盡有，男的女的。還有很多希臘人。」

孟迪此舉若是要刺探狄米崔的國籍，就是在浪費時間。

「所以進帳來自世界各地。」史文建議，狄米崔再度陷入沉默。

「但還是不夠。」

「錢還會出去嗎，先生？」

「太多了。」

「匯往世界各地？」

「只有伊貢。否則我們只要付自己薪水和帳單就好了。」

「你們的學校週末工作嗎，先生？」

「星期六一整天和星期日晚間。」

所以學生一整天來來去去？任何時間？各國籍的外國人？進進出出？

「只在我們的全盛期。」

「你們的全盛期有多久？」

「就兩年吧。後來伊貢變得太貪心。」

「你們整晚都開著燈？沒有人覺得奇怪？」

「只到午夜。」

「誰規定的？」

「警察。」

「警察他媽的怎麼會知道？」狄米崔從沙發上突然插嘴問。

「他們管理安寧和安靜。那是住宅區。」

「你們會區分……像是，學期嗎？」史文繼續問，「好比『現在是假期，現在是學期』？」

謝謝你解釋什麼是學期，孟迪心想。「理論上我們全年開放。實際上，我們也遵循既定模式。炎夏不適合上課，因為學生也要去度假，復活節和耶誕節也是。」

狄米崔忽然坐挺起來，似乎無意再聽這樣的對話。他用手掌拍一下大腿。「好了，孟迪先生。現在你聽我，用心聽，因為這就是我的計畫。」

•

孟迪用心在聽。他聽著、看著、嘆為觀止。他不可能再更專注了。

「我要你的學校，孟迪先生，我要它恢復營業，好好經營，桌椅、圖書館，一切應有的設備。家具要是賣掉了就去買新的。我要它無論外觀、言談都跟它翹辮子前一樣，而且還更好。你知道什麼是祕密船嗎？」

「不知道。」

「我看過電影。一艘油輪之類的蹩腳貨船，他媽的都快爛透了。它在海平線上，根本是德國潛艇的現成靶子。忽然間，這艘蹩腳貨船升起英國旗幟，丟下側板，露出安裝在船艙裡的大砲，把潛艇打得落花流水，所有納粹都淹死了。有朝一日，反大學亮出旗幟，告訴企業界，他們再也不能照他們的方式去操縱他媽的世界時，你的小語言學校就要做這樣的事。給我一個日期，孟迪先生。要是聖尼古拉斯明天就送你一袋黃金，你多快可以重新開張？」

「需要相當大的一袋。」

「我聽說是三十萬。」

「得看他們算多少利息。要回溯多久。」

「你是穆斯林，不該談利息。這違反你的宗教。」

「我不是穆斯林。我只是在學習它的運作方式。」我幹嘛說這種話？

「三十五萬？」

「我最後三個月都沒付員工薪水。如果我還要在海德堡露面，就得先把他們的錢付清。」

「跟你討價還價真難。那就五十萬吧。什麼時候開張？」

「你說營業嗎？」

「我說什麼時候？」

「技術上，只要把地方整理乾淨就可以。運氣要是夠好，也許有人走進來就會報名，但這不一定。要有意義的運作——得九月。中旬。」

「那我們就提前開張，小規模地做，有何不可？如果大張旗鼓，他們可能會把我們趕出校園。小規模做，裝出忙碌的樣子，只做兩個城市，他們就覺得不值得為我們費那麼多手腳。我們在海德堡和索邦開張，從那兒擴張出去。你門上有招牌嗎？」

「銅牌。有的。」

「如果還在，就擦乾淨。如果沒了，訂做新的。照常營業，同樣的老套。只等九月，我們一找到大牌講師就卸下側板，開始射擊。史文，你負責替他弄個廣告。『愛德華．孟迪先生將重返他的學校擔任校長一職，某年某月某日起生效。』」嬰兒藍的眼睛用一種痛苦、幾乎是可憐的目光看著孟迪。「我看你不大對勁，孟迪先生。你怎麼不把帽子扔到半空中？你是沮喪還是怎麼來著，因為有個你不鳥的傢伙拿五十萬給你解套？」

遵照人家指揮來改變表情，一直都不容易，但孟迪已盡力而為。他幾分鐘前那種紛亂迷惑的感覺又回來了。他的想法跟狄米崔一樣：為什麼我沒覺得歡喜雀躍？

「沙夏要做什麼？」他唯一想到要問的就是這件事。

「反大學需要好的演講人脈。我巴黎的人馬正在收集一批不會被腐化的學者名單，男女都有，他們視正統為自由思想的詛咒。我打算安排沙夏協助這方面的拓展，擔任講師。他的心思很細密，是個精細的人，我聽他講話就相信他了。他的頭銜會是研究主任，會在海德堡負責監督你成立圖書館，對你未來的學術形成提供建議，幫助你召募人手。」

狄米崔以很快的速度果決地站起身，史文與安吉羅立即跳起來。孟迪鬆了一口氣，也從沙發上站起來。就像我第一次進清真寺，他心想。他們起立，我也起立。他們跪下，把前額貼在蘆席上，我也跟著跪下，希望有人垂聽。

「孟迪先生，我們會把我們這邊該做的做好。史文會跟你討論行政上的細節。安吉羅負責你的薪酬。樓上的理查有份簡單的合約等你去簽字。你拿不到合約副本，也不會有任何書面資料確認任何我們今晚討論的內容。」

跟狄米崔鐵爪似的掌握格鬥，孟迪再度幻想他從那雙眨也不眨的濕潤眼睛裡讀到的隱藏訊息。你來了，你想要，現在你得到了，他彷彿在說，你不能怪任何人，只能怪自己。一扇側門打開，狄米崔不見了。孟迪沒聽到離開的腳步聲，最後一幕落下時，沒有響起如雷的掌聲。一個穿西裝外套的人站在孟迪身旁，等著把他的玩具還給他。

•

穿上班套裝的金髮女郎再次來帶路。同一批穿連帽外套的人站在暗影中旁觀。樓上的理查跟剛才一樣坐在桌前。他是蠟像嗎？不，他會微笑。他整晚上都穿著簇新的高級西裝，打著新領帶，一邊一手壓著像對開窗戶般打開的皮製檔案夾兩側，在那兒等候著？

金髮女郎離開了。他們再度獨處，兩個男人隔著一張書桌。祕密可以交易，但孟迪卻把祕密留給自己：

我完全不相信，但這不代表它不是真的。

我在瘋人院裡，但一半的世界都由瘋子管理，也沒人抱怨。

如果瘋子國王、瘋子總統和瘋子首相都能戴上清醒的面具，發揮功能，那瘋子億萬富翁又有何不可？

在我內心展開的希望與懷疑之戰中，越來越明顯，這件事對我有百利而無一害。反大學要是到頭來只是某人病態的夢想，我就還是我踏進此門前的那個人：貧窮但快樂。

如果排除萬難，那夢想居然成真了，我就可以回瞪我的債主，重新開辦學校，讓全家人搬到海德堡。讓薩拉唸完護理學校，送穆斯塔法進一所好學校，每天早晨在浴缸裡唱《天皇》[87]。

所以，這麼渺小的可能性多久會出現一次？我們自問。它可曾出現過？沒有。它以後還會出現嗎？不可能。

雖然已無必要，但如果我還需要說「是」的理由，還有沙夏啊，我的只認一個主人的混沌理論。我為何會覺得該為他負責，這是一個下輩子才能回答的問題。但我就是有這種感覺。快樂的沙夏讓我欣喜，受苦受難的沙夏就像一塊石頭壓在我良心上。

•

合約長達六頁，孟迪讀到最後已經忘了開頭。但還有幾個零星的重點停留在他腦海，如果沒有，坐

87 《天皇》（The Mikado）是一齣以日本宮廷為背景的輕歌劇，由吉伯特與沙利文（William S. Gilbert and Arthur Sullivan）共同創作。當中角色全為日本人，但由西方演員飾演，劇情荒誕。

在桌對面的理查也會用他運動家的手指一一點出：

「法律上房子屬於你，泰德，只要你完成第一個整年的授課工作，就解除一切抵押債務。你的基本開銷，泰德，包括暖氣、燈光、地方稅、房屋維修，全都由狄米崔先生名下眾多基金會中的一個負責。我們會為此成立一筆定額備用金，以預付方式負擔，每季對帳一次，這裡是我們目前持有的你的銀行帳目明細。請檢查一遍，確認數字都正確。度假的問題由你自行決定，但狄米崔先生非常堅持所有員工都要充分享受分配到的閒暇。你有進一步的問題嗎？現在是你的機會，泰德。以後要問就太遲了。」

孟迪簽了名。鋼筆跟史文的是同一款。他在每一頁的右下角簽了姓名的縮寫。理查把簽妥的合約摺好，放進他放那一千元的口袋。孟迪起身。理查起身。他們又握了一輪手。

「要等五個工作天錢才會進去，泰德。」理查提醒他，就像廣告說的那樣。

「全部嗎？」孟迪問。

「為什麼不，泰德？」理查露出一個蘊含性靈神祕的微笑，「不過是錢罷了。跟偉大的理想比起來，錢算得了什麼？」

12.

這不是有生以來第一次，泰德・孟迪再度搞不清自己是誰了。一個執迷不悟的傻瓜，再次被沙夏牽著鼻子走？還是世上最幸運的人？

做早餐，做愛，送穆斯塔法上學，送自己去林德霍夫，扮演故路德維希二世的忠僕，薩拉休假的晚上要趕忙回家，愛慕她，在她龐大的知性的脆弱中保護她，替她去圖書館借護理相關書籍，陪穆斯塔法和他的夥伴踢球找樂子之際，他不停想著那一夜的山頂之旅，卻在任何人面前都守口如瓶，等待著。

如果他不時也能努力說服自己，這整場冒險不過是他過於活躍的想像力所製造的幻覺，拜託唷，那麼他從慕尼黑回程時藏在金龜車駕駛座腳踏墊底下，隔天就轉移到園藝雜物間保險箱，現在正適得其所跟沙夏的信放在一起的那一千元，又該作何解釋？

那漫長而不真實的一夜，從沙夏幽靈似的重現開始，以他的離去結束。在跟史文、安吉羅、理查逐步討論完他重生的細節後，孟迪回到沙夏身旁，後者以那麼真情流露的歡喜迎接他，讓他暗藏心底的任何保留都顯得可恥。孟迪被理想徵召的消息早已傳到他耳中。孟迪一走進來，沙夏便雙手握住他的手，並令孟迪大感不解地，以東方的膜拜方式，將他潮濕的前額貼著他的手心。他們在懾服的沉默中上了吉普車，由同一個瘦女人開車，以出乎意料的威風凜凜從林中小路開下山。

抵達穀倉，她停好車，等他們換車坐上奧迪，沙夏仍負責駕駛。但他們開了還不到兩百碼，奧迪便煞住，沙夏蹣跚下來，走到草坪邊緣，雙手壓著太陽穴。孟迪遲疑了一下，隨即走到他身旁。沙夏的身體有節奏地抽搐著，彷彿連心都要嘔吐出來。孟迪輕觸他肩膀，但他搖搖頭。吐完了，他們回到車上。

「要我來開嗎？」孟迪問。

他們交換位子。

「你還好吧？」

「當然。只是消化問題。」

「你下一步怎麼做？」

「我要立刻去巴黎。」

「做什麼？」

「狄米崔沒告訴你，我們大學圖書館的藏書內容都由我親自挑選嗎？」他的黨官腔調又出來了。「在巴黎，一個由知名的法德兩國學者組成的委員會，會在我監督下，開列一份計畫中所有圖書館都得收藏的基本作品清單。核心藏書名單確定後，每個圖書館都歡迎再做增補。圖書館館長當然要順應民意。」

「狄米崔也是這個知名委員會的成員嗎？」

「他表達過若干意願，這已提供給我們列入考慮。他並沒要求特殊待遇。」

「這些學者是誰挑的？」

「狄米崔推薦了幾個。我也應邀加進了我心目中的適當人選。」

「都是自由主義者？」

「他們不能以派系歸類。反大學會以實用主義著稱。我聽說在美國新保守主義圈子裡，自由主義這個美好的字眼已經變成罵人用語了。」

但當他們抵達孟迪停放金龜車的停車場，官腔官調再度被迸發的情緒取代。在黎明前的微光中，沙夏急切的臉孔閃閃有汗光。

「泰迪，我的朋友。我們是一場歷史大冒險的合作伙伴。我們不會造成任何傷害或毀滅。我們在柏林所有的夢想，都由上帝交付到我們手中了。我們會遏阻無知，為全人類的啟蒙服務。剛才在陽台上，在你表示願意加入後，狄米崔要我指出天上幾個星座。『那是北斗七星，』，我說，『那邊可辨識出來的是銀河。這個是獵戶星座。』狄米崔笑道，『今晚，你說的對，沙夏。但明天，我們要重劃星星的畛域。』」

孟迪爬進他的老爺車，沙夏回到奧迪的駕駛座。有一陣子，他們在空蕩蕩的馬路上保持著作伴的車距，但當沙夏開始超前時，孟迪瞬間有種錯覺，感覺前方的車子是空的。但沙夏總會回來的。

•

再次投入平庸的日常生活，孟迪努力保持一種身為一張或許有可能中了頭獎的彩券持有者的心態。

如果一切都實現，那就是真的。如果沒實現，除了我之外也沒有人會失望。同時，那個漫長夜晚發生的事，就像一部關不掉的電影，在他心中不斷週而復始，不論在他指著壯觀地從漢能柯普峰流洩而下的義大利瀑布，或依照曼鐸邦博士的偉大傳統，為穆斯塔法解釋，精通另一種語言何以就等於多擁有一個靈魂之際。

就說那個戴頭巾、駕駛吉普車的女人好了——他自問。我不知道我們要去哪兒時，她開車就像耶戶[88]。知道了以後，開得就像是開喪葬車。為什麼？

或者就說手套吧——他自問。那個穿毛皮外套，站在螺旋梯上埋頭在手提包裡翻鑰匙的女人：她戴手套。牢固、簇新、略帶黃色、有斑點、非常服貼的豬皮手套，縫線很明顯。麥卡齊尼太太也有一副，我覺得難看死了。

但開吉普車的女人也戴著一副麥卡齊尼太太的手套。她也跟螺旋梯上那個女人一樣拒絕目光接觸。螺旋梯上的女人一直低頭找東西。吉普車女人戴頭巾，因為開車之際不能一直低著頭。

那麼就是同一個女人囉？同樣的頭，不論有沒有戴頭巾。或只是同一副手套？

或者說理查的地毯吧——他心想。理查樓上的房間裡，每樣東西都是新的，包括理查在內：新剪的頭髮，新的藍色西裝外套，新的空服員領帶。但最新的是那張長毛地毯。它新到我起身跟理查握手時，一低頭就看到我們腳踩過的地方有一大團絨毛。每個人都知道，新地毯不能用吸塵器，只能用刷子刷。

所以那條地毯是為了向狄米崔致敬而買的？或是為了我們？那些西裝又是怎麼回事？

光是那張地毯——孟迪如今回想起來——就已經夠令人困惑了，不論它是新或舊。至少對喜歡自己動手做的居家裝潢高手泰德・孟迪而言是如此。在老式瑞士木屋的美麗原木地板上鋪滿長毛地毯？這根本是明目張膽的破壞，去問德斯好了。

好吧，這是品味問題。但還是無法解釋那種屋內所有東西，包括理查在內，都像當天才從展示間搬出來的感覺。

再換一種說法：那感覺就像這是首演夜，而且所有道具與服裝都才剛離開生產線！

如果跟狄米崔光輝燦爛的願景相形之下，這些雞蛋裡挑出的骨頭都是枝微末節，或許是因為我一直想把他的願景拉低到平凡的層次。如果我連地毯都不相信——換言之——我又哪有可能相信狄米崔？但我真的相信狄米崔呀！瘋國王狄米崔在建構他的空中樓閣時，我相信每個金色的字眼。變成他的忠僕，還清我的債務，簡直就是天堂才有的合約。只有當狄米崔停止說話，懷疑才開始浮出表面。

進與退，日與夜，泰德・孟迪等著揭曉他是否真的中了頭獎。

•

等待之際，他也在觀察。

自從不光榮地撤出海德堡以後，他就用盡一切手段，增加郵件寄到他手上的難度。每當一個住址遭

88 據舊約聖經《列王記》，耶戶（Jehu）是驍勇的以色列國王，以善用戰車猛攻著稱。

到濫用，他就盡快變更。慕尼黑的公寓絕對是最高機密。在林德霍夫，他比較沒有抵抗力，但他也採取了防範措施。員工的信箱設在行政辦公室。字母M位於下半部，低於一般不經意經過的人的視線，因此勤快的導遊匆匆走過，趕去安撫一群嘈雜的英語遊客時，忘了看信也完全合情合理。一整個星期——甚至更長——輕易就過去，直到同樣勤快的克蘭特太太打開她的信箱，把一個來勢洶洶的信封塞進他手上。

一夕之間，情況整個變了。孟迪從守勢改採主動出擊。

截至目前，他一直在觀察郵車進出林德霍夫，就像記錄敵人車輛的活動。現在不會了。郵車還沒駛出林德霍夫的大門，孟迪就從克蘭特太太門口探進頭來，詢問有沒有他的信。

事情就是這麼發生的，他從山頂下來的第八天，在當天第三節和第四節導覽中間配給他的十分鐘休息時間裡，屏住呼吸的孟迪被告知，他得空時應該打給他海德堡銀行的經理，安排會晤，以便討論電傳到他帳戶裡的五十萬美元應如何處理。

•

銀行方面安排了三位主管，這讓孟迪覺得是一大豪舉，因為他已經聽無聊透頂的弗林克先生不知第幾次提及，付錢給人就讓他們坐那兒看別人工作的話題。

弗林克先生坐中間，布蘭特先生和艾斯納先生坐兩旁。艾斯納博士隸屬我們的破產部門。布蘭特先生沒有學位，但他是我們總行的資深經理。有時總行願意來「出巡」一下，弗林克說——不過他寧可說是「在客戶層裡積極參與」。孟迪會不會反對他在場？布蘭特先生能在場，孟迪再高興不過。他覺得就像畫裡的小孩，等人家問候他最後一次見到父親是什麼時候。他特地為這場合穿上西裝。質料太厚，他也一直懷疑它是否縮水了：袖子一直往他手肘上縮。穿這身衣服，他覺得愚蠢、黏答答而且緊張，每當議程上唯一的題目就是錢，他都會有這種感覺。弗林克先生露出一個寬大為懷的微笑，問候孟迪太太。根據銀行的規範，今天的通用語言是英語。三個德國銀行家面對一個荷包滿滿的英國客戶，他們的英語會比他的德語高明，乃是不言自明。

「她好得不得了，謝謝你。」孟迪真誠地回答弗林克的問候。「好吧，以她的年紀，還有別種可能嗎？」——咳嗽。

想到客戶供養著一個年輕、而且無疑很會花錢的同居人，弗林克先生和艾斯納博士都笑不出來。另一方面，總行的布蘭特先生似乎覺得這樣倒是滿老當益壯的。弗林克先生怨嘆戰爭。他用粗肥的食指敲打著眼鏡中間的鼻梁架說，讓人很困擾。後果完全無法預料啊，呼，呼。柏林採取道德的高姿態是好事，但美國的姿態也很清楚，這要付出代價的，所以現在我們就在等帳單囉。孟迪說，不論多大的代價都值得。他甚至自告奮勇代為償付。他慷慨的本能得到嚴肅的稱許。弗林克先生為孟迪準備了一份債主名單。艾斯納先生事先已過目。弗林克先生希望當著來自總行的布蘭特先生的面做一聲明。孟迪先生處理此事的方式堪為楷模。孟迪先生有很多機會、甚至受到鼓勵，合法宣告破產。值得嘉許的是他堅持到底。現在，每個人、包括銀行在內，都可以收回全部債權。這真是令人太滿意了，弗林克先生說。真令人佩服。可以安全收到全額的利息，這種情況下有這種結果真是難得。

艾斯納博士稱讚孟迪先生是真正的英國紳士。弗林克全力支持。孟迪說，一定要這麼說，他大概也是一脈相承的最後一人了。這笑話不知是沒人欣賞還是聽不懂——只有英俊的布蘭特先生想到，盡可能以最輕鬆的口吻詢問，看在老天分上，孟迪先生這麼多錢是從哪兒來的？

「我們一共收到三筆匯款。」布蘭特先生已備妥資料，說話時便把面前的三個透明資料夾交給孟迪，供他查看。「根西的聯合漢華銀行匯來的二十萬，在這兒！安提瓜的法國里昂信貸銀行匯來的二十萬！還有馬恩島的摩根銀行匯來的十萬。都是小地方的大銀行，但匯款人是誰，孟迪先生？」

孟迪很慶幸史文、理查和安吉羅早已為他就這種必然會出現的場面做過簡報，他堆出一臉他希望足以令任人信服的懊惱笑容。「我想，您這個問題我無法完全回答，布蘭特先生。目前我們的協商還在很微妙的階段，老實說。」

「啊，」布蘭特先生失望地說，英俊的腦袋歪向一側，「也許透露一點就好？不列入記錄的。」他建議。刻意討好他。

「這筆錢是預付款。創辦基金。」孟迪用史文的詞彙解釋。

「究竟要做什麼呢，孟迪先生？」

「學校重新開辦，以牟利為基礎。我跟一個國際基金會有相當機密的協商。這件事在具備雛型之前，我是不會對銀行透露的。」

「太好了。幹得好。所以這些錢其實是個基金會匯來的？真是太有意思了，我必須說。」布蘭特先生偏著頭對他兩位同事說，帶有一個從總部來巡視當地部隊的主管恰如其分的熱忱。

「呃，它的一大工作就是讓英語更加通行全球，」孟迪再度從他聽得的簡報中取材，「基本上就是以英語為世界語。讓全世界擁有共通的語言，拓展國際間相互了解。有一大筆社會事業的錢投資在這上面。」

「太好了，我很佩服。」孟迪從布蘭特先生燦爛的笑容看得出，他說的是真心話。「他們選中您的學校來推動發展？這是他們計畫的一部分？」

「眾多計畫之一，是的。」

「您的協商進展到哪兒了，如果這麼問不太冒失的話？」

孟迪知道，他的簡報差不多就到此為止。無所謂，他應付過教授長達十年的刺探，更別提愛丁堡禮儀學校好幾個月的紮實訓練，他可不是盞省油的燈。

「好吧，」他大膽地開始，「我會說，多多少少——什麼都還不能確定，當然——我們的情況已經明朗化。我們談的不是你們所謂條文分明的專業談判，這很明顯。但即使非營利的基金會也必須達到一定的標準。」

「當然，我們這兒談的又是什麼樣的標準呢，請恕我好奇？」

毫不猶豫。「好吧，第一點，我們收的學生當中非白種人的比例。這是個全球化的機構，所以他們自然很重視多樣化。」

「當然當然。還有呢，請說？」

「標準嗎?」

「是。」

「課程內容,很明顯。文化內涵。經過一定時間的教學後,我們希望達到的程度。整體的表現。」

「宗教?」

「什麼?」

「你們不是一個基督教組織?」

「沒有人跟我提過宗教。如果我們追求多元種族,當然也追求多元信仰。」

布蘭特先生啪地翻閱一份檔案,用一種愉快但困惑的表情張望了半天。

「聽著。我來說明一下我們做事的方式,好嗎?」他給孟迪一個滿面春風的微笑。「您告訴我們您的祕密,我們也告訴您我們的,好嗎?我們做個小測驗。有時我們會這麼做。我們追蹤了其中一筆的匯款源頭——只是其中一筆——往往很不容易,好嗎?一路追溯銀行背後的銀行再更背後的銀行。最初花了不少猜測,但我們辦到了。我們從英屬的根西島查到巴黎,從巴黎查到雅典,從雅典到貝魯特,再從貝魯特到利雅德。終點是利雅德。也許現在您明白我為何會問到宗教。」

如果他們試圖指控你什麼,立刻反擊。能拿出來展示的才叫事實。

「我不懷疑這些人把錢存在全世界各地的銀行,」孟迪老羞成怒地反駁,「我知道他們也有阿拉伯支持者,有何不可?」

「阿拉伯人會支持全球通行英語?」

「如果他們有興趣進一步推動國際對話，有何不可？」

「利用這麼複雜的銀行網路？」

「害羞，說不定。這年頭您也無法怪他們這麼做，是吧，所有穆斯林都被定義成恐怖分子。」

弗林克先生清清喉嚨，艾斯納博士誇張地翻動手中的紙張，以免總行來的布蘭特先生忘記孟迪先生的同居人是土耳其人。但布蘭特先生英俊的微笑解決了一切問題。

「您拿到了一份合約，顯然，孟迪先生。」他若無其事地說。

「我告訴過您，我們還在談判細節。」孟迪答道，他已瀕臨發怒的邊緣。

「您的確說過。但目前您已持有一份短期合約，毫無疑問。即使最仁慈的基金會也不會在沒有合約之下，提供那麼多錢。」

「沒有。」

「那麼來往的信件。」

「這一階段我不會出示任何具體的東西。」

「那個基金會付您薪水嗎？」

「他們已經付了五十萬的員工費用了。我可以從中拿一萬，是預付兩個月薪資。學校重新開張後，他們會給我加薪百分之五十。」

「您的任命也包括住宿？」

「是。但要等房子準備好。」

「交際津貼？」

「應該有。」

「汽車？」

「當然。只要有必要。」

「所以這樣的待遇不壞啊，對一個有您這種財務記錄的教師而言。恭喜您。您真的是一個很難纏的談判者啊，孟迪先生。」

忽然間，所有的人都站了起來。還有工作要做：支票待簽，擔保品解除扣押，抵押要贖回。艾斯納博士的部門已經備妥一切。布蘭特先生跟孟迪握手，敬畏地望進他的眼睛，熱烈地重述他對孟迪的睿智發乎內心的崇拜。方才只是總部的一個小測試，絕非針對他個人；這年頭銀行經營不易，一隻腳得站在法庭裡。弗林克先生確認此事。艾斯納博士也這麼說。說話像個律師的艾斯納帶孟迪上樓時推心置腹地告訴他，銀行業面臨今天這種處處法律陷阱，舉步維艱的困境，是他前所未見的。

•

校舍還在那兒。它沒有像山谷路二號那樣消失無蹤；沒有建商促銷九成貸款獨立住宅的廣告牌。它還是以往那個忠貞的老姑媽，從環繞著長春藤的凸窗、貼石板瓦的角樓、沒有掛鐘的鐘塔，對他皺著眉頭。還是那扇門栓造型活像羊毛衫鈕扣的拱形大門在等著他。他遲疑地走向前。首先，他必須開啟搭著圓形天蓬的前門上的掛鎖。開了鎖，然後慢慢沿著鋪磚步道，走上通往前門的六級台階，停在那兒，轉過身，彷彿他曾有所懷疑似地，確認同樣神祕迷人的風景完好如昔——河對岸的老城無數個尖塔之前向上矗立，現在也依然向上矗立，指向沿王座山分布的紅色古堡廢墟。

這棟房子從一開始就是個愚蠢的選擇。他現在知道了。他有一半當初就知道。一所商業學校，卻卡在山腳下——只有三個停車位，城市的死角，對任何人都不方便？但這是一棟空間寬敞的好房子，價格又低廉，就如德斯所說的，只要你願意捲起袖子。孟迪是這種人，雖然伊貢寧可坐在暖房裡翻翻書。前花園裡有四棵很好的蘋果樹——好吧，你不會因為蘋果樹而買房子。但後院還有個葡萄園，學校業務一旦上了軌道，他就要自製孟迪古堡葡萄酒，寄幾瓶給傑克讓他批得一文不值。

葡萄園上方是哲學家小徑——他隔著蘋果樹就看得見。小徑上方是海立根山，德國最宜散步的樹林之一——如果你散步的話，但公認不是所有成熟的學生都會做這種事。

再看看這房子的文學氛圍——它怎麼可能沒有價值呢？楚克邁爾和韋伯[89]的住處不都距此不過數百碼？這條街不就是以赫德林[90]的名字命名的嗎？現在這批一心想出人頭地的年輕主管，對一所語言學校夫復何求，看在老天爺分上？

89 楚克邁爾（Carl Zuckmayer, 1896-1977），德國劇作家，作品中探討社會問題，主張作家有責任透過創作改革社會。韋伯（Max Weber, 1864-1920），德國社會學家、政治經濟學家。

90 赫德林（Friedrich Hölderlin, 1770-1843），德國重要抒情詩人。

答案，很不幸，多著呢。

•

彈簧鎖轉動了，他把身體的重量壓下去，門就開了。他走進室內，垃圾郵件淹到腳踝。他關上門，站在四分之三的黑暗裡，因為長春藤遮住了窗戶。這幾個月來，他第一次容許自己回想自己有多麼愛這個地方，他把多少的自我投注在這裡，只落得當這一切從他手中溜走時，有多無助地旁觀：所有的錢，他信任的朋友，終於走對路的夢想。

沉浸在對自己的愚昧感到不可思議的情緒中，他小心翼翼穿過他最近一段過去的廢墟。在他所站的這間中央大廳，學生集合來上課，根據個別需求分配到四個挑高房間去。壯麗的樓梯藉新藝術風格的天窗採光，如果你在日正當中之際走過大廳，會有紅、綠、金的碎片灑落身上。他的老教堂空蕩蕩的；書桌、椅子、衣架都不在了，賣掉了。但他的字跡還在黑板上，他能聽見自己的聲音朗讀著：

As a valued customer of British Rail, we would like to apologize to you for the presence of the wrong kind of snow on the line[91].

問題一：顧客是誰？

問題二：這個句子的主詞是什麼？

問題三：這個句子的錯誤何在？

他像是被磁鐵吸引般，在凸窗窗台上的老位置坐下：對我這種豆莖似的身材剛剛好，外加一抹美好的夕陽陪你等候最後一班學生來上課。

白日夢做夠了。你來不是為了找尋過去。

•

狄米崔告訴過你，他的錢發臭。現在它真的發臭。這能說他撒謊嗎？

好吧，塞五十萬美金給一個囊空如洗的語言教師，在總行一個靠肛門運作的官員心目中，或許不是做生意的正常方式。但這筆錢對於一個偶爾買賣船舶當消遣的人，可能只是一天收入的零頭。

當然，那是假設布蘭特先生真的是總行的資深主管。他那種很快就交心的眼神和過分殷勤的微笑，很可能是來自截然不同的機構。不只一次，在我們令人不舒服的雙人舞步中，我真想恢復原先的窮況就

91　這個句子是錯誤示範，含有英語書寫上常犯的一個錯誤。內容意為：「做為英國鐵路尊貴的顧客，我們要為鐵路線上下的雪種類不符所需而向您道歉。」

好了。

有二十來分鐘時間，孟迪任由思緒自由穿梭腦海。很多念頭令他吃驚，但它們經常如此。例如，他很不解地對自己新到手的財富竟沒什麼興奮感。如果有根魔杖，能讓他當下就到達世界任何一個角落，他只想跟薩拉窩在公寓的床上，或跟穆斯塔法一起關在工具間裡，幫他趕工完成要作為她母親生日禮物、但現在還一團亂糟糟的耶路撒冷聖岩清真寺模型。

•

孟迪猛然跳起身，向後轉。他右後方傳來響亮的砰砰聲。

恢復鎮定，他很高興發現站在面前的是矮小如地精的老史提芬，他的前任園丁兼鍋爐管理員，就距他僅六吋開外，漂浮在玻璃另一邊。那是一扇吊窗。孟迪立刻挑開中間的插銷，蹲下身，握住銅質把手，用力往上推，將窗子下半截嘎嘎推上去。然後他伸出雙臂，老史提芬一把抓住，以僅他那種年紀一半的地精才有的靈活，跳進屋內。

接下來是一陣混亂而急切的寒暄。是的，是的，史提芬很好，內人艾麗很好，小犬——指他那個五十歲的大塊頭兒子——也好極了——但泰德先生到哪兒去了，傑克好嗎，還在布里斯托大學嗎？泰德先生怎麼離開那麼久，我們都好想念他，海德堡沒有人對他不滿，看在老天爺分上，伊貢先生那件小事，大家老早忘光了……

這一切完全結束後，孟迪才想到，老史提芬到花園來想必事出有因。

「我們都在等您，泰德先生。我們兩星期前就知道您就快要回來了。」

「胡說，史提芬。我自己第一次聽說這事也不過十天前。」

但老史提芬用彎曲的手指敲敲鼻子一側，證明他是個多麼精明的老地精。「兩星期。兩星期！我告訴艾麗。『艾麗，』我說，『泰德先生要回海德堡來了。他會像他一直答應的那樣，還清債務，他會收回別墅，學校重新開始。我會替他工作。都講好了。』」

孟迪盡可能保持輕鬆的口吻。「是誰給你通風報信的，史提芬？」

「當然是您的測量員囉。」

「什麼樣的測量員呀，我有好多個呢。」

老史提芬搖搖頭，瞇起閃爍的小眼睛，嘴裡嘖嘖作響，表示不信。

「您的貸款公司吧，泰德先生。就是那些借錢給您的人嘛。這年頭，誰也守不住祕密，大家都知道的。」

「那他們已經來過了嗎？」孟迪努力裝出他在期待這些人的口氣，甚至因為錯過而有點不高興。

「可能是先來看看情況的吧，這是自然的囉！我剛好經過，看見窗戶裡有人影，一點小燈光動來動去的，我就想，啊哈！泰德先生回來了，還是他沒回來，我們遭小偷了。我要死也嫌太老，所以我就去敲門。一個很好的年經人，滿臉笑容，穿著工作服。手裡拿支手電筒。後面還有些人，我看不清楚，也許是個女的。這年頭啊，女人也喜歡到處跑。『我們是測量員，』他告訴我，『別擔心，我們是好人。』『你們是為泰德先生工作嗎？』我說，『你們替泰德先生測量嗎？』『不，不。我們是貸款公司的人。公司借他錢，泰德先生就可以回來了。』」

「那是幾號的事？」孟迪問，但他真正聽見的是凱特的聲音，那天她從學校提早回家，看見愛司泰爾路的房子裡有人影：腳步很輕……在門口晃來晃去。

「早晨。八點鐘。天在下雨，我騎著腳踏車，正要去黎柏尼西太太的花園。下午我回來的路上，像現在一樣是五點鐘，他們還在。我多管閒事到簡直豈有此理的程度。去問艾麗。我真是無可救藥。『你們怎麼要那麼久？』我問他們。『這是棟大房子呀，』他們說，『要花很多時間。很多錢就要花很多時間。』」

•

他在愛丁堡也走過這樣的路。是這樣的：

好的，泰德，幾分鐘內，你就會走出這棟房子的前門，你會走到火車站。你可以利用任何你喜歡的大眾交通工具，但計程車例外，因為我們絕對不坐計程車，對吧？——不要搭開過來的第一輛計程車，也不是第二輛、第三輛或第十三輛。我們耳朵豎起來的時候絕對不行。等我們抵達火車站，我要知道有沒有人跟蹤我們，誰在跟蹤，我不希望得知他們知道你知道。這一點清楚嗎？我還要你在半小時內抵達火車站，因為我們得趕火車。所以你可別跑到愛丁堡動物園去沿路看風景。

他走著，讓海德堡將他納入它的保護。退入小巷裡，漫不經心瞥一眼沿路的汽車與窗戶：哦，我多麼喜歡這個小廣場，有那麼多綠蔭的別墅和隱密的花園！大馬路對面的河岸，那對在長椅上相擁親熱的戀人，是我剛才來時看到的同一對嗎？然後是那座老橋，一九四五年被炸為齏粉，卻徒然仍沒能遏阻美軍進逼，不過每個人都忘了這件事，很多人根本不知道，尤其是在橋上走來走去、就像孟迪一樣欣賞著遊船和雕像的學童和觀光客。他靠在橋欄上，看有誰會停駐在他身後，點一根菸、研讀導覽手冊或拍照。天很熱，徒步區的大街照例擠滿移動緩慢的人潮，所以孟迪加快腳步，好像要趕火車。這也是事實，但時間未到。隨時注意商店櫥窗，看有沒有人突然想起遺忘的約會，也把腳步加快。他一直快步向前走，有腳踏車超過他，也許是他的跟蹤者召來的，因為如果你尺寸小個幾號，單靠兩條腿要跟蹤一個身高六呎、全速前進的傢伙，保證徒勞無功。他離開老城區，進入一個有灰色方塊房屋和連鎖咖啡店的工業區。但等他抵達火車站時，他只能向不在場的愛丁堡老師報告，如果有人跟蹤他，他一定獲得貴賓級的周詳照顧，從清道夫到人造衛星無所不在監視他，還有肩膀上被噴了能維持一整天的膠水，照一位口才絕佳的老師的說法，它能使你像隻他媽的螢火蟲，在對方低級的小螢光幕上一閃一閃。

火車站大廳裡，他到公共電話，把頭塞進那個特大號頭盔，打電話回家。薩拉已經去上班了。她會在一個小時後到達烤肉店。他找到穆斯塔法，那孩子大聲喊。聖—岩—清—真—寺—怎—麼—辦—泰—德？你—不—乖！

「我們明天晚上花兩倍時間趕工。」他跟他打屁。是的，是的，我被女朋友纏住了。

薩拉的表姊狄娜來接聽電話。狄娜，我得在海德堡過夜，明天還要跟銀行見一次面。麻煩你跟薩拉解釋好嗎？拜託妳讓穆斯塔法在午夜前上床好嗎？別讓他拿清真寺模型做藉口。狄娜，妳真是個慷慨的好人。

他打到林德霍夫，接到答錄機，捏住鼻子留言說，他明天無法上班：感冒了。

•

往慕尼黑的火車四十分鐘後才發車。他買了一份報紙，坐在長椅上，看全世界從身旁走過，也疑心全世界是否都在監視他。

他們在學校裡待一整天做什麼？量滿鋪長毛地毯的尺寸嗎？

好人。年輕。開朗的笑容。工作服。他手裡拿手電筒。不，我們只是測量員。

那是一班慢車，好像永遠到不了。這讓他想起那班從布拉格開出的慢車，他跟沙夏和他們的腳踏車一起坐貨車廂。在一片平坦田野上的一個小站，他下了車，移往後兩節的車廂。幾站後，他再次往後移。等車到慕尼黑，火車上總共只剩六個人，孟迪最後一個下車，落後前一個人五十碼。

停車場大樓有電梯，但他寧可走樓梯，雖然樓梯間有股尿騷味。穿皮夾克的男人在樓梯轉角徘徊。有個黑人妓女說二十歐元。他想起薩拉在露天咖啡館跟他一起吃早餐，他的人生重新開始的那天。先生，請問願意付錢跟我上床嗎？

他的金龜車停四樓，就在他早上停放的角落凹處。他繞它走了一圈，檢查門上有沒有污痕，以及污痕被擦掉變乾淨的痕跡，還有鎖孔膠膜上新鮮的刮痕。好小子，泰德。我們一直說你是天生吃這行飯的，你果然就是。

假裝查看漏油，他蹲在車子前後，摸索有沒有被安裝了聽明盒、導向器，或任何他想像得到十三年前流行的玩意兒。要盡可能找到你的恐懼的焦點，泰德。如果你不知道自己害怕什麼，就會什麼都怕。好，我有焦點。我害怕不是銀行家的銀行家、洗錢的人、給了我五十萬而我不信任的詭異億萬富豪慈善家、出資贊助英語流通的阿拉伯有錢人、冒牌測量員和我自己的影子。我擔心薩拉、穆斯塔法，還有狗兒阿穆。還有我對人性之愛越來越薄弱的把握。

他打開車門，當汽車沒爆炸，他伸手到後面，挖出一件破舊的卡其背心，有絲棉襯裡以及不計其數的口袋。他脫下西裝外套，穿上背心，並將口袋裡的物品調換過來。這才發動汽車。

車到地面之前，他必須先進入一台地獄般的鐵製汽車升降機，這讓他想起鐵棺材。用現金付清法定停車費用的一半，老管理員便用跟監獄一樣尺寸的鑰匙開了門，將他交給下界。進入自由空氣中，孟迪先右轉，再右轉，避開薩拉工作的烤肉店，因為他知道，一但看見她的身影，他就會把她抱上車，載她回家，引起包括他自己在內所有人心裡一大堆沒必要的混亂。

他來到一處圓環，向南開。他盯著後視鏡，但沒有看到任何可作為恐懼焦點的東西——不過，如果他們夠聰明，我就不應該看得見，不是嗎？此時已是午夜。粉紅色的月亮掛在天上，前方的路跟後面的路一樣空曠，星星滿天燦爛。明天我們要重劃星座的畛域。狄米崔劫持地球也許是為了要拯救它，但一路上他還抽得出時間，學些媚俗的東西。

他一路南下，走的是他每天走慣的路，四十分鐘內，他會到達兩個十字路口的第一個，然後左轉。他轉了彎。沒有藍色的奧迪車，沒有坐著像猴子般趴在方向盤上的沙夏給他帶路，但他不需要。儘管拙劣的方向感是他跟托洛斯基的一大共通點，但他認得路。跟沙夏開車回來時，他用心記下了所有的左右轉彎，現在他正依相反順序倒開回去。

他通過他曾經為了追隨沙夏登上螺旋梯而把車留在那兒的停車場，一直開到沿著山腳開闢的小路。他的油箱只剩四分之一，但這阻止不了他往那裡去。沒多久他就穿過了森林，下了那條顛簸不平的窄徑，只不過路上的坑洞顯得更深，因為月光更明亮。他進入那片跟布拉格市郊那塊空地頗相似的林中空地，但他沒有立即穿過去，而是先四下張望，觀察樹叢中有沒有別條出口。他看到下方有條路，於是關掉車燈，熄了引擎，無聲地滑行過去。一路詛咒著在輪胎下斷裂的樹枝和厲聲尖叫的鳥兒。

他讓車子在杉樹下滑行，直到感覺樹枝壓在車頂上的重量，停妥車，在岩石間找路登上混凝土的坡道。

現在距離都是真實的。他進入窮山惡水，有老鼠咬齧他的胃。穀倉就在前方。沒有奧迪車燈照耀，它顯得比他記憶中更巨大，起碼有兩艘齊柏林飛船那麼大。它的大門關著，上了鎖。他側身在一扇大門上推了推。不像海德堡那群工作一整天的測量員，他沒有手電筒，也沒有助手。

他手扶著穀倉的原木外牆，把它的石頭地基當步道，希望找到開在木牆上的窗戶或縫隙。但什麼也沒有。他找到一片鬆弛的木板，慢慢拉動。他需要他的工具箱。穆斯塔法拿去了。他需要德斯。我們離婚了。

那塊木板彎翹不平。他把它拉得更彎。它鬆動了，自行彈回去，就掉了下來。他從縫隙往裡面張望。月光為他照見他想知道的事。沒有亮晶晶的吉普車，沒有整排待售的高級汽車。取而代之的是三輛實事求是的耕耘機、一台鋸木機和堆成金字塔般捆好的乾草。

我找錯了地址？不，我沒有，但住戶變了。

他走回穀倉前門，開始沿著小徑走向死亡之牆。根據他估計，吉普車上山花了十到十二分鐘，這段走起來會花他一小時。不久他就會希望路更長。他但願這條路能走一輩子，跟薩拉和穆斯塔法一起，還有傑克，如果他不太忙的話，因為對孟迪而言，這世上任憑什麼都比不上在月光下徒步穿過迷霧山谷裡的松林，等待黎明的第一道微光在前方升起。山泉溪流的水聲震耳欲聾，樹脂的芳香令人目中盈淚，沿路還有野鹿在玩捉迷藏。

•

不是同一棟農舍。

我來過的農舍非常龐大而好客，窗戶裡有愉快的燈光，窗台上有天竺葵，煙囪裡還冒出童話故事般的炊煙。

但這棟農舍，低矮、灰暗、窗板密閉、拒人於千里之外。它周圍有先前沒注意到的鐵絲圍籬，後方有塊藍色的大岩石，它的一切——尤其是油漆的標誌——在在表明這是私人產業，內有惡犬，禁止入內，再進一步就報警查辦所以快點滾開。如果樓上房間有人在睡覺，他們把窗子上了栓卻沒拉窗簾，他們從外面上鎖把自己關在裡面。

圍籬沒有通電，也不新，這讓他一開始覺得自己是傻瓜，但隨即就安慰自己，就算是最優秀聰明的愛丁堡畢業生，也不可能在首次短暫訪問中就把每件事看得一清二楚。尤其當他是在深夜裡被一個戴豬皮手套的亞馬遜女將軍，以折斷脖子的速度載著飛快來去，又有沙夏拉著他在後座說悄悄話，就更不可能了。

鐵絲網最上一層是金屬網，下方是傳統的刺鐵絲。有一道上鎖的鐵門。但圍籬裡面卻有兩隻急著想到外面來的山獐。

所以牠們是有辦法進去的。也許是跳進去的。不，不可能，太高了，即使對牠們也一樣。牠們進入的途徑——孟迪發現，雖然他沿著圍籬繞了一圈，搜索穀倉與其他附屬建物有無人跡，什麼也沒找到——是穿過一片寬約五呎、被輾平的地帶，看來曾經有輛耕耘機或其他農用車輛，罔顧警告標誌，硬闖了進來或闖出去過，但現在山獐找不到路了。

孟迪找得到，而且更好的是，他找到一條通道，以他目前狂熱的靈活狀態，輕易便可爬上低矮的瓦片屋頂，到達樓上的窗口。他的腦筋還算夠好，趁向上爬之前，準備好一塊石頭。那是堅硬的石板，重得要命，但用來砸開窗戶，眼下也沒有更好的工具了。

我來這裡幹什麼？

確定它們在早上看起來跟在夜裡一樣美麗。

再看一眼狄米崔嬰兒藍的眼睛裡隱藏的訊息，說的是，這是你自找的。

用最平淡的方式問，他們以為他們在幹什麼，在這個我們歷史上最關鍵的時刻，拿利雅德來的怪怪錢胡搞。

是什麼讓他們在詢問我教室面積有多大之前兩個星期，就先投入一整天功夫，在我資金周轉不靈的學校裡進行測量。

假設那是在測量，可是我們不認同。

簡言之，我們來這裡是為了替一個越來越令人迷惑的經驗，指點些許有益健康的光明，親愛的華生。

卻只發現他趕到現場已經太遲。戲班子早已收拾好道具、服裝，轉往下一站。

下次演出在維也納。或利雅德。

•

這是眾所周知的金科玉律，不僅適用於間諜這一行，你可以從人家扔掉的東西判斷他們是什麼樣的人。

那是一間月光照耀的長方形臥室，擺了六張床鋪，有人睡過，現在扔下了。沒有枕頭、床單或毛毯。請自備睡袋。

散置在床鋪四周，有錢人留給女傭的那種垃圾——拿去用吧，親愛的，或送給你喜歡的人。一罐時髦男人的體香劑，半滿。是摩門教徒其中一個嗎？一件連帽夾克？一套西裝？一件外套？男女通用的噴髮膠。理查？

一雙畢竟不是那麼舒適的義大利宮廷鞋。緊身褲，有點變形。一件真絲高領衫丟在衣櫃架子上。乾淨的金髮女郎？她的貞操帶附件？

四分之三公升上好的蘇格蘭威士忌。狄米崔的，跟他的豆奶混著喝？

六罐一組的貝克牌啤酒、剩兩罐。抽掉一些的萬寶路淡菸。一個裝滿菸頭的菸灰缸。安吉羅？史文？理查？你還以為他們三個都在母親膝前發過誓這輩子不沾尼古丁或酒精的。

或者是超級偵探泰德．孟迪照例又在抓瞎？是否舊人離去後，又有新的一群人搬了進來，我把錯了脈？

•

孟迪摸索穿過走廊，下了幾級階梯，便踩到柔軟的地毯。這兒沒有窗戶。他在牆上摸索，找到電燈開關。億萬富翁慈善家離開時，不會費神去關掉總開關。他站著正對理查辦公室的門。他走了進去，半預期會看見剛剪頭髮的理查坐在全新的書桌前，穿著全新的西裝外套，打著空服員的領帶，但剩下的只有那張書桌。

他拉開抽屜。空的。他跪在厚厚的長毛地毯上，掀開邊緣。沒有圖釘，沒有修邊，沒有飾條或底襯；只有極厚、極昂貴，剪裁粗糙的地毯，掩飾下面的線路。

什麼樣的線路？理查沒有電話，也沒有電腦。理查當時坐在一張光禿禿的書桌。線路的末端用膠帶黏起來。

他沿著地毯底下追蹤線路，來到窗子底下一個上了漆的五斗櫃。他拉開五斗櫃，線路沿牆而上，穿過窗台，也穿過窗框上新鑽出的孔。

對理家好手孟迪而言，這些孔鑽得實在太粗糙，像牛仔幹的。窗框是非常精緻的木材，這些雜種還不如拿把槍直接將它打穿。他打開窗戶，探出上身。線路沿牆而下六呎，然後又鑽進屋裡：就在那兒。沒有固定，當然，這就是他們的作風。就讓它掛在那兒，直到下一陣焚風把它刮進樹林裡。

他回到樓梯上，下一層樓，走進慈善家和他的助手接待最近召募新手的客廳。靠山谷那邊，晨光已灑滿窗戶，孟迪駐足在上次看著穿運動服的狄米崔向他進逼的位置，狄米崔從那扇門走進來，也從那扇門走出去。

走向同一條對角線，孟迪來到門前，將它推開，進入的不是綠色房間，而是一間加蓋在這棟房子北側的單斜頂廚房，滿鋪瓷磚，它也是一個完全遮蔽的陽台的一部分——無疑就是狄米崔邀請沙夏指識星座名稱的那個陽台。

樓上拉下來的線路從窗戶穿進來。這一回，牛仔們沒有拿子彈打穿木框，而是敲掉一片玻璃。線路的終點一樣用膠帶黏住。

原來這就是狄米崔發表完那篇偉大獨白後的藏身之處。他就在這裡屏住呼吸，等我走出大禮堂。或者他會玩弄一些精巧的機械自娛，某種用來跟樓上的理查連線的東西？做什麼用，看在老天爺分上？為什麼現在這種高科技時代，還要用受人鄙夷的電線？因為沒有被竊聽的低科技管線遠比高科技訊號安全得多，泰德。愛丁堡的智者回答。

意識到已停留太久，孟迪回到樓上，沿石板屋頂爬回地面。他想起有關惡犬的警告，不知為什麼惡犬還不來咬他，又為什麼沒去驚擾那兩隻山獐。或許牠們跟慈善家一起撤走了。他在被壓平的圍籬缺口處，不是很賣力地試圖勸誘那兩頭獐子跟上，但牠們低下頭，用譴責的眼光瞪著他。或許是要等我先離開吧，他心想。

•

橘色的照明彈煙雲橫過天空。孟迪在陡峭的山徑上連跑帶跳，相信體力的鍛鍊能帶來某種啟發。每走一步，他腦海裡的聲音就越強大：放棄，把錢退回去，說不——但對誰說？他得跟沙夏談，卻無從找到他：我必須立刻前往巴黎……我親自負責為我們的大學圖書館選書……是啊，你該死的，但你電話號碼多少？我沒問。

「檢查站。」他大聲說，覺得老鼠在他的胃上狠狠咬了一口。

有群邊防警衛或警察——他分辨不出——一字排開站在他下方二十碼的小徑上。他數到九個人。他們穿灰藍色長褲，黑色滾紅邊的夾克，孟迪猜他們是奧地利人，不是德國人，因為他在德國沒看過這樣的制服。他們的步槍都對準他。有便衣男人在他們身後逡巡。

有幾支槍瞄準他的頭，其餘瞄準他身體中段，都帶有神槍手的專注。一個擴音器用隆隆作響的德文勒令他立刻把手放在頭上。他依令行事時，看見有更多人從他左邊與右邊湧現，每邊的人數都有十來個。他也注意到，他們都訓練有素地把位置分散開來，這樣萬一需要射擊時，才不至於誤傷自己人。擴音器屬於他下方那群人，它的聲音在整個山谷裡反覆迴盪，好像一顆不肯靜止下來的跳彈。很濃的巴伐利亞口音，可能是奧地利人。

「把手從頭上離開，手臂向上伸直。」

他照吩咐動作。

「抖動你的手。」

他抖手。

「取下你的手錶，丟在地上。捲起袖子。再高一點。一直拉高到肩膀。」

他把袖子捲到可以拉到最高的位置。

「手舉高，然後轉身。繼續轉。站住。你背心口袋裡有什麼東西？」

「我的護照和一些錢。」

「有別的嗎？」

「沒有。」

「背心裡有什麼？」

「沒有。」

「沒有槍？」

「沒有。」

「沒有炸彈？」

「沒有。」

「確定。」

「絕對確定。」

孟迪找到他了。他在九個人當中顯得比較不同。沒有拿槍，而是拿著望遠鏡，每次他說話都必須放下望遠鏡，改拿麥克風。

「你脫下背心之前，我要告訴你一些事。準備好了嗎？」

「好了。」

「如果你碰到背心口袋，或是把手放進口袋，我們就殺了你。懂嗎？」

「懂了。」

「只准用一隻手，脫下背心。慢慢來，慢慢來。不准有快動作，否則我們殺死你。這不成問題。我們殺過人。我們不在乎。也許你也殺過人，有嗎？」

孟迪右手僵硬地舉在空中，只用左手，在脖子附近摸到拉鍊，小心翼翼拉下來。

「好。現在。」

他掙脫背心，讓它掉在地上。

「雙手放回頭頂。好孩子。你現在大步向左走五步。然後停止。」

孟迪走了五步，右眼餘光瞥見一名勇敢的小警察接近他的背心，先用槍托戳幾下，然後將它翻個身。

「沒問題，隊長！」他報告。

像從事一次大無畏的冒險，那男孩扛回步槍，撿起背心，將它拿到山下，交給他的長官，把背心像一隻死掉的獵物般，丟在他腳下。

「脫下你的襯衫。」

孟迪照脫。他裡頭沒穿背心。薩拉說他太瘦。穆斯塔法說他太胖。

「脫下左腳的鞋。慢慢來！」

他脫下左腳的鞋子。慢慢來。

「右腳的鞋。」

他彎下腰脫右腳的鞋子。同樣的慢速度。

「現在脫帽子。好孩子。現在向你右邊走五步。」

他又回到剛才開始的地方，光腳站在薊草叢裡。

「解開你的腰帶。慢慢來。放在地上。脫光光——是的，包括你的內褲。現在把手放回頭上。你叫什麼名字？」

「姓孟迪。名愛德華．亞瑟。英國公民。」

「出生日期？」

隊長沒拿望遠鏡的手裡正拿著孟迪的護照，他在核對孟迪的答案。他一定是從背心口袋裡翻出來的。

「一九四七年八月十五日。」

「出生地？」

「巴基斯坦拉合爾市。」

「你生在巴基斯坦，英國護照是哪裡來的？」

要一個沒有武裝、全身赤裸的人作答，這問題實在稍嫌龐大了點。我母親開始臨盆時，太陽還是印度的太陽，等到她去世，就變成了巴基斯坦的太陽了，可是這麼說你聽不懂的。

「我父親是英國人。」他答道，我母親是愛爾蘭人，他還可以再補充一句，但他覺得無此必要。

一個長著耶誕老公公眉毛的老警察拖著腳步爬上山，向他走來，邊走邊把一副橡皮手套往手上戴。那個勇敢的小警察捧著一套猩紅色囚衣，也跟著上來。

「請彎下腰，孩子。」老警察輕聲說，「你要是惹麻煩，他們會把我們全都打死，所以你乖一點。」

上回有人這麼做，是我剛加入祕密組織早期。凱特認為我得了攝護腺癌，因為我頻頻撒尿，其實是因為緊張。老警察的手指插入孟迪的肛門過深，害他很想咳嗽，但他不論想找什麼都沒找到，因為他向隊長高喊「沒有！」。猩紅上衣沒有鈕扣，孟迪得從頭上套進去。長褲對他而言太大，雖然他已經盡可能把繫帶拉到最緊。

兩個人合力抓住他手臂，緊緊扣在背後。他腳踝上了鐵枷。一副箝口器強制他的牙齒無法咬合。塗黑的泳鏡扣在他眼睛上。他很想大叫，但只能發出咕嚕聲。他很想倒在地上，但也辦不到，因為有十來隻手把他像螃蟹般抬下山。他吸了滿嘴廢氣，因為有更多隻手把他臉朝下推到一片抽搐不已的鐵製地板上，兩邊都有鞋尖夾擊。他又回到鐵棺材裡，準備前往調車場，只不過這次不能期待沙夏的扳手。地板向前衝，他的腳撞到後門。這種不守紀律的行為讓他的左眼招來一記令他為之眼盲的重踢，雖然四周一片黑暗。換參考座標：他是沙夏，坐著運囚車在前去跟教授共進午餐的途中。他又變成泰德．孟迪，坐在囚車上，被載往警察局，再做一份出於自願的自白。

囚車顛了一下停住。他在看不見的直昇機螺旋槳轉動聲中，一跳一跳爬上鐵製的樓梯。他再度平躺在地板上，這次被鎖在地板上。直昇機起飛。他覺得噁心想吐。直昇機飛行。他不知飛了多久。它降落，他被拖下更多層階梯，走過柏油路面，穿過一連串不斷變換的門。他被鎖在一個沒有窗戶、只有一扇鐵門，灰色磚砌房間裡一張高腳凳上，但他花了一段時間才發覺自己看得見。

那以後，在他稍候的記憶中，只不過再過幾小時和幾輩子，他就又恢復自由之身，穿回自己的衣服，坐在一張印花圖案的單人沙發上，周圍是一間裝潢得很舒適的辦公室，有紫檀木家具、從軍紀念品、神氣活現的飛行員從駕駛艙揮手的照片，以及一根永不熄滅的木柴在爐架上快樂地燃燒著。他一手扶著眼睛上的熱敷袋，一手拿著一杯特大杯的馬丁尼。對面坐著他的老朋友和知已歐維爾．J．魯爾克——叫我杰伊——隸屬維吉尼亞州藍利市中央情報局——真該死，泰德，你我在倫敦最暗的黑街散那些瘋狂的步，已是多少年前的事了，你看起來卻一點都沒有老。

•

孟迪死裡逃生，現在他可以重建整個經過，過程可分三個部分。

先是被捕獲的恐怖分子孟迪，被鎖在椅子上，由兩個年輕的美國男人和一個較年長的美國女人，對他的行動提出一連串攻擊性的問題。那女人不斷跟他說阿拉伯話，顯然希望藉此突破他的心防。

接著是深受關注的孟迪——最初是一位年輕的男醫生，也是美國人，作風軍事化。這位醫生有一名勤務兵陪同，後者拿著孟迪套好衣架的衣服。醫生要看看您的眼睛，如果我可以，長官。

勤務兵也稱呼孟迪長官。「長官，廁所就在走廊對面，還有剃鬍刀方便您使用。」他說，順手便把孟迪的衣服掛在敞開的牢房門把上。

醫生告訴孟迪，眼睛沒什麼好擔心的。只要休息就好。如果會痛，可以戴個眼罩。總愛插科打諢的孟迪說不必了，眼罩他不久前才剛戴過呢。

在這之後，上場的就輪到寬宏大量的孟迪。在他現在坐著的這個房間裡舉行覲見儀式，面前擺了一大堆熱咖啡和餅乾，還有他不想要的駱駝牌香菸，接受他不認識的人致歉，並向他們保證他不記恨，一切都會被原諒、被遺忘。這些尷尬的年輕男女名字叫漢克、傑夫、南安、阿特，他們要孟迪知道，我們的行動指揮官正從柏林趕來此地，目前嘛——呃——哎呀，長官——我們只能說，真抱歉，我們有眼不識泰山——現在輪到阿特開口——我真以見到您為榮，孟迪先生，長官，我的訓練課程中，老師曾用您的優秀記錄當做教材——這番話，孟迪推測，指的是他作為冷戰間諜的優秀記錄，而與霉運當頭的語言教師或路德維希二世先王的忠僕無關。雖然阿特究竟是怎麼把孟迪的名字放入中情局訓練學校教授的標準化歷史檔案，則是另一個謎團。除非魯爾克氣急敗壞之餘，用了這一點來強調他們闖的禍有多大。因為魯爾克先生真的被我們氣死了，長官，他要孟迪先生在他趕到之前瞭解這一點。

「我想，能讓我們原諒這些小鬼的唯一理由，就是他們只是依命行事。」一小時後，魯爾克沉痛地搖著頭，最出最後的結論。

孟迪說，他知道，他知道。魯爾克也是一點兒都沒變啊，他心想。真可惜。看別人，你很容易看到你認為你早已知道的事，所以孟迪看到的是同樣一個詼諧有趣、手頭寬鬆、相貌英俊、說話懶洋洋的波士頓痞子，魯爾克一向就是這麼一個人，外加他的都柏林西裝、哈佛鞋、沉重的腳步和平易近人的愛爾蘭魅力。

「真可惜當時我們沒能好好道別。」魯爾克回憶道，好像還真有什麼別的事情他非交代不可似的。「有一件急如星火的任務，我連牙刷都來不及收拾。該死的，泰德，我拿生命發誓，我真記不得任務內容了。無論如何，我想說哈囉總比說再見好。即使是在目前這種情況下。」

孟迪也這麼覺得，並喝了一口馬丁尼。

「我告訴奧地利聯軍，我們對某棟房屋有興趣——我們懷疑與恐怖分子有關，我們想先看看附近有沒有可疑人物在活動——好吧，我想那是我們自找的，這年頭，我們也只有面對後果。我們的朋友與盟友配合太過熱心，罔顧無辜者的基本人權。」

你還在推銷同一套偽造的煽動理論，孟迪注意到。

「喜歡這場戰爭嗎？」魯爾克問。

「討厭透了。」孟迪答道，盡他目前失重狀態所能發揮的最大力量，把球反擊回去。

「我也是。中情局從來沒有給過華府那班福音傳道者一丁點鼓勵。我可以向你保證。」

孟迪說他非常相信這一點。

「泰德，我們就別再兜圈子了好嗎？」

「如果我們是在做這種事，當然。」

「那你何不說給我聽，你到那兒去做什麼，泰德，看在老天爺分上，清晨四點鐘，在一間我們有非常特殊興趣的空房子裡東窺西探？我是說，老實說，法不傳六耳，搭那班飛機趕來此地的途中，我不由得一再問自己，我們把你抓起來究竟有沒有錯。」

13.

對於如何回答魯爾克的問題，孟迪考慮了很久，終於得到很不情願的結論，那就是他得告訴他全盤真相。他曾經從沙夏的角度和他自己的角度衡量這個問題。他仔細考慮過沙夏的訓誡與信任，以及理查的千元合約，但他已決定，以目前的情況，這兩者都不具約束力。他只在狄米崔的偉大計劃和他對企業美國的腐化勢力宣戰兩方面，覺得有愧於心，必須美化他的故事。此外，他很樂意再度使用坦白以告的老辦法。

畢竟，一炷香在老朋友之間又能造成多大隔閡？

魯爾克完全跟伊頓廣場時代一樣，聽完他的話，那種揉合得恰到好處的寬容與不把權威放在眼裡的姿態，使得跟他說坦白話成為極大的樂趣。孟迪終於敘述完畢，魯爾克動也不動，手捧著下巴，沉吟良久。他眼睛直視前方，只有偶爾點一下頭，煩悶地抿緊嘴唇。最後他終於從椅上起身，像小學老師似地，把手深深插在軋別丁長褲口袋裡，繞著房間踱方步。

「泰德，你對沙夏過去十年做了什麼事有概念嗎？」他對「概念」二字是那麼地特別強調，孟迪只能做最壞的打算。「他同進同出的人，他待過的壞地方？」

「不多。」

「沙夏沒告訴你他去過什麼地方？跟誰玩耍？」

「我們沒談那麼多。他在荒野中的時候寫過幾封信給我。透露的不多。」

「荒野？他用這字眼？」

「不，是我用的。」

「在湖邊那個安全的公寓樓上──他告訴你狄米崔是個棒得不得了的好人？」

「他對他很著迷。」

「你覺得他都沒有改變，闊別這麼多年──沒有重大變化，不覺得他進步了，遠離你了，在某個抽象意義上？」

「還是那個古怪的小混蛋，跟從前一樣，在我看來。」孟迪有點張惶失措，開始不喜歡這番對話的走向。

「沙夏有沒有透露過他對九一一事件的任何感想，比方說？」

「他認為那是卑鄙的行為。」

「甚至沒說『他們自食惡果』之類的話？」

「完全沒有，真令人意外。」

「意外？」

「這麼說吧，以他過去對美國不友善的態度，以及在他足跡所至那些地區的所見所聞，要是他說：『對付這些雜種就該如此』，我也不覺得奇怪。」

「可是他沒這麼說？」

「正好相反。」

「這寫在信上？」

「當然。」

「單獨一封信——整封信只談一個主題？」

「很多封信裡的一封。」

「什麼時候寫的？」

「事件發生後一、兩天吧。也許只有一天。我沒怎麼注意。」

「從哪兒寄出？」

「斯里蘭卡，很可能。他在坎第市有份教書工作。」

「你覺得這封信令人信服？你不覺得——有點——」

「有點什麼？」

魯爾克世故地聳一下肩。「這封信也許是為了留下記錄而寫的。萬一他的老朋友孟迪考慮把他的信交給英國情報機關。」

「不，我沒考慮過這麼做。」孟迪憤怒地對著魯爾克的背影說，並等他轉過身來。但他沒有。

「泰德，那麼多年前，你跟沙夏一起在柏林的時候，他對直接行動有沒有明確的態度？」

「他拚死反對。一直如此。」

「他有理由嗎？」

「當然。暴力會予反動分子口實。那是自尋失敗。他說了一遍又一遍。用了十幾種不同的方式。」

「所以他很實際囉。暴力沒有作用，所以我們要採取有作用的步驟。如果有作用，他就會採取暴力。」

「你可以說這是實際。你也可以稱之為道德。這是他的信念。如果他相信炸彈，他就會去丟炸彈。他就是這樣的人。他不相信炸彈，所以當抗議運動被丟炸彈的人挾持，他就犯了生平大錯，跳到圍牆錯誤的一邊去了。」

孟迪抗議太多，他也有自知之明，但魯爾克的暗示啟動了他內心的警訊，非大聲疾呼不可。

「所以，如果我說，他已經跳過了另一面牆，你會覺得很意外嗎？」魯爾克沒精打彩地說。

「得看你說的是什麼。」

「不，沒什麼好看的。你很清楚，泰德．孟迪。」——更加沒精打彩。「我們說的是走黑路。我們說的是一個跛腳的偏執狂，他要嘛打進超級盃，要嘛就是無名小卒。」魯爾克張開雙臂，對永恆燃燒的假木柴呼籲：「我是沙夏，基本教義的信徒。讓我飛翔！我能移山倒海。我坐在大哲學家的腳邊，將他們的言語化為行動。知道狄米崔是什麼人嗎，當他不當狄米崔的時候？」

孟迪的手指要揉碎任何可能出現在他臉上的表情。「不，我不知道。是什麼人？」

魯爾克湊上前來，近到他雙手可以按在孟迪沙發的扶手上，低頭看著他，帶著一臉對他即將揭露的祕密敬畏萬狀的神情，盯著孟迪的臉。

「泰德，這不僅是不列入紀錄而已。我搭來這裡的飛機來時是空的。我從來沒有離開過我在柏林他媽的辦公桌，我有六個證人可發誓證明此事。狄米崔是不是告訴過你，他精通在看不見的地方過生活的藝術？」

「是。」

「我還寧可去追蹤魔鬼。他完全不用電話，不肯碰手機。電腦、電子郵件、電動打字機、卑微的郵遞，通通甭提。」孟迪想起農舍的低科技管線。「他會跑五千哩路，只為了跟撒哈拉沙漠中間的某個人說一句悄悄話。如果他寄明信片給你，仔細看圖畫，因為訊息就在那兒。他可以住華廈或陋舍，他完全不在乎。他從不連續兩晚睡同一張床。他可以用別人的名義買下一棟房子——維也納、巴黎、托斯卡尼或深山裡——搬進去，大費周章搞得好像下半輩子都要住在那兒，隔天晚上，他就跑到他媽的土耳其某個岩洞裡待著。」

「這有什麼意義？」

「市場上的炸彈。他為西班牙無政府主義者炸弗朗哥，為巴斯克人炸西班牙人，為赤軍旅炸義大利共產黨。他跟圖巴馬羅斯[92]來往，和巴勒斯坦的五十七個種族都很親善，跟愛爾蘭兩邊的人馬交好。我告訴你他給效忠老歐洲的人什麼訊息，現在就說，好不好？你一定愛死了。」

92 圖巴馬羅斯（Tupamaros）是一九六三年成立的烏拉圭恐怖組織，從事搶劫軍火庫、縱火、綁架官員、暗殺等活動，但七〇年代受到強硬鎮壓，二十年來幾乎銷聲匿跡。

等著好戲上場時，孟迪心想，魯爾克特別喜歡拿人生的猥褻跟他個人的優雅儀態作對照，似乎從中得到莫大的樂趣。他提出的命題越是不堪，他的風度就越顯雍容華貴。彷彿為了證明這一點，魯爾克往安樂椅上一靠，伸長雙腿，又餵了自己一小口馬丁尼。

「『各位鄉親父老，』他說，『現在該是我們這些憤怒的歐洲人把所有在那兒該死的吹毛求疵立場做一了結的時刻了。大家換換胃口，跟火藥發明以來採取最轟動的反資本主義行動的陰謀家團結一下如何？向我們全球各地武裝的兄弟姊妹伸出友誼的手，別再斤斤計較他們對民主可能產生的某些小困擾如何？我們難道不能基於對同一個敵人的憎恨而團結起來嗎？這些蓋達組織的好漢，幾乎把巴枯寧所有的夢想全都圓滿達成了。如果連反法西斯主義者都不能包容隊友的品類駁雜，請問還有誰做得到！』」

他放下酒杯，捕捉到孟迪的眼神，微微一笑。

「泰德，那就是狄米崔。當然是在他做他自己，不做狄米崔的時候。那才是最近把沙夏催眠得如癡如醉的史文格利[93]。所以，讓我們進行到下一個問題，泰德。這道方程式裡的泰德．孟迪是誰？」

「你他媽的知道我是誰，」孟迪發作了，「你花了好幾個月在我衣服裡嗅來嗅去，你這混帳。」

「哦，別生氣，泰德！那是從前。現在我們玩真刀真槍。你是要幫我們，還是要跟我們作對？」

•

現在輪到孟迪在房間裡踱來踱去，克制心中的怒火。

「我還是不明白狄米崔要什麼。」

「還用你說，泰迪。我們什麼都知道，但也什麼都不知道。他聯絡上了一批跟分布全歐洲的無政府主義團體有聯絡的人。很了不起。他逢迎那些從事反美研究的歐洲學者領袖。他要掀起拆穿所謂大謊言[94]的風暴。他有一群扈從。他堅持要他們要跟敵人做一樣的裝扮。那是他的老格言：法西斯分子開槍把一套上好的西裝打出一個洞之前，會考慮兩遍。他跟你講過那故事嗎？」

「沒有。」

魯爾克在椅上調整到一個舒適的坐姿，容許自己暫且轉移話題。「太好笑了。他曾經跟希臘警察發生槍戰，身上穿的是七百美元的西裝。他打光了子彈，站在雅典市中心某個開闊的廣場，手裡拿著空槍，瞪著屋頂上正瞄準他的狙擊手的槍身。接著他戴上軟呢帽就走出廣場，狙擊手始終沒勇氣打穿他價值七百美元的西裝。確定他沒跟你講過這個？」

「哪他的錢是怎麼弄來的？」孟迪很想知道，眼睛盯著被陽光照花了的窗戶。

「各處。小筆小筆的包裹，沒有兩包相同的。來自四面八方。我們煩惱死了：太多錢。這次來自中東，下次來自南美洲。誰給的？為什麼？他拿來他媽的要做什麼？全世界每個人突然會說真話？——好

93 史文格利（Svengali）是英國小說《Trilby》當中的人物，以催眠術控制一個美麗的模特兒。如今泛指所有居心不良、用花言巧語及阿諛的手段誘騙別人服從者。

94 即美國以伊拉克隱匿大規模毀滅性武器為藉口，以莫須有的罪名攻打該國。

比大熊在森林裡吃糖果。他老了。他要收回各方欠他的承諾。為什麼？他的壓軸是什麼？我們猜他要搞一個大爆炸然後退場。」

「什麼樣的大爆炸？」

「還有什麼別的？海德堡是德國與美國相會的地方。它是個美麗的城市，我們一九四五年沒轟炸它，以便戰爭結束後，美國能有個好地方安頓指揮總部。馬克吐溫會愛上這地方；美國的後希特勒反蘇維埃生活就在那兒起步。它有美國馬克吐溫村和美國派崔克・亨利[95]村，還有只有天曉得多少萬的美國工作人員。它是美國駐歐陸軍總部所在地，還有一大堆其他的指揮中心。早在一九七二年，巴德與邁因霍夫[96]那夥人曾經用火箭砲殺了若干美國士兵，炸毀一位美國與北約組織將軍的參謀座車，他媽的還差點把將軍也給幹掉。如果你要炸開美國跟德國的聯繫，海德堡這地點可不壞。你喜歡那城市嗎？」

「那也許你願意幫我們搶救它。」

孟迪終於弄清楚他對魯爾克是什麼樣的感覺了。魯爾克這個人有種自始至終都沒有人碰觸過的東西，一片不沾塵埃到令人生氣的處女地帶。那些過去孟迪誤認為是人生閱歷的皺紋，其實是一個從未被任何警察揍過、從未穿越過危險的邊界、從未被關在白色旅社，或像豬一樣被鍊鎖在直昇機地板上的，被寵壞的孩子的紋路。就這一點而言，他也具備了孟迪心目中西方領導人與他們的發言人最讓人覺得沒有吸引力的特徵：一種靈活地凌駕於人類苦難現實的輕浮自信。

他清醒過來，發現魯爾克要召募他。不像沙夏那麼迫切，也不像艾摩利那麼不著痕跡，或像教授那麼明目張膽，更沒有狄米崔那種彌賽亞救世主的聲勢。但還是同樣令人動心。

「就做你以前做的事，泰德。你變成我們的人。你裝作他們的人。你待在外國。你等待。你注意看和聽。你跟沙夏和狄米崔以及所有其他進入你生活的人做好朋友，然後查清楚這些傢伙他媽的在搞什麼鬼。」

「也許沙夏不知道。」

「哦，他知道的，泰德。沙夏是叛徒，記得嗎？」

「誰的叛徒？」

「他不是刺探自己同胞的情報嗎？也許你對那種行為有更好的稱呼。他父親不是做了兩次叛徒嗎？最後那幾年，沙夏對我們非常重要。我們不會輕易忽視他那樣的人，就算他們在荒野裡流浪，找尋新的神祇，好重新點燃他們眼裡的火花。」他停頓一下，等孟迪反駁，但孟迪不肯配合。「等待結束後，你會再開始等待。因為這就是遊戲規則：從頭看到尾，直到那神奇的一刻，祕密情報員泰德．孟迪跳到桌上亮出徽章說：『好啦，孩子們，我們玩得很愉快，但現在該謝幕了。所以請丟下槍，雙手高舉空中，因為我們把你們包圍了。』泰德，你想提問題嗎？」

「我有什麼保障？」

95 派崔克．亨利（Patrick Herry, 1736-1799），美國革命先烈，曾為維吉尼亞州州長。

96 一九七〇年，烏莉克．邁因霍夫率眾持槍劫獄，救出對百貨公司投擲炸彈的巴德（Andress Baader），是為赤軍旅成立的開始，但西方執法人員與媒體通常稱他們為「巴德與邁因霍夫幫匪」（The Baader-Meinhof Gang）。巴德與邁因霍夫之名成了城市恐怖活動的代名詞，至今仍有新一代的恐怖分子沿用赤軍的名號。

魯爾克露出最友善的笑容：「如果一切照我們的預期發展，你和你的親人會得到全面證人保護，重新安頓，數以百萬的現金，你也可以保留房地產。重新訓練，但你年紀可能大了點。要談數字嗎？」

「我就相信你的話。」

「你會挽救生命。也許很多人。需要時間考慮嗎？我數到十。」

「我有什麼別的選擇？」

「我看無此可能，泰德。我試過，我想破腦袋，我掏心瀝肺。你可以去找德國警察，他們可能會幫忙。他們做過這種事。你是移居海外的英國人，前無政府主義者，還跟一個退休的土耳其妓女同居：我相信你絕對能贏得他們的注意。」

孟迪說了什麼？恐怕無話可說。

「基本上，我猜德國警察會直接把你推給德國情報部門，他們又會把你推給我們。我想沒有人會讓你清靜。那不合我們這一行的行規。你就是太、太有吸引力了。」他豎起耳朵，「我聽見說是嗎？我看到你點頭嗎？」

表面上是如此，但卻是心不在焉的。當然，因為孟迪的心思、或者該說他剩下的部分，已經遠颺到了巴黎，跟沙夏和他圖書館委員會的學者們一起。我們是不可分離的，泰德。這是我的信念。我們一起經歷了那麼多……多年前你救過我一命。至少給我這個機會扮演你救贖的道路。

孟迪在等。

曾經等待過，他再次等著。

任何兩件事都不會同時發生。在他等待之際，每件事都呈線性發展。他在林德霍夫與家中等待：等沙夏熟悉的尖錐筆跡，等電話傳來沙夏模糊不清的聲音。

他去了一趟海德堡，當天來回，坐火車單程要三小時。他跟清潔工，建築包工、裝潢商都談過，但沒有沙夏的消息，他午夜返家，發現薩拉打破慣例，提早回家。

她知道他有些事情沒跟她說。留宿海德堡當晚就引起她的懷疑。她不相信他隔天早上跟銀行見了第二次面。她瞪著他的黑眼圈。

不過是鷹架掉落，他告訴她，又不是第一次發生這種事。我在一條窄街上走，一塊木板鬆脫，打中我眼睛。這就是長得高的代價。我走路應該多小心點才是。

那些人要你做什麼，那些我不信任的銀行的人？她問。離他們遠一點。他們比警察還壞。

他試著告訴她一點他們想要的東西。銀行的人是對的，他向她保證，他們想幫我忙。他們拿出一點錢，如果我能把學校重新開張，他們甚至會讓我繼續經營。不管怎麼說，值得試試。

她的德文只夠開店日常溝通，他對土耳其文一竅不通。他們可以交換事實，也可以把一向以擔任通譯為榮的穆斯塔法找來。但感情的部分，他們唯有參考對方的表情、眼神和身體語言。薩拉從他身上讀到的是逃避。孟迪從她身上讀到的是恐懼。

隔天，在林德霍夫，他突擊園藝工具室，挖出理查的一千元現金。當天晚上，以極力克制又義無反顧的心情，他把錢交給牙醫診所。她的爛牙終於可以補好了。他將收據拿給薩拉看，她先是喜出望外，但隨即又恢復先前的愁眉。她透過穆斯塔法指控他這筆錢是偷來的。他絞盡腦汁說服她。他們付我紅利，薩拉，因為別人請假時我帶了額外的旅遊團，算是一種小費。以他這種經驗豐富的撒謊者，這次的謊言實在編得差勁。他在床上伸手想抱她，她卻躲得遠遠的。你不愛我了，她說。一天後，穆斯塔法拿他不存在的女朋友開玩笑過了頭，被孟迪斥責，事後他很後悔。為了彌補，他格外賣力組裝他們的聖岩清真寺，還訂購了穆斯塔法渴望已久的電腦。

魯爾克每天中午準十二點三十分打電話到那支有霉斑的手機找他新召募來的情報員，那是孟迪的午餐休息時間。對話中，魯爾克卯足力氣遊說孟迪換用中情局新研發的超安全、不受氣溫天候影響的新機種，但孟迪堅決不肯。我是間諜這行業最後一個盧德分子[97]，杰伊。真的很抱歉。他沒說，但他曾經在什麼地方讀過，那種手機一旦落到不該拿的人手中，就會把腦袋炸掉。魯爾克每次接通就直接進入重點，沒有「嗨，泰德」，也不說「我是杰伊」。

「麥可和他朋友快把功課做完了，」他說。麥可就是沙夏，「再過一兩天他可能就會去找你。」

所以等吧。等麥可。

一兩天變成四天。魯爾克說，放心好了，麥可遇到了一些老朋友。

第五天，閒步經過行政辦公室，孟迪看到一只電腦打字的白色信封是寄給他的，維也納的郵戳。信寫在素面白紙上，有日期，無簽名。沒有寄信者的地址，內容是英文。

親愛的孟迪先生：

一批重要的託運圖書將在六月十一日星期三，十七時至十九時之間運抵貴校，敬請惠予配合收件。屆時將有我方代表親自護送。

不需回信，也無此可能。魯爾克說，放心，麥可就是你的代表。

•

斜靠在海德堡校舍二樓的凸窗前，望著下方前院通往鐵柵門的磚石小徑，孟迪覺得無比輕鬆，因為他的思想與行動終於可以一致。他的人就在他過去兩星期來念念不忘的地方。麥可好好地在路上，魯爾克已用手機確認，麥可的火車有一點小耽擱，他應該半小時內會趕到你那兒。魯爾克空洞的簡報總有一種嚼舌根又自大的意味，令孟迪非常厭惡。他穿著一件舊的皮夾克和燈芯絨褲：跟他被逮捕期間穿的或脫下的都不一樣。他預期跟監會達到飽和，但不想成為一支行動麥克風。此時已是五點二十分。最後一名工人十分鐘前離開。反大學這批傢伙什麼都考慮到了。

在等待的那幾天裡，孟迪從他想像所及的各個角度，重新思考了自己的困境，卻得不到結論。正如

97 盧德分子（Luddite）指十九世紀初為了害怕被機器取代而失業，將機器搗毀的英國工人組織及其成員。

曼鐸邦博士所言，他收集了資料，但知識在哪兒？面對即將見到沙夏的刺激，他再次考慮各種可能性，從最吸引他的一種開始：

魯爾克和他的情報局在自欺，也欺騙了我。他們根據間諜這一行的偉大傳統，把幻想當作自給自足的預言。狄米崔有段不可告人的過去，他也承認了，但他已經洗心革面，他的動機崇高，就跟他說的一模一樣。

支持以上論點：魯爾克還是當年那個花了四個月時間，企圖證明沙夏和孟迪其實是在為克里姆林宮工作的白癡。

反對以上論點：狄米崔馬戲班的夜行特性，他的錢來路不明，他的偉大願景根本不可行，看得出他主張跟歐洲無政府主義者和回教基本教義分子結盟。

魯爾克與他的情報局說得對，狄米崔很壞，可能壞到家，但沙夏是無辜被他矇騙。

支持以上論點：沙夏容易上當早有先例。他很聰明，觀察力敏銳，但只要牽扯到他的理想，他就會把處理其他事務都很成熟的批判能力丟在一旁，變成一個糊塗蛋。

反對以上論點：不幸，可說是沒有。

狄米崔就像魯爾克所說的那麼壞，而且——引用愛丁堡智者的話——沙夏是他意識清醒的同謀。狄米崔與沙夏要拉我入夥，因為他們要利用我的學校達到他們傷天害理的目標。

支持：沙夏在荒野裡的十三年，親眼見過這世界在西方主導的工業化之下所受的劫掠，以及在地文化遭受的破壞。他受過對他個人極大的羞辱，又結交了一批壞分子。理論上，這些都構成沙夏之所以走上魯爾克所謂黑路的好理由。

反對：沙夏這輩子從沒對我撒過謊。

過去這兩個星期，孟迪清醒的每一刻，不論到哪裡都帶著這些無法定案的辯論，就像他腦子裡有一群互相交戰的孩子，不論是出門去遛阿穆、幫穆斯塔法組聖岩清真寺的模型，努力安撫薩拉的恐懼，或是帶著他的英語觀光客在瘋子路德維希二世的城堡裡走來走去。現在，他看著一輛沒有記號的白色廂型貨車停在大門外，它們也正在他腦子裡喧嚷。

沒有人下車。這些人像孟迪一樣，也在等著。一個埋頭在看書，另一個人在講手機。對方是狄米崔、理查？還是魯爾克？箱型車掛維也納的牌照。孟迪記在心裡。你是記憶天才，泰德，一位巴結的愛丁堡老師說，我真不知道你怎麼辦到的，真的。很簡單，老小子，我腦袋裡沒有別的東西。一輛流線型的賓士轎車駛過。駕車的是黑人女性，乘客是白種男人。車尾插著市旗，警察摩托車開道。本市有個大人物就住這條路前面不遠處。轎車後面是一輛不起眼的計程車，屬某個名叫華納·柯瑙的傢伙所有，他喜歡用金色的哥德體寫自己的名字。後車門開了，露出沙夏左腳的球鞋，然後整條腿。鋼琴家的手指握住車門框。接著把自己整個人拽出來，繼而是黨部發的公事包。他站在那兒，但他不像孟迪那樣需要翻口袋找錢。他有個錢包，井然有序把掌心裡的零錢數進另一隻手，正如同他在柏林、威瑪、布拉格、格但斯克，或任何以和平、友誼、合作的精神與西方相會的東歐城市時，一模一樣的數錢方式。他付清車資，跟廂型車裡的男人說了幾句話，大模大樣指著磚砌的小徑。

孟迪丟下凸窗前的崗哨站，急忙下樓去見他。又是我們的第一天，他心想。我要擁抱他，以猶大的方式？或握他的手，以德國方式？或照英國人的辦法，什麼也不做？

他打開前門，沙夏正興高采烈一顛一顛沿小徑向他走來。夕陽照著他臉孔的一側。孟迪站在台階上。沙夏來到他腳下三呎處。他丟下公事包，張開雙臂，但他要擁抱的是全世界，不是只有孟迪而已。

「泰迪，我的天，」他喊道，「你的房子，這個地方——太棒啦！現在開始海德堡有三個世界偉人：馬丁．路德、馬克思．韋伯、泰德．孟迪！你今晚可以留宿海德堡嗎？我們可以聊天——喝酒——玩耍？你有時間嗎？」

「你呢？」孟迪問。

「我明天要去漢堡訪問幾位重要的學者，一個個各別拜會。今晚我是個不負責任的海德堡學生。我要喝醉，我要向你挑戰，跟你決鬥，高歌《誰來付帳》，包圍學生宿舍。」他把一隻手搭在孟迪肩上，打算把他當成拐杖，忽然又彎下腰，從公事包裡取出一樣東西。「拿去。給你的。來自腐敗巴黎的禮物。這年頭領到一份好薪水的可不是只有你。我們有冰箱嗎？有電嗎？我們什麼都有。我敢打包票。」

他把它塞進孟迪手裡：一瓶上好的香檳，頂級貨色。但沙夏對孟迪的致謝不以為意。他推開他，走進大廳，對他們的新領域進行第一次巡視，孟迪卻為魯爾克栽進他腦子裡那些見不得人的猜疑，暗中恨自己。

首先，他們必須站在大廳，讓沙夏盡情瀏覽飾有綫腳的天花板、壯觀的樓梯，和那些從圓廳通往個別教室的桃花心木雕刻的弧形門。孟迪不由得注意到，新藝術造型的大天窗投下一方方彩色寶石，把他裝扮成了一個彩衣小丑，但絕對是一個快樂的小丑。

他們緩步前進——顯然是某種超自然的導引，因為孟迪並沒有給他帶路，但也許是邪惡的測量員的傑作——朝古老的圖書館走去，這兒原先分隔成許多小間，但如今已恢復昔日的光榮，成排的可調式書架已在牆上裝妥。沙夏肩膀後縮，酷似席勒的頭顱嘆為觀止地轉動著，他不慌不忙走到房間另一頭，打開鑲有玻璃、通往院子的側門。

「天啊，泰迪！我還以為你精通這種事呢！我們應該把這整個區域加蓋成圖書館！弄個玻璃屋頂、幾根鐵柱子，就可以再多容納一千本書。要加蓋就趁現在，還沒問題。以後再動手就會是一場惡夢了。」

「理由第一點：書不喜歡玻璃。第二點：你正站在新廚房裡。」

每看一層樓，沙夏就益發滿意。頂樓尤其讓他喜歡得無以復加。

「你打算住在這兒嗎，泰迪？跟你的家人同住，我是不是這麼聽說過？」

從誰那兒聽說？孟迪很好奇。「也許。這是一種選擇。我們正在考慮。」

「你是否絕對有必要住在這裡？」

「也許不必。得看計畫進展決定。」

沙夏的黨官腔調又出來了：「那我就覺得你有一點太放縱自己了，泰迪。如果我們把隔間牆敲掉，這裡可以布置成一間大通鋪的學生臥室，起碼能容納二十名窮學生。我們在柏林也做過這種事，在這兒如法炮製又有何不可？重要的是，你要避免不小心讓人覺得你是房東。狄米崔最擔心我們予人權威架構的聯想。我們是要跟大學反其道而行，而不是模仿它。」

好吧，我希望牆壁也聽見你這麼說，孟迪心想。樓梯間傳來的哈囉聲，替他省卻了回答的麻煩。送貨員已經用堆高機把貨物送到前門口，他們需要知道接下來該把東西擺哪兒。

「就放進圖書館啊，還用說！」沙夏開心地對著樓下喊，「書還有什麼地方可去，看在老天爺份上？這些傢伙真可笑。」

但孟迪和領班都同意，目前最好的放書位置還是在大廳裡：在正中央堆成一個小島，用防塵布罩好，等圖書館完工。送貨員個個凜然不可侵犯，穿著白外套。孟迪覺得他們比較像板球裁判而不像搬家工人。沙夏不以為意，轉而開始滔滔不絕解說他的貨物。

「你檢查就會發現，每個箱子的蓋子上都黏了一個塑膠封套，泰迪。這封裡有一份箱內書籍的清單以及打包者的姓名縮寫。這些書是按作者姓名字母排列。你會看見每個箱子都依拆箱順序編了號。你在聽我說嗎，泰迪？有時候我真擔心你的心思太散漫。」

「我大概知道你的想法。」

「我們談的是一個共計有四千冊書的核心圖書館。預期會有較多需求的書目就多提供幾冊。在建築工程全數完工前，這些箱子顯然都不會打開。提前上架的書要是沾了灰塵，到時還得取下來清理，浪費寶貴的時間和金錢。」

孟迪承諾會密切注意此事。工人用推車把箱子推進室內時，他帶沙夏去參觀花園，免得他製造損害，並安排他坐在老鞦韆上。

「所以你在巴黎忙些什麼？」他隨口問，心想，不論什麼事都無損他的自信分毫。

這個問題讓沙夏很開心。「事實上，我運氣好得不得了，泰迪。我在貝魯特和一位女士交往得非常愉快，我們剛好經過那個城市，所以做了我相信外交官會稱之為完全而坦承的意見交換。」

「在床上？」

「泰迪，我覺得你太粗魯了。」——滿意的奸笑。

「她靠什麼維生？」

「她本來是在協助救援工作，現在是自由撰稿記者。」

「激進派？」

「真實派。」

「黎巴嫩人？」

「事實上是法國人。」

「她替狄米崔工作？」

沙夏拉長臉，顯示他的不贊同。

所以沒錯，她為狄米崔工作，孟迪心想。

就在這時，他們聽見廂型車發動引擎的聲音。孟迪跳起身，但遲了一步。裁判們已經走了，不需要簽回條，也無須給小費。

•

沙夏覺得泰迪的點子棒透了。在巴黎的辛苦工作後，他確實需要出外走走。孟迪也有此需要，但理由不同。他要的是你告訴我牧師先生是史塔西間諜那天，那片在布拉格市郊的森林。他要的是相互坦誠以告，親密的田園氣氛。他向老史提芬借了腳踏車。小的一輛是史提芬自己騎的，給沙夏，大的一輛是史提芬的大塊頭兒子所有，孟迪用。他買了香腸、白煮蛋、番茄、乳酪、冷雞肉，還有他很厭惡、但沙夏最愛的裸麥麵包。他買了一瓶威士忌和勃艮第紅酒，幫忙沙夏放鬆舌頭，當然無疑還有他自己的舌頭。他們達成協議，孟迪可以把沙夏那瓶香檳保留到開幕當天。

「可是你知道我們要去哪裡嗎，老天爺？」出發時，沙夏故做驚駭狀說。

「當然知道，白癡。你以為我整天都在幹什麼？」

我該向他挑釁？對他吼叫？孟迪從來沒有審訊過任何人，對朋友做這種事，當然又是最困難的。想想愛丁堡吧，他告訴自己。最好的審訊就是嫌犯根本不知道自己在被審訊。他特別挑了城外數哩處的一個隱密角落。不像布拉格，這兒沒有小山丘可坐，但很安靜，濃蔭覆罩，靠近河邊，從上方絕對看不見。這兒有張長椅，柳樹輕拂著湍急清澈的聶卡河水。

孟迪像個母親，倒酒，安排野餐，沙夏躺在長椅上，仰天而臥，那條壞腿擱在好腿上。他解開襯衫，對陽光敞開瘦弱的胸膛。河上有划船人正賣力地逆流上行。

「所以，你除了選書、和記者上床，還忙些什麼？」孟迪把這當作是開價。

「我會說我是在集結一支部隊，泰迪。」沙夏輕鬆帶過，「你的薩拉又打你嗎？」——孟迪的黑眼圈還沒完全恢復。

「年輕的部隊，年老的部隊？你其他人生中遇到的人嗎？什麼樣的部隊？」

「我們的講師，當然。我們的客座講師與知識分子。你以為是什麼樣的部隊？每個主要學門裡，還沒被收買、最傑出的心靈。」

「你是從哪裡把人挖出來的？」

「原則上，世界各地都可以。實踐上，就是所謂的老歐洲。那是狄米崔的偏好。」

「俄羅斯？」

「我們在嘗試。凡是不屬於自願聯盟[98]的國家，都在狄米崔的遴選名單上。可是在俄羅斯，很不

98　美國為對外表示入侵伊拉克的軍事行動並非單邊行動，因而組織了「自願聯盟」，要求各國協助。九一一事件後，美國出兵阿富汗也採同樣模式，但名稱為「反恐聯盟」。不過意外的是，反對出兵伊拉克的俄、德、法等國竟也組成「反戰聯盟」與自願聯盟對峙。

幸，不妥協的左翼募人很困難。」

「所以講師是狄米崔挑選，不是你。」

「他們是一致同意的一部分。若干名字被提出——很多是我提的，恕我不謙虛地說——大家同意一份名單，交給狄米崔。」

「名單上有阿拉伯人嗎？」

「會有，但不是現在，會在第二或第三階段。狄米崔是天生的將才。我們宣告有限的目標，我們達成，我們重新組隊，繼續推動下一個目標。」

「他跟你一起在巴黎嗎？」

「泰迪，我覺得我們有點放肆了，真的。」

「為什麼？」

「拜託別說了？」

孟迪遲疑了一下，一艘遊艇滑過去，激起的浪花映著夕陽。一輛綠色跑車固定在它前甲板上。

「呃，你不覺得這一切有點該死的愚蠢嗎——對所有人在做什麼都這麼保密？」他有點笨拙地表示，「我是說，我們該不會是要掀起暴動吧，是嗎？只是成立一個論壇。」

「我認為你很不實際，泰迪，你一向如此。凡是不肯承認現今禁忌的西方教育機構，在定義上都是顛覆者。告訴華府的新狂熱分子，以色列建國是犯了一樁嚴重的人類罪刑，他們就說你反猶太。告訴他們，伊甸園不是歷史的真實，他們就說你是危險的憤世嫉俗者。告訴他們，上帝是人類為彌補自己對科學的無知而發明的，他們就說你是共產黨。你知道美國思想家德勒斯登・詹姆士的名言嗎？」

「我想我不知道。」

「『當一個包裝妥善的謊言之網，漸進地一代代出售給群眾，真相就顯得可笑無比，它的代言人則是滿口胡言的瘋子。』狄米崔會把這句話寫在我們每一所學院的入口處。他本來有意把這計畫命名為滿口胡言的瘋子大學。不過基於審慎，他不會這麼做。」

孟迪遞了雞腿給沙夏，但仰天而臥的沙夏閉著眼睛，所以孟迪拿著雞腿在他面前搖晃，直到他睜開眼睛微笑。不論在柏林、威瑪，或任何他們曾經密會的地點，孟迪都未曾見過他朋友臉上有過那麼大的滿足感。

「你會再跟她見面嗎？」他試著聊些瑣事。

「機會不大，泰迪。她正處於一個危險的年齡，而且顯然有黏人的傾向。」

那麼這方面不會有改變，孟迪一時間想起茱蒂，不由得有點酸意。他再次嘗試。

「沙夏，你的大狩獵——你失蹤那幾年，你寫信給我——」

「不是失蹤，泰迪。那是我的 Lehrjahre，我的學習年。得說清楚。」

「你那幾年有沒有」——他本想說「結交」，但那是魯爾克用的字眼——「有沒有遇到一些非常反傳統的人——鼓吹武裝抵抗——不講對象的——恐怖分子，如果你要這麼說？」

「經常。」

「你有受影響——被他們說服嗎？」

「什麼意思？」

「從前我們常談到。你和我。還有茱蒂。還有凱倫。當年共和黨俱樂部最熱門的話題。做到什麼程度是可允許的？行動的戲劇發展等等的。什麼情形下，怎樣算是公平的代價？什麼時候可以合法開始射擊？你常說邁因霍夫那種人會敗壞無政府主義者的名聲。不知道你現在的想法有沒有變。」

「你想知道我對這題目的意見——在這兒——今天——正當我們在暢飲這瓶絕妙的勃艮第？我看你有點條頓作風唷，泰迪。」

「我不認為。」

「如果我是住約旦河西岸或加薩走廊的巴勒斯坦人，我會殺光所有我看見的以色列占領軍。但是我槍法不好，也沒有槍，所以成功的機會很小。用有計畫的暴力行動對付沒有武裝的平民，在任何情況下都不允許。你們英國和你們的美國主子，把非法的榴霰彈和其他令人厭惡的武器，丟在兒童占了百分之六十，沒有屏障的伊拉克人頭上，這個事實並沒有改變我的立場。這就是你要問的嗎？」

「是。」

「為什麼？」

審訊關係似乎已經調了頭，如今隱忍著怒火不發作的是沙夏，而不是孟迪。沙夏在草地上坐得筆挺，怒目瞪著他，要求一個答案。

「我只是想到，也許我們有不同的優先順序，如此而已。」

「什麼意義上的不同，你到底在說什麼，泰迪？」

「除了向流行思潮挑戰，你跟狄米崔是否希望更進一步的行動——或用不同手段向它挑戰？」

「比方說什麼？」

「掀起某種風暴。對反美的真實部隊發出信號。」魯爾克的用語飛回他心頭，這次他不得不屈服，直接拿來應用。「向火藥發明以來主導了最轟動的反資本主義行動的陰謀家伸出友誼的手。」

有一會兒，沙夏似乎懷疑自己的耳朵。他對這問題側著頭，然後戴上官式的皺眉表情。他把小小的手舉在胸前，做出勒令安靜的手勢，然後逐一諮詢眼前的物品，尋求啟示：快喝光的紅酒瓶、白煮蛋、乳酪、裸麥麵包。直到這時，他才猛然抬起深褐色的眼睛，孟迪大吃一驚發現眼裡竟盈滿淚水。

「你跟他媽的什麼人談過，泰迪？」

「我說的對不對，沙夏？」

「你大錯特錯到令我噁心。回去做你的英國人好了。去打你自己該死的戰爭吧。」

沙夏掙扎著站起身，扣好襯衫。他的呼吸變成不斷的打噁心。他一定有胃潰瘍或其他天殺的毛病。這豈不是德雷森旅館那天又重來一遍，沙夏四下張望找他的外套時，孟迪心想。同樣有條河，河水逝者如斯，同樣我倆之間有不可跨越的鴻溝。再過一分鐘，他就會騎上車，奔向落日而去，丟下我活像一個沒有感情的笨蛋，但我一向也就是這樣。

「是那家天殺的銀行，」他哀求，「看在老天爺分上，坐下來再喝點酒，別表現得像是個戲劇天后。我們有個問題。我需要你幫忙。」

他就打算這麼演下去，如果未能如預期引出他所期待的痛哭流涕懺悔告白的話。

沙夏又坐了下去，但他縮起膝蓋，兩隻手緊緊扣住，指節使勁得泛白。他下巴的姿勢就跟過去每次提到牧師先生時一模一樣，不論孟迪做什麼，他的眼睛都緊盯著孟迪的臉孔不放。食物和酒不再引起他的興趣。他唯一在意的就是孟迪的話和說話時的表情。要不是孟迪受過嚴格訓練，還有跟教授和他的侍從對答如流，撒謊多年的經驗，這樣的密切監視幾乎就是他所能忍受的極限。

「我的銀行查不出錢的來源，」孟迪抱怨，激動地用手腕擦拭眉毛，「這年頭，他們對來路不明的錢有很多相關規定。只要是超過五千歐元的數目，就能讓他們緊張。」

他即將進入虛構部分，但距事實不過也僅一步之遙。

「他們追蹤匯款來源，對發現的結果很不滿意，要向有關機關報告。」

「什麼有關機關？」

「就一般的吧，我猜。我怎麼知道？」他把事實引伸得更遠一點。再過一分鐘它就要反彈回來了。「他們安排了一個額外的人。他自稱是總行派來的，一直追問在幕後給錢的是什麼人，是不是罪犯。我就把狄米崔的人教我的話都說了，但他覺得那樣還不夠好。他一再抱怨我沒有東西給他們看——合約、通信之類的。我甚至不能透露我的施主的名字。五十萬美金憑空從各種奇怪的地方冒出來，不斷在大銀行裡轉手。」

「泰迪，這完全是法西斯的挑釁。你受這些雜種控制太久了，他們不願意你脫離他們的掌握。事實上，我覺得你未免太過天真。」

「他接著問我這輩子是否曾經跟無政府主義者，或是他們的支持者有過任何往來。他說的是歐洲的無政府主義者，像是赤軍連、赤軍旅之類。」他保留時間等待這個錯誤資訊生效，但沙夏還是用從他開始逼供行動以來的同一種受驚目光，直勾勾地盯著他。

「你呢？」沙夏問，「那你怎麼說？」

「我問他，那跟這有什麼見鬼的關係。」

「他說？」

「問我當初在柏林為何被驅逐出境？」

「你說？」

孟迪很想叫沙夏閉嘴，別再給他提詞，好好聽下去就是。我要在你心裡播下恐慌的種子，你這該死的——把祕密抽出來，強迫你招供，你卻只是兇巴巴瞪著我，好像我才是壞人，而你自己卻純潔得像朵百合花。

「我說我年輕時也叛逆過，就跟所有人一樣，但我認為這一事實並不影響我目前與銀行的往來，或者我是否有資格接受一個聲譽卓著的信託機構所提供的現金。」他掙扎著往下說，「但他們並沒有因此放過我。他們給我一大疊表格要我填寫，昨天我還接到電話，對方自稱是什麼銀行的特別調查員，要我提供幾個能為我過去十年的行為擔保的保證人姓名。沙夏，你聽我說——」

他反過來表演沙夏的動作：睜大眼睛、雙手攤開，正如當初沙夏求他跟他一起到山上去的那時同樣的祈求姿態。

「關於狄米崔，你真的沒有其他資訊可告訴我嗎？我是說，他的真實姓名一定會有幫助，看在老天爺分上，他過去的零星事蹟——只要好的部分，當然——給個概念，讓人知道他是個什麼樣的人，他的錢是什麼來路——他的政治立場如何？」再附加一句，「我已經成了熱鍋上的螞蟻，沙夏，而且這次很難脫身。」

孟迪站著，沙夏以丐幫老大的姿勢蹲著，仍然瞪著他。但他既不恐懼，也沒有罪惡感的淚水，他眼中滿是對朋友的憐憫。

「泰迪，我想你說得對。你該趁一切太遲之前，趕快脫身。」

「為什麼？」

「我們去見狄米崔之前，我就問過你。現在我再問一遍，你真的相信你那些冠冕堂皇的話，真的準備回到知識分子的陣營？或者他們上戰場，你只想在旁敲邊鼓？第一發槍聲響起，就想打道回府？」

「只要那純粹是知識分子的陣營，沒有摻雜其他成分。但這跟銀行又有什麼關係？」

「沒關係。撕掉他們的表格，別回他們的電話。讓他們自己去胡思亂想。你的錢是一個阿拉伯慈善機構提供的，你嘴上無毛時，曾在柏林搞過激進運動，對他們病態的思想來說，這就夠了。你一定是個同情回教世界的歐洲恐怖分子。他們有沒有說你是惡名昭彰的煽動者沙夏的同志？」

「沒有。」

「我真失望。我還以為我在他們可笑的戲裡還算得上是個明星呢。好啦，泰迪，」他手腳很快，把食物收攏，放回塑膠盒裡，「煞風景的也聽夠了。我們先回你漂亮的學校，好好暢飲一番，然後在閣樓睡一覺，就像從前那樣。明早我出發去漢堡前，你告訴我，是否希望我去找別人來負責你的工作，沒問題的。也可能到時候我們的勇氣又恢復了。好嗎？」

說完「好嗎」，沙夏便用手臂摟緊孟迪的肩膀，給他打氣。

•

他們並肩騎著腳踏車，就像從前一起學騎車那樣：孟迪放慢速度，沙夏隨興忽快忽慢。夜間的露水下來了。旁邊的河流與紅色的城堡在漸濃的暮色中，陰沉地看著他們。

「你知道，在我看來，銀行那些人是哪一點邪惡——真正的邪惡嗎？」沙夏氣喘吁吁問，龍頭一偏，差點撞上孟迪，幸好他及時拉回來。

「貪婪。」孟迪猜。

「更糟，糟得多。」

「權力。」

「比權力更糟。他們試圖把我們歸為一類。自由主義者、社會主義者、托派、共產黨、無政府主義者、反全球化運動者、和平抗議者：我們都是同情者，都帶有左傾色彩。我們都恨猶太人和美國，我們都暗地崇拜賓拉登。你知道他們做什麼夢嗎？那些銀行的人？」

性。」

「有朝一日，會有一位膽識過人的警察，走進柏林或巴黎或倫敦或馬德里或米蘭的反全球化運動總部，找到一大盒炭疽熱病毒，上頭有個標籤說，你們蓋達組織的全體好朋友敬贈。自由派左翼根本就是一群見不得光的法西斯雜種的真相會被揭發，於是全歐洲的小布爾喬亞會爭相爬到美國老大哥腳下，哀求它來保護。法蘭克福股市狂飆五百點。我渴了。」

他們停下一會兒，喝完那瓶紅酒，等沙夏胸膛的起伏平息。

•

在學校的閣樓上，站在一人高的窗口，便可看見初夏的黎明悄悄沿著紅色古堡的城牆以及下方的河與橋，一點一點，無聲無息移動著，直到將海德堡整個占領。

如果孟迪必須照例早起忙碌，向來不早起的沙夏還在昨晚兩人用第二瓶紅酒淹死了所有的歧見之後，孟迪為他鋪的一堆沙發椅墊、毛毯、防塵罩單之間呼呼大睡。黨部的公事包躺在沙夏腳邊，和他的牛仔褲和球鞋一起。他彎起一隻細瘦的手臂，塞在枕著腦袋的墊子底下，若非孟迪夠了解沙夏，否則一定會懷疑他是否死了，因為他的呼吸極輕。他身旁地板上擺著孟迪的鬧鐘，依他的要求設定在十點，鐘旁邊是孟迪的字條，寫著：早安，回慕尼黑了，替我親吻漢堡致意，教堂見。還有附筆：抱歉我的混蛋言行。

他把皮鞋拎在手裡，走下樓梯，穿過大廳，來到前門口，腳步輕快地往老城區走去。現在是八點半。城內大街專坑觀光客的商店還在沉睡，一小時內不會醒。但他要辦的事不在這裡。距火車站不遠的一條玻璃窗與混凝土組成的小街上有一家土耳其旅行社，他先前在附近徘徊時發現的，它似乎隨時都開著，現在也開著。他掏出用新的金融卡從提款機領到的現金，買了兩張從慕尼黑到安卡拉的觀光機票給薩拉和穆斯塔法，略略遲疑後，又給自己買了第三張。

口袋裡裝著機票，他再次沿著一條忙碌的街道向前走，直到街上只有他一個行人。他進入半鄉村地區。一條穿過麥田鋪設的步道，將他帶到一個購物中心，他在這兒找到要找的東西：一個半隔離空間的公共電話。他從口袋裡掏出相當於三十歐元的銅板。他先打到英國，接著是倫敦中區，然後天曉得什麼地方，因為他這輩子從來沒撥過這麼一組不可思議的號碼，而且是那麼的長。

這是愛德華的緊急求救按鍵，尼克．艾摩利在他俱樂部的告別午餐中悄聲說，遞了一張小卡片給他，上寫著一組需要記憶的號碼。吹口哨，我就趕到你身旁，但你必須吹得他媽的夠好。

他拿好鋼筆待命，等候撥號音。但一個女人的電子語音插進來說，請留話。他開始用鋼筆敲打話筒：這是說明我是誰，這是表示我想跟誰說話，因為當半個世界都在聆聽時，幹嘛要用你自己愚蠢的聲音宣布你是誰。

那女人要二選一的答案。

你的問題很迫切嗎？

噠。

可以等二十四小時嗎？

噠。

四十八小時？

噠。

七十二小時？

噠—噠。

現在請從下列可能性選擇。你要求的會晤是否能在你最後登記的寓所進行，如果是請按五。

她終於講完時，他已筋疲力盡，必須坐在長椅上讓自己鬆口氣。一個羅馬天主教的教士盯著他看，不知是否該過去毛遂自薦，提供服務。

14.

回慕尼黑的火車上，孟迪為薩拉心愛的最小妹妹獻上感謝的禱告，一星期後的今天，她就要在故鄉的小村舉行婚禮。他也記在心裡，明天薩拉輪休，而且是星期四，穆斯塔法會回家吃午餐。

班機會在兩天後的黎明起飛。孟迪抵達慕尼黑總站，找到一家行李店，買了一只新皮箱——綠色，薩拉最喜歡的顏色——在附近的百貨公司，買了一件灰色的長禮服和搭配的頭巾，據她的表姊，也就是卡瑪爾的母親狄娜說，那是她一直想要的。自從跟孟迪一起生活後，薩拉就開始從頭到腳都包起來，這表示她已回歸傳統，但也是對外驕傲地展示，唯有孟迪才有開啟她的鑰匙。同樣基於狄娜的建議，他也為穆斯塔法買了跟卡瑪爾一樣亮閃閃的藍夾克和白長褲：這兩個男孩身材相同。他也已經跟狄娜講好，這期間她會照顧狗兒阿穆。

接著他到薩拉工作的烤肉店。早晨十一點，生意清淡。經理是個頭戴回教小帽的矮胖男人，乍見孟迪拎著一口綠皮箱來找他，有點驚慌失措。薩拉是對她的待遇有什麼不滿嗎？他緊張地躲在櫃台的屏障後面問。沒事，孟迪說，她沒有不滿。本來他還可以說，自從你沒對她毛手毛腳之後，她就做得很快樂，但他沒這麼說。經理堅持請孟迪喝杯咖啡，再來塊巧克力蛋糕如何？孟迪接受了咖啡，拒絕了蛋糕，提出一個建議。薩拉想留職停薪一個月，立即生效。孟迪願意出五百歐元補貼經理另請一名臨時工。他們最後以七百歐元敲定。

他從公共電話亭打給薩拉的土耳其醫生。我有點擔心穆斯塔法，他說。青春期似乎對他造成很大壓力。他學校的功課還好，沒逃學，但總是獨來獨往，他每天要睡十個小時，臉色還是灰沉沉的。「這是發情期的暗沉。」醫生很瞭解。所以孟迪的問題是這樣的，醫生，如果我湊足錢，送穆斯塔法和他母親回土耳其參加一場盛大的家族宴會，你能不能提供可以讓學校放人的病假證明？

這位好醫生相信他可以於心無愧地幫上這個忙。

孟迪打到林德霍夫，編了另一個不到班的藉口，但不太被接受。他覺得這有點傷感情，但也無法可想。回到家，他讓薩拉睡到穆斯塔法回家，然後牽著她的手，進到他事先布置過的家中小客廳。她手掌的柔軟總讓他覺得不可思議。他把她么妹的照片放在餐櫥上最顯眼的位置，綠色皮箱放在它正下方的地板上，新衣服和頭巾搭在一角。穆斯塔法也穿上簇新的藍夾克。薩拉的牙齒已經補好了，但她總是不放心，非得要用舌頭舔一舔，確定它們都在。

他把機票並排放在桌上，還有烤肉店經理親筆寫的准假條。她像個小女生似的，一屁股坐在中間的椅子上，手臂垂放兩旁。她看著機票，然後看著孟迪。她讀了土耳其老闆的信，面無表情地放回桌上。她拿起最近的一張機票，是她自己的。她嚴肅地從頭看到尾，只在發現她三星期後就可以回程了，臉色才又開朗起來。她用力抱住孟迪的腰，把前額頂著他的臀部。

孟迪還有一張王牌，就是他自己的機票。他會在這趟旅程的最後一週飛到土耳其，跟他們搭同一班飛機回來。薩拉的幸福至此算是圓滿了。當天下午，他們狂熱地做愛，薩拉因為曾經懷疑他而慚愧得哭了。孟迪的慚愧則是另一種，但因為知道她和穆斯塔法不久後就能遠離災害，遂而沖淡不少。

一大早開車送薩拉和穆斯塔法到慕尼黑機場時，他先是擔心有霧，但他們抵達時，班機幾乎都沒誤點。隨著驗票隊伍前進，薩拉低頭看著地面，把孟迪抓得死緊，他幾乎覺得她是他的女兒，而他正違反她的意願硬是要把她送進寄宿學校。穆斯塔法牽著她另一隻手，一路說笑話逗她開心。

到了櫃檯，薩拉用積蓄買給兄弟姊妹、堂表兄弟姊妹、遠親近鄰滿滿一推車的禮物，照例有問題。好不容易找到一個紙箱。有些包裹得重新整理。這樣的枝節對分心很有用。孟迪看她最後一眼時，薩拉站在登機人群裡，慢慢被遮住。她像路旁的拉妮一樣彎成兩截，哭得不能自己，穆斯塔法正努力安慰她。

•

孟迪獨自在公路上想著他的心事，一路北行，傾盆大雨使得他與世隔絕，但手機的鈴聲把他拉回了現實。又是天殺的魯爾克，他心想，一把將手機湊到耳邊，準備很快結束通話。但令他大吃一驚，傳來的竟是艾摩利的聲音，沒用代碼，在一般電話線路上，非常清晰，跟他閒話家常，彷彿他們在這宇宙中都毫無牽掛。

「愛德華，老小子。我吵到你睡覺了嗎？」

但他當然知道沒有。

「接到你的留言，我當然很樂意過去看看你，」他輕描淡寫說著，就像一個出差路過的老朋友，「今天，如何？」

孟迪很想問艾摩利是從哪兒打的電話，但他知道這麼做沒意義，因為艾摩利不可能會告訴他。

「聽起來很棒，」他改口說，「你預估會是幾點？」

「一點左右怎麼樣？」

「好啊。哪兒？」

「你家怎麼樣？」

「海德堡？」

「學校。有何不可？」

因為它徹底被竊聽了，就這麼簡單。因為它被彬彬有禮的年輕男人和女人測量了一整天。因為魯爾克相信它即將成為恐怖分子的巢穴，用來安頓企圖使德國跟美國斷絕關係的歐洲無政府主義者。

「我們的好朋友在漢堡，是不是？」艾摩利繼續說，孟迪仍然沒有答話。

「對，他在那兒。」如果他還算是我們的朋友，孟迪心想。

「直到今天很晚，是嗎？」

「他是這麼說。」

「今天是星期六，對嗎？」

「聽說是。」

「所以不會有工人把房子拆得七零八落。」

「不會。」或把它裝回原狀。

「那到學校見面有什麼問題？」

「沒有問題。」

「你的家人出門順利嗎？」

「像一陣風。」

「那我們午餐見。真等不及了，有好多話跟你說。拜。」

急如湍流的大雨撞得他的車不斷震動。滿天迸出一長條一長條的夏日閃電。金龜車需要喘息一下，孟迪也是。他在路旁一家餐廳裡，低頭捧在掌心，他從艾摩利的話裡挑出了隱藏的訊息，或者——套用狄米崔的說法——胡椒裡的蒼蠅屎。在他跟艾摩利的電子接線生冗長的交談中，孟迪建議他們在距離海德堡市區十哩外一處偏僻的加油站見面。他們反而卻要在犯罪現場舉行快樂的團圓會，他們每句交談都會被魯爾克聽去。

那麼，艾摩利究竟是在告訴他什麼？——艾摩利從不說沒有作用的話。

他說話是為了留記錄，利用公開的線路，毫無隱藏。但他的記錄是要留給誰？

一直有人向他通報我的一舉一動，所以他才那麼清楚我的近況，還有沙夏，還有我的家人。但是誰在監視我們？

他有很多事要說給我聽，但只能在他聽說這些事的人聽得到的範圍裡說。艾摩利跟狄米崔一樣，精通在看不見的地方過生活的藝術。但這次他要告訴我，他的行動是被人看見的。

孟迪拾回被艾摩利打斷前的思緒。她現在在哪兒？飛越羅馬尼亞，飛向黑海。謝天謝地有穆斯塔法在。他想念傑克，卻無法接近他。永遠無法接近。

•

孟迪回到老地方，站在學校一樓的凸窗前，就像他守候沙夏和他託運的那批圖書館核心藏書般，瞪著磚砌小徑。他把金龜車停在前門口，此時是星期六下午十二點三十分，而且，沒錯，沙夏果然還在漢堡：真難以想像，他真的打電話給孟迪，問他是否仍然心堅意定，或者還是寧願沙夏另覓他人，因為，「聽著，泰迪，我們都完全成年了。」孟迪這邊則給了百分百的保證，他會貫徹這偉大的計畫，他對他們的目標深信不疑。在某種意義上，他確實如此，因為他沒有別的選擇。丟下沙夏，就等於將他丟給狄米崔與魯爾克，不論結果如何。

等待之際，孟迪也做了所有下級諜報員在等待他們的個案負責人露面時會做的、而且足以暴露他們的愚蠢和焦慮的所有事情：洗了澡，刮了鬍子，把髒衣服踢到窗簾後，在一間教室裡布置出一塊可以談天的空間，在洗臉台上放了擦手巾和一塊新肥皂，裝滿一保溫瓶的咖啡，以防艾摩利不再像從前那樣猛喝蘇格蘭威士忌。他真的得克制住自己，才沒有到花園裡去摘幾朵野花插在果醬瓶裡。

還邊在心裡盤算這些準備過度的可笑行為，邊想像薩拉與穆斯塔法抵達安卡拉機場的情景，還有她人多勢眾的親友接機團見到她時欣喜欲狂的場面之際，他便察覺一輛掛法蘭克福牌照的咖啡色BMW已停在金龜車後面。經過這麼一段時間卻看不出應有的老化跡象的尼克．艾摩利，從駕駛座走出來，鎖上車門，自行打開大門，便向前門走來。

孟迪衝下樓梯前，只匆匆瞥見他一眼，但已足夠他知道，將近六十歲的年紀在尼克身上有最好的呈現，昔日的不修邊幅變成了一種不容誤認的權威感。他時時刻刻習慣掛在臉上的笑容，如果確實可說是微笑的話——雖然在孟迪為他開門時，又神奇地再度浮現——當他走過小徑時，卻消失了。

孟迪注意到另一件事，而且當他們面對面打招呼時還繼續注意到，那就是艾摩利戴的一頂無邊便帽。那是一頂綠色嗶嘰呢的扁帽，有休閒意味，剪裁做工比起少校在邊線上為孟迪大聲加油時愛戴的那頂，或德斯在切週日牛肉大餐時戴的那頂，或沙夏的隱形帽，都絕對高明許多。

但還是一頂帽子而已。

因為孟迪從沒見過艾摩利戴扁帽或其他種類的帽子，更別說是這明目張膽、沾染他公開表示憎厭的英國鄉村階級的這麼一頂——孟迪懷疑，主要是因為他就出身自這個階級，所以帽子勢必引起他的注意，雖然他太客氣，或被灌輸了太多愛丁堡的禮儀規範，因此沒有提。

更奇怪的是，對一個深諳英式禮節的人，他走進室內竟然沒有脫下帽子。他拍拍孟迪的肩膀。他興沖沖地打招呼：「你好嗎，老友？」澳洲風格的問候，並以簡短的問題確認屋裡沒有別人，也沒有別人會出現——「如果有人來打擾，我九月就來當你的第一個學生。」他補了一句，作為掩飾。然後就和沙夏一樣，把孟迪推到一旁，反客為主，搶占新藝術風格的天窗底下發號施令的位置，站在距離那座由書箱堆疊而成，覆蓋防塵罩，像一尊等待揭幕的雕像似的小島約一碼處，主宰整個大廳。

但扁帽仍戴在原位，即使在孟迪應艾摩利之請，為他導遊這處產業時。倒不是因為艾摩利忘記自己戴著帽子。正好相反，他不時還伸手拉拉帽子，確定還在，就跟沙夏拉帽子的方式很類似；從後面推一下，好像角度不夠正確；拉拉帽頂，免得陽光照眼，只不過沒有陽光。雨倒是停了，但天空還是陰雲密布。

導覽之旅可說是敷衍了事。也許艾摩利對於現身此地就跟孟迪一樣覺得不安。照艾摩利的慣例，雖然分別期間你已忘記這事，但他從不說沒有作用的話。

「咱們的老朋友還是不告訴你他在中東幹什麼嗎？」他看著那堆曾經充當沙夏臨時床鋪的軟墊，這麼問道。

「不盡然。巡迴演講。零星的短期合約，看哪兒需要額外的教授。有什麼工作他都做，就我所知。」

「不是我們所謂完整的生活，對吧？」

「還有一些跟援助有關的工作。援助工作比較難找，因為他的腿。基本上可以說他是個——嗯，學術流浪漢吧，根據他告訴我的那一小部分。」

「激進的學術流浪漢，」艾摩利糾正，「交了很多激進、但沒那麼有學術身分的朋友，或許。」

孟迪沒有試圖為沙夏緩頰，他說他也是這麼認為，因為現在他已經清楚知道，艾摩利在對某些遠處的觀眾表演，而孟迪的職責就是盡量當好配角，不要搶戲。他曾經跟沙夏演出過同樣的戲碼，只不過那時他們的觀眾是可怕的羅塔和教授，他心想。不需要每句台詞都編得精彩絕倫，他常告訴自己：只要照著劇情演，聽眾就會跟著走。現在他也這麼告訴自己。

「這裡要做圖書館啊。」艾摩利仔細端詳擺著好幾具梯子和水桶的長型房間。

「是啊。」

「客觀真理的祭壇？」

「是的。」

「你還真的相信那套垃圾嗎？」

到現在，同樣的問題孟迪自問已不下數百遍，但並沒有因此就離找到令他滿意的答案再更近一點。

「我聽狄米崔說話時，我相信它。我走出房間，它就開始變得模糊。」他答道。

「那你聽沙夏說話呢？」

「我盡量。」

「你聽自己的時候呢？」

「有問題。」

「我們都一樣。」

他們回到大廳，觀察那堆像罩著布幕的雕像的圖書館叢書。

「看過這批東西的內容嗎？」艾摩利問，又把帽子推了一下。

「我讀過幾張清單。」

「有現成的嗎？」

孟迪掀開防塵罩，從一個箱蓋上撕下一個塑膠封套交給他。

「都是標準配備的東西，」艾摩利瀏覽一眼評道，「任何左翼圖書館都有。」

「這個圖書館的優點在於它發出集中的訊息，」孟迪引用沙夏的話，自己聽著也覺得空洞無比。他正打算再依樣搬弄幾句時，艾摩利已把清單擲還他，說是看夠了。

「很爛，」他對著整個房子宣布，「空間太大、不真實、他媽的可疑。我唯一不懂的是，你為什麼要替那個遊手好閒的魯爾克工作，而不來配合我這種中規中矩的情報官員。」

然後他用力對孟迪擠擠眼睛，又重重推一下他的肩膀，然後提議趕快離開這兒，找個貴得不講人性的地方吃午餐。

「我們坐我的車，如果你不介意，」他們沿小徑走出去時，他低聲道，「比你的乾淨。」

上了BMW，艾摩利還是戴著扁帽，但他在室內表現的浮躁霍然而去，午餐也不再是他心目中最重要的事。

「你熟悉這城市嗎，愛德華？」

「我在這裡住了三年。」

「我對中世紀古堡特別有胃口，有很厚的牆壁，說不定還有樂隊演奏。我開車過來的時候好像看到有這種地方。我們路上買個三明治。」

他們把車停在大學廣場。永遠令人不解，艾摩利竟然有停車證。

艾摩利的臉部表情變化，孟迪看了已有半輩子光陰。他熟知他處於壓力下得絕對鎮定，以及他成功時的絕對漠然。他曾經在企圖刺探艾摩利的私生活時，看著他把窗簾拉上：直到今天，他還是不確定艾摩利有沒有結婚，有沒有子女。偶爾一兩次，在應該很信賴的氣氛裡，艾摩利提及有個無比包容的妻子和兩個優秀的孩子在唸大學，但孟迪永遠無法確定，這是否是他從約翰．布坎[99]的小說隨便哪一頁取材編出來的。除此之外，他一直沒變，就跟他第一次出現在柏林軍醫院孟迪的床畔時一樣：為工作奉獻的專業人士，從不逾越規範，也不希望你逾越。

因此孟迪覺得很困擾，當他們隨人群爬上陡峭的圓石小巷，往古堡廢墟走去時，他的老導師竟然流露出難以抉擇的表情。孟迪對於這位他碩果僅存的長輩會喪失把握一事，可說毫無心理準備。直到他們抵達古堡的醫藥博物館，站在鬆動的紅磚地板上，低頭彎腰細看玻璃櫃內收藏的藥材，艾摩利才終於脫下帽子，深吸一口氣，抿緊嘴唇，說出他心事的第一個小部分。

「我得到的指示非常清楚。你拿了魯爾克的錢。你參加他們的作業直到完成或更久。你為魯爾克工作就跟你為我們工作一樣。懂嗎？」他把注意力轉移到一尊木刻雕像上，刻的是能治百病的聖洛克，以及當天使為他治療瘟疫時，每天為他帶麵包來的狗。

---

99 約翰．布坎（John Buchan, 1875-1940），英國間諜小說與冒險小說作家，作品包括《三十九步》（39 Steps）等。

孟迪順從地站在他身旁，彎下腰。「不懂，」他以一種連他自己都意外的堅決回答，「我完全聽不懂。一點都不懂。」

「我也不懂。雖然沒人跟我說，但就我觀察所及，情報局的人也都不懂。」

現在不說工作室，也不說公司、辦公室或機關了。艾摩利的聲音雖低，但他意思表達毫不含糊。

「那如果情報局不管，你是從哪兒接到的命令？」他們回頭走向院落裡的人群時，孟迪愚蠢地問。

「我們的老闆啊，你以為還有誰？」艾摩利反擊道，好像擅自插嘴的是孟迪，而不是自己。最高層的顧問的顧問下的命令。晚上泡阿華田的那個誰。『照吩咐做，閉上嘴巴，我們這次的對話根本不存在。』所以我就照吩咐做。」

可是你並沒有閉嘴，孟迪心想。他們尾隨一群胖呼呼的法國女人走下陡峭的石樓梯。「有沒有可能你會知道狄米崔的真實姓名？」艾摩利幾乎貼著孟迪耳朵低聲問。

他們來到黑得像地下室的大酒桶，四周有法國、日本、德國的觀光團，但顯然沒有說英語的。艾摩利說話就靠人群多種語言的眾聲喧嘩做掩護。

「我還以為你會知道。」孟迪答道。

「我對狄米崔的了解，或其他跟這個行動有關的消息，只要一隻非常小的水蝨就可以通通背走。」艾摩利說。

「好吧，魯爾克可能知道他的名字，看在老天爺分上。」

「這麼想滿合理的，不是嗎？」艾摩利同意，抬頭以崇拜的眼光欣賞大酒桶碩大無朋的肚圍。正常情形下，日以繼夜追拿當代頭號大壞蛋的人，應該知道對方的名字才合理。」

「好啊，那你問過他了嗎？」

「不准。一直沒機會跟親愛的老杰伊說話——自從他以國賓身分訪問過貝得福廣場以後就沒見過他。這陣子他太神祕了。所有跟我們親愛的老朋友的對話都得透過管道。」

「什麼見鬼的管道？」孟迪問，艾摩利對自己已成慣例的神祕作風如此缺乏敬意，而且他自己也有同樣心態，令孟迪有點吃驚。

「倫敦的美國大使館裡一個半路出家的天才，自稱什麼特殊防衛聯絡官的，偉大到什麼事都不必跟他家大使館報告。」艾摩利一口氣說出一長串細心組合、有所指涉的同位語。他們也又循著原路爬上樓梯，回到陽光下。

孟迪不曾想到——怎麼可能，過去根本沒有先例？——艾摩利的困惑可能比他更嚴重。更沒想到艾摩利的憤怒竟有一天可能凌駕了他的謹慎。

「目前到處在推動一個全新的大計畫，如果你還沒發現，愛德華，」他宣告，聲音大到所有想聽的人都聽得見，「叫做『天真的先發制人計畫』，它的前題假設是：全世界每個人都希望生活在俄亥俄州德頓市，信奉同一個上帝。猜猜是誰的上帝，猜中沒獎品。」

「狄米崔的錢是從哪裡來的？」孟迪拚命想找個實在的立足點，這時他們已經開始沿步道走回城區。

「唉，我的好兄弟，從那些壞阿拉伯人呀，你還以為是哪兒？他替他們在歐洲幹所有的下三濫工作，把歐洲的無政府主義者集合到他們旗下，所以他值得每一分錢。」艾摩利說得輕描淡寫。「紅松鼠，」他停下腳步，觀察一株橡樹的枝葉，「真好。我還以為灰松鼠把牠們都淘汰了。」

「我不認為沙夏知道這些，」心煩意亂的孟迪忘了「老朋友」這個代號。「我不相信他是魯爾克說的那種人。如果他有改變，也只是變得更溫和而已。長大了。魯爾克說得簡直就像天塌下來一樣。」

「哦，杰伊確實說得像是天塌下來一樣，沒錯。他的理論在白廳和國會山莊很快都贏得熱烈的支持。」艾摩利又被打斷，這次是讓兩個穿登山皮短褲的瘦長男孩嘻嘻哈哈地通過。「不，我並不預期我們的老朋友——你的朋友——知道這事，可憐的傢伙。」他又顯得若有所思，「他向來都是那種對順境不太有戒心的人，對吧？他上了狄米崔的鉤，釣絲鉛錘都囫圇吞下。更何況，他太忙於跟那些左傾學者簽約、成立反文化的核心圖書館。順便提一句，書單上有很多有趣的書，愛德華。你有空該看看。」

孟迪聽在耳中有如雷擊，這跟艾摩利方才全盤否定的態度簡直是天壤之別。他們來到玉米市場，廣場中央有尊銅鑄的聖母聖嬰像，聖母驕傲地捧著嬰兒，她腳下踏著被打敗的、象徵基督教新教的怪獸。

「魯爾克已經不在中情局了，順便告訴你。」艾摩利說。「我有跟你提過嗎？他四年前投靠一個懷有政治動機的企業帝國建設集團。大多數是做石油生意的。跟軍火業密切掛勾。他們都很接近上帝。過去他們處於邊緣，但如今已是一呼百諾。都是好人，容我提醒你。就跟我們過去熱心過度的大不列顛帝國主義者一樣，我很慶幸那時代對我們而言已經過去了。」他們已經相當接近市中心。艾摩利似乎熟知這一帶的路。「很不幸，我一直對政治不感興趣。現在也有點遲了。」他帶著長年不變的微笑說著。

「無論如何，請不要因此沮喪。這個那個不可思議的謠言傳到我這兒，應該不會阻撓我們之間任何一個人服從命令，為國效勞。」——他聲音裡有很濃的諷刺意味——「我們的上級和老闆關心的——不論他們坐在華府或唐寧街——無非就是這項了不起的任務能否在這個一元化的世界裡，扮演一個重要的角色，達成使歐洲與美國更緊密結合在一起的任務。他們認為你的任務是絕對的——」他想找一個適當的最高級形容詞，卻是徒勞無功。

「阿爾法加加嗎？」孟迪建議。

「謝謝你。如果你把自己的角色扮演得很好——我確信你做得到——他們的收穫將無可限量。大額的金錢獎勵正等待著最幸運的贏家。勳章、頭銜、指揮官的職位。你可以予取予求。多年來，我對你的傭兵性格實在太熟悉了，所以我特別要把這情況向你說清楚。」

「魯爾克已經提供我一份很好的配套報酬，老實說。」

「他當然會！他也應該如此！你還能要求什麼？負負得正。好好幹。說到負負得正——」艾摩利降低聲音。他們並肩站在黎特旅館門口，研究它華美的巴洛克式牆面。又在下雨了，其他行人紛紛走避門內——「考慮這種可能，愛德華，既然我們提到。假設杰伊哥哥跟沒有其他名字的狄米崔，非但不是勢不兩立的仇人，在意識形態上反而是十足的——」他頓住，等一群修女經過。「你聽懂我說的嗎？」

「我在努力。」

「假設狄米崔和杰伊非但不是生仇死敵，而是同一個馬廄裡放出來的兩匹馬。你覺得有道理嗎？」

「沒有。」

「好吧，你去想想，愛德華。多用你缺乏鍛鍊的推理細胞。你的猜測能力跟我的一樣好，或許還更好。為自己的國家撒謊是一種高貴的職業，只要我們知道真相是什麼，但是，老天爺，現在我已經搞不清楚了。所以，就讓我們聽老闆的話，假裝這段對話不曾發生過。讓我們都盲目地效忠女王與國家，雖然兩者都是天上某個獨一無二的超級強權完全掌控的分支機構。同意嗎？」

孟迪既不同意，也沒有不同意。他們已走到大學廣場，艾摩利的BMW就停在這裡。

「不過，」艾摩利繼續說，「萬一你決定在最短的時間內遠走高飛，我替你帶了幾本假護照過來。一本給你，一本給我們的老朋友，算是感謝那個小雜種過去的服務。很抱歉我照顧不到薩拉，不過反正她已經避開了。你可以在BMW乘客座那邊門上的置物格裡找到，用《南德日報》包著。還有一點錢，不是很多。我迫不得已從祕密帳戶裡偷出來。」艾摩利臉沉了下去，顯現出他應有的年紀。「我真的很抱歉，」他簡單地說，「為我自己，也為你。分成兩半的忠貞實在非我所長。別告訴我們的老朋友這些東西是哪兒來的，好嗎？你永遠不知道他下次會上了誰的當。」

他們走到BMW那兒，雨也停了，艾摩利於是把帽子戴上。

•

他走了一段路，喝了一點酒，不是很多，只是減除內心的緊張。他為了要跟自己慣常是的那個人連結起來，特地去了幾家以前常去的酒館，然而酒客的面孔都變了，地方也不一樣了。他在老城的公園長椅上試圖打電話到安卡拉給薩拉，沒有回音。但其實他也沒期待回音，不是嗎？他們在這家或那家的農莊上參加接風宴會，當然了！他們會找她跳舞，她可是不需要太多鼓勵的。真想不通啊，舞跳得那麼好的女人怎麼會看上我這隻老長頸鹿。

同時，在同一張公園長椅上，他打到航空公司，確認他們的飛機安全抵達目的地，誤點了三個小時。

真奇怪，她的手機怎麼不管用。不過我豈不是曾經在什麼地方讀到過，美國人占用了大部分人造衛星的空間——這跟海珊對全世界構成威脅，卻不知何故不曾展現給我們看過的軍力有關嗎？

他又走了一段路。只要不過橋上山回到學校都好。他以孩童的驚嘆眼光，仔細欣賞聖靈教堂永恆的尖塔矗立在夜空中。真正而絕對的相信，會是什麼感覺？就像薩拉。就像穆斯塔法。就像魯爾克那班老朋友。知道，真正而絕對知道有個神聖的實體，不受時間與空間限制，能比你自己更了解你的思想，甚至在你動念想到它們之前？相信那位上帝要你去作戰，上帝會讓子彈轉彎，決定祂的哪個孩子該死，或腿該被炸斷，或在華爾街賺個幾億，都端視今天的大計畫而定？

•

他還是爬上山了。沒有藉口：沒有別的地方可去。如果他知道沙夏從漢堡回來是怎麼個走法就好，那就是另一回事。他可能會半路去接他，到機場、火車站、巴士站，然後說：沙夏，你這小子，我們得私奔。但沙夏不需要知道。他只要聽吩咐做就夠了。

私奔，泰迪？我看你也未免太可笑了，說真的。我們有一件偉大的任務尚待完成呢。你又沒膽子了嗎。也許我還是找人代替你吧。

他一路向上走。也許上帝會安排一切。或者魯爾克會。或者狄米崔會，既然我們懷疑他們是同夥。在此同時，我的工作就是回學校去等沙夏露面。然後再討論誰要在什麼時候為什麼理由跟誰私奔。《南德日報》摺得平平整整，收在他西裝內袋裡，一角戳著他的脖子，這真是他媽的漫長的一天，愛德華，老小子。你什麼時候起床的？我根本就沒起床。我一大早開車送薩拉和穆斯塔法去慕尼黑機場，然後腦袋就沒挨過枕頭。那今晚你恐怕會太疲倦，無法面對那些麥克風唷，愛德華。也許給自己放一天假吧，老小子，在學校大門貼張紙條說：「到藍山豬旅社過夜了。到那兒找我。拜拜，泰迪。」

夾在《南德日報》裡的假護確實讓他心情沉重。還有從祕密帳戶偷來的那一點點額外的錢——只不過，孟迪要是真的了解艾摩利，就會知道他偷的其實是自己的錢，不會去偷什麼祕密帳戶。這種人不計對錯，為國效忠。也可能他們一直這麼做，直到有一天不得不面對現實人生，他們遭到扭曲的正直背棄了他們，他們的臉暴露在外，變成跟其他人一樣真實而困惑的臉。所以你還能有另一種上帝，但賞味期限已過：開明的愛國心，直到今天下午都還是艾摩利的宗教。

窗戶裡沒有燈光，這不足為奇，因為孟迪沒有留下任何燈光。另一方面，那些年輕的測量員很可能決定臨時到訪，多做點測量。但他們用的是手電筒。大門吱嘎作響。一定要上油。告訴老史提芬。黑暗中，磚砌的小徑扭來扭去，他的大腳老是踩到路外的草叢裡。我不該喝最後那一杯的。錯誤。山上這兒好安靜。總是這樣，細想起來。但不該這麼安靜，當然。不該在星期六晚上。電視一定在轉播重大的足球賽，只不過我也沒聽見任何電視機的聲音，也沒看到誰家窗戶裡有藍色的閃光。

他第一次找到門鎖，站在黑漆漆的大廳裡，試圖尋找水電工把新開關裝在什麼地方。我比托洛斯基還糟糕，連在自己家都是路癡，問沙夏好了。藉著天窗投下的光線，那堆披著罩布的書漂浮在他面前，像是宗教審判官的鬼魂站在大廳正中央。順便提一句，書單上有很多有趣的書，愛德華。你有空該看看。好主意，尼克。我仔細想想，還真該補讀不少書呢。他摸索牆壁，找到了開關。但那不是開關，而是轉盤。現在什麼東西都不像以前那麼簡單了。亮起的燈光令他眼花。他在樓梯上坐下，再次試圖打電話給薩拉。還是沒回音。他給自己倒了杯蘇格蘭威士忌加水，走到大廳角落一張皮革舊沙發坐下，逐行瀏覽手機上的電話號碼，找尋她叔叔的農場，但沒有找到。他想破頭也記不得那位老兄或是他農場的名字。太多有下加符號的字母C（ç）了，還有看不懂的拼字。

再來一杯酒。沉思。根據少校留下的錫製手錶，現在是十點三十五分。穆斯塔法穿著那件藍夾克一定很神氣吧。不知道老傑克在幹嘛。在布里斯托大學的學生會鬧翻天。最後聽說他在競選當財務主管。凱特說會把他的手機號碼給我的。沒做到。一定又卡在部裡的收發室。如果她加上機密字樣，也許他們會早點交寄。乾杯。

「也為今晚我們所有的旁聽者乾一杯，」他高聲道，舉杯向四面牆致意，「棒透了的伙計，」他又說，「還有女伙計，當然了。祝福你們大家。」

這個房間可以改成滿像樣的清真寺，他想，並回想起穆斯塔法給他上的課。入內免費，有面東的牆壁。它都及格。那邊角落裝個洗臉台，供我們舉行潔淨儀式之用，壁爐的位置可以放主壁龕，要確定讓它朝向麥加，柱廊安排在那兒，講壇放這裡，添一些幾何圖案的瓷磚，掛幾幅美麗的書法字，還有畫好祈禱位置的地毯，沿牆再擺幾個小孩的帆布背包，就可以免費在家做禮拜——我通過測驗了嗎，穆斯塔法？

從來沒有帶他去游過泳。真該死。答應過他們離開前要去的，但我們都忘了。自己記下了：我們一回來就去游泳。

他翻到狄娜在慕尼黑的電話號碼，打給她。阿穆老狗兒可好，狄娜？消瘦啊，泰德。狄娜也沒聽說薩拉的消息。可是她也沒預期會接到消息，除非出了事情。他們說不定在農場有個大派對呢。也許是吧。他同意，把思緒轉到沙夏身上。所以你到底去了什麼地方，你這個一臉大便的毒侏儒？遲到了，泰迪。我有好多優秀的學者要拜會呢。

好吧，哪樣子的遲到，看在老天爺分上？午夜才趕到的那種遲到嗎？還是凌晨三點？沙夏哪會在乎？他怎麼會知道我坐在這裡，就像個焦慮的母親在等十五歲的女兒第一次約會回家。快啊，你這小雜種。我拿到護照了。快點。

他起身，拿著酒杯爬上兩層樓到閣樓，以防萬一出現奇蹟，沙夏提前回來，而且已經在臨時鋪就的床上睡著了，但墊子裡沒有沙夏藏著。

他下了弧形樓梯，變得很清醒，一手拿酒，一手保持平衡。蓋著罩布的箱子看著他謹慎地下樓。你有空該看看。來到一樓，他繼續往圖書館走。在樓梯、防塵罩、油漆桶之間，他找到木匠的工具箱。沒上鎖。信任別人的木匠同胞。好人。他挑了一把榔頭，以及德斯所謂的邱吉爾、一種頂端分叉呈V字型的扳手。他回到大廳，把威士忌放在皮沙發旁邊的地板上。他脫下外套，但很小心地將它側放在沙發上。免得《南德日報》誤在攝影機前翻開露了餡。

若有所圖地，幾乎帶一種復仇的心理，他把防塵罩從覆蓋了屍布的金字塔上掀開，捲起來，扔在房間角落。看招。他一手拿榔頭，一手拿邱吉爾，挑了一個箱子便開始拆板條。這麼做的時候，是他的幻想，還是他真的聽見了看不見的聽眾緊張的喘息。或者他想像的其實是日場的兒童劇表演，大家都嚷著：「不要做！」或「小心後面！」

他真的看了後面——但只是看窗戶，萬一沙夏的計程車已停在外面。沒這種運氣。

他扯掉兩邊的木板條。德斯會建議用點科學頭腦，拜託，泰德。但孟迪對科學不感興趣。接著剝下來的是連著封箱膠帶的牛皮紙。他將紙撕下時發出類似咆哮的怪聲，讓他嚇了一跳。裡面有十二個硬紙箱，磚塊似地排得整整齊齊。每個木箱裡有十二個紙箱，每個紙箱裡有十二本書，他嘲謔地想：那麼一共有多少本書。

核對清單，沙夏提醒過。第一個紙箱，《社會網路》，曼努埃．卡斯特爾斯[100]著。第二個紙箱，同一本書的德文版。第三箱，同一本書的法文版。他辛辛苦苦核對每一箱。他檢查完所有的紙箱。他挑了另一個木箱，將它撬開。接著第三箱。今晚我們的優勝者是法蘭茲．法農的《世界的不幸者》[101]，有九

100 *Network Society*, Manuel Castells。
101 *The Wretched of the Earth*, Frantz Fanon。

種語言的版本，所以，今晚的第一名，讓我們為法蘭茲兄弟鼓掌，今晚他專程從柏林趕來，參加我們的節目。

他再看一眼少校的手錶。午夜。足球賽一定延長了好幾局，因為在這兒住了三年，孟迪從未感覺如此安靜過。

但這也許只是幻覺：當你每一根神經都在吶喊，當一部分的你累得要死，另一部分卻擔心得無計可施，當你坐在一棟被監視的房子裡，拿著兩本偽造的護照，等著怒氣沖天的朋友露面，以便你在最短的時間內把他帶到盡可能最遠的地方時，所有的雜音——或更正確的說法，是它如此響亮的不存在——都好像具有超自然特質，是很自然的。

•

起初他還以為是包裝工人愚蠢的疏失。

他已經發現好幾次了：幾本亞當・斯密的書裝錯了箱子。半套梭羅（Thoreau）混在梭沃德（Thorwald）的作品裡，德國的萊辛作品集夾雜另一個多麗斯・萊辛（Doris Lessing）的書。

然後他的頭一昏，他想到這一定是沙夏重施故技，甚至可能是種玩笑，因為他現在想起來了，多年前，當沙夏從史塔西的倉庫裡解放一台超微攝影機時，也順便拿了一本都市游擊隊手冊。其中有一段說，拍攝過的軟片應該用保險套包好，然後放在冰淇淋裡保存。

但這不是同一本手冊。

而且也不只是一本而以。

我們預期需求量會很大的圖書，將供應許多副本，他彷彿聽見沙夏官腔官調地說。

好吧，如果這麼說，這兒可是有六十本。而且裡面沒提到什麼冰淇淋——甚至也沒提到攝影，不論是微縮膠卷或超微膠捲。裡面熱衷的話題，是如何用除草劑製造炸彈，如何用毛線針殺死你最好的朋友，或把他的汽車或浴室改裝成陷阱，或將他絞死在床上，或將他淹死在浴缸裡，或砸爛他的喉管，或把他工廠的電梯燒成火球。

挑選下一箱，對孟迪真是個難題。他有種感覺，在眾多崇拜者面前，他絕對不能選錯；就像受人注目的猜謎節目裡的競賽者：一題猜錯，你就出局了。

但他進一步仔細觀察自己，就知道自己做了一件聰明事，隨即動手一箱接一箱拆開，根本不在乎它們裝的是反文化的核心作品，或是熱衷學習的恐怖分子參考書，或一排排整整齊齊，尺寸像被拉長的板球的灰綠色手榴彈，外鞘還設計了褶痕，即使手心流汗也能抓得穩；或他假設是定時器還是土製炸彈的玩意兒，因為附帶的說明書就是這麼寫。

於是，並沒過那麼久，他就獨自坐在大廳地板上，所有木箱和紙箱都拆開了，即使內容物還沒有取出來，包裝紙和稻草扔得到處都是。孟迪看起來就像任何一個小孩把生日禮物都拆光了，發現再也沒有包裹可拆時那麼地悵然若失。

在那彷彿不在人間的靜默中，他只聽得見自己的心跳砰、砰、砰，不在場的沙夏的聲音，透過耳鼓的顫動，神氣活現地教訓他。他們試圖把我們歸為一類。自由主義者、社會主義者、托派、共產黨、無政府主義者、反全球化運動者：我們都是同情者、都帶有左傾色彩。我們都恨猶太人和美國，我們都暗地崇拜賓拉登。

沙夏訓完話，他又聽見魯爾克極口稱讚海德堡之美。如果你要炸開美國跟德國的聯繫，海德堡這地點可不壞。

然後又輪到沙夏，這次他提出一個更好的論點：

自由派左翼根本就是一群見不得光的法西斯雜種的真相會被揭發。於是全歐洲的小布爾喬亞會爭相爬到美國老大哥腳下，哀求它來保護。

但最後一句、最權威的話，還是出自今天下午氣得發狂的艾摩利之口。當這些預言家全都說完他們的台詞，退到後台，就是千呼萬喚、舉世無雙的沙夏出場的時機。

•

是什麼促使孟迪衝上樓梯，又跑進閣樓，永遠都無法得知了。畢竟，他不過一小時前才到過那兒的。是因為街上傳來答答答答的機關槍掃射嗎？或是因為緊接著在屋內發生的嚴重損害：震盪彈，到處是煙霧和碎裂的玻璃，至少十二個男人從所有的門口、窗戶衝進來，用美語、德語、阿拉伯語高聲喊叫，喝令不許動、躺下、背靠牆壁、舉起你他媽的手，以及其他等等的話。

一般都同意，處在這種攻擊之下，一般人都傾向往樓上逃，而不是往樓下逃，所以孟迪也許只不過是依據標準模式行動。或者，是某種返家的本能作祟，促使他往上衝？——他對柏林公社的記憶，以及回那兒去的隨機衝動——或許是基於沙夏會先他趕到那兒的錯亂期待，或起碼是以為，等他訪視完法蘭克福或隨便什麼地方（這次其實是漢堡）的新一代宗師回來時，會知道到哪兒去找他。

或者，不過是為了張望一下，外面究竟發生了什麼事？

槍聲響起，孟迪開始向樓上逃竄時，他究竟在地板上那堆玩具當中坐了多久，也已經無法確定了。可能才幾分鐘，也可能一、兩個小時。當你在把陷補你的羅網慢慢收緊時，時間，也已經不那麼重要了。思考才更重要。正如曼鐸邦博士喜歡說的，不論面對現實多麼困難，安逸的懵懂已經解決不了問題。

他聽見槍聲，他看見自己以慢動作坐起身，他幾乎是昏昏欲睡地自言自語：沙夏，你在外頭，太危險了。但當他進一步思考，他判斷車是在槍聲響起前就開始停靠。過程比較像是：車、槍聲、輪胎摩擦聲。另一方面，也可能是：槍聲、汽車停靠、輪胎摩擦聲。不論是哪一種，他顯然都有必要看一眼。

這時屋子內部已經變成一片震耳欲聾的煉獄，瀰漫著煙霧、閃光、爆炸聲與斥罵聲。孟迪自己的名字，以及沙夏的名字，掛在每個闖入者嘴上。在孟迪耳中覺得不可思議的，也值得跳出傳統的時間疆界、花幾分鐘略做考慮的，就是這些聲音中有幾個他曾經聽過，曾經是很不友善的手，將矇上眼睛的他塞進廂型車，又將他裝上直昇機，並把他臉朝下推倒，鎖在艙底的鐵板上，後來他們有了人形，殷勤地出現他面前，為他送上熱咖啡、駱駝牌香菸、餅乾，卑躬屈膝地道歉，自稱漢克、傑夫、阿特等。

孟迪發瘋了嗎，當他在所有尖叫聲之上聽見魯爾克的聲音？很難說，因為孟迪從來沒聽過魯爾克的尖叫，但他願意打賭，裝在那套活像外星入侵者的道具服裝裡的，就是那個聲稱他親愛的父親的出生地，跟我母親的娘家，直線距離不過十六哩地的魯爾克。

說到這陣暴風雨裡的聲音，這片所有即將溺斃的水手在沒頂之前應該會聽見的聲音之中，孟迪還聽見另一個他最近才聽過的熟悉聲音，但他想破頭也想不出那是誰，直到心念忽然一轉：理查。金髮理查，穿藍色西裝外套，打空服員領帶。狄米崔的理查，付了一千元現金出席費給所有可能被雇用的應徵者，不論面談結果成功與否。他還大聲問過：跟偉大的理想比起來，錢算得了什麼？

所有線索全都連起來了，孟迪告訴自己，總結到今天下午艾摩利累贅的措辭：同一個馬廄裡放出來的兩匹馬，只不過現在他們已破門而入。然而他思索這些事的時候，人並沒有停著不動。這個長腿的二線前鋒不知怎麼地就衝上了他心愛的寬敞橡木樓梯，一腳高一腳低搖搖晃晃像沙夏那樣，因為有條腿受了傷，而他被天花板擊中的左肩，只覺得重逾千斤，但也可能擊中他的是件飛行物體，或他們在愛丁堡告訴他的那種，建議在飛機上或類似的棘手情況下使用的子彈。它的打擊非常重，會使人喪失行動能力，但這種玩意兒卻穿不透一層葡萄皮。

他跑上二樓，穿過一扇門，跑到從原先的傭人房通往閣樓的樓梯口。一陣彈雨，碎石紛紛，還有煙霧與咒罵在他身後緊追，但他還保持著理智，他拚命爬樓梯。進入閣樓後，他發現自己像在清真寺一樣，跪在地上，屁股朝天，臉孔埋在滿是鮮血的手掌心，但他還能爬到窗前，把身體撐到足以從窗沿望出去的高度。

他看到的景象確實難以想像，是那種你會願意跑好幾哩路去看的聲光表演。他記得很清楚，有次帶傑克去凱納旺看過——或是卡萊爾？他們有大砲、步兵、戟兵、攻城塔，有人從城牆上潑下非常逼真的熱油，傑克開心極了：離婚父親值得記憶的期中活動，至少這麼一次。

但眼前這場秀也以它自己的方式令人印象深刻：聚光燈、水銀燈、弧光燈、探照燈，固定在活動升降台上的燈光，以及警車、運囚車和救護車上的閃光燈，把前門外面那塊小草坪包圍得滴水不漏：到處通明如白晝，只除了周遭房屋黑暗的窗戶，因為狙擊手喜歡隱私。

服裝呢？好吧，如果你不介意古今合璧，也可說嘆為觀止了：蛙人與戴披肩頭盔的理查王十字軍並肩而立；帶著戰斧、鎚頭棒的黑人、腰間拴著祕密小方盒；西柏林警察頭戴普魯士頭盔；裝扮像納粹突擊隊的消防員；頭戴鐵皮帽、身穿綴有紅色十字白袍的醫護人員；還有一大群搗蛋的黑精靈和小妖魔從各門各戶湧出來，企圖把麻煩攪和得更大。

還有音效，不是照例那種合成音樂加上不時出現的隆隆砲聲，我們聽到的是穆里校閱場上的士官長，咆哮著難以分辨的口令，有英語、德語，孟迪還分辨出有旁遮普語。小廣場的一隅，鄰接道路的地方，燈光照耀下，停著一輛白色計程車，五扇門都敞開著，司機跪在車旁，兩個戴防毒面具的人用槍指著他——司機就是兩天前把沙夏送到學校來的同一位柯瑙先生。孟迪記憶中他是個瘦子，但五花大綁之後顯得胖了一點。

而這場秀無疑的明星，所有人跑了好幾哩路來看的主角，就是沒了隱形帽，卻還拎著黨部發放的公事包的沙夏。他掉了一隻球鞋，在石板路上一跳一跳過來，空著的那隻手在空中揮舞，喊著「不要，不要。」就像電影明星告訴狗仔隊，拜託，今天不拍照，我沒化妝。

諷刺的是，少了一隻鞋，卻讓他變平衡了。看他一跳一跳，那模樣活像一個玩跳房子正起勁的十字山區小孩，你簡直猜不出他跛了一隻腳。石板路是否紅熱滾燙？假裝它可能也是遊戲的一部分。然後，忽然間，他跑贏了自己，或踏錯了步伐，因為這位冠軍忽然倒下，像個碎布娃娃在地上翻滾，卻沒有孟迪在旁邊把他扶起，他的手腳跟著他一起翻滾，恐怕是子彈推著他不斷滾動，而非靠他自己的努力，因為子彈撕裂了他的四周和他的身體，他們把他打得遍體鱗傷，打得面目全非，即使他已千真萬確死定了，他們仍不願相信，再給他一輪「大家一起來」的熱烈齊射，為了安全起見。

•

這時，孟迪鮮血淋漓的雙手抓住窗沿，不幸的是，閣樓裡不再是他一人獨處。兩名蛙人站在他身後，穿過窗戶，對鄰家漆黑一片的房屋發出一波接一波的輕機槍火力，冷靜得好像這裡就是愛丁堡的打靶場。雖然武器顯然過剩，但他們似乎蓄意要把子彈全部用光，每發射完一把槍，就扔下換槍再打。

還有第三人，一個高個兒，加入這一群。他一身的裝備掩飾不了他懶洋洋波士頓式的走路姿態。他見到孟迪，退後幾步，彷彿害怕他似的，他接著把手槍放回腰帶。但可別弄錯，這不代表有人要對一個受傷倒在地上的人講什麼甜蜜的道理。這個頭戴面具，無精打采的反恐分子，需要較沉重的射擊武器，結果選中的是一種精密的步槍，瞄準用的照門大到一個槍砲常識不豐、而且還躺在地上的人——好比孟迪——可能都被射中了，也還不知道子彈是從哪個孔裡打出來的。但這顯然對射擊者不成問題，因為他走到房間裡距孟迪最遠的角落——事實上，直到他背貼著牆——才把槍扛在肩上，以精心的設計，將三發高速狙殺子彈打進孟迪體內，一發直接命中他兩眉之間，另兩發隨意打他上半身，一發中腹部，一發在心臟，雖然後兩發完全沒有必要。

但在這之前，孟迪已經吸滿一口氣，準備對他躺在廣場上死去的朋友喊最後一聲：撐著點兒，沒關係，我來了。

15.

全球媒體立刻得知此案，並將之取名為「海德堡突擊」，老歐洲與華府的朝廷都為之震撼不已，並對所有抨擊美國政策為保守民主帝國主義的人士發出清晰的訊息。

整整五天，報章與電視被迫以類似困惑的沉默立場旁觀。有頭條標題——很聳動——但沒有新聞內容，理由很充分，因為保安部隊的運作，就如同封鎖現場的電影拍攝。

海德堡有一整區遭到封鎖、被疏散到員工事先經過特殊安插的旅館的居民相當納悶，而且在整個作業過程中，他們都不准與外界聯絡。

攝影師、平面媒體與電視台記者皆不得進入慘案現場採訪，直到有關單位確認所有具有分析價值的潛在線索都已清除乾淨。

一家電視新聞公司的直昇機企圖飛越該區上空，卻被美國戰機驅離，而且駕駛員一落地就被逮捕。記者申訴，就被提醒類似的報導限制已在伊拉克執行。「適用於伊拉克恐怖分子的，當然也適用於海德堡恐怖分子。」一位美國資深國防官員說，但他不願透露姓名。

美國特種部隊介入這次突擊行動，受到的讚許遠超過否定，雖然自由派的德國立憲主義者對此頗為憤怒。但記者大多得到殷勤的提醒，美國保留「在任何時間、任何地點，不論有無友邦或盟國合作，都要把敵人拘捕到案」的權利。

在確認這一點上，德國官員只不安地談到「基於共同奮鬥的較大利益，可忽視人為的國界」。而所謂「共同奮鬥」，一般認為就是對抗恐怖主義的戰爭。

一位抱持懷疑立場的德國評論家，形容德國保安部門的角色是「遲來的半推半就聯盟[102]」。

等到校舍終於對媒體開放，大肆清理的痕跡很明顯，但剩下供拍照的部分仍然極具價值。總共有兩百零七顆子彈，從恐怖分子的藏身處打中鄰近的空屋。保安部隊無人傷亡被視為是上天的保佑。福斯新聞網的播報記者直說這是天意。

「這次我們很幸運，」同一位不願透露姓名的資深華府國防官員說，「我們進到現場，做了我們該做的事，又能毫髮無傷出來。但很不幸，永遠會有下一次。這兒沒有人敢歡呼得太大聲。」

除了子彈孔，還有機會拍攝石板路上的血跡，不知這是清潔人員的疏忽，或是對媒體的刻意體貼。追蹤血跡，很容易就能重建恐怖分子甲的人生最後幾分鐘，此人現已驗明正身，證實為一個名叫沙夏的中年男子，是巴德─邁因霍夫幫匪的同情者，父親是一位廣受敬重的路德會牧師。

一位接近美國情報單位，但不透露姓名的消息來源指出，冷戰期間，沙夏曾在東德情報部門最黑暗的角落工作。他為共產黨從事的間諜活動包括為阿拉伯恐怖集團提供訓練及裝備。

柏林圍牆倒下後，沙夏利用了過去的人脈，加入一個截至目前不知名、但據信與蓋達組織有關係的

102　Coalition of the belatedly almost willing，參見十三章譯注98「自願聯盟」。

阿拉伯好戰分子小集團。這個資訊分成好幾天陸續餵給媒體，提供了充裕的時間讓記者發揮想像力。

沙夏曖昧的人生，以及他跟德法兩國激進組織成員的密切關係，也逐一浮現。從他企圖逃亡時隨身攜帶的公事包裡找出的文件，正由犯罪學專家與情報分析家檢視中。

•

但當然是所謂的「專業英語學院」，最能讓人一窺恐怖分子令人髮指的陰謀內幕。好幾個星期以來——直到海德堡市政當局裁定不安全，並下令封閉為止——這所備受蹂躪的學校展出的精彩內容，絕不亞於蘇格蘭的黑色博物館。電視製作小組大肆取鏡，還一再回來獵取更多畫面。新聞報導若沒有重播幾個最受觀眾喜愛的畫面，就不算完整。電視攝影機所到之處，平面媒體也一定盡責地尾隨。

有幾間教室完全被子彈打穿，簡直（引用一位記者的話）就像根莖菜或乳酪磨絲用的礤板。主樓梯看起來好像在淺水裡中了魚雷。戰鬥期間正整修到一半的圖書館被炸得支離破碎，大理石壁爐化為齏粉，精雕細琢的天花板整個撕裂，還被火藥燻黑。

「壞人先開槍時，我們的反應確實有點激烈。」同一位不願透露姓名的華府國防官員承認。

處處是激烈的證據。門窗都只剩空洞。新藝術風格的天窗，是一組入侵者選擇的入口，如今只剩一堆彩色的碎玻璃。

從混亂的現場，攝影機鍾愛地轉向最寶貴的展示品：炸彈生產工廠，小型武器軍火庫、輕機槍、手榴彈、一盒盒的商業化學藥品、城市游擊隊手冊、一箱箱的煽動文學、兩個再也不能到任何地方的恐怖分子的假護照及一小疊零錢。最棒的是那份德法兩國境內美國軍事與民間設施的地圖，有的畫了怵目驚心的紅圈，最受重視的展示品則是海德堡美國軍事指揮總部的平面圖，及其入口與附近地區的側拍照片。

•

學校遭受攻擊時，估計當時在場的恐怖分子大約是六到八人之間。彈道專家發現有六件不同武器朝廣場發射。但現場只有兩人，其中一人根本沒進入建築，所以其他人跑哪兒去了？

住在疏散區附近的市民作證說，他們看見運囚車開著閃光燈和蜂鳴器，從他們窗前呼嘯而過。也有人提到警車與裝甲運兵車護送的救護車。但附近醫院都沒有收容貴賓級傷患的記錄，當地的殯儀館與監獄也都沒有增添新口。另一方面，駐在這地區的美軍基地——自從九一一事件以來就用電子監視的鐵絲網保護著——則讓傷患與囚犯的確實存在保有可能性。

校舍建築遭受的破壞，幾乎完全排除了日後重建的可能。建商面對記者與警方的追問，憶起除了包工和那個被辨識為姓孟迪的高大英國人之外，沒見過有別的訪客。散落在瓦礫間的一些器皿和食物，無法提供具體的證據。包工也得吃東西啊。大家也知道，恐怖分子很會分享的。

官方的答案提供不了什麼安慰：「目前若透露進一步細節，可能將危及正在進行的重要作業。現場發現的其他人員已收押在監。」

什麼樣的人員？幾歲？國籍、性別、種族？監在何處？他們已經被運往古巴的關達那摩了嗎？

目前沒有進一步消息補充。

一個似乎能提供機會突破的線索，是一個駕駛咖啡色ＢＭＷ出租汽車的神祕人物，他在突擊當天曾經到那棟房子去接孟迪，有好幾個證人曾見到他倆結伴參觀了市區的幾處歷史古蹟。那個不知名男子被形容為 fesch——穿著高尚得體，體格很好，年約五十五到六十歲。

ＢＭＷ很快就找到了。租車者名叫漢斯．勒平克，住在荷蘭的臺夫特。信用卡、護照與駕照都確認了這些資料，但荷蘭官方否認知道這個人，也不願解釋他如何取得如此令人信服的荷蘭身分文件。無法可想，只能回頭研究那兩個死去的亡命之徒，兩人年紀都是五十來歲。

•

沙夏在兩人當中顯然比較容易分類。一群無名大學的恐怖活動心理學家，從學術的寶座紆尊降貴，下來進行這份工作。

他是德國的一種類型，納粹王國的孩子，追尋絕對價值，這個可憐人有很濃的哲學傾向，一會兒是無政府主義者，一會兒是共產黨員，一會兒是無家可歸的激進先知，追尋越來越極端的手段，要讓社會屈服在他的意志之下。

他身體上的缺陷，以及因此產生的自卑感，被拿來跟希特勒的宣傳部長戈培爾[103]做比較。基於同樣的原因，根據事後沒有人記得的證據，他也憎恨猶太人。

他跟虔誠的父親的疏離、母親的老人癡呆症、以及現在令人起疑的哥哥的慢性死亡，沙夏冷漠地在那男孩病床邊旁觀等等，都被賦予了適當的重要性。

沙夏一生中還有一個特別的時刻——這些聰明人揣測——是否有某種形式的頓悟，使得沙夏看到了暴力之路，黑色之路，在他面前展開，於是他選擇了這條路呢？

《紐約時報》的一位作家比別人都清楚，這種時刻是存在的。她說，在發誓保密之下，她直接從可靠的來源獲得這消息，對方是一位美國情報界的專業人士，既謙遜又捉摸不定，公認都他靠自己一個人運籌帷幄，才使沙夏與他的英國同謀受到法律制裁。這位滔滔不絕的記者不願對這位優秀情報官的體型或其他方面做任何描述，她只透露他很高、態度很正式，而且是「我一直夢寐以求請我出去吃飯，卻始終沒碰過的那種男人。」

沙夏習慣性地談到沙漠是他的荒野，這位超級英雄推心置腹地告訴她：「也許你覺得我瘋了，莎麗，可是我個人相信，沙夏在他所謂的荒野裡，經歷過某種非常噁心、自我誘導的宗教改宗。好吧，他是個無神論者。但他也是牧師的兒子，他有很多幻想。也許還嗑藥，雖然我沒有直接證據。」他補充道，這是哪門子嚴肅看待真相的人。

---

103 戈培爾（Joseph Goebbels, 1897-1945），希特勒的宣傳部長，擁有海德堡大學德國文學博士學位，一足畸形。

但真正考驗他們無孔不入能力的是泰德．孟迪。是這位在巴基斯坦出生、公校板球校隊、軍人之子、牛津大學中輟生、英國的無政府主義者、英國文化協會一個不及格的小職員、失敗的老師、穆斯林的同情者，才真正領教到分析刀的威力。一份八卦週刊甚至在狗兒阿穆身上大作文章——這狗兒的名字會不會是發音錯誤，其實應該是阿毛，毛澤東的毛？它振臂疾呼。一連好幾期的專題報導之下，阿穆取得了與電影《大國民》中那具雪橇「玫瑰花苞」同等的地位。

孟迪的前妻凱特獲得比較沉默的同情，這位頓卡斯特川特選區出身，雄心萬丈的新工黨成員，與一位黨的決策領袖享有幸福美滿的婚姻，但她的錦繡前程忽然變得不確定起來。

「雖然我們的婚姻持續了七年，實際上它真的很短暫。」凱特很不情願地依靠著第二任丈夫的臂彎，面對媒體，朗讀一份早就備妥的聲明。「我們之間未曾有過明顯的摩擦。泰德以他的方式表達他豐富的愛心，但很隱密。在我們共同生活的那段期間，我大部分時間都不知道他腦子裡在想些什麼，恐怕對今天全世界大多數的人而言，情況仍是如此。我無法解釋他為什麼會成為大家看到的那種樣子。他從來沒有在我面前提過沙夏。我對他在柏林讀書時參與的政治活動也一無所知。」

站在母親另一側的傑克，發言更簡短。「我母親和我都非常難過和困惑，」他留著眼淚說，「請大家在我們努力面對這場悲劇時，尊重我們的悲傷。」他接下來犯的一大文法錯誤，想必會讓孟迪在墳墓裡翻身：「作為我的生身父親，我會一直覺得我生命中有個永遠填不滿的大洞。」

但逐漸地，在播報記者密集檢驗下，孟迪這躲在衣櫃裡的恐怖分子終於被剝掉了殼。

中學同學證實他早就對回教狂熱。有人說：孟迪堅持把學校教堂稱做為清真寺。

還有他易怒的天性。一位同學提到他快速投球幾乎發狂的蠻力：他就是那麼他媽的充滿攻擊性（《每日郵報》）。

還有人談到，他對舉凡與德國有關的東西，都有種不健康的著迷。有個教大提琴和德文的老頭子，他自稱馬洛瑞。有些學生懷疑他是躲藏的納粹。泰德跟他非常親近。他常在我們面前唸一堆德文詩，直到我們叫他閉嘴。

一份走漏的美國情報資料顯示，不知何故，孟迪曾經在新墨西哥州的陶斯住過一段時間，並與兩名目前仍在獄中服刑的蘇聯間諜有來往：惡名昭彰，曾以畫家身分為掩護，偷拍內華達沙漠中美國國防設施照片的魯加，和他的共謀妮塔。

英國文化協會為何會雇用一個在西柏林有參加群眾暴動案底，又沒有大學學位的人，引起了種種揣測，以及展開公開調查的呼籲。

文化協會的發言人並沒有直接否認孟迪曾與倫敦的共黨國家的文化官員維持祕密接觸。「那他們見鬼的為什麼不開除他？」一家小報根據孟迪前同事發表的困惑聲明提出了質疑。

泰德根本無所事事。我們都不明白他怎麼撐得下去。他只跟共產黨藝術圈打交道，要不就坐在餐廳裡喝咖啡。

蘇活區一家脫衣舞俱樂部的保鑣宣稱，他從照片上認出了孟迪。我走到哪兒都認得出他。又高又瘦的傢伙，待人過分和氣。儘管叫我去警局辨認無妨。

•

但各界都同意，關於這個複雜的男人最終的線索，必須等到薩拉、一個退休妓女兼孟迪在慕尼黑的同居人，被說服將她的故事全盤透露。為搶獨家新聞而不惜以重金利誘的英國記者已經包圍了安卡拉市郊的監獄。

在突擊當天顯然帶著她十一歲的兒子逃回土耳其的薩拉，一到機場就被逮捕，目前正在接受偵訊。有人懷疑，美國人讓她回到母國，是因為土耳其的訊問手法眾所周知比較粗暴。她當初進入德國用的是土耳其勞工的新娘的身分，她的丈夫目前因重大攻擊罪而被關在柏林監獄，刑期七年。薩拉本身被形容為對宗教非常虔誠、聰明、幾乎不說話，而且意志堅強。她在慕尼黑禮拜的清真寺裡的伊瑪目也被無限期拘留接受調查，堅稱她「不是什麼狂熱分子」，但這個觀點遭到一位不願公開姓名的同教教友質疑：如果我們要進入二十一世紀，一定要先把她那種人從我們的社區清除掉。後來得知，原來薩拉曾經向她借過一件大衣，卻沒有在她回土耳其之前歸還給她。

來自土耳其警方的最新消息顯示，薩拉雖然頑固，但也開始明白，跟正義的力量合作才是明智之舉。

所以，無可避免的，當大西洋兩岸的主流媒體都絞盡腦汁也想不通，為何德英兩國會培養出這麼一對十惡不赦的壞蛋之際，也會出現另類的聲音，發表驚人之論。

最引人矚目的一篇文章，就刊登在一個以提高政治透明度為宗旨的非營利網站上。這篇令人生氣的文章，題目是〈德國議會二次被焚——美國右翼對抗民主的陰謀〉，作者的簡介說他是英國情報機構一位老資格的實務官，他最近辭去職務，「甘冒失去養老金、甚至被起訴的風險」撰寫此文。文章的主要論點指出，整個突擊行動，就像希特勒焚燒國會一樣，全都是偽造的，是他所謂「圍繞在美國總統寶座四周，由華府新保守神學家自行擔任的軍政府之下的情報員」犯的罪，兩名死者從未做出他們遭人大肆張揚的惡行，而是跟被裁定為國會縱火主犯的那個倒楣鬼范德魯柏（Van der Lubbe）同樣無辜。

他署名為阿諾德——沒有說明這是姓、名或假名，不過因為他每個字母都大寫，所以較有可能是後者——該文作者指認「一個藏身暗處的前中情局情報員」是整場騙局的策劃者，沙夏與孟迪則是他的犧牲品。阿諾德以字母J代表被指控者，並形容他是一個「愛爾蘭美國後裔的末世再生基督徒」，被正統情報界視為一個危險的獨行其是者。

J在這場「二次焚燒」中的不神聖同謀，是個同樣道德淪喪的喬治亞裔俄羅斯人，化名狄米崔，是個專業的煽動者及情報販子，平時偽裝成詩人與不得意的演員。他曾經一直——偶爾同時——為俄國情報局、美國中情局、法國情報局工作，目前接受證人保護法案保障，住在蒙大拿州，以作為對他提供了其實是由他挑起的，以炸彈攻擊美國某空軍基地之情報的報酬。

同一位阿諾德進一步宣稱，雖然唐寧街官員拒絕介入「二次焚燒」的進一步細節，但他們在跟華府合作伙伴的不公開談話中明確表示，只要能一舉令德法兩國不再對美英打擊恐怖主義的行動吹毛求疵，任何先發制人的行動他們都很歡迎。

他提出的證據，直指英國右翼媒體最愛用的「海德堡－索邦邪惡軸心」一詞，以及對被列在沙夏那份如今已惡名昭彰、被稱為「心靈荼毒者」（《每日電訊》語）名單上的人士指名道姓濫加羞辱的獵巫行動。有些報章甚至聲稱，名單上那些德法「自由思想」的知識分子之所以願意簽名加入，乃是為了「給容易受影響的心靈灌輸偽自由主義的三個R觀念：Radicalism, Revolution, Revenge—激進主義、革命及復仇。」

阿諾德嚴詞抨擊的內容，隨著文章的進展而更顯瘋狂。他寫道，泰德．孟迪乍看是前英國文化協會遊手好閒的員工，但實為冷戰年代的無名英雄，他的朋友沙夏則是另外一個。多年來，他們兩人聯手為西方盟國提供了大量與共黨威脅有關的無價情報。阿諾德甚至堅稱，孟迪擁有一枚祕密獲頒的英國勇氣動章，但白金漢宮消息來源立即否認這個說法。

阿諾德還爆出更有料的新聞，他聲稱，J透過一連串複雜的代理人煙幕，實則是一家保全公司的唯一股東，這家公司專門為各大企業與娛樂界，和考慮前往恐怖分子活躍的歐洲地區旅行的知名美國人，製作防彈汽車，提供個人保全與求生諮詢。同一家公司還擁有海德堡突擊過程唯一錄影帶的版權。節目中顯示無法分辨真面目的英雄，穿戴全套反恐配備，飛越學校屋頂，衝出好萊塢式的煙雲。作為背景的煙囪管之間，在戰鬥行動中遭到格殺的歐洲恐怖分子沙夏的屍體，難以辨認。醫護人員沿著石板路朝他跑去；被打爛的公事包躺在他身旁。這段帶子在全世界電視上一再重播，為它的持有者賺進數以百萬計的財富。

•

唐寧街對阿諾德這篇文章的反應，可預期的是極端輕蔑。如果真有阿諾德這個人，就讓他站出來，讓我們好好檢驗他的指控。更有可能，這篇東西是出自英國情報機構某個叛徒之手，動機顯然就是要汙衊新工黨，破壞英國與美國的特殊關係。唐寧街發言人鼓勵他的聽眾思考更大的問題，諸如現實世界局勢的發展、分階段改變及成效指標等。《每日郵報》激烈抨擊，呼籲「最近的告密者從祕密世界的陰影裡走出來」，並提出嚴厲警告，「偽裝愛國、實則躲在櫃裡破壞國家名譽的陰謀者，是否有不可告人的行程表」。

有位地位崇高、十分可靠，且有機會接觸政府高層的資深官員出來，將這起鬧得沸沸揚揚的事件做一總結。據悉表示，近來有些人有點太喬治．歐威爾[104]了，對他們的健康不利。他指的當然不是唐寧街或華府，而是間諜們。

104 小說《一九八四》作者。

突擊事件的政治效應不久就出現了。沙夏先前預測，受回教狂熱分子啟發，而在德國土地上發動的歐洲無政府主義暴行，將促使民眾紛紛尋求美國老大哥的保護，可說毫釐不差。最初，社會民主黨的德國總理強硬地拒絕接受這個建議。他早期發布的聲明，確實對德國右派「摻雜偏見且言之過早的結論」表示反對，然而這批人從突擊當晚就在民意調查中遙遙領先。當總理發現他與民意背道而馳，便被迫改換立場，先是宣布哀悼這個曾無意間收容了若干九一一罪犯的國家，竟被選為進一步以無意義暴力對付我們美國友人的櫥窗。

在保守派的批評家看來，這一聲明理不直氣不壯，簡直可笑。為什麼等了一整個星期才發言？他們要求知道。當證據那麼充分，傻瓜都看得見，為什麼還要成立獨立調查？你東拉西扯，到底在說什麼鬼話？快跪下吧，總理先生！搖尾乞憐吧！你最近有看到德國的銀行報告書嗎？難道你不知道美國只跟它的朋友做生意嗎？難道你不知道，因為我們在伊拉克問題上跟法國俄國一鼻孔出氣，他們還在恨我們嗎？現在又出了這種事，看在老天爺分上！

但最後，問題總算解決了。總理該做的都做了，只差沒有割下自己的腦袋，派快遞送到華府。下議院的反對黨也加入大合唱。美國政府以可怕的財政懲罰要脅，但是基於聯邦政府會在「下一階段對抗恐怖分子的戰爭」中，採取更有益態度的諒解而取消，至於這個恐怖分子，明顯是指伊朗。更進一步的諒解——雖未明講，但意思明確——則是，聯邦政府屆時會由保守派取代，願上帝成全。

沙夏對法蘭克福股市的預測也很正確。市場經過一段時間盤整，再度恢復了士氣。德國右翼大報的一位專欄作家樂不可支，宣稱鈞特．葛拉斯[105]在說我們都是美國人時，其實是比他自己以為的更先知先覺。

•

只有法國跟過去一樣硬頸，不為鄰國負荊請罪的演出所動。法國情報機構一位不願透露姓名的發言人宣稱，所謂與「海德堡派的歐洲恐怖主義」掛勾的法國左翼學者名單，全是「盎格魯撒克遜的幻想」。法國思想家與學者傳奇的操守，依然毫髮無傷。法國總統發言人發表的聲明中說：「整起事件充滿最業餘的新聞操縱的惡臭」，尤其被斥為傲慢。許多法國紅酒在美國被倒進水溝，法式炸薯條被改名為「自由薯條」，華府街頭更出現焚毀法國三色國旗的儀式。

聰明絕頂的俄國雖然被經濟顧慮壓得喘不過氣，卻獲得雙重利益：政府、媒體或國會中，最後殘餘的「反社會主義」反對勢力終於沉默下來，因為不負責任的抗議乃是一切恐怖活動的基礎；得到華府不吝惜的鼓勵，它以前所未有的精力加緊進行對付車臣人民的謀殺戰爭。

105　葛拉斯（Günter Grass,1927-2015）獲二〇〇一年諾貝爾文學獎的德國小說家。

•

最後要補充的，是由兩位已故的恐怖分子所提供。後來得知，兩人都立了遺囑。或許所有恐怖分子都會這麼做。兩人都表示希望葬在他們各自的母親身旁：沙夏葬在德國的新布蘭登堡，英國人孟迪則葬在一處烈日灼曬的巴基斯坦山腳下。一位大無畏的記者追蹤了孟迪最後的埋骨處。她報導說，那兒的霧終年不散，但在基督徒墳墓殘破的墓碑間，卻是孩子們玩模擬戰爭最喜愛的地方。

《導讀》勒卡雷・不止是間諜小說的第一人而已

唐諾

在閱讀勒卡雷小說之前，我們先來看一個真實人物，這人名叫亞倫・圖靈，天才的數學和密碼分析專家，二次大戰時間的英國知識分子。

圖靈原本是劍橋大學裡學術界的一員，二戰期間他做了一件最特別的事，那就是應英國政府的祕密徵召，進駐白金漢郡的柏雷屈里園，負責德軍作戰密碼的破譯工作，其中最精采的成就，是圖靈和他一群來自五湖四海的奇形怪狀夥伴（有瓷器權威、有博物館研究主任、還有全英西洋棋冠軍以及一堆橋牌頂尖高手云云），在二戰進行不到一半，即神不知鬼不覺破解了德軍的神奇密碼機「奇謎」。這不僅在往後每一處戰場、每一次重大戰後幫助盟軍化險為夷，它的威力還一路貫穿到最終決定性的諾曼第登陸一役，幾近完全透明地準準研判出彼時德軍所屬五十八個師的數量、身分和位置（只誤差了兩處），從而即時修改了最後 D-DAY 的登陸作戰計畫，所以亨利・興斯里爵士說：「倘若政府代碼暨密碼學校（即柏雷區里園）未能解讀『奇謎』密碼」，收集『終極』情報的話，這場戰爭將遲至一九四八年，而非一九四五年才結束。」

所以說圖靈和他這群被邱吉爾稱之為「會下金蛋，但從不咯咯叫的雞」的密碼夥伴從此成了英雄是嗎？很抱歉還沒有，只因為英國政府要持續保有這個祕密優勢，不僅不願公開「奇謎」機已被破解的真相，而且還把大戰期間擄獲的數千台「奇謎」機送往各殖民地去，藉此監視戰後風起雲湧的各殖民地一舉一動；同時，柏雷屈里園亦正式關閉，相關資料全數封存或直接銷毀，除了少數人轉入政府常規情報機構之外，大部分人哪裡來哪裡去放回民間，當然，每個人都得宣誓守密。

這個祕密整整被保護了三十年之久。在這三十年的漫漫時光之中，我們差不多可想像這批曾為大英帝國和女王陛下立下不可抹滅功勛的人的尷尬甚至說悲傷處境——對英國政府而言，英不英雄再說，當務之急在於他們是一群「知道太多」的麻煩之人，得防賊般嚴密監視每一個人；同時，這些人還得時時面對各自身旁之人的詢問、質疑和公開指控；當大家都在為國家存亡流汗流血奮戰時，你在哪裡；你做過什麼？你要不要自己說說看？

三十年太長的時間，所謂的真相、功勛、正義云云，在揭曉並褒獎那一刻來臨時早已失去了實質意義，只像是噩夢醒來終於可放心呼口大氣的慰藉而已；而且你可想而知的，很多人等不起這三十年，錦衣夜行早把所有祕密帶往天國上帝的正義法庭去了。

其中，功勛最大的亞倫．圖靈是等不及的人之一，也是下場最悲慘的人之一。一九五二年，他在報告一宗竊案時，居然向警方坦承當時他正和自己同性戀伴侶相處一室的事實，遂以重大猥褻的罪名遭起訴並定罪。他從此身敗名裂，已批准的研究計畫被取消，還得接受荷爾蒙治療成性無能而且變得癡肥，如此兩年，圖靈終於以一顆注射了氰化物的毒蘋果自殺，當然不會有英國王子他日來吻醒他，才四十二歲。

勒卡雷一定知道圖靈的故事，他沒有寫圖靈的真人真事，然而他的間諜小說中始終有著這樣子那樣子的不同亞倫．圖靈，以及其悲傷孤寂荒謬的處境。

行內人的小說

有關勒卡雷和間諜小說，至少對我個人而言，其實可以用很簡單、甚至就是一句話來充分說明：勒卡雷就是間諜小說家的第一人，而且第二名可能還沒有出生。

這樣子講話，乍聽之下不敬，也不妥，而且不全然完全合於事實，我想我們可以解釋一下——不敬，是因為如此的實話實說可能冒犯了其他勤勤懇懇的間諜小說書寫者很抱歉，我們曉得，不管在虛幻的間諜世界或我們硬碰硬的現實人生裡，實話，差不多永遠是最傷人、最具破壞力量的；不妥，是因為書寫創作不是比百米賽跑不是打一場籃球，正常狀況下理應沒有第一名第二名這類童稚遊戲的勝負排名，除非有近乎奇蹟的事發生了，而不巧勒卡雷正是此一書寫領域的如此奇蹟，他的規格、視野、深度和情感完全超越了所有間諜小說書寫者甚至這類型小說基本框架所能擁有的，他彷彿獨自在另一個層面書寫，獨自探向只屬於他一個人的遼闊天空；不全然合於事實，是因為我們並非沒讀過可堪比肩或甚至更勝一籌的間諜小說，比方說台灣現階段有中譯本可讀的，《哈瓦那特派員》，或《沉靜的美國人》（《喜劇演員》可不可以也劃進來呢？），但這麼說來我們就更明白了，上述這些作品全出自小說家格雷安．葛林之手，一般我們並不以間諜小說來辨識它們，一如我們不把杜斯妥也夫斯基的《卡拉馬佐夫兄弟們》和《罪與罰》併入推理犯罪小說一般，這差不多已直接告訴我們，勒卡雷小說「不僅僅」是間諜小說而已，說勒卡雷是間諜小說世界的只此一人，說真的也並不是多高的一種讚譽，有一大部分的勒卡雷應該被正確置放到小說整體的經典世界才公允。

葛林本人很喜歡勒卡雷小說，至少從《冷戰諜魂》這部成名作開始，他的慧眼和慷慨引介對勒卡雷的崛起乃至於今天的超越類型地位助了可不止一臂之力；同樣的，勒卡雷亦一直真心推崇葛林，畢竟他看待世界和情感關懷的方式本來就和葛林有驚人的相通之處，他的小說也始終有著濃郁的葛林氣味，事實上，這兩位英籍作家幾乎可自成一個譜系來讀。

像亞倫．圖靈的悲劇，我們首先會驚覺到，間諜世界是多麼奇怪、多麼悖於我們「正常人性」的一個世界，它好像獨立於我們的現實人生之外，單獨封閉起來，用完全不同的情感、信念和遊戲規則進行，很多我們在現實人生中堅信的、視為珍貴的、乃至於已習焉不察鑄成我們自然反應的東西，在這個詭異的世界中都得去除，比方說信任、誠實、善意和悲憫云云；但要命的是他們仍都是人，和我們一樣擁有著共通的、而且並非有彈性到可任意扭曲折弄的根本人性和需求，我們喜愛的他們一樣有反應，我們會悲傷的他們一樣有感覺，一樣渴求有個家可回，有朋友在的小酒館可去可交談，有親密可放鬆一切警戒的人可講最心中的話，有一個同樣有限因此得弄清所為何來的生命本身，這些被用進力氣壓制下去的東西不可能就此消失，它們只是黯淡了，但也因此更尖銳更蠢蠢欲動。

這樣一個（被強迫）隔絕的異樣世界，於是對你我這樣的正常人便極難以憑空想像並有效掌握，遂使得間諜小說的書寫一樣呈現了相應的詭異封閉氣息——做為一種類型小說，間諜小說的總量相對來說並不大，卻奇峰突起般有不成比例的醒目作品乃至於像勒卡雷這樣的人冒出來；而且它的書寫者，似乎一直有著某種森嚴的資歷限制，得多少是浸泡過這個世界的「行內人」（勒卡雷和葛林都有這個他們日後不太願意提起的資歷），而不是先靠門外的破碎資訊和純粹想像瞻望所可替代，舉個最刺激的實例是推理小說一代女王的阿嘉莎・克莉絲蒂，她有縝密的清楚腦子這完全不必懷疑，有豐富到難以比擬的書寫實戰經歷這也路人皆知，事實上她還多少有二手的間諜世界經驗來源，但她偶爾伸腳進去寫的間諜小說卻令人駭異的只能用一蹋糊塗來形容，《四大天王》（The Big Four）是神奇的白羅系列直跌谷底的敗筆，《七鐘面》（The Seven Dials Mystery）則是一場小學生式的可笑兒戲，間諜小說書寫的獨特嚴苛資料要求由此可見一斑。也因此，很長一段時間間諜小說一直「不正常」地被英籍作家所壟斷，這當然不可能跟什麼神祕的民族心性有關，純粹是歷史偶然，只因為英國這個老帝國長期壟斷著跨國的間諜事務，而且大量使用半業餘的工作人員，包括駐外的知識分子和新聞工作者，以及旅居的作家或一般商人云云，這中間原本就有筆在手卻奉女王陛下榮光之命誤闖間諜世界的文人遂成為間諜小說書寫的最大供應商來源。

這裡，我們再進一步把間諜小說置放到真實的時間之流裡。現代間諜小說是冷戰時期的產物，東西冷戰是什麼東西？是一長段不能戰也不能和的外弛內張或外張內弛的可怖武力和意識型態對峙，是一頁他日回顧起來全世界人僵在那裡的荒謬歷史，人類世界硬生生被一刀劃開為兩個陣營，所有人都同時擁有正常人和魔鬼兩種身分，當我們用人的角度去思考時，世界什麼事也沒發生而且實在沒道理發生，當我們以惡魔的角度看事情時，世界登時危險一如纍卵極可能旦夕間化為一個大爆竹。如此詭譎幾無交集的冷戰二元背反面貌，直接轉入間諜小說書寫，便把間諜小說裂解為涇渭兩種書寫方式及其成品。其一是惡魔角度的，可以伊安·佛萊明為代表，或直接講就是他筆下反覆拯救世界不休的〇〇七情報員詹姆士·龐德，在這組小說中，善惡兩方已然分明到電燈開關般不必勞神多想下去，間諜世界剩下的只是行動，或專業些稱之為任務吧，由他的上司M下達，用龐德的手來完成，因此，我們可以讓思維休息而交由感官來和這組小說相處，是一種享樂，坐雲霄飛車或高空彈跳那種腦子一片空白的享樂。另一是正常人角度的，代表人物當然就是勒卡雷，正常人太複雜了善惡永遠在相互討價還價之中，塞不進冷戰那種索羅亞斯德式的簡易框架之中，當人不再只是單維度的間諜，而同時也是個人時，冷戰的核心荒謬性不可避免地暴露出來，順此善惡二分原則所建構成的秩序也骨牌般一個一個倒塌下來。想想，相隔數千哩的素昧不識之人彼此何來深仇大恨？這不是太奇怪了嗎？就算敵對是可能的、習焉不察承繼下來的，又如何能說就是至善至惡之別呢？而既然不是至善至惡之爭，這樣的不惜以死相搏又所為何來呢？當這組小說通過書寫重建起具體的人、具體的實物世界時，光是常識就可以輕易看穿冷戰封閉間諜世界的扭曲和變態，那種自以為一舉一動事關天下人的安危、那種願意拚死阻止世界毀於一旦（不管是遭敵方滲透破壞征服的敗戰形式，抑或大戰引爆萬劫不復的同歸於盡方式）的信念怎麼看都只是幻覺，真正傷害人折磨人的，不是未來式，而是進行式，不必等那個甚至永不發生的終極性毀滅，倒是當下且已持續相當時日的人性和道德扭曲，是人被此種神聖幻覺催眠擺佈的必然又可悲又可笑樣態，也就是說，真正的敵人極可能不是你要殺他他也要殺你那些敵對間諜，他們其實只是你意識形態背反、但處境雷同的相濡以沫可憐蟲，而是整個荒唐間諜世界的構成，它是個太小的囚牢，不僅禁錮人，還把人硬生生扭折成各種可怖的樣態。

從同情到背叛

老實說，如果我們跳出冷戰的意識形態泥淖、跳出間諜的封閉世界之外，純粹從理論思辨的層面來理性地說明間諜世界的荒謬本質並不難，要用道德來質疑它攻擊它那更容易，畢竟，間諜這個古老的行業本來就冒犯了一堆人的基本道德信念，其道德正當性自始至終孱弱不堪，事實上它的存在理由也不靠這個，人們之所以忍受它，最終仍是某種實然的無奈，它是依附在戰爭衝突下一個偷偷摸摸的次等惡棍，偶爾戰爭衝突取得某種神聖正義光環，它雞犬升天般跟著神氣，而人類一天沒辦法根除彼此間的戰爭衝突，我們也就只能看著間諜黴菌在這上頭繼續生存並代代繁衍。

但這不是勒卡雷的方式及其真正價值所在。勒卡雷用的是小說而不是理論；勒卡雷是站進間諜世界之內而不是在外頭指指點點；勒卡雷也不是打開始就清楚豁脫於冷戰兩造的意識形態之上，事實上，做為一個相當典型的英式知識分子，勒卡雷是有他基本位置的，他大體上仍站在所謂自由民主和歐洲基督教文明這一側，包括像《女鼓手》這部小說，當他把筆鋒轉向以色列和巴勒斯坦的衝突時，他還是把回教徒劃到對立的那一面。這樣的基本位置本來會侷限他，但勒卡雷以他的誠實、不受催眠的清醒洞察力和同情心，以及他無與倫比的小說書寫技藝擊敗了這個限制。

也許就像葛林講的，人不得已總是有一邊要站的，但如果我們能把基本位置的選定當成開始，而不是完成，超越其實是可能的，而且還會是一種較有真實質地的超越，只因為那種極不舒服的拘限，往往讓你更警覺到自己讓步了什麼省略了什麼，而且你也因此更深刻了解這個基本位置的弱點和漏洞，這通常不是一開始就擺出敵意姿態的門外之人看得到，尤其是感受得到的。

勒卡雷從間諜內部來，不管是《冷戰諜魂》那樣令人心痛的冷血成功，或如《鏡子戰爭》那樣一敗塗地的荒唐，勒卡雷總是同情先於批判，他對自己筆下這些間諜不是打開始就準備好用一句生冷的話來結論他們打殺他們，而是耐心地、深情款款地進入他們，包括他們間諜任務外的下班時光和家居生活，包括他們的彼此閒談和牢騷，包括他們被擠壓被擱置的情感和其他但凡誰都有的計畫夢想，包括他們內心最深處偶爾冒出來的某個短暫或從此揮之不去的念頭云云，當他們不再只是個名字、是個職稱或代號，而是個完完整整的正常人時，某種被延遲下來的批判、被延遲下來的憤怒和哀傷就蓄滿了情感的風雷出現了——這個憤怒和哀傷由同情轉換而生，用最普遍素樸的人性支撐起來。

也就是說，勒卡雷是同時寫兩部小說的，類型的間諜小說和開放深沉的一般小說，同時創造出兩個世界，間諜世界和正常人的世界。這兩個世界既彼此暴烈衝撞又相互曖昧滲透，機智與無能，偉大與細瑣，忠貞與懷疑，信任與背叛，陌生與熟稔，遙遠但熱血沸騰的異國城市與每天回去但陰冷的家……勒卡雷小說的豐饒漁場便如此由兩股不同顏色和不同溫的洋流匯集糾纏成駐留的漩渦，他更耐心地記錄著他們的遭遇並等待他們的命運和抉擇，有時，間諜世界的神聖幻覺和森嚴秩序會暫時獲勝，像《鍋匠裁縫士兵間諜》那樣，把人內心的聲音和渴求給壓回去，成為某種永恆的疑惑和蠢蠢欲動的不安，然而勒卡雷也容許人性衝決而出，放任他背叛，甚至還讓背叛坦蕩而且熠熠發光，最清楚的莫過於《蘇聯司》裡那位得以滿懷希望、等在伊斯坦堡港邊窗口守候他因此換得蘇聯愛人一家子自由那艘船的英籍中年書商，奇怪反而是勒卡雷小說最令讀者舒服到不敢置信的太快樂結局；或者像《女鼓手》，情節上的勝利儘管屬於用盡一切心機手段包括感情陷阱的以色列可惡特工，但真正讓人同情、在人性上獲勝的卻是那桀傲但神祕的死去巴勒斯坦年輕人。

差不多等於是說，每當勒卡雷越「叛離」自己西歐基本位置一分，他的小說似乎就獲得了多一分的自由和歡愉（某種一無所有但贏回自己的歡愉），饒富深意。

也因此，只用「批判」兩字來說勒卡雷小說和間諜世界的關係是不準確而且明顯不足夠的，他更正確的型態不是薄薄一層的某個結論，而是一個豐饒的旅程，一個有時間厚度的歷程，一個包括作家本人和讀者緩緩思索並且發現的過程。勒卡雷通過小說重建了一次又一次的具象情境，重建了一個又一個具體完整的人及其獨特遭遇，這不僅賦予了概念性批判通常不具備的可感形式，還容受著批判所攜帶不了的更寬闊也更深沉心思，包括這一端更柔軟的同情不忍，也包括另一端更深沉的悲慟和絕望。我們讀小說的人幾乎什麼都看到都參與了，獨獨更弄不清什麼是成功什麼是失敗，何謂喜劇何謂悲劇，而這樣缺乏明白勝負判決的曖昧感受其實就是我們所熟知的正常人生基本樣態不是嗎？不恰恰好說明了我們跟隨勒卡雷進入後又穿透出封閉陰濕的間諜世界，歸回生命現場，是如此一趟恍如隔世的旅程，得失細碎遍存於我們一言難盡的感受之中？

甚至，從人性而不是間諜遊戲的判準來說，我們讀到的總是某種「失敗」可能是人明顯的失敗和毀滅，也可能是人短暫勝利底下「更深刻的意志消沉」——這是華特·班雅明的說法。

池塘結冰了的間諜世界

一九九〇年柏林圍牆拆除前夕，我個人恰好去了德國一趟，那是個二月裡不下雪不積雪的暖冬，我們穿越著名查理檢查哨進入彷彿永遠陰天的灰撲撲東柏林，依舊全副武裝的守兵沒有開槍，只要求我們依規定至少先換六馬克東德貨幣以為買路錢。我們走的是間諜小說中（通常是結尾）的驚險換俘之路，幹的卻是不知死活的觀光客之事——午餐吃了一客就是那麼回事的德式烤豬腳，逛去跳蚤市場花十馬克買了一枚一次世界大戰期間頒出的鐵十字勛章，還到柏林圍牆邊租榔頭和鑿子敲噴滿各種顏色塗鴉的圍牆石頭當紀念品帶回家。這座冷戰的象徵長城完全沒有偷工減料，硬到人虎口快裂傷了就是剝落不下一小方有意義的水泥來，因此很多人乾脆花小錢買現成的，一塊兒拳大小的圍牆石叫價六馬克，還有綴成耳環和項鍊的供女生挑挑揀揀。

柏林圍牆倒下來是歷史大事，但倒塌之後跟著來的卻是麻煩事。彼時經濟力正處巔峰的西德政府尤其緊張得不得了，他們慷慨的讓東西馬克以一比一兌換，更是加重了統一重建的負擔。

柏林圍牆倒塌也在間諜小說世界引起生死存亡的緊張討論，很多人以為這就是間諜小說到此為止的判決時刻了。

當然也很多人不這麼想，勒卡雷大概是其中態度最堅決的一個，他的回應不斷被引述至今已近乎宣言：「間諜小說不因冷戰而興，也就不因冷戰而廢。」

我想，勒卡雷不是光憑意志做此豪勇宣告，他是有自己書寫的實際而且嚴肅裡由講這話。我們曉得，軍事對峙、政權乃至於政治制度這一類東西可能一夕改變，但社會不如此，人心更不如此，這部分是連續的而且會持續餘波盪漾很長一段時日的。也就是說，如果間諜小說和冷戰的關係只是題材，那的確會因敵人的消失，柏林、維也納、日內瓦、伊斯坦堡這些交界城市不復諜影幢幢而終結；但如果你是勒卡雷，你關懷的是人心，那事情當然還沒結束，甚至短期來說更暴烈更尖銳，包括一群失業的間諜、失業的技藝、失業的神聖幻覺、失業而且極可能已來不及轉行的半輩子志業云云。這裡有一個忽然拔根而起的猛爆性危機，一個早已預期但居然就來了的措手不及噩夢成真。

「公園水池結冰了，野鴨子要往哪裡去？」——這個小說家沙林傑昔日在紐約中央公園問的傻問題，如今拋擲到勒卡雷手中了。

當然，除了寫出《祕密朝聖者》等這樣的後冷戰小說孤獨留在歐陸的間諜戰場廢墟上數屍體，勒卡雷也被逼出走歐洲，像他尊敬的前輩葛林一樣。到猶有戰火猶有衝突鬥爭猶有間諜在其中偷雞摸狗的所謂第三世界去——從勒卡雷的寫作年表來看，這個出走早在冷戰正式告終就已展開，這是理所當然的，他比任何人，甚至包括美蘇兩方的政治軍事高層，更有資格提前看到冷戰的終點。一九八三年的《女鼓手》，整整比柏林圍牆拆除作業早七年時間，便開啟了勒卡雷小說的出走序幕。

因此，有意義的改變不是對抗的終結，不是間諜此一古老行業的就此消失，人間沒這等美事，地球之上，比冷戰更熾烈更狂熱的戰爭仍此起彼落，人們仍舊荒謬地仇視並狙殺陌生的彼此；有意義的改變遠比這個深沉而且可能更黯然些，比方說少了冷戰那種不戰不和虛張聲勢的奇怪大氛圍，間諜世界有更多迫在眉睫的滲透追獵而少了迴身思省的空間；比方說戰爭配備及其形態的變化，間諜的身分及其工作方式是否相應的變化或進一步更非人性化，失落了一部分信仰和志業的幻象，更像個訓練有素的殺人傭兵，或更像個操作精密機器的朝九晚五高科技上班族云云。這才是後冷戰間諜小說家得面對的。最重要的，是踽踽於倫敦市街那些潦倒虛無但不失優雅的老式英國間諜可能得從此凋零，默默隱入他們非得適應卻永遠適應不良的廣漠正常人世界從此消失，這則是勒卡雷終究要去面對的。

我個人不是個重度間諜小說讀者，小說的世界中，我總有一個反數學的想法，那就是部分能大於整體。一個頂尖的小說家，對我而言，也比十個廿個二流小說家乃至於整個書寫領域的成敗更重要，因此我關心並樂意持續追蹤勒卡雷，優先於我對間諜小說未來書寫的關注。

今天，勒卡雷猶無恙，二〇〇四年此時此刻他仍交出《摯友》一書，這樣，間諜小說是否隨冷戰終結這個問題我便可當它不存在了。我們仍可幸福的閱讀勒卡雷，並安心的靜靜等待他日下一個勒卡雷的出現。

（本文原載於二〇〇四年初版）

《導讀》情報世界的游刃之旅

冬陽（推理評論人）

你聽過庖丁解牛的故事嗎？

春秋戰國時期，庖丁替魏國的國君文惠王宰殺牛隻，手持刀刃、肩膝腳抵住屠體，砉砉刷刷彷彿演奏美妙的旋律，讓魏王不禁讚嘆：「噢，太厲害了！怎能練出如此高超的技術？」庖丁放下屠刀，回應君王：

「我喜愛摸索事物的規律，技術也隨之精進。剛開始從事這一行時，眼睛看到的無非是一整頭牛，三年過後，就不見牛的整體了。我現在只用心神而不是雙眼去觀察，依隨牛體的生理結構下刀，遊走在肌肉骨骼關節間順勢肢解。普通的廚師一個月換一把刀，優秀的廚師一年一把，我手上的刀已經用十九年了，刀鋒還是像剛磨過一般銳利。就算是這樣，每當接觸筋腱聚集、骨節交錯的難以下刀處，我還是不敢大意，目光專注、行動輕緩地仔細處理，待各個部位一一卸解落地，才滿意地收拾完工。」

對我而言，間諜小說書寫第一人、已故英國小說家約翰·勒卡雷，就像是這則莊子寓言故事中的庖丁，游刃有餘地解開情報世界的方方面面。

雖然小說是虛構的，但要以間諜類型自居，就得服膺於國際現實，除非刻意如《王牌大間諜》般滑稽突梯，否則幾乎避不開兩次世界大戰、美蘇冷戰、中東危機與反恐行動這類大時代大格局，或者是在地緣政治、區域經濟上演的多方角力。以上種種彷彿一把雙面刃，既引人好奇又害怕難以入戲，擔心大量的歷史資訊會不會讓人讀來頭昏腦脹？以西方認知為主的文化背景是不是一道不好跨越的高門檻？

相信魏文惠王壓根不懂如何屠牛，就像我自己到現在還分不清楚沙朗菲力紐約客到底差在哪裡，但絲毫不妨礙欣賞職人巧匠的頂級造詣，從中聆聽非傳統樂器奏出的優雅樂音，所以完全可以放心一讀勒卡雷，他用一流小說家具備的各種高段技巧引領你進入懸疑詭譎、爾虞我詐的諜報領域，以及複雜糾纏、近乎分裂的情報員內心世界。

每一份資訊都可以是一則情報，每一次流動傳遞都有交易買賣的可能性，其價值端看需求供給二端的交會；情報不只是國與國之間的競爭攻防，企業組織乃至個人都會因此獲益或損失；真偽判斷往往需要嚴謹的查核，是敵是友甚或雙面潛伏，信或不信的決定攸關生死存亡——困難之處就落在信字之上。

「信任」可以從一項生活中普遍常見的互動行為中窺見，那就是握手，人類老祖宗在還沒發明文字、創造語言的時代流傳下來的肢體訊息。地球上能五指對握的物種不多，除了能藉此攀附物體，還可以擲拾武器殺個你死我活，因此當素不相識的兩人見面，想要表達沒有爭鬥攻擊的傷害意圖時，攤開裸露的手掌互握是最簡單明瞭的。不過，「人前手牽手，背後下毒手」這段出自某個政治人物的至理名言，倒是真實反映了檯面底下的幽暗思緒：天曉得對方內心深處正在打什麼算盤？傳達的訊息到底有幾分真幾分假？或許間諜故事最叫人享受的就在這厚黑算計，但勒卡雷顯然不想讓它淺碟化，不願淪落為一場回合交戰的得失分遊戲、一齣心機處處的宮鬥劇碼，而是選擇抹拭掉真與假、對與錯、信任與背叛之間那條區隔黑白的明顯界線，細細描繪人心游移的晦暗地帶，展露宛如隻身的荒涼孤寂，回憶與情感都碎裂一地。

於是在《摯友》一書中，我們看見勒卡雷反向式地陳述一個純真的角色及其純粹的友情。

小說開場簡直是個溫暖美好的愛情故事，一名駐印英國軍官之子泰德．孟迪和攜子逃跑的土耳其女子薩拉，在德國的巴伐利亞邦首府相遇。泰德的事業合夥人捲款落跑，迫使自己跟著連夜打包家當裝上一輛金龜車，外加保險箱內僅存的七百零四歐元，自海德堡連夜逃往慕尼黑，好躲避債主追上門來。他隨便挑了一家咖啡館，小心翼翼將高大的身軀塞進一張坐不穩的塑膠椅，正準備開口咬下塗抹了奶油和果醬的麵包時，一名慌張的年輕女子操著土耳其－巴伐利亞口音開口問他，願不願意付錢跟她上床。

現在的泰德與薩拉感情穩定，泰德很樂意和女友的兒子穆斯塔法一同上清真寺禱告，接受信仰伊斯蘭教。他的經濟生活也因為接下了古堡的英語導遊工作而穩定下來，雖然每天要重複面對來自世界各國的不同遊客說上一樣的導覽說明，但他可以用自己的方式夾雜自己的意見，包括抒發一下他對母國首相布萊爾的英式嘲諷，日子過得還不算壞——直到命運回頭來找他的那天，學生時代認識的好友沙夏重新出現在他生命中的時刻。

泰德與沙夏，從外貌身形、成長經歷、思想價值觀云云，幾乎是全然的對比，但兩人存在著生死與共的堅實情感。他們曾一起擔任間諜工作，冷戰結束後分道揚鑣，這次的重逢摻雜進新的世界局勢與有別以往的利益追求，神祕的中東富豪提出一項令人垂涎的計畫，行動訴求不再是國家的興衰榮耀而是個人的財富理想，但同樣瀰漫濃重的危險與恐懼。當這一切毫無純粹可言之際，兩人的情感是否仍保有純粹真摯？又或者，他們打從相識至今根本不存在「摯友」的關係？

勒卡雷的行筆猶如庖丁的走刀，切入、滑動、使勁、收力，無一不展現豐富的經驗、昇華為藝術的演出，不見浩瀚的整體但見細節的感知，這才積累出完整的樣貌，用極其生活的片段訴說身分的獨特，卻又順當地闡述溢於言外的處世之道，宛若一則精心深刻的寓言。只是勒卡雷較莊子繁複迂迴多了，用二十三萬字篇幅拼貼出泰德的生命、和沙夏的情誼、對間諜世界的理解，以及在一地破碎殘餘當中，我們還拼湊回一些值得珍視的什麼。

那很詩意，很老靈魂，很約翰・勒卡雷。

勒卡雷 作品集 19

摯友
Absolute Friends

作者 約翰・勒卡雷 John le Carré
譯者 張定綺
社長 陳蕙慧
副總編 戴偉傑
編輯 陳大中
行銷 陳雅雯、尹子麟、余一霞、汪佳穎
排版 宸遠彩藝
封面繪圖 Emily Chan
封面設計 井十二設計研究室
印刷 通南彩色印刷股份有限公司

讀書共和國集團社長 郭重興
發行人兼出版總監 曾大福
出版 木馬文化事業股份有限公司
發行 遠足文化事業股份有限公司
地址 新北市新店區民權路 108-2 號 9 樓
電話 (02) 2218-1417
傳真 (02) 8667-1891
客服專線 0800-221-029
信箱 service@bookrep.com.tw
法律顧問 華洋法律事務所 蘇文生律師

出版日期 2021 年 8 月 二版一刷
定價 新台幣 450 元

ISBN 9786263140080 (紙本)
9786263140349 (EPUB)
9786263140295 (PDF)

國家圖書館出版品預行編目

摯友 / 約翰・勒卡雷 (John le Carré) 著 ; 張定綺譯 . -- 二版 . -- 新北市 : 木馬文化事業股份有限公司出版 : 遠足文化事業股份有限公司發行 , 2021.08
456 面 ; 14.8X21 公分 . -- (勒卡雷作品集 ; 19)
譯自 : Absolute Friends.
ISBN 978-626-314-008-0（平裝）

873.57 110011035